명세지재들과 함께한 여정

명세지재들과 함께한 여정

초판 1쇄 발행 2014년 7월 17일

지 은 이   강 형
발 행 인   권선복
편집주간   김정웅
편   집   김소영
교정교열   김정웅
디 자 인   김소영
전 자 책   신미경
마 케 팅   서선교
발 행 처   도서출판 행복에너지
출판등록   제315-2011-000035호
주   소   (157-010) 서울특별시 강서구 화곡로 232
전   화   0505-613-6133
팩   스   0303-0799-1560
홈페이지   www.happybook.or.kr
이 메 일   ksbdata@daum.net

값 25,000원

ISBN 979-11-5602-060-8   (03810)

도서출판 행복에너지는 독자 여러분의 아이디어와 원고 투고를 기다립니다. 책으로 만들기를 원하는 콘텐츠가 있으신 분은 이메일이나 홈페이지를 통해 간단한 기획서와 기획의도, 연락처 등을 보내주십시오. 행복에너지의 문은 언제나 활짝 열려 있습니다.

한평생을 교육자로

명세지재들과 함께한 여정

강형(康洞) 지음

도서
출판 행복에너지

회고록을
내면서

　참 먼 길을 돌아왔다. 그 먼 길 오는 데 무려 77년의 세월이
걸렸다. 다른 이들이 반세기면 올 수 있을 거리를 나는 4반세기
나 걸려서 온 것 같은 기분이다.

　지금 와서 생각해 보니 모두 다 필자가 간세지재間世之材가 되지
못한 탓이었다. 명쾌한 판단을 해야 할 순간에 오판誤判을 하기
도 하고 좁은 소견과 주관으로 사태를 그릇 판단群盲撫象하거나 우
유부단優柔不斷하고, 부화뇌동附和雷同함으로써 왔던 길을 돌아가는
일이 빈번頻繁했으니까 시간이 더 걸릴 수밖에 없었다.

　희수喜壽년을 맞아 허리를 펴고 뒤돌아보니 다문박식多聞博識한
인물이 되지도 못하고 경천동지驚天動地할 만한 업적을 이루어 놓
은 것도 없다. 다만 저만치 앞서가는 무리들의 뒤를 따르며 보
조만 맞추려 했으니 분주하고 야단스럽기만 했다.

이런 필부匹夫가 회고록을 계획했으니 처음에는 주저할 수밖에 없었다. 그러나 회고록은 보통사람들도 쓸 수 있다는 생각을 하고부터 용기를 내 보았다. 다행히도 회고록을 쓰기 위해 선망후실先忘後失해진 기억들을 더듬어 가는 동안 아주 소박하고 순수했던 그 옛날, 젊은 시절의 감성感性들이 나에게 더 가까이 직핍直逼=approach해 옴을 느낄 수 있었다.

깊은 산골, 짙은 그늘 속에 피어난 한 송이 이름 모를 흰 꽃에서 인간이 빚어낼 수 없는 고결한 미소를 발견할 수 있었다. 등산 길 옆 잡목 숲에서 지저귀는 잡새 소리에서 인간들의 얽히고 설킨 혼魂의 공감을 느낄 수 있었다.

사랑의 눈빛이 있을 때만 풀 한 포기, 돌멩이 한 개, 모래 한 줌이 살아 움직이며 나에게 다가옴을 느낄 수 있었고, 사랑의 눈빛이 있을 때 구름의 진리와 산하의 색깔이 다채로운 조화로 숨을 쉬고 있음을 발견할 수도 있었다. 이 세상에서 사랑의 눈빛만큼 중요한 것이 또 무엇이 있을까?

사랑은 하나님이 인간에게 준 가장 큰 보배요, 우리 인간이 소유하는 가장 위대한 감정이라 할 수 있다. 사랑의 나무에만 기쁨의 꽃이 필 수 있고 행복의 열매가 열릴 수 있으며, 인생에서 사랑을 빼고 나면 사막처럼 삭막하고, 얼음처럼 싸늘해질 수 있음을 알았다. 사랑의 고갈처럼 큰 비극이 없고, 사랑의 단절처럼 큰 슬픔은 없을 것이라는 진리를 새삼 깨닫기도 했다.

나의 이 회고록 『명세지재命世之才들과 함께한 여정旅程』은 제1부 「먼 길 돌아서 오다」와 제2부 「명세지재命世之才들의 글」로 구분했다. 제1부는 세 차례나 수정하며 달려 온 나의 인생행로의 길을, 가장 멀리 우회迂回해서 달려왔던 그 길에 대한 기억을 더듬어 회상해 본 내용이고 제2부는 내가 평생 동안 교사 및 교수로 지나면서 만난 많은 제자들의 옥고를 엮어 놓은 내용이다. 다행스럽게도 필자는 지난날 대부분을 명문 고등학교(경북고등학교와 경북여자고등학교)와 대학 인기학과(한의과와 영어과)에 재직하면서 많은 명세지재命世之才들을 만날 수 있었던 것은 나에게 큰 행운이었다.

　끝으로 나의 회고록 중간, 중간에 나와 관련된 생생한 현장의 모습을 되살려 회고록을 생동감 있게 해준 제자들의 글이나 또 그들의 학창시절에 대한 회상이나 졸업 후 현장에서의 애환 및 각 분야에서 체험한 수상隨想의 글을 보내주어 나의 회고록에 빛을 더해준 여러 제자들에게 무한한 감사를 드리는 바이다.그리고 회고록의 방향을 잡아주시고 저자의 무딘 감각을 깨워주신 견일영 전 경북고 교장선생님께도 감사드린다.

　　　　　　　　　　　　　　　　　　　　2014년 6월
　　　　　　　　　　　　　　　　　　　　옥전 강형 柳田 康洞

오직 전진만을 추구한 철인 교육자
- 강형 교수 회고록『명세지재들과 함께한 여정』에 부쳐-

― 견일영(전 경북고등학교 교장, 수필가)

강형 교수는 겉으로나 속으로나 남에게 뒤진 일이 없는 오직 전진만을 추구한 철인이다. 그는 명세지재命世之才를 많이 배출시킨 것을 평생의 보람으로 여기고 그에 대한 회고록을 썼지만 실은 그 자신이 명세지재다. 그뿐만 아니라 생각도 밝고 행동도 무겁고 겸손하여 제자들로부터 크게 존경을 받았다. 그는 진실한 교육자요 높고 깊은 학자였다.

세월을 쏜살같다고 했던가. 언제나 젊은 패기로 일관하던 그가 벌써 희수喜壽가 되어 기념 회고록을 발간하게 되니 인생무상을 느끼게 한다. 그 회고록 내용은 보지 않아도 뻔하다. 그가 평생 잠시도 쉬지 않고 노력한 고생바가지와 그의 타고난 재능으로 그의 이상을 실현한 인간 승리의 금자탑이 전부가 아니겠는가.

강형 교수는 나의 안동사범학교 4년 후배다. 또 경북대학교 사범대학의 전공이 다른 후배가 된다. 그러나 나는 그의 재능과 노력하는 자세 그리고 꽉 짜인 경륜 앞에서 항상 존경하는 마음을 지니고 있었다.

그는 집안을 돌보고 공사를 분명히 하면서 공인의 책무를 철저히 이행하며 평생 일만 해왔다. 능력 있는 사람에게는 일이 항상 몰리게 되어 있다. 약관에 경북고등학교 영어과 교사로 7년을 계속 근무했고, 한의과대학에서는 교무처장을 3회나 담당했는가 하면 힘든 학생처장을 맡아 학교 면학 분위기를 바로잡는 데 탁월한 성과를 내기도 했으며, 인문사회대학장을 두 번 연임하기도 했다. 그는 어렵고 힘든 일을 남에게 미루지 않고 책임감 있게 처리하여 동료 교수들로부터 깊은 신뢰를 받기도 했다.

그가 어렵게 학교를 다니고 학위를 취득하고 대학 교수로서 영예롭게 퇴임할 때까지 그를 도와준 배경은 전연 없었다. 태생적으로 가난한 농촌에서 자라고, 출신 학교나 집안이 큰 힘이 될 만한 조건이 되질 못했다. 따라서 오직 피나는 노력과 창의적 지혜로 새로운 길을 개척해 나가는 길밖에 없었다. 오직 그의 의지로 진로를 개척하고 뚜렷한 목표 의식을 가지고 그것을 관철하고야 말았으니 철인이라 해도 과언이 아닐 것 같다.

학생의 질은 교사의 질을 능가할 수 없다는 말은 명세지재의 교육에 가장 적절한 말이다. 강 교수는 학생들보다 더 많이 공부하고 더 많이 노력했다. 사범학교 재학 시절 영·수 과목의 기초가 부실한 데서 오는 어려움을 기어이 극복했다. 교과목 중 제일 부족하다고 생각했던 영어에 평생을 걸고 도전하여 끝내는 영어를 정복한 후 영문학 박사가 되었다. 그것은 오직 피나는 노력의 결실이라는 말밖에 더 할 말이 없다.

이제는 그 화려했던 명성의 뒤안길에서 지난날의 영광을 추억으로 남기고, 명세지재의 제자들이 국가 사회를 위하여 크게 활동하는 모습을 지켜보는 낙으로 살아가야 할 것 같다.

부디 앞으로 내외분이 함께 강녕하시고, 강 교수님의 가정에 하나님의 은혜가 항상 충만하시기를 기도드립니다.

제2의 회상록을 기대하며

— 김호진(고려대 명예교수, 전 노동부 장관)

외우畏友 유전柳田으로부터 자기 회고록에 실릴 '축하의 글'을 부탁 받았을 때 나는 왠지 마음이 설레었다.

처음에는 그 까닭을 잘 알 수 없었지만 그가 보낸 몇 편의 글과 참고 자료를 읽고서야 확신이 갔다. 유전과 나는 태어난 고장이 지척이고 배움의 전당이 같으며, 걸어온 삶의 이력 또한 상당부분 비슷하기 때문일 것이다.

유전은 경북 예천에서 태어났고 나는 안동에서 태어났다. 게다가 그나 나나 뻐꾸기 울음이 유난히 낭랑하게 들리는 산골마을이 생가의 터전이었다. 그러니 고향마을에 대한 추억과 향수가 비슷하기 마련일 테고, 이게 내 마음을 설레게 했던 것이다.

아닌 게 아니라 유전은 자기 고향을 추억한 '나의 고향마을'에서 언젠가 내가 쓰고 싶은 고향 풍경을 이렇게 서술했다.

'동네 어귀에 수백 년 묵은 큰 느티나무의 무성한 그늘 밑에서 온 종일 숨바꼭질하며 놀다 지친 아이들이 왁자하게 떠들며 돌아가는 조그만 초가마을의 좁은 골목이 저녁 연기에 포근히 잠겨있던 고향 마을, 하이얀 들꽃이 희미한 달빛에 부서지는 시골길가, 논두렁에서 개구리 소리가 진동을 하고, 논과 논 사이의 물꼬에서 새어나는 가는 물소리, 싱싱하고 향긋한 냄새와 조금도 시끄럽지 않은 단조로운 소리들, 철마다 풍요로운 색조를 뿜어내며 목화솜처럼 포근하고 따스하던 고향의 산하, 앞산과 뒷산에서 뻐꾸기가 울면서 시작되는 못자리판에 싸리나뭇잎과 오리나뭇잎을 잘게 썰어 놓고 이쪽, 저쪽으로 황소를 몰고 다니는 농부의 명쾌한 봄노래 소리, 초가지붕 위에 널려진 붉은 고추와 초가 담 위에서 하염없이 익어가는 호박 덩어리, 그리고 빨간 연시로 휘어진 감나무 가지 사이로 가을을 재촉하는 숨 가쁜 여치 소리……. 봄, 여름, 가을의 어린 시절 고향 풍경이 눈에 선하구나.'

안동사범학교에서 동문 수학한 유전과 나는 두 사람 똑같이 인근 지역에서 잠시 초등학교 교사로 봉직하다가 뒤늦게 대학에 진학했고, 훗날 대학 교수로서 정년을 맞았는데 각론은 다르지만 총론적으로 보면 그와 나는 삶의 경로가 같다. 이 점 또한 내가 유전의 회고록에 애착을 갖는 한 가지 이유이다.

나보다 몇 년 먼저 대학에 진학한 유전은 내가 대학생일 때 벌써 명문 경북고등학교 교사가 되어 있었다. 나는 그때 그런 그가 무척 부러웠다. 지금도 나는 그가 부럽다. 그가 초·중·고와 대학을 거치면서 길러낸 인재들의 수와 무게가 나의 상상을 압도하기 때문이다. 영문학자로서 쌓은 업적뿐만 아니라 노숙자 돕기 단체와 교육발전포럼과 교육평가연구소를 설립한 그는 지금도 왕성한 활동을 벌이고 있다. 이런 그의 따뜻한 휴머니즘과 노익장은 부러움을 넘어 존경스럽기도 하다.

유전은 그의 회상록을 '멀리 우회해서 달려온 길을 더듬어 회상해본 이야기'라고 했다. 그러나 그는 지금도 어디론가 계속 달려가고 있다. 달려온 만큼 더 달리겠다는 것인지 도대체 멈출 줄 모른다. 노숙자를 돕는 봉사활동은 내가 미처 예상 못한 그의 전혀 다른 모습이다.

사람은 누구나 어려움에 처하거나 나이가 들면 구원을 찾는다. 그런데 지칠 줄 모르는 유전은 아마도 일에서 구원을 찾는 모양이다. 이런 점에서도 나에게 그는 여전히 부러운 존재다. 틀림없이 유전은 몇 년 후 지금의 이야기를 담은 제2의 회상록을 또 쓸 것이다.

주제 넘지만 나 또한 그때도 축하의 글을 다시 쓰는 영광을 누리고 싶다.(2014. 2. 21)

현대現代 동방東方 군자君子
예의지국禮儀之國의 참 스승 상像

— 김시황(경북대학교 명예교수)

인걸人傑은 지령地靈이라, 훌륭한 사람은 반드시 산 높고 물 맑은 곳에서 높은 산의 우뚝함과 끊임 없이 흘러내리는 물의 오묘奧妙한 정기를 받고 태어나서, 자연의 아름다움과 깨끗한 공기, 맑은 물, 조용한 환경 속에서 자신도 모르게 저절로 올바른 천성天性을 길러 나가게 되는 것이다. 그러므로 이러한 곳에서 현인賢人 군자君子가 탄생한다.

유전柳田 강 교수의 출생지가 경상북도 예천군 용문면인데 서북쪽으로 소백산맥의 매봉과 국사봉이 우뚝 솟아 있으며, 서쪽으로 한천漢川, 남으로 금곡천金谷川이 흐르는 곳이므로 유전은 지령地靈을 타고난 현대인이다.

나이 많은 사람은 누구나 어릴 때의 아름다운 고향의 추억을 영원히 잊지 않고 간직하지만, 그 깊은 의미를 알고 깨닫기는 어렵다. 그런데 유전은 그것을 알고 깨달으면서 일생 동안 자기 수양修養과 인격 도야陶冶의 근본 바탕으로 삼아왔다. 자기 고향 풍정風情을 말하는데 미수眉叟 쌍명제雙明齋 이인로李仁老 선생의 산방山房시를 늘 생각하면서 선비정신을 길러 왔음을 고백하였다. 필자筆者도 이 시를 좋아하여 반드시 학생들에게 강독하여 왔기에 원문과 역문譯文을 아래에 제시한다.

산방山房   쌍명제雙明齋 이인노李仁老
春去花猶在   봄은 갔는데도 꽃은 아직 피어 있고
天晴谷自陰   하늘이 맑은데도 골짜기는 어둑하네
杜鵑啼白晝   한낮에도 소쩍새가 슬피 울고 있으니
始覺卜居深   사는 곳이 산골임을 비로소 느끼겠네

유전이 교사가 된 것은 사범학교를 졸업했기 때문이지만, 훌륭한 스승이 되게 한 결정적 계기契機는 고등학교 1학년 때인 17세 청소년 시절의 '위문 편지 사건'에서 비롯된 듯하다. 가난에 시달려 초최憔悴하고 못생겨 보이는 우등 학생을 몰라 본 담임교사의 실수는 모든 교육자들에게 대단한 경종警鐘이 되는 것이다. 그리고 얼굴이 못생기고, 머리가 좋지 않고, 가난하고 한미寒微한 집안에 태어나 배우지 못한 학생들이라 하여 도외시度外視하며 미워하고 멸시하는 것은 더더구나 교육지자로서는 크게 경계해야 할 일이다.

경북대학교 사범대학 영어교육과에 입학은 했으나, 대구 경북 명문고 출신인 급우들의 출중出衆한 영어실력에 비해 자신은 도저히 미칠 수 없는 사범학교 출신의 지진遲進을 깨닫고 크게 놀라, 이를 극복하기 위해 영어에다 일생을 걸고 백방으로 각고刻苦의 노력을 다하여 중등학교 영어교사로서 으뜸가는 실력을 갖춘 것은 결코 쉬운 일이 아니었다.

그래서 1968년 중학교 영어교사로서 경북도를 대표해서 시범 영어 연구수업을 맡아 중학교 영어교육의 새 방향을 제시함으로써, 이듬해인 1969년에 대구의 가장 명문 공립학교인 경북고등학교로 교사로 학기學期 도중에 영전榮轉하는 기적奇蹟을 일으켰다. 이것이 어찌 우연偶然이며 기적이라 하겠는가. 필자가 생각하기에 유전 같은 교사에게는 필연必然이며 정상正常이라고 보고 싶은 것이다.

따라서 유전은 한문공韓文公이 사설師說에서 말한 동자童子의 선생과 같이 글을 가르치고 구두를 익히게 하는 사람(授之書而 習其句讀者)이 아니고 사람의 도리를 전수하고 그 의혹을 풀어 줄 수 있는(傳其道 解其惑) 참된 스승이 되었다.

이제 유전은 천하의 영재들을 만나 가르치게 되는(得 天下英才而教育之) 인생삼락人生三樂을 만끽滿喫하게 되었으며, 명세지재命世之才로서 무수한 명세지영命世之英을 양성하여 배출시키는 국가적인 기여를 하였고, 푸른색이 쪽에서 나왔지만 쪽보다 더 푸르다(靑出

於 藍而 靑於藍)고 한 순자荀子의 말을 실증하였다.

　필자가 유전을 알게 된 것은 1983년 3월 대구한의대에서였다. 유전은 필자보다 일 년 전에 전임교수로 있었는데 만나고 보니 일면여구—面如舊라. 동갑同甲인데 경북사범대학 영어과를 졸업하였다 하나, 알고 보니 대학은 3년이 늦었기 때문에 그 때까지 만난 적은 없었다. 그러나 십년지기十年知己 못지않게 반가웠고 미더웠으므로, 형제간이나 다름없이 모든 것을 묻고 배우며 도움을 받아온 것은 영원히 잊을 수 없는 일이다.

　그리고 또 25년이 지나 피차彼此 중수中壽–80세를 눈앞에 두고 있는 지금, 하고 싶은 말이 너무 많아, 무엇을 쓰고 어떤 것을 버려야 할지, 가닥이 잡히지 않아 몹시 당혹當惑스럽다. 그러나 쓰지 않고 그만둘 수 없는 것이 남아 있기에, 유전의 대학교수로서 22년간 대학 교육에 쏟아 부은 정성과 노력에 대한 공적을 간략하게나마 기록에 남기고자 하는 것이다.

　유전은 사십대부터 육십대 중반까지 4반세기 동안 자신의 황금시대를 고스란히 바쳐 오직 대학의 발전과 학문 및 교육에 전심전력을 기울여 왔다. 학생처 교무처를 비롯한 학교의 주요 보직을 두 번 세 번 두루두루 거치지 않은 것이 없으며, 학과를 신설하고 단과대학을 창설하여 학장을 맡아 학사 행정을 원만하게 이끌어 나갔고, 민선民選 총장이라 할 수 있는 교수협의회 의장에 추대되어, 다원화 시대에 걸맞은 변화를 추구, 학교의 모든 구성원이 다함께 창조적 주도자가 되도록 이끌어 나갔다.

이와 같은 공헌과 업적을 이룰 수 있었던 것은 유전의 명석한 창의력과 판단력 및 근면 성실성에 기인한 것이겠지만, 그보다도 가장 근본적이고 중요한 점은 천성(天性 – 仁義禮智信)에 바탕을 두고, 높은 덕망을 갖추었으며, 사람의 도리를 다하는 동방의 현인군자賢人君子이기에, 그 밑에서 가르침을 받은 제자들뿐만 아니라, 유전을 접한 모든 이의 사랑과 존경을 듬뿍 받고 있기 때문이라고 생각한다.

러브 메이커 강형 장로님의
책을 추천하면서

— 장영일(범어교회 담임목사)

　40년이 흐른 뒤 고교 시절의 스승님을 내 목양실牧羊室로 영접했다. 배은망덕한 염치없는 만남이었다. 찾아가서 배알拜謁해야 하는데 도리어 내 방으로 찾아오심을 영접했으니 어찌 만행蠻行이라 하지 않을 수 있겠나. 누구나 오늘을 만들어온 걸음에 가장 큰 도움은 역시 어릴 적 스승님들이 주셨다. 그런데 그 어른들을 너무 쉽게 잊고서 살아왔다. 그러면서 지금 아이들과 성도聖徒들에게는 스승을 잊지 말라고 가르치는 위선僞善하는 목사가 되었다.

　강형 선생님께서 일부러 찾아오신 이유는 당신의 회고록에 축하의 글을 부탁하러 오신 것이다. 제자가 스승의 책 출간을 축하한다는 말도 안 되는 부탁을 받은 것이다. 아무리 사양해도 더 무례요 실례가 될 것 같아서 그러겠다고 받아 지금 고초苦楚

를 겪고 있다. 동기들이나 동문들이 보면 무식하고 오만한 놈이라고 할 것 같아서 심히 겁이 난다.

그래서 스승님의 글로 보지 않고 한 성도(기독교 신자)의 글로 보기로 맘을 먹었다. 간혹 교우들의 책 출간에 축사나 추천사를 써드린 적이 있기에 스승님을 장로님(교회의 평신도 최고지도자)으로 칭하여 축하를 드리고 이 책을 읽어야 할 이유를 찾아 추천하고자 한다. 선생님께서도 그것을 원하신 것 같다.

강 장로님께서는 회고록 집필을 두고 처음에는 무척 큰 부담을 느끼셨지만 생각을 바꾸어 보통 사람도 쓸 수 있다는 용기를 가지고 쓰게 되었다하셨다. 그러나 장로님은 보통 사람이 아니시다. 장로님의 일생은 당신은 부인하셔도 입지적立志的 삶의 주인공이시고, 그런 삶을 살고자 한순간도 허송하시거나 게으름을 피우신 적이 보이질 않는다. 동시에 강 장로님을 기억하는 분들 중에 '하인이기를 자청하셨다'고 선생님을 기억하며 존경하는 분들이 많다. 이것은 극히 그리스도인다운 삶의 태도이셨다. 그런 성실과 겸손은 곧 예수님의 모습이기 때문이다. 더구나 장로님은 짧은 기간이었지만 여학교에서의 추억을 매우 많이 갖고 계신다. 그것은 여성을 존중하는 성품인 온유와 양선의 성령聖靈의 성품을 지니셨기 때문이다. 그래서 나중 경북고 제자와 경북여고 제자를 중매하시어 부부가 되게 하신 재미로운 이 야기도 나온다. 사람과 사람을 잇는 가교架橋가 되신 참으로 정情 많으신 탁월하신 러브 메이커이시다. 장로님은 메마른 강단 교 수가 아니라 학교와 사회가 더욱 정의롭고 아름다운 교육 공동 체가 되는 일들에도 헌신한 기독교적 교육실천가이시다.

서점가에 많은 책들이 쏟아져 나온다. 그러나 강 장로님의 회 고록은 모든 사람들에게 훈훈하고 그러면서 짜릿한 삶의 행복 감을 느끼게 해줄 것이다. 그냥 한 인생의 추억록이 아니라 나 름 목적 있는 삶을 추구하고자 하는 젊은이들에게 그 방법론까 지 찾게 해주는 도전적 사표師表가 될 것이다.

강 장로님의 여생이 더욱 강건하시어 명세지재命世之才의 제자 들과 후학들이 세상을 더욱 아름답게 만들고 밝히도록 하나님 께 빌어주시고, 그 열매들을 더 오랫동안 보시며 보람을 느끼며 행복해하시길 기원해드린다.

축 유전 당 희수연祝 柳田 堂 喜壽筵

— 김양수(안동대학교 명예교수, 시인)

버들 밭柳田은 푸르러도

보릿고개 높던 시절

논두렁비탈길에

허리띠 고쳐 매고

한恨 어린 탈농脫農의 꿈을

책갈피에 새겼지

반세기 교학敎學의 길

명세지재命世之才들

줄을 잇고

희수喜壽의 언덕 위에

노절老節의 청솔로 서니

지인덕智仁德 훈풍의 그늘

백수白壽 고개 건너가리

— 갑오 청명절甲午 淸明節 연암제 즉인 목원燕岩齊 主人 牧圓

차례

제I편 먼 길 돌아서 오다

▪1부▪ 출생과 성장

▪2부▪ 꿈과 희망을 가지다

▪ 명 세 지 재 들 과 함 께 한 여 정 ▪

먼 길
돌아서 오다

·1부· 출생과 성장

정감록에도
소개된 출생지

물 맑고 인심 좋은 곳, 소백산맥이 감싸고 낙동강이 흐르는 배산임수背山臨水의 고장이며 소중한 문화유산과 아름다운 자연 자원이 산재한 곳. 유교 문화의 역사와 전통이 살아 숨 쉬는 경상북도 예천군 용문면 하금곡慶北 醴泉郡 龍門面 下金谷 2리 463번지에서 1938년 12월 5일에 출생했다.

출생지인 용문면은 예천 서북단의 소백산 자락에 위치한 곳으로 그 면적은 71.17평방미터이고 인구는 2,727명(2013년 현재)이다. 동쪽으로는 감천면, 남쪽으로는 예천읍과 유천면, 서쪽으로는 문경시 동로면, 그리고 북쪽으로는 상리면과 하리면에 접하고 있다. 서북부는 소백산맥의 지맥으로 매봉(865m)과 국사봉國師峰(732m)이 솟아 있고, 남부는 구릉과 평탄지로 구성되며, 서쪽으로 한천漢川이 흐르고 있다. 예천과 단양端陽 간 지방도가 동부를 관통하고, 동노東魯와 예천 간 군郡도가 동서를 가로 지르며, 유천과 용문 간 군도가 남북으로 관통하고 있다.

용문면은 예로부터 선비와 관료를 비롯하여 다수의 인재를 배출한 곳이다. '금당맛질 반서울'이라 불리는 살기 좋은 고장으로, 우리나라의 십승지十勝地 가운데 한 곳으로 이름이 나 있으며 정감록鄭鑑錄에도 기록되어 있다.

특히 이곳은 깨끗한 청정 지역으로 예로부터 우수한 농 특산물이 많이 생산될 뿐 아니라 문화재文化財로는 용문사 대장전門寺大藏殿(보물 145), 용문사 윤장대輪藏臺(보물 684), 청룡사 석조여래좌상靑龍寺 石造如來坐像(보물 424), 예천권씨종가별당(보물 457), 성현동 고분군, 초간정草澗亭, 병암정屛巖亭을 비롯해 선인들의 얼이 담긴 문화 유적이 많이 산재해 있다.

그리고 출생 마을인 하금곡리下金谷里는 남쪽으로 예천읍과 접해 있고 그 사이로 금곡천金谷川이 흐르고 있다. 자연마을로는 속칭 여각, 용두, 새마, 버들 밭, 인산이 있다. 이들 중 버들 밭柳田이 나의 출생지인데 이곳은 이李 씨들이 이 마을을 개척할 때 마을 앞에 버드나무 밭이 있어 버드나무 가지에 꾀꼬리가 둥지를 튼 모양이라 하여 붙여진 이름이라고 전해지고 있다.

그리고 나의 아호雅號이기도 한 유전柳田은 국문학자이자 대구한의대학교 초창기 학장이었던 심재완沈載完 박사가 나의 신변에 대한 여러 가지를 참고하여 출생지인 유전을 호로 지어 주셨다.

가문 및
집안 내력

신천信川 강康씨 선산파善山派에 속한다. 신천 강씨 시조始祖는 신라 성골聖骨 강호경康虎景으로 본디 진원 경양리 출생晉原景陽里出生이지만 후손들이 고려 충렬왕조忠烈王朝 때 신성信城(현 황해도 신천) 부원군府院君 강지연康之淵을 중시조中始祖로 정한 이후부터 신천이 본관이 되었다. 나는 시조始祖인 강호경 41세손이다. 신천 강씨 선산파의 집성촌集成村인 경북선산 고아면高牙面에서 일족이 예천군 감천甘泉으로 이주하였고 또 그중 몇몇이 예천군 용문면 하금리醴泉郡 龍門面 下金里(일명 유전리=柳田里)로 이주하여 현재에 이른다.

나의 조부祖父 강영주康永周(戊午 10월 18일 생, 丙子 10월 8일 卒)와 진성 이씨眞城 李氏 가문의 조모祖母(甲戌 2월 8일 생, 庚申 2월 23일 卒) 사이에 아들 둘(康鎭東과 康鎭泰)과 딸 하나를 두었다.

아버지 강진동康鎭東(光武 癸卯年 1903년 2월 15일 생, 戊戌 1958년 2월 14일

卒)과 어머니 김목순金木順(1899년 5월 18일 생, 1951년 8월 28일 卒, 권철교(權喆綆) : 1906년 2월 26일 생, 1990년 4월 20일 卒)의 사이에 4남 4녀를 두셨다. 첫째는 임순任順(1922년 12월 1일 생)이고, 둘째는 용순用順(1925년 10월 29일 생)이며, 셋째는 봉옥奉玉(1930년 2월 15일 생)이다. 그 다음이 맏아들인 상원相源(1932년 3월 13일 생)이고, 둘째 아들이 민한玟漢(1933년 6월 15일 생)이며, 그리고 셋째 아들인 나(강형(康洞) 1938년 12월 5일 생)이고 다음으로 넷째 아들이 지한智漢(1941년 11월 15일 생)이며 막내 딸 옥자玉子(1944년 3월 15일 생)까지 도합 8남매다.

첫째 누나(강임순)는 이수봉(경북 예천군 개포면 장송동)과 결혼하여 슬하에 1남 1녀를 두었고, 둘째 누나(강용순)는 이용벽(경북 안동군 풍산읍 상리1동)과 결혼하여 3남 1녀를 두었으며 셋째 누나(강봉옥)는 권기영(경북 풍산읍 수동)과 결혼하여 5남을 두었다. 그리고 맏형(강상원)은 김용순과 결혼하여 5남 2녀, 둘째 형(강민한)은 6·25 때 월북하여 1남 2녀를, 그리고 나(강형)는 서영자와 결혼하여 2남 2녀를 두었다. 남동생(강지한)은 권기순과 결혼하여 1남 2녀, 여동생(강옥자)은 정홍진(경북 예천군 풍양면 흔효리 40번지)과 결혼하여 2남 2녀를 두었다.

1950년 6·25전쟁 당시 우리 고장(예천군 용문면)에 많은 인민군이 침투하여 그해 추석 전까지 점령해 있는 동안 중학교 3학년이던 둘째 형은 인민군들의 꼬임에 속아 우리 동네 주변 남녀 청년 10여 명과 함께 월북을 했었다. 월북 도중 폭격을 당해 죽었다는(폭격을 당할 때 같이 있다가 형의 죽음을 목격했다는) 귀향인의 말을 곧이듣고 우리 가족은 형님이 사망한 것으로만 믿고 있었다.

그러나 2006년, 사망했다고 알고 있었던 둘째 형님을 이산 가

가족 사진 – 왼쪽부터 저자, 여동생, 형수(조카), 어머니, 남동생

족 상봉을 통해 만나게 되었다. 그리하여 현재(2014년)까지 우리 8남매는 모두 생존해 있다. 다만 둘째 형님은 북한 양강도 용흥 군에 거주하고 있다. 슬하에 1남 2녀를 두고 있음을 제13차 금 강산 이산 가족 상봉(2006년 3월 20일 ~ 3월 22일)에서 확인했다.

우리 가족은 용문면 하금곡2리 463번지의 아주 평범한 농촌 에서 농업을 주업으로 하여 대대로 살아왔다. 할아버지 대까지 학교를 다니신 분은 한 분도 없었다. 할아버지는 두 아들을 두 셨는데 큰아들인 아버지는 비록 학교는 다니지 못하셨지만 한 학을 조금 하시고 또 인품이 출중하셔서 주변에서는 보기 드물 게 존경을 받으셨다. 그리고 숙부께서는 일찍이 고향을 떠나 타 향살이를 하시다가 말년에 다시 고향으로 돌아오셨다. 그러다

3세 때 동생 지한(1세)과 함께

신천 강씨 41대인 우리 대에 와서 비로소 초등학교를 다니게 되었다.

그러나 학교 교육도 아들에게만 한정되어 초등학교를 마친 우리 4형제(상원. 민한. 형. 지한)만 중학교 진학이 허용되었다. 중학교에 다니던 둘째 형님은 6·25 때 월북하고 첫째 형님이 우리 가문에서 처음으로 중학교를 졸업했다. 셋째인 나와 넷째만이 고등학교(옛 사범학교)를 거쳐 대학과 대학원 교육을 마쳤다. 끝까지 교육을 받은 셋째인 나와 넷째인 지한은 훗날 대학교수가 된다.

저자 생가

나의
고향 마을

'춘거화유재 천청곡자음春去花有在 天晴谷自陰.
두견제백주 시각복거심杜鵑啼白畫 始覺卜居深.'
(봄은 지나가 버렸지만 우리 마을은 아직도 꽃이 피어 있
고, 하늘은 구름 한 점 없이 맑은데 우리 마을은 아직도 그
늘이 저있네. 두견새는 대낮에도 울고 있으니 이제야 내 사
는 곳이 깊은 고을임을 깨닫겠네.)

나는 지금도 고향을 떠올릴 때면 시인 이인로李仁老의 이 시구
를 항시 생각한다. 이 시에서 언급하고 있는 환경과 내가 성장한
고향이 너무나 비슷하여 이 시를 좋아하게 되었다. 이런 고향을
지척에 두고도 마음대로 가지 못하는 것이 현대인의 공통된 사
정일 것이다. 특히 농촌에서 어린 시절의 꿈과 이상을 키워왔던

사람들은 더욱 고향을 못 잊어 할 것이고 다만 잠시 기억을 잊고 있을 따름일 것이다.

동네 어귀에 수백 년 묵은 큰 느티나무의 무성한 그늘 밑에서 온 종일 숨바꼭질하며 놀다 지친 아이들이 왁자하게 떠들며 돌아가는 조그만 초가집 사이 좁은 골목이 저녁 연기에 포근히 잠겨 있던 고향 마을, 하이얀 들꽃이 희미한 달빛에 부서지는 시골길 가, 논두렁에서 개구리 소리가 진동을 하고 논과 논 사이의 물꼬에서 새어나는 가는 물소리와 싱싱하고 향긋한 냄새, 조금도 시끄럽지 않은 단조로운 소리들, 철마다 풍요로운 색조를 뿜어내며 목화솜처럼 포근하고 따스하던 고향의 산하, 앞산과 뒷산에서 뻐꾸기가 울면서 시작되는 못자리판에 싸리나뭇잎과 오리나뭇잎을 잘게 썰어 놓고 이쪽 저쪽으로 황소를 몰고 다니는 농부의 명쾌한 봄노래 소리, 초가 지붕 위에 널려진 붉은 고추와 초가 담 위에서 하염없이 익어 가는 호박 덩어리, 그리고 빨간 연시로 휘어진 감나무 가지 사이로 가을을 재촉하는 숨 가쁜 여치 소리……. 봄, 여름, 가을의 어린 시절 고향 풍경이 눈에 선하구나.

겹겹으로 마음의 벽을 두텁게 쌓고 각박한 인심과 시간에 쫓겨 긴장하고 불안해하는 생활의 한가운데에서 권태로운 혐오감을 감당하기 어려울 때, 이러한 고향의 추억들은 최후의 안식처로 마음속에 가까이 다가온다. 그곳에 달려가서 조용히 쉬고 싶어지기만 한다.

가을이 깊어지면서 앙상히 드러난 나무 가지 사이로 싸늘한 찬바람이 스쳐지나갈 때, 매연과 먼지에 찌든 가로수의 갈색 잎사귀에 스쳐 지나가는 가을 빗소리를 들을 때 도무지 까다롭기만한 인간관계의 함수 속에서 우리는 쓸쓸함을 느끼고 고향을 그리워하게 된다.

고향을 그리워함은 어린 시절을 그리워함이요, 이것은 곧 한 없이 자유롭고 한없이 유치하고 한없이 순수함을 그리워함이 다. 행복한 꿈처럼 모든 것을 허락하던 고향, 그곳이 한적한 시골이기에, 그리고 이제는 다시는 그와 같은 한가로움과 풍요함을 찾을 수 없기에 더욱 고향을 소중히 여기는가 보다.

여름이면 멍석 한 모퉁이에 모기 불 피워 놓고 하늘에 피어 있는 초롱초롱한 별을 바라보며 열심히 별자리를 익히며 유난히도 빛나는 별을 서로 차지하려던 어린 시절의 고향은 이제 달콤한 추억의 장면으로 저만치 멀어만 가 있다.

그때 그렇게 지난 어린 시절, 아저씨라고 불리던 사람들이 이제는 상 할아버지가 되었고, 그때의 어린이들은 이젠 아저씨가 되었다. 그동안의 격세지감을 피부로 느끼게 한다.

이제 텅 빈 고향의 산하들! 드문드문 자리 잡고 있던 십여 호 남짓 되는 고향 마을 사람들도 거의가 도회로 떠나고, 그나마 남아있는 이들의 태반이 이제는 물러앉아 남은 여생을 보내야 할 처지에 있는 분들이다. 한동안 자식 따라 도회로 나갔다가 도회에 염증을 느끼거나 적응을 하지 못하고 낙향한 사람들도 있다. 그래서 시골에서만 살아온 사람들보다 그 대화가 많이 개화되어 있다. 여당이 어떻고 야당이 어떠하다든지, 스포츠도 알고 그리고 연예인들도 알고 있단다. 이젠 고향 마을에서도 TV 화면을 통해 아침, 저녁으로 변하는 세상소식도 듣고, 전화로 집 떠나간 아들딸의 소식도 매일 듣고 있단다. 이들과의 대화에서 고향 마을이 텅텅 비어지게 된 이유를 뚜렷이 읽을 수 있다.

　이런 이야기 속에서 고향 농촌의 밤은 깊어만 가고 하늘의 별빛은 더욱 뚜렷하게 고향 하늘을 수놓는다.

　　　　　　　－〈예천문단 6집(2009년도)에 실린 저자의 글〉

고향 마을 앞 병암정(드라마 황진이(하지원 분) 촬영 장소)

광복과
6 · 25 전쟁

 1946년 9월, 집에서 약 2km 떨어진 곳에 위치한 용문 초등학교에 입학했다. 1945년 8월 15일 일본으로부터 해방된 지 꼭 1년이 지난 후였다. 일제 치하에서 입학 적령기를 넘겼던 다수의 학생들이 함께 입학을 했다. 그래서 나의 초등학교 동기들 가운데는 형님뻘 되는 철든 학생들부터 입학 적령기 나이의 학생에 이르기까지 나이 폭이 무척 컸다.

 이때 나에게는 이미 초등학교 4학년과 6학년에 다니는 두 형들이 있어 등교길에는 늘 두 형이 나를 데리고 다니며 이런 저런 이야기를 해 주었다. 형들은 일제 치하의 학교가 어땠는지 이야기하면서 그때 갓 입학한 나를 무척 복 받은 아이라고 했다. 광복이 되기 전 학교 수업은 공부는 뒷전이고 억지로 학생들을 이끌고 시골 길가를 따라 구덩이를 파고 피마자 씨앗이나 해바라기 씨앗을 심는 강제 노동에 동원하거나 연료용 솔방울이나 송진과 관솔을 일정량 따오게 했다고 한다.

광복 전후 나의 유년 시절은 계옥지수桂玉之愁의 기간이었다. 굶주림의 기억만 뚜렷하게 남아 있다. 특히 봄이 되면 내 집 네 집 할 것 없이 마을 전체가 끼니를 굶거나 죽으로 연명했던 기억이 생생하다. 부잣집조차도 조반석죽朝飯夕粥하는 생활을 했다.

어린아이들은 무리를 지어 산에 올라 양지에 일찍 피어난 참꽃을 따 먹으며 허기를 때우기도 했고 언덕 위에 솟아나는 삐비 줄기를 뽑아 먹기도 하고 잔대를 캐어 먹거나 습지에서 올미를 캐어 먹으며 주린 배를 달래기도 했다. 어른들은 남녀를 불문하고 지게나 멜빵을 메고 산에서 먹거리를 찾아 다녔다. 심지어 소나무 껍질을 벗겨 와서 죽을 쑬 때 넣어 양식을 절감하기도 했다. 곡식을 심지 못하는 땅에는 박이나 호박, 콩이나 팥을 심어 양식에 보태기도 하고 팥잎과 콩잎은 죽을 쑬 때 넣어 먹거나 반찬으로 먹기도 했다. 팥잎을 넣어 지은 밥은 별미여서 육칠십 년이 지난 지금도 가끔 먹고 싶은 생각이 들곤 한다.

광복 전후의 이런 굶주림이 어느 정도 잊히는가 싶던 그때, 비참한 골육상쟁骨肉相爭인 6·25전쟁이 시작되었다. 우리 민족사에서 가장 비극적인 6·25전쟁은 1950년 6월 25일 새벽 4시 30분에 소련제 탱크 300대를 앞세우고 동포의 가슴에 총칼을 겨누며 이리 떼처럼 밀려 내려온 붉은 군대의 기습적 남침으로 시작되었다. 3년 후인 1953년 7월 27일에 휴전 협정이 이루어졌지만 남북의 대립은 60여 년이 지난 지금까지도 계속되고 있다.

이 전쟁으로 사망한 사람이 남북 합쳐 300여만 명이나 되었고 유엔군과 중공군까지 합하면 500여만 명에 달한다. 이런 인명 피해 이외에도 십만여 명의 전쟁고아와 미망인이 생겼고, 수천 명의 애국지사들이 납치당했다. 도시는 폐허가 되고 공장은 잿더미가 되었으며, 조국의 강산은 피바다로 변하고 삼천만 동포는 공포와 기아와 사선을 헤매었다. 이로 인해 일천만이 넘는 이산 가족이 생겨 아직껏 혈육이 상봉하지 못한 채 분단의 아픔과 한恨을 안고 살아가고 있다.

1950년 6월 25일 당시 나는 초등학교 5학년 1학기를 보내고 있었다. 그날은 일요일이라 다음날 월요일 아무 영문도 모르고 여느 때처럼 학교에 가서야 비로소 전쟁이 일어났다는 것을 알았다. 모두들 집으로 돌아가서 연락이 있을 때까지 등교하지 말라고 했다. 며칠이 지나자 포성이 들리고 인민군이 보이기 시작하더니 연이어 우리 집 주변은 격심한 전투지로 변했다. 1950년 7월 초쯤 인민군에게 점령된 우리 마을 인근에 주둔해 있던 인민군 부대원의 말에 의하면 이제 일주일만 있으면 남한 전체가 북조선의 점령지가 된다고 했다. 그리고 그들은 조금만 더 참고 기다리라며 아이들을 격려하고 김일성 찬양 노래를 힘껏 부르게 했다. 그러나 일주일이 지나도 또 이 주일 삼 주일이 지나, 한 달 두 달이 되어도 완전 점령된다던 남쪽 지방에 무슨 일이 일어나고 있는지 캄캄 무소식이었다.

그러는 동안 둘째 형 민한(당시 중3)과 또래인 사촌 누나 영자는 김일성 찬양단에 끌려가 주변 마을을 돌아다니며 노래 봉사를 했고 그때 나이 19세이던 첫째 형(상원)은 인민군에 끌려가 팔공산 전투에 투입됐다고 했다. 그런데 인민군에 끌려간 첫째 형이 한 보름 정도 지났을까 느닷없이 파김치가 된 모습으로 나타났다.

형은 인민군에 끌려가 안동 근처의 어느 곳에서 소총 훈련 몇 시간을 받은 후 즉시 팔공산 전선으로 투입되었다고 했다. 그러나 가는 도중 전선에서 부상을 당한 무수히 많은 인민군들의 참상을 보고 꾀병을 부렸던 것이다. 하루 이틀 식음을 전폐하고 죽는다고 소리치며 뒹굴었더니 끌고 가던 상관이 중도에서 귀환증명을 해주면서 정식 귀환을 시킨 것이다. 돌아오는 도중 여러 번 인민군에게 잡혔으나 거의 일주일 동안 식음을 전폐했으니 그야말로 환자처럼 보였던지 그때마다 통과되어 무사히 집에 도착한 것이다. 평시에 좀 순진해 보이던 형이 이런 수단을 부려 도망칠 줄이야 짐작도 못한 일이었다.

6월 25일에 시작된 전쟁이 3~4개월 만에 남한 전역을 쑥대밭으로 만든 가운데 여름이 지나고 추석 명절이 지나 그동안 우리 마을을 점령하고 있던 인민군이 다시 북쪽으로 줄행랑을 쳤다. 이때 인민군 선전부대에 끌려 김일성 찬양 노래단으로 활동하며 이웃 여러 마을을 다니며 김일성 찬양 노래를 불렀던 둘째 형과 또래 나이었던 사촌 누나(영자)가 찬양 노래 단원들 십여 명과 함께 인민군의 회유懷柔에 넘어가 함께 북쪽으로 끌려갔다.

그러니까 우리 마을 고등학생 이상은 인민군이나 짐꾼으로 끌려가고, 중학생은 찬양단원으로 끌려갔으니 노인들과 초등학생들만 남아 있게 되었다. 남은 초등학생들은 다시 학교로 돌아갔다. 학교 건물 중간이 폭격을 당해 폭삭 무너져 있었다. 어수선한 분위기 속에 수업이 다시 시작되었다. 그러나 가족과 함께 멀리 피난을 떠난 급우들 몇몇은 그때까지 나타나지 않았다.

탈농脫農의 꿈

초등학교 시절은 나의 일생 중 가장 살기 힘든 시기였다. 광복과 6·25전쟁을 전후하여 인간의 삶에 가장 기본이 되는 의식주가 해결이 되지 못했다. 보릿고개 기간 동안 먹을 것이 없어 보리죽이나 풀뿌리, 나무뿌리, 나무껍질을 먹었던 그야말로 초근목피草根木皮로 연명했다. 입학 후 신발이 없어 맨발로 다니던 때 검은 고무신은 물론이요, 심지어 짚신도 신어본 기억이 난다. 그 당시 겨울은 지금보다 훨씬 추웠다고 기억되는데 물론 온난화 탓도 있겠지만 당시로서는 내복은 말할 것도 없고 입을 옷이 없어 더욱 추위에 떨어야 했던 것 같다.

겨울철에 가장 고통스러웠던 것은 겨울방학을 전후한 등·하교 때였다. 특히 등교할 때 고통이 더욱 심했다. 그때 추위의 고통을 조금이라도 덜어보겠다고 꾀를 부린 수단은 달음박질이었는데 지금 생각해도 상당히 이치에 맞는 방법이었다. 200~300여m 달린 후 숨을 헐떡이며 논둑 밭둑 아래 쪼그리고 앉아 뒤에 달려오는 친구들을 기다려 또 달려가면서 추위를 피했다.

이렇게 어려웠던 사회 환경 속에서, 봄과 여름철에는 방과 후 산으로 소를 몰고 풀을 먹이면서 소풀을 베고, 토요일이나 일요일, 그리고 방학이 되면 땔감을 준비해야 했다. 이때를 일컬어 진정 계옥지수桂玉之愁의 시대라 할 수 있을 것이다. 특히 주변의 산은 벌거숭이산으로 변해 있었기 때문에 땔감을 구하려면 집에서 약 10km 정도 산골짜기로 들어가야만 했었다. 이 당시 나에게 가장 고통스러웠던 일은 지게로 땔감을 옮기는 일이었는데 나와 비슷한 또래의 친구들보다 좀 더 많은 땔감을 짊어지고 가려는 욕심 때문이었다.

땔감을 지게로 옮길 때나 모심기를 할 때는 언제나 너무나 힘이 들었다. 이런 일을 할 때마다, "나는 훗날 절대로 농촌에서 농사일은 하지 않을 것이다. 어떻게 해서라도 나는 농촌을 벗어날 것이다."라는 결심을 했다. 이런 결심을 한 가장 큰 이유는 보통 친구들보다 신체가 왜소하고 허약한 탓에 이런 일들을 감당할 수가 없었기 때문이었다. 이렇게 탈농의 꿈은 서서히 나의 마음속에 굳어져 가고 있었다.

▪ 명세지재들과 함께한 여정 ▪

▪2부▪ 꿈과 희망을
가지다

한순간에 작성된
장래 희망

    초등학교 졸업을 앞둔 어느 날, 내 인생을 결정지은 한 가지 사건이 있었다. 담임 선생님께서 수업 중에 갑자기 학생들에게 장래 희망을 적어내라고 했다. 내가 6학년 때(1952년)는 6·25전쟁 직후라 시대적으로는 사회 전반이 불안한 시기였다. 그 당시는 아직 남·북한 간에 휴전이 체결되기 전이라 38선을 중심으로 한 전선戰線에서는 밀고 밀리는 격렬한 전투가 계속되고 있었고, 그 당시 목조 건물이었던 우리 학교 교사校舍 맨 앞 동이 미군의 폭격으로 파괴된 상태라 온통 어수선한 시기였다.

    그런 시기, 그런 상황 속에서 더구나 좁은 시야를 가진 당시의 초등학교 학생들로서 장래 직업을 진지하게 생각해 본다는 것은 거의 불가능한 일이었다. 그래서인지 그때 각자 장래 직업을 적어 내라는 담임 선생님의 요구에 우리는 농담 반 진담 반으로 답했다. 온갖 직업이 다 나왔고 엉뚱한 장래 직업을 적어 낸 경우에는 손뼉을 치며 웃음이 쏟아지기도 했다. 이를테면 어떤 학생은 "저는 대통령이 되겠습니다."라는 식의 대답이 나왔을 때 더 큰 박수를 받았다.

그런데 그때 나는 장래 교사가 되겠다고 한 것이다. 지금도 이상하게 생각하는 일이지만 내가 선생님이 되겠다고 적어 낸 것이 공개되는 순간, 교실 안의 어느 누구도 나의 대답에 웃거나 박수 치는 사람이 없었다. 다시 말해서 농담으로 들어주는 사람이 없었다. 어쩌면 그때 내 대답이 다른 학생들에게는 농담이 아니라 진담으로 받아들여졌는지도 모른다. 아니면 그때 존경을 받고 있던 담임 선생님 앞에서 감히 선생님이 되겠단 대답에 웃음을 터트리는 것은 담임 선생님에 대한 도전같이 느껴졌기 때문인지도 모른다. 하여튼 나의 장래 직업이 농담으로 비추어지지 않았음은 분명한 일인 것 같다. 만약 그때 교사가 되겠다는 나의 대답에 웃음이 쏟아져 나왔다든지 농담 섞인 박수가 나왔다면, 어쩌면 나의 인생도 다른 모습으로 바뀌었을지도 모를 일이다.

그 후로 나는 오직 선생이 되는 길만을 생각하면서 그 길만을 따라왔다. 안동사범학교를 졸업하고 20세 때 초등학교 교사, 27세에 중학교 교사가 된 후 31세에 고등학교 교사를 거쳐서 39세에 대학교 교수가 되었다. 그러니까 초등학교 6학년 때 대답한 장래 직업이 나의 미래를 일찍 확정지었는지도 모를 일이다.

통학 길에서
얻은 습관

1952년 중학교 입시는 한정적으로(아마도 1~2년 동안) 초등학교 6학년 때 치른 국가 고시로 결정되었다. 그러니까 전국에서 동시에 실시한 국가 시험 성적으로 자기가 가고 싶은 곳 어디에나 원서를 낼 수 있도록 되어 있었다. 예천군 내 초등학교 6학년 학생 전부가 예천초등학교(전 예천서부초등학교)에 모여 동시에 시험을 쳤다. 그리고 얼마 후 시험 성적이 발표되었는데 예천군 전체 수석이 내가 다닌 용문초등학교에서 나왔다. 나도 전체 7등의 성적을 받아 우수한 순위로 예천중학교에 입학(1952년 3월)했다.

예천중학교는 옛날 예천농고(현 경도대학 자리)와 같은 울타리 안에 위치하고 있었는데 우리가 중학교 3학년 졸업식 며칠 전에 새 위치로 이사를 했다. 학교는 우리 집에서 10.5km 거리였다. 하루에 왕복 50리를 걸어 다녔다. 때론 뛰어서 다니기도 했다.

이런 장거리 도보 통학을 하면서도 늘상 우수 성적권에 있었던 것은 내 나름의 공부 방법 때문이었다고 생각한다.

학교까지 걸어서 오가는 2~3시간이 바로 시험 공부를 하는 시간이었다. 그러니까 2~3시간 걸리는 등하교 시간을 이용해서 시험 공부를 미리 해두었던 것이다. 등하교 시간 때 걸으면서 암기하고 사고思考하던 방법이 결국 몸에 배이고 습관이 되어 중학교 졸업 이후에도 계속되었다. 이런 공부 방법은 순전히 선배로부터 전수받은 것이었다. 그러니까 나의 4년 선배이며 내가 다니는 예천중학교와 같은 울타리 안에 있던 예천농고 1학년에 재학 중이던 변우량(용문초등 22회, 16대 국회의원) 형과 3년 선배로 나와 같은 예천중학교 3학년에 재학하고 있던 강보대(훗날 해군사관학교 출신) 형, 바로 이 두 사람이 등하교 시간에 항시 손에 책을 들고 다녔다. 이 선배들의 공부하는 모습을 나는 그대로 전수받았던 것이다.

걸으면서 공부하는 습관은 고등학교와 대학교 때도 계속되어 중요 과목은 늘 걸으면서 사고하고 암기해 두었다. 직장에서도 사고하며 걷는 습관은 많은 도움이 되었다. 교수 시절 강의 준비는 물론이고 제자들 주례사나 청탁받은 원고, 교회 장로 대표 기도문 같은 것도 산책을 하며 준비를 했다. 이와 같은 버릇 이외에도 중학교 3년 동안 매일 왕복 20여 Km를 걷거나 뛰었던 것은 또 하나의 큰 재산이 되었다. 그것이 지금까지 건강을 지켜주는 원동력이 되고 있으며, 동료들과 등산길에 나서면 늘 선두 그룹에 끼일 수 있는 주된 원인이 되고 있다.

순리를 따라
사범학교로 진학하다

　나는 우물 안 개구리 류의 학생이었다. 좀 부끄러운 이야기지만 나는 중학교 졸업할 때까지 기차를 타본 일이 없었다. 아니 기차를 본 일조차 없었다. 입학 시험을 치기 위해 시험 전날 예천에서 안동으로 버스를 타고 가던 도중에 안동에서 의성, 영천 방향으로 달리는 기차의 모습을 보았다. 그때까지 한 번도 기차를 보지 못했던 나로서는 유리창 너머로 연기를 뿜으며 달려가는 기차의 모습은 환상적이었다. 그러나 연기를 뿜으며 달리는 기차의 실제 모습은 내 머릿속에 그려만 보던 기차의 모습과 별 차이가 없었던 것 같았다.

　그때 안동사범학교 신입생은 남학생 3개 반과 여학생 1개 반으로 편성되어 있었다. 윤일선尹日善 교장선생님과 장기환張麒煥 교감선생님, 그리고 담임은 성호운成虎雲 선생님이었다. 선생이 되겠다는 나의 소박한 꿈이 이루어진 것이다. 안동을 중심으로 경상북도 북부지역에서는 꽤나 성적이 좋다는 학생들이 선발되었다. 그러나 막상 입학을 해보니 상당수의 보결생들도 한 반에 배치되어 있었다.

한 학기가 끝나고 성적표가 나왔다. 비교적 우수한 학생들이 입학한 학교였기에 나는 어느 정도의 수준에 속해 있을지 입학 후 한 학기 동안 무척이나 궁금했는데 첫 번째 성적표를 받고서야 내 위치를 알게 되었다. 내 성적 위치를 확인하는 순간 나도 놀랐다. 성호운 선생님(국어 담당) 반에서 90여 명 중 2등을 차지했다. 1등은 김동윤 학생이었는데 나와 평균은 동점이었다. 김동윤은 1학기를 마치고 대구사범으로 전학을 가버렸지만 졸업 후 경북대학교에서 또 다시 만나게 된다. 그는 경북대학교 의과대학에 입학했고 나는 경북대학교 사범대학에 입학했다. 김동윤은 대학 졸업 후 캐나다를 거쳐, 현재 미국 클리블랜드 시티에서 암 치료 의사로 활동하고 있다.

초등학교 6학년 때부터 결심했던 초등학교 선생이 되겠다는 꿈이 그때 서서히 영글어 가고 있었다. 그러나 그때쯤 꿈에 대한 회의감이 들기 시작했다. 진로를 바꾸어 다른 분야로 갈까 하는 생각을 해 보기도 했다. 이렇게 고민했던 가장 큰 이유는 바로 교과 과정 가운데 예능 교과가 지진했기 때문이다. 체육, 미술, 음악이 예능 과목에 속하는데 미술은 어느 정도 보조를 맞추어 나갈 수 있었으나 체육과 음악은 완전히 흥미를 잃고 말았다. 타 학생들과 보조조차 맞출 수 없을 정도였다.

초등학교 교사가 되려면 예능 과목이 필수다. 그런데 나의 사정이 이렇다 보니 큰 장벽에 부딪히게 되었다. 1학년 1학기 성적 중 예능교과 성적은 F 학점을 겨우 면할 정도였으니 기타 교과 성적은 얼마나 좋았겠는가. 잠시 동안이지만 이런 나의 고민은 초등학교 교사를 포기하면 된다는 생각을 하면서 진정이 되어 갔다.

예천향우회 친구들(앞줄 맨 앞쪽)

정성기와 함께

아내 서영자 − 고3친구들과 함께(1957년, 앞줄 왼쪽에서 두 번째)

아내 서영자(왼쪽)

회상
- 억지로 쓰게 한 위문 편지

우리 세대라면 누구나 국군 장병에게 보내는 편지를 써 본 경험이 있을 것이다. 나도 6·25전쟁이 있은 후부터 일 년에 최소 두 번은 국군 장병에게 위문 편지를 썼던 기억이 난다.

담임 선생님이 성호운 선생님으로 기억되는 것으로 보아 고등학교 1학년 때였고, 크리스마스를 앞두고 있었으니 2학기였음이 분명하다. 그러니까 고등학교 1학년 2학기였다. 겨울 방학을 하루인가 이틀 앞둔 아침 조회 시간에 담임 선생님께서 내일 아침까지 반드시 위문 편지를 써 와야 한다면서 내일까지 써 올 수 있는 사람은 손을 들라고 했다.

그러나 한 사람도 손을 드는 학생이 없었다. 손을 드는 학생이 없음을 확인한 선생님은 약간 화난 표정으로 이번에는 내가 지명할 터이니 그렇게 알라며 교실을 쭉 돌아다니시면서 직접 손가락으로 "너, 너." 하면서 지적을 하시기 시작했다. 이때 학생들은 담임 선생님의 지명을 피해 보려고 했지만 전체의 2/3에 해당하는 학생들이 억지 지명을 받고 위문 편지를 쓸 용지를 건네받았다. 지명을 면한 학생들은 안도의 한숨을 쉬며 지명을 받은 학생들을 "너, 정말 잘 걸렸구나!" 하고 손뼉을 치며 놀려댔다.

그러나 그때 선생님의 지명을 받지 못한 나는 다른 학생들과는 전혀 다르게 정말 기분이 좋지 않았다. 60여 년이 지난 지금까지도 당시 상황이 똑똑히 기억되는 것을 보면 그때의 상한 기분을 짐작할 수 있다. 선생님의 지명을 받지 않은 것을 정말 다행으로 생각하고 있었던 학생들과는 달리 왜 나만 기분이 좋지 않았을까. 어쩌면 좀 모자라는 학생의 유치한 생각이라고 할 수 있을지도 모른다.

그때 담임 선생님은 무작위無作爲로 그냥 "너, 너." 하면서 편지 쓸 종이를 나누어 주신 것이 아니라 학생의 얼굴을 꼼꼼히 보시면서 "어디 보자, 너는 편지 잘 쓰겠구나, 너는 남자답게 생겼구나." "너는 약속을 지킬 인상인데." 등의 표현을 하시면서 종이를 나누어 주셨다. 그런데 내 앞에 오신 선생님이 나를 보시고는 아무 말씀 없이 그냥 옆자리로 가버렸으니 당연히 받으리라 생각했던 나로서는 너무나 실망이 컸다. 내일까지 위문 편지를 쓸 만한 능력이 부족한 학생이란 판정을 받은 것이었다. 바로 그 사실이 몹시 나를 아프게 했고 평생 그 순간을 기억하게 한 계기가 되었다. 물론 그때 나의 모습이 초췌憔悴했음은 나 자신도 부인을 하지 않는다. 신장이나 체중이 적어 왜소矮小하기 짝이 없었고 촌놈처럼 생긴 데다 자취自炊를 하다 보니 거의 영양실조 상태였으니까 인상이 좋거나 남자답게 보이지 못했던 것은 사실이다.

그러나 그때 나의 기분을 가장 상傷하게 했던 사실은 1학년 2학기 때 그 반 90여 명 학생 중 나의 성적이 1등이었는데도 불구하고 담임 선생님이 위문 편지 한 장을 쓸 만한 인물이 못 된다는 판정判定을 내리셨다는 점이었다. 담임 선생님이 자기 반 학생 전원의 이름을 기억하지는 못하신다 치더라도 최소한 자기반 학생 몇 명의 이름과 얼굴 정도는 기억해 두는 것이 기본적인 의무가 아니었을까(물론 그때 실장인 남인호는 기억하셨음). 자기 반 1등 학생의 이름과 얼굴조차 모르고 계셨던 점에 실망을 했던 것이다. 나는 그때 자존심이 상하기에 앞서 먼저 주변 학생들에게 나 자신이 무척 부끄럽다는 생각이 들었다.

그러나 나의 자존심을 몹시 상하게 했던 그 사건은 평생 교육자 길을 걸어 갈 나에게 커다란 교훈을 남겨주었다. 나에게 교육자의 진정한 교사상敎師像을 심어주었는지도 모른다. 훗날 내가 담임을 하거나 교육 지도를 하는 경우 내가 담임하는 학생이나 지도하는 학생은 절대 외모만을 보고 판단하지 않겠다는 신념을 가지게 했다.

이런 신념을 가졌던 나는 그 후 교육 현장에 있으면서 신체 상태가 나처럼 초췌한 학생이나 못생긴 얼굴을 가진 학생, 그리고 기형아畸形兒 또는 장애아障碍兒를 만났을 때는 내가 직접 담임을 하지 않은 경우에도 먼저 이런 학생의 이름을 기억하고 신상을 파악해서 더욱 사랑과 애정을 갖고 더 가깝게 지내려고 했다.

이처럼 외모에 결격缺格이 있다고 생각되는 제자를 남달리 지도했던 나의 자세가 어쩌면 그들과 더욱 가까운 사제지간의 정을 이루게 해 주었는지도 모른다. 이런 관계로 맺어진 몇몇 제자들과의 관계는 어쩌면 내가 고1 때의 담임 선생님으로부터 받았던 충격의 교훈이 없었더라면 아마도 그들과 지금까지 사제의 정을 나누어 오지 못했을지도 모른다.

고1 때 담임 선생님의 교육 방법이나 학생 지도 방법에 대해서 부정적인 생각을 갖고 있음은 지금까지도 변함이 없다. 그러나 그럼에도 불구하고 성호운 담임 선생님에 대한 존경하는 마음 역시 변함이 없다. 이를테면 "남자답게, 통 크고 거시적巨視的인 비전을 가져라."라든지, "애처가愛妻家는 못되더라도 애국자는 되어라."라는 말씀은 정말 지금까지도 선생님을 좋은 교사상으로 기억하게 한다. 또한 "남자로 태어났으면 남자다운 운동을 해라. 탁구 같은 자질구레한 운동은 남자가 할 운동이 아니니, 적어도 검도 같은 운동을 해라." 등 호연지기浩然之氣의 기질을 갖도록 한 선생님의 말씀은 영원히 잊지 못할 훌륭한 교훈이라 생각한다.

우리 인간에게 기억은 참 중요하다. 별로 가치가 없는 기억은 본능적으로 얼마 가지 않아 뇌리에서 사라져 버리지만 충격적이거나 가치 있다고 생각되는 기억은 영원한 것 같다. 나의 경우에도 별로 가치 없는 오래된 기억들은 거의 모두 사라졌지만 그때의 강제 위문 편지 사건을 통해 나는 앞으로 피상지사皮相之士가 되지 않겠다고 다짐했던 기억은 이렇게 오랜 세월이 흘렀는데도 뚜렷하게 기억에 살아 있다. 60여 년 전 담임 선생님이 무심코

하신 사소한 행동에 나 혼자 충격을 받고 실망을 했던 그 사건은 훗날 시간이 흘러 평생 교육자의 길을 걷게 된 나에게 뼈가 되고 살이 되는 참 교훈으로 바뀐 것이다. 이제 고인이 되신 고1 담임 선생님에게 늦게나마 각골난망刻骨難忘하는 바이다.

안동사범학교 전경

안동사범학교 3학년 때 예천, 문경, 상주 지역 학생들과 함께

사범대학
영어교육과로 진학하다

　적성만 따라 진로를 결정했었다면 나는 분명 생물과 교사나 교수가 되었는지도 모른다. 어릴 때부터 나의 취미는 곤충 채집이나 식물 채집 같은 것들이었다. 또 각종 조류와 어류에 무척 관심이 컸었다. 그리고 또 초·중·고 시절 생물학 과목에 흥미가 많아서 자연적으로 생물 성적도 좋았다. 그러니까 나의 적성은 분명 생물 분야였고 또 전공하고 싶었던 분야도 생물 교육과였다. 그러나 이 학과는 자연 계열이라 내가 싫어하는 물리, 화학, 수학II 등을 시험과목으로 선택해야 하는 문제가 있었다. 그 외에도 나처럼 사범 학교 출신 학생에겐 특히 수학II 과목은 핸디캡이 되었다. 물론 수학II가 다소 어렵다 하더라도 극복할 수는 있었겠지만 한 가지 우려했던 것은 당시 사범대학 생물과는 졸업 후 취업이 불투명하게 보였다. 그래서 나에게 좀 용이했던 인문 계열을 택하게 된 것이다.

사범대학 인문계열 중 특별히 영어교육과를 택한 첫째 이유
는 졸업 후 취업이 가장 잘 되었다는 점이다. 중고등학교 교사
로 전원이 취업되었지만 그 외에 여타 분야로 진출이 가능한 학
과이기도 했다. 그리고 사실 영어는 가장 취약脆弱한 과목이라
내심 공부할 장르가 많은 도전 분야로 생각했었다. 이것은 내가
한 큰 착각이었다.

이 당시(지금도 늘 그러하지만) 영어교육과는 경북 사범대학에서 가
장 커트라인이 높았기 때문에 약간 주저하게 되는 것이 사실이
었다. 그러나 내심 나 자신을 믿을 수밖에 없었고 이 모든 단계
들이 지나자 무난히 합격이란 터널을 통과하게 되었다.

대학 재학 당시 사회는 혼란 바로 그 자체였다. 1960년 4·19
사태 이후 약 3개월간에 걸친 허정許政과도 내각 체제가 끝나고
장면張勉의 민주당 정권이 들어섰지만 무력하기 짝이 없었다. 연
일 데모와 농성으로 날이 밝고 날이 저무는 양상이 계속되었다.
길거리에는 민주와 민권을 내걸고 각종 데모가 판을 쳤다. 머리
띠, 어깨띠를 두른 이름도 모를 데모가 끊일 때가 없었다. 그 당
시의 어떤 한 통계에 의하면 4·19사태 이후부터 그해 말까지
만도 총 1천 800여 건의 데모가 있었다고 했다.

이렇게 데모와 농성이 끊이지 않고 계속되는 장면 정권은 풍
전등화風前燈火처럼 흔들렸다. 사회 전반이 정상이 아니었다. 행
정 처리는 청탁이나 정실 위주로 처리되고 속칭 '빽'이나 '사바
사바(뒷거래)'가 난무하기만 했다. 심지어 호적 초본을 떼는 데도
돈과 빽이 작용을 했다. 돈이 들어가지 않으면 순위가 자꾸 뒤

로 물려져서 하루 종일 시간이 걸렸다. 이런 꼴인데 어떻게 사회가 온전하게 살아남을 수 있었으랴. 겨우 10개월 남짓 버티다가 장면 정권은 무너지고 말았다.

무기력한 장면 정권을 끝낸 것이 바로 박정희 장군이 주도한 5·16 군사혁명이었다. 1961년 5월 16일 군사혁명 이후 동년 7월에 박정희 장군은 국가재건최고회의 의장이 되었고, 다음해 1962년 3월 대통령 권한 대행을 거쳐 63년 12월 제5대 대통령으로 취임하였다. 이 기간은 대한민국 역사상 무척 변화가 많고 다사다난한 시기였다. 가난을 극복하고 국민이 잘 살아보자는 캐치프레이즈catch phrase를 내걸고 시작한 '새마을운동'이 전국적으로 확산되고 전 국민이 동참했다.

그러나 사회적으로 대변화 바람이 부는 모습과는 대조적으로 대학 캠퍼스의 분위기는 별 변화가 없었다. 어쩌면 대학생들의 집단 반발을 염두에 두고 대학이 당분간 변화를 방치해 둔 결과였는지도 모른다. 5·16혁명 때 캠퍼스를 장악했던 군인들의 탱크 부대도 점차 대학 구내에서 물러나기 시작했다.

이러한 분위기를 틈타 캠퍼스에서는 새롭고도 이상한 풍조가 만연했는데, 걸핏하면 휴강이다 종강이다 하며 학교 강의가 해이해지는 분위기로 변해갔다. 그러다 보니 강의를 시도하는 교과목도 학생들이 집단적으로 불참하는 경우가 많았다. 비교적 착실한 그룹에 속했던 나 역시 농땡이 기질이 나오기 시작했다. 특히 교양 과목(철학, 사회학)과 교직교과목(교육심리, 교육과정, 교육방법 등) 등 대강당에서 여러 전공 학과를 모아 집단 강의를 진행하는 과목은 강의에 자주 불참했다. 사실 강의를 들어도, 안 들어도 별로 차이가 없었다. 심지어 교직 과목 중 김 모 교수의 강의는 첫 강의 시간에만 출석하고 한 학기 내내 불참했지만 강의에 참석한 학생 성적보다 오히려 더 좋은 학점을 받은 일도 있었다.

입학 후 얼마 동안은 같이 대학에 입학한 동생 지한(사범대학 일반사회과 재학)과 함께 봉산동 둘째 누나 집에서 기거했다. 그러나 대가족이던 누나 집에서 형제가 같이 기숙을 한다는 것은 너무나 염치없이 크게 폐를 끼치는 일이었다. 그러다 언제쯤인지 자형(고 이용벽)의 배려로 누나집 근처의 방 한 칸을 세내어 주셔서 우리 형제와 생질(누나의 맏아들) 이광선(당시 중학생)이 기거를 하면서 누나 집에 드나들며 식사를 했다. 우리 형제는 누님 내외분의 고마움을 영원히 잊을 수 없을 것이다.

사범대학 재학 시절

지진교과遲進教科이던 영어에 인생을 걸다

　가장 취업이 잘되고 가장 공부 잘하는 학생이 선호하며 또 가장 커트라인이 높은 영어과 합격이라는 터널을 지나 눈을 뜨고 정신을 가다듬어 보니 내가 택했던 영어과 선택이 나에겐 최상의 선택이 아님을 깨닫게 되었다. 영어교육과를 선택한 것이 큰 실수인 것 같았다.

　이처럼 잘못된 선택을 했다고 느꼈던 이유는 합격이란 터널만 통과하면 희망의 고지高地가 저만치 나타나리라 생각했는데 입학식을 마치고 수업을 시작하고 보니 신입생 모두가 나보다 영어 실력이 한 단계 앞서 있었음을 확인할 수 있었기 때문이다. 이 문제에 대해선 심각하게 생각해 보지 못했었다. 다른 여타 학과 같으면 입학 후 비교적 똑같은 조건에서 대학 생활을 스타트하게 되지만 영어과는 출발선상에서 벌써 개인의 실력 차이가 나타나기 때문이다. 그런데 나는 이때서야 영어를 전공학과로 선택한 것이 큰 실수임을 깨닫게 된 것이다.

그러나 후회를 해 보았자 소용이 없는 일이고 또 누구를 탓할 문제도 아니었다. 주어진 환경에서 최선을 다할 수밖에 없었다. 이때부터 나는 또 다시 나의 부족함을 노력이란 도구에 의지하였다. 이런 대학 생활은 인생에 새로운 큰 도전이었고 남들보다 더욱 힘들고 어려운 길이기도 했다. 그러나 나는 그때까지 일생을 살아오면서 경쟁에서 별로 뒤떨어져 보지 않았다는 신념만은 갖고 있었다.

자신감을 가지거나 신념만을 가진다고 모자라거나 부족한 실력을 일시에 끌어올릴 수는 없는 일이다. 지금 돌이켜 보면 그때의 계획이 완벽했다고는 할 수 없지만 모자라는 실력을 수준급으로 끌어 올리려는 내 나름의 계획과 실천 방법이 훗날 내 생활에 비교적 많은 도움을 주었다고 생각한다. 그때 지진교과를 수준급으로 끌어올리기 위해 세웠던 계획을 잠시 더듬어 보고자 한다.

먼저 영어공부는 시대에 따라 조금씩 달라지기는 하지만 예나 지금이나 듣기hearing, 말하기speaking, 읽기reading, 쓰기writing의 4가지로 나눌 수 있다. 그런데 우리 세대에는 4개 영역의 중요도가 현재와는 많은 차이가 있었다. 현대로 오면서 4개 영역 중 듣기 영역과 말하기 영역이 가장 중요한 영역이 되었지만 우리들의 세대 전후반에 걸쳐 상당히 오랜 기간 동안 가장 중요시됐던 것은 다분히 읽기(독해) 영역이었다. 그러다 보니 학교 교육뿐만 아니라 영어교육기관의 거의 전반이 독해 중심, 문법 중심 교육이 되었다. 나 역시 이 읽기(독해) 영역을 중심으로 부진했던 영어 실력을 기르는 계획을 세우고 실행했었다.

우선 영어 문장을 파악하는 독해 능력 향상에 심혈을 기울였다. 이를테면 여류작가 마거릿 미첼Margaret Mitchell의 작품『바람과 함께 사라지다Gone with the Wind』나 노벨상 수상 작가 어니스트 헤밍웨이Ernest Hemingway의『누구를 위하여 종을 울리나For Whom the Bell Tolls』『무기여 잘 있거라A Farewell to Arms』『노인과 바다The Old Man and the Sea』등의 명작 소설이나 단편, 그리고 영어 신문「Korea Times」등을 통해 독해 실력을 쌓아 갔다. 특히 월간지「Digest」의 독해를 위해 당시 경북대 문리과 대학 영문과 김성혁 교수님 댁을 드나들며 독해 능력을 기르기도 했다.

이처럼 독해력 향상을 위해서 책 읽기에 여가 시간의 60% 이상을 할애하고 거기에다 영어문법 공부에 20%의 시간을 더해서 읽기 영역에 도합 80%의 시간과 노력을 집중했다. 지금 생각하면 그때의 시간 배당 계획이 크게 잘못되었을 인정해야 할 것 같다.

물론 훗날 대학 교수 시절에 집필한 필자의 저서『대학영문법』과『최신실용영작문』이 대학들이 소재해 있는 대도시 서점가에서 꽤 오랫동안 인기를 누렸던 것은 학창 시절에 조금 편파적이지만 독해 분야와 문법 분야를 집중적으로 공부했던 결과였다고 생각된다.

공부와 열애熱愛를
병행하다

1960년 4·19사태와 일 년 후인 1961년에 일어난 5·16군사혁명 이후 캠퍼스는 별 이유 없이 어수선했고 모든 교과 강의도 타이트하지 않았다. 이런 분위기를 틈타 학생들은 이런 저런 사유를 들어 수업을 빼먹기 시작했다. 교수들도 내심 좋아하는 눈치였다. 그리고 이런 상황은 공부와 열애

연인과 함께

熱愛를 병행하고 있었던 나로서도 무척 다행한 일이었다.

동기생 관계에서 연인 관계로 발전되었던 그 여인은 나의 안동사범하교 동기동창인 서영자였다. 사실 서영자에 대한 나의 일방적 관심은 사범학교 재학 시절로 거슬러간다. 1957년 사

범학교 3학년 2학기 때 같은 초등학교(안동시 옥동초등)에서 교생
실습敎生 實習을 했다. 교생 실습이 끝날 무렵 서영자가 전체 교
생 실습 학생을 대표해서 갑甲종 연구수업을 했다. 연구수업에
는 갑종 수업과 을종 수업이 있었는데 이 갑종 연구 수업은 여
러 초등학교에 나뉘어 실습 중이던 전체 졸업생들과 모교 삼학
년 선생님, 실습을 받고 있던 옥동초등학교 교사들 다수가 참석
한 가운데 시범수업을 보이는 수업 형태였다. 나는 이때 수업을
참관하면서 처음으로 서영자를 보았다. 남학생도 아닌 여학생
으로서 다수가 참석한 가운데 실수 없이 수업을 진행하는 모습
에 감명을 받았다. 언젠가는 가까이서 여중장부女中丈夫의 담대함
에 대해 그 용기가 대단하단 이야기를 해보겠다는 생각을 했었
다. 그러나 나는 그 당시 대학 입시 준비 관계로 말 한마디 해보

어느 날 교정에서(아내 서영자의 고3 때 갑종 연구 수업 장면)

지 못한 채 시간이 흘렀고, 곧 나의 뇌리에서 서영자는 사라져 버렸다. 그렇게 곧 졸업을 한 후 나는 진학을 하고 서영자는 어디로인가 교사 발령을 받아 행방을 모른 채 헤어졌다.

그런데 우연인가 운명인가는 모르지만 행방을 모르게 떠나갔던 그 서영자가 우리 고향 예천(예천초등)에서 교사로 근무하고 있다는 이야기를 전해 듣게 되었던 것이다. 전화로 연락이 되지 않던 그 시절, 즉시 편지를 했다. 고향에 내려갈 때 한번 찾아가겠다고 했다. 그러나 아무 소식이 없었다. 동기생이면서도 나에 대해선 알고 있는 것이 별로 없었던지라 쉽게 답장을 할 수 없었을 것이라 생각했다.

그러나 마침 그때 서영자가 근무하고 있었던 예천초등학교에는 나와 절친한 동기 이종락 군이 같이 근무하고 있었고, 초등학교 6학년 시절 담임 선생님이셨던 권재환 선생님도 근무를 하고 있었다. 그리고 또 우리 동기생 조영자 선생도 예천 읍내 이웃 학교에 근무하고 있었는데 조 선생은 고향 떠난 지는 오래되었지만 나와 같은 용문면 출신이었다. 이 세 분 선생님이 모두 나를 잘 알고 있으니까 나의 신상身上은 알려고만 하면 어느 정도 알 수 있을 것이라 짐작하고 있었다.

시간이 흘러 방학이 되자 예천초등학교를 찾아가 처음으로 서영자와 만날 수 있었다. 그날은 여름 방학을 며칠 앞둔 무척 무더운 날이었다. 우리의 첫 만남은 학교 교정의 나무그늘 아래서 잠시 동안에 불과했다. 내 고향이 여기이고 우리 초등학교 6학년 담임이 이 학교에 재직하고 계신다는 말과 앞으로 자주 편지해도 되겠느냐는 등의 극히 평범한 대화로 끝났던 것 같다. 편지를 써도 되는지에 대해 긍정도 부정도 하지 않았다. 가정에 전화가 없었던 그 당시에는 편지가 주된 연락 수단이었다.

그 후로 자주 편지를 썼다. 두세 번 편지를 보내면 한 번쯤 답장을 받았다. 편지가 계속되는 것으로 보아 그때까지 그녀는 어쩌면 마음에 두고 있는 남자친구가 없는 것같이 생각되었다. 편지가 계속되면서 교천언심交淺言深하는 사이가 되자 차츰 서로에게 연정의 싹이 트기 시작했던 것 같다. 매일 편지를 써서 3~4일분을 모아서 붙이곤 했다.

그러던 중 마침 연휴가 다가왔다. 용기를 내어 편지로 데이트 신청을 했다. 답장을 받을 때까지 며칠 동안 무척 초조했다. 그녀가 답장으로 데이트를 거절하면 어떻게 하지? 하는 생각을 하는 동안 기다리던 연휴가 점점 가까워져 왔다. 이 두 가지 이유로 학교 수업도 빼먹고 학과 사무실에 쉴 새 없이 들락거리며 답장 도착을 확인했다. 그때 어찌나 자주 들락거렸던지 대학 학과 사무실 아가씨는 내가 창문 안쪽을 들여다보면 미소 지으며 아직 편지가 오지 않았다는 손짓을 해 주기도 했다.

드디어 기다리고 기다리던 답장이 왔다. 떨리는 손으로 편지를 뜯었다. 나의 데이트 신청에 예스나 노로 답하지 않고 "고향이니까 행여 연휴에 집에 오거든 퇴근 시간 직전에 교무실로 전화를 하라"고 했다. 데이트 신청을 간접적으로 받아준 것 같았다. 답장을 받은 그날 이후부터는 연휴까지의 시간이 너무나 길게만 느껴졌다.

교통 수단이 무척 불편했던 당시 대구와 예천을 오가며 만난다는 것은 무척 힘든 일이었다. 대구에서 터덜거리며 버스로 예천까지 가는데 거의 5~6시간 정도 걸렸던 것 같다. 당시로 대구 예천 간 도로는 포장이 되지 않은 상태이고 또 요사이처럼 직행버스가 아니라 중간 어디에서나 사람이 손을 들면 차를 세워 손님을 태우고 또 어디서든 내리고 싶으면 하차할 수 있는 완행 버스였다. 여름철에는 냉방장치가 되어 있지 않았기 때문에 계속 창문을 열어놓고 달려서 종착역에 도착하면 머리에 먼지가 뽀얗게 쌓이곤 했으며 눈썹까지 하얗게 되곤 했다.

첫 데이트 날이었다. 비가 내렸던 것으로 기억된다. 만난 장소는 예천읍 내성천內城川 변에서였다. 그때는 아직 당당하게 다방에서 공개적으로 만날 단계까지는 아닌 것 같아 날이 어두워진 후 조용한 강변을 택했던 것 같다. 당시로서는 소도시 학교 처녀선생이 낯선 남성과 만나는 장면이 노출된다면 즉시 파다하게 소문이 퍼질 것이 뻔한 일이었다.

내성천 강둑을 따라 걷기 시작했다. 비가 내리고 있었으니 서로가 각자 자기 우산을 쓰고 걸었다. 나는 이 순간을 훗날 결혼을 한 후에 "그때 우리 두 사람 모두 바보였었지." 하고 말한 적이 있다. 비가 내리는 날인데, 그리고 데이트하자고 만난 날인데 우산을 각자가 쓰고 걸었다니 정말 바보들의 행진이 아닌가. 내가 우산을 들고 내 우산 속으로 여인을 불러들일 수도 있었고, 만약 내 우산 속으로 들어오지 않으면 내가 여인 우산 속으로 들어가서 우산을 들어줄 수도 있었는데 끝까지 그와 같은 시도조차도 하지 않고 각자가 우산을 들고 걸었으니, 정말 모자라는 사람들이었는지 아니면 너무나 순진했었는지 모를 일이다.

이렇게 우리 두 사람은 강둑을 따라 끝없이 걸었다. 저 멀리

시내 불빛이 가물가물해지더니 불빛마저 보이지 않을 만큼 멀리 걸었다. 계속 비가 내렸다. 우산을 든 내 팔이 저릴 정도였으니 그 여인의 팔은 어떠했을까. 그러나 첫 데이트에서 무슨 이야기를 했는지는 지금 이 순간 하나도 기억에 남아있는 것이 없다. 그러나 그때부터 간담상조肝膽相照한 것만은 틀림이 없다.

첫 데이트가 있은 후 데이트 빈도가 많아지기 시작했다. 처음에는 1달에 한 번, 조금 지나면서 2주일에 한 번, 그리고 더 시간이 지나자 1주일에 한 번씩 데이트 빈도가 잦아졌다. 데이트를 할 때는 한 번은 대구에서 예천으로 가고, 한 번은 예천에서 대구로 내려왔다.

상당한 기간이 흘렀다. 서로 상대방에 대한 모든 것을 알게 되면서 사랑에 빠져들고 있음을 서로가 알았다. 그러나 정말 이상하게도 어느 한쪽도 사랑한다는 말을 꺼내는 사람이 없었다. 그러면서도 결혼을 전제로 하는 이야기가 진행되고 있었다. 순진하기만 했던 우리 두 사람은 남녀가 만나 데이트를 하면 당연히 결혼을 전제로 하는 것이라고 생각을 했던 것 같다. 서로의 손 한 번 잡아보지 못하고, 사랑한다느니 좋아한다는 말 한마디 하지 않고(물론 지금까지도 말하지 않았지만) 결혼 후 살 집 걱정, 결혼 예단 문제, 결혼 비용 한마디 하지 않고, 또 정확한 결혼 날짜 제안도 없이 자연스럽게 결혼 날짜가 정해졌다. 세상 사정에 눈뜰 새도 없이 나는 학생이라는 내 처지도 의식하지 못한 채 결혼 날짜를 잡게 된 것이었다.

1962년 11월 12일, 대구예식장에서 이규동 교수님(경북사대 영어과 학과장 겸 사범대학장) 주례로 우리 고등학교 두 동기생은 결혼을

결혼 사진

신혼여행 사진

했다. 내 나이 25세, 서영자 나이 24세였다. 서둘 만한 이유가 하나도 없었는데 결혼을 했다. 철없는 부부가 된 것이다. 어쩌면 서로가 서로에게 너무 빨리 빠져들었는지도 모른다.

이때부터 나는 대학 공부와 결혼 생활을 병행해야 했다. 다행히 4·19사태와 5·16군사혁명 이후 흐트러져 있던 대학 분위기는 여전히 이어지고 있었다. 이런 상황은 나와 같은 결혼 생활과 공부를 병행하는 학생에게는 무척 다행한 일이기도 했었다.

다음해 1963년 3월 1일자로 아내 서영자는 예천초등학교에서 근접한 거리에 위치한 내 고향 용문의 용문초등학교로 이동했고, 어머님 홀로 살고 계시던 고향집에서 출퇴근을 했다. 주말 부부인 나도 주말이면 고향에 다녀왔다.

1964년, 졸업학년 1학기에 경북사범대학 부속초등학교, 부속

중학교, 부속고등학교를 거치며 교생 실습을 끝마쳤다. 2학기에는 체육 과목을 제외한 모든 이수 과목을 마친 상태였다. 여름방학이 되었다. 졸업을 한 학기 앞두고 있던 시점, 때마침 후학기 초등학교 부족 교사 모집 선발 시험날짜 공고를 보게 되었다. 초등학교 교사자격증을 갖고 있었던 나로서는 한 학기의 여가를 선용할 수 있는 천재일우千載一遇의 호기를 맞은 것이었다.

　나는 아무 제한 없이 그냥 선발 시험만 거치면 되었다. 학점을 모두 따놓았기에 정말 좋은 기회였다. 그래서 여름 방학 동안 선발 시험을 거쳐 1964년 9월 1일자로 용원초등학교에 발령을 받았다. 용문초등학교에서 가까웠기 때문에 고향집에서 아내와 한 학기 동안(1965년 3월 말까지) 같이 출퇴근하며 약간 떨어진 위치에 있는 학교에 근무하게 되었다. 그리고 2월 25일, 드디어 파란중첩波瀾重疊했던 대학 생활을 끝내는 졸업식을 맞았다.

대학 졸업 사진

■3부■ 명세지재들을
만나다

중학교 교사로
출발하다

대학 4학년 때 이미 초등학교에 발령을 받아 근무하고 있었던 나는 한 학기의 공백 기간을 유용하게 이용하고 있었다. 당시 국립사범대학 출신자들도 이전과는 다르게 졸업과 동시에 졸업자 전원이 발령을 받지는 못했다. 조금은 적체積滯 현상이 있어서 취업이 가장 잘되던 영어과 졸업생들도 나 이외에 4명만이 1차 발령을 받았다. 현재 대구시 중앙동에 있는 경상감영공원慶尙監營公園의 자리에 옛 경북도청이 있었는데 거기에서 발령장을 수령했다.

나는 문경서중학교로 첫 발령을 받았다(1965년 5월). 문경서중학교는 한 학년 당 3개 반씩 전교 9개 반으로 구성된 조그만 광산촌 학교였다. 교사 수는 교장, 교감 및 직원까지 합쳐 모두 17명이었다. 부임하자 1, 2학년 영어 담당과 1학년 여학생 반 담임을 맡게 되었다. 사춘기인 중1 여학생들은 대학을 갓 졸업하고 부임해온 나를 한동안 총각 선생으로 알고 있었다. 그러나 그해 후학기 9월 1일자로 고향 예천에서 근무하고 있던 아내가 부부교사의 혜택을 받아 이곳 문경초등학교로 전근을 오자 많은 여학생들이 실망을 하기도 했다.

그해(1965년) 음력 5월 20일 장남 재황이가 문경읍 상리, 수백 년 된 큰 회나무 한 그루가 있었던 전錢 씨 할아버지 집에서 출생했다. 2년 후 장녀 윤정이가 출생했으며 이어 1년 후 차녀 윤경이가 태어났다. 자녀 4명 중 3명이 문경에서 출생을 했다.

1966년 3학년 담임을 담당하면서 교무 업무까지 맡게 되었다. 차츰 학교 업무 전반이 내게 쏠리는 현상을 느꼈다. 이어 67학년도에는 3학년 담임, 교무주임, 연구주임까지 겹쳐 맡게 되었다. 학교의 중요 업무 3가지가 모두 나에게 주어진 것이다.

그해(1967년) 어느 날, 경북도 영어과 장학사였던 안준상 선생님이 내교했다. 학교 전체 교실을 순회하는 동안 나의 수업을 참관하고 그 소감을 교장(김상환)에게 전했는데 평이 꽤나 좋았던 것 같았다. 나의 수업 평가를 듣고 교장도 기분이 좋았던지 안安 장학사에게 하룻밤 유留하고 가도록 했다. 나도 저녁 식사에 동참하라고 했다. 그날 저녁은 문경에서 멀지 않은 수안보온천 호텔에서 유하게 되었다. 나는 교사가 된 후 처음으로 나의 수업 모습을 전공 장학사에게 보이고 교장과 장학사와 하룻밤을 지내게 된 것이다. 그리고 그날 저녁 안준상 장학사가 내 대학 직계 선배(경대사대 영어과)임을 알게 되었다. 안 장학사가 장학시찰을 다녀간 이후 교장은 모든 학교 업무를 교감(이수명)을 배제하고 나에게 일임을 했다. 심지어 교사들 평가까지 내게 맡겼다.

그 당시 문경서중학교 입시 경쟁률은 대단히 높았다. 주변에 초등학교가 5~6개 있었는데 이들 초등학교 졸업생 모두가 하나밖에 없던 문경서중으로 지원을 할 수밖에 없었다. 여기에 합격하지 못하면 25km 정도 떨어진 점촌으로 가거나 문경새재를 넘어 충북으로 가거나 아니면 멀리 서울까지 가야 했기 때문에 입시 경쟁률이 치열할 수밖에 없었다.

1968년도에는 경북도내 영어과 시범 연구 수업이 있었다. 초보 단계의 영어교육 방법이 주제였다. 경북도 교육청에서 일방적으로 지정해서 내가 맡게 되었다. 물론 영어과 안준상 장학사가 지난해 장학 시찰차 내교했다가 나의 수업을 참관하고 난 후의 결과였다고 생각된다. 안 장학사에게 어필appeal했던 나의 영어 수업 방법은 교과서를 중심으로 독해에 집중하는 재래적인 방법을 탈피한 듣기, 말하기를 중심으로 하는 수업 방법의 전환이었다. 그리고 이 수업 방법은 그 후 전국으로 확산이 되어나갔다.

중학교 재직 당시

선생님의 편지

– 최옥희 : 소설가, 문경서중학교 17회 졸업

"네가 보내준 편지 잘 받았다. 그래 그동안 객지에서 고생이 심했겠구나. 이곳 문경에도 봄의 향기가 사라져 가고 초여름의 입김이 대지를 온통 신록으로 칠하고 있구나. 그래 서울로 간 친구들을 종종 만나 보느냐? 보거든 안부 전하렴. 나도 일전에 서울에 갔었다. 서울 간다는 소식이 먼저 전해져서 남학생 십여 명이 마중을 나왔다는데 내가 타고 간 차 시간에 차질이 생겨 모두 만나지도 못하고 말았다."

여고 1학년일 때 강형 선생님께서 보내주신 편지의 일부분이다. 오랜 세월 간직해온 선생님의 편지는 누렇게 빛이 바랬지만 제자들을 아끼는 선생님의 정은 변치 않고 그대로 담겨있다.

얼굴이 희고 단아한 모습에 선비 타입이셨던 선생님은 30여 년 전 내가 중학교 3학년 졸업반일 때 담임 선생님이셨다. 선생님은 학교 종소리가 들리는 학교 근처에 사셨다. 선생님 댁에 가보면 애기가 있는, 신혼이나 다름없는 화목한 가정 분위기를 느낄 수 있었다. 사모님도 초등학교 선생님이셨고 내 막내동생 담임이셨다.

올 봄 고향 친구 만난 자리에서 강형 선생님 소식을 듣게 되었다. 지금 선생님께서는 대학 강단에 서신다고 했다. 중학교, 고등학교를 거쳐 대학 강단에 서기까지 끊임없이 학문에 정진하신 결과로 지금의 선생님 세계를 이루셨을 것이다.

지금 당장이라도 찾아뵙고 싶은 반가운 마음에 선생님 연구실 전화 번호도 알아두었다. 가끔 실타래가 풀려 나가듯 기억 저편에서 선생님의 모습이 떠오를 때면 어디에서 어떤 모습으로 사실까 무척 궁금했었다. 사실 남학생들과 달리 여학생 제자들은 학창시절 은사님께 소식 끊지 않고 안부 전화라도 드리며 살기가 쉽지만은 않다. 결혼한 이후에는 더욱 그렇다.

선생님 연구실 전화 번호를 알게 된지도 벌써 2~3개월이 훌쩍 지나고 말았다. 막상 연락처를 알게 되자 통화할 용기가 나지 않았던 것이다. 웬 망설임인지 몇 번이나 수화기를 들었다가 그냥 놓곤 했다. 과연 선생님께서 단발머리 여중생이었던 나를 기억하고 계실까? 안개처럼 희미해진 기억 속에서 나를 끄집어내실 수 있을까? 단절된 지난 세월을 이어 줄는지 두려움이 앞섰다.

며칠 전 용기를 내어 전화 다이얼을 돌렸다. 신호음이 짧게 한번 울리고 두 번째 세 번 째 신호음이 울리자 내 가슴은 콩당 콩당 뛰기 시작했다. 그러나 아쉽게도 그날은 선생님의 목소리를 들을 수 없었다. 그 이후에도 몇 번 통화를 시도했으나 연결이 되지 않았다.

그리고 또 며칠이 지난 오늘, 중학교 동창이 보내준 한통의 안내문을 받았다. 강형 박사님 『회갑기념수필집』 발간 안내문이었다. 그동안 선생님이 각종 일간지, 각 대학 신문, 그 외 여러 책자에 발표하신 수필 및 논설문을 한곳에 모아 한권의 책자로 만드신다고 한다. 선생님의 가르침을 받은, 선생님을 존경하는 제자들이 그들의 글을 모은 수필집과 함께 선생님의 회갑연에 봉정하기로 했다는 내용이다. 선생님이 젊으셨을 때 모습이 내 기억 속에 이렇게 뚜렷이 남아 있는데 벌써 회갑이시라니!

"여기 문경은 정녕 피서지라 할 만큼 시원하다. 어서 여름방학이 와서 이 시원한 피서지 너의 고향을 찾아 마음껏 즐기도록 해라. 그때면 나도 너희들과 만나 너희들 소식 좀 들어보겠구나. 물론 시원한 수박은 내가 장만하도록 하겠다."

여름방학이 다가올 무렵, 학기말 시험 잘 보라시며 좋은 성적으로 부모님과 선생님께 기쁨이 되라는 격려의 말씀과 함께 보내신 선생님 편지의 한 부분이다. 추억의 한 갈피에 숨겨져 있던 수박 맛이 지금도 30여 년 세월을 뛰어넘어 혀 끝에 감도는 듯하다.

올 여름에는 잘 익은 수박 장만해 가지고 선생님을 찾아뵙고 큰절 올리고 싶다.

중학교 학생들과 봄소풍

경북고등학교로
긴급 이동되다

1969년도에 나에게 기적이 일어났다. 경북고등학교로 발령이 났기 때문이다. 초임 4년 만에 농촌의 조그만 학교에서 전국 고교 중 Best Five에 드는 대구·경북 제1 명문고등학교 경북고등학교로의 발령은 나 같은 평범한 교사에게는 기적이라 할 수밖에 없다. 교사 전

교훈이 새겨진 비석(경북고 교문)

보 규정으로는 불가능한 일이었다. 무척 운이 좋았다고나 할까.

그해 1969년 3월 1일자 정규로 경북고등학교에 발령 받은 영어과 교사가 한 달여 만에 학생들에게 보이콧 당해 적응하지 못하고 타 학교로 밀려난 사건이 있었다. 그 사건 후 당시 양재휘

경북고 교장은 전보 규정을 차치且置하고 재학생들에게 배척당하지 않을 영어교사를 보내달라고 교육청 당국에 요구했고, 내가 선택된 것이었다. 당시의 나는 이동 조건 중 교육 경력이 많이 미달되는 상태였다. 아마 이런 발령은 전무후무한 일일 것이다.

나에게 이렇게 좋은 기회가 주어진 것은 전년도에 경북도를 대표해서 한 시범 영어 연구 수업의 결과가 아니었을까. 그 결과로 나에게 주어진 특별 선물이었다. 그러나 선물치고는 너무 큰 선물이었다.

사실 경북고등학교 같은 우수 집단 고등학교의 영어 교육에는 교육 방법이 요구되는 것이 아니라 교사의 영어 실력이 먼저 요구된다고 할 수 있다. 중학교 저학년(초기) 단계의 영어 교육 방법을 연구해서 전수傳授한 교사가 중학교 교사로 발령이 내린 것이 아니라, 영어 실력을 요구하는 고등학교로 발령을 받았으니 나는 한동안 고통스러운 나날을 보낼 수밖에 없었다.

어찌되었건 전국에서 5대 일류고등학교(경기고, 서울고, 부산고, 경남고, 경북고)에 들어있었던 경북고등학교에 진입을 하게 되었으니 나 개인으로는 일생 중 가장 큰 영광임에 틀림없는 일이었다.

내가 부임하던 해 현 김문수 경기도지사, 곽성문 17대국회의원 등이 3학년에 재학하고 있었고 이들은 경북고등학교 51회 졸업생(1970년)이 되었다. 그때 나는 1학년 담임과 1학년 영어를 담당하였다. 이들을 비롯해 사제지간이 된 학생들은 훗날 대한민국의 여러 분야에서 유능한 인재로 활동을 하고 있다. 현재까지 알고 있는 제자들의 근황을 면면히 살펴보기로 한다.

강성구 무역상사(주) 부사장, 고용준 병원장, 곽중철 대학원

교수, 권건영 동산의료원 병리과, 권기영 계명대 의대 교수, 권영대 병원장, 권재진 법무부장관(전 대구고검장), 금병태 변호사, 김광락(전 제일은행/53회 동기총무), 김광준 변호사, 김기석 의대교수, 김병호 전 쌍용건설 대표이사, 김서윤 전 삼성중공업 대표이사, 김성국 이화여대 교수, 김수학 변호사(전 대구지법/고법원장/변호사), 김재덕 (주)유니테크 대표이사, 김영근 원장(소아과), 김세충 변호사(안동), 김인택 경대의대 교수, 김종인 계대의대 교수, 김중수 변호사, 김세충 변호사, 김영세(53기 동기회장), 김승진 영남대 교수, 김재연 치과원장, 김재진 경대 교수, 김종배 의대 교수, 김중수 변호사, 김홍배 원장, 나진구 전 청와대비서관(전 서울시 부시장), 남우식 푸르밀 대표이사, 노병수 대구시 동구 문화재단 대표, 노성찬 병원장, 노영재 교수, 노태철 한국폴리텍대학 섬유패션 교수, 도기형 가천의대 교수. 박성식 경성대 교수, 박순식 가톨릭대 교수, 박우순 병원장, 박우용 외과원장, 박정국 원장(내과), 박종대 (주)동성중공업 대표이사, 박종헌 전 공군참모총장, 박준성 교수, 박준호 약국, 박추현 교수,박홍우 전서울행정법원장/대전고등법원장, 방중철 교수, 배도순 교수(전 위덕대 총장), 배병한 경북대 교수, 배용균 교수, 백승대 영남대 교수, 백승조 원장, 배규찬 대구대 교수, 서재성 의대교수, 성주경 의대 교수, 송철원 전 현대미포조선 상무, 송흥섭 변호사(전 부장판사), 신성국 변호사, 신세돈 숙명여대교수, 신현직 교수, 심창섭 변호사, 윤세리 변호사(율촌), 윤순한 변호사, 윤찬운 청구개발 대표, 안종태 교수, 안홍배 교수, 이구락 (주)유성해운 대표이사, 이송근 대구대 교수, 이규영 변호사, 이근후 변호사, 이대운 병원장,

이도현 병원장, 이상봉 병원장, 이상엽 병원장, 이상찬 병원장, 이상철 교수, 이수동 교수, 이영덕 교수, 이원태 병원장, 이재백 병원장, 이재홍 서울대 교수, 이준복 경일정보통신(주) 사장, 이준원 교수, 이창 병원장, 임성수 치과원장, 임오강 부산대교수, 장관환 병원장, 장기호 원장, 장무환 의료원장, 장상건 치과원장, 전하준 단국대 교수, 정순환 병원장, 정재국 관동대 교수, 정준헌 한서병원, 정학진 변호사, 조석홍 울산대 교수, 조성재 병원장, 조인기 누리해운 대표, 주언경 경북대 교수, 차한성 대법관, 채광수 외과병원장, 차순도 동산의료원장(전 계명대 부총장), 차한성 전대법관(법원행정처장), 최곤 (주)국제강재 대표이사/알파에셋 자산운용회장, 최병덕 전 사법연수원장, 최태부 건국대 교수, 최철 변호사, 최환 교수, 하종태 변호사, 한기엽 전 대구원호청장, 허준영 전 경찰청장, 한대기 병원장, 한복용 충남대 교수, 한영호 안과, 남우식 (주)롯데우유 대표이사, 손상대, 정현발, 배대웅, 천보성 등은 이때(1969년도) 1학년에 재학하고 있었다.(경북고등 53회: 72년 졸)

부임 후, 일 년 동안 이들과 함께 피나는 훈련을 쌓았다. 경북고에 입성하게 해준 초기 단계의 영어 교수법은 경북고에서는 아무 소용이 없었다. 오직 영어 실력만이 요구될 뿐이었다. 면도날처럼 날카로운 학생들의 질문을 1회만이라도 답을 못하면 실력 없는 교사로 낙인이 찍히게 되고, 질문에 오답을 고집하면 수업거부 현상이 일어났다. 내 선임자도 이렇게 당했다. 바로 이런 분위기에서 일 년을 견디어 내었다. 물론 나도 몇 번인가 날카로운 질문을 받았다. 대부분 명확하게 답을 했으나 한번은 자신 없는 질문을 받았을 때가 있었다.

그때 질문 내용을 아직도 기억하고 있다. 교재 내용과는 아무런 상관없는 계획된 질문이었다. 선생을 테스트해 보려는 고난도 문제로 고1 과정을 초월하는 문제였다. 그 질문을 했던 학생은 자기 집에서 속칭 송곳 개인 과외 수업을 받고 있었다는 것을 나중에 알게 되었다. 나는 학생의 질문에 솔직히 자신이 없다고 고백했다. 그리고 다음 시간에 더 연구해서 명확히 설명하겠다고 말했다. 그때 정확하게 답해 주지 못했던 그 질문이 훗날 대학 교수가 되어 『대학영문법』이란 나의 저서 속(P.273)에서 그 문제를 명쾌하게 해결하는 동기가 되기도 했다.

나는 경북고등학교 교사 70여 명 중 가장 나이 젊은 교사였던 관계로 학생들은 나를 잘 이해해 주었고, 또 나를 잘 따라주었다. 이렇게 학생들의 테스트 기간을 간신히 통과하고 경북고에 일단 정착을 하게 되었다. 탈농을 피해 선생이 되었고 또 한 단계 높여 중학교 선생을 거쳐서, 교사 중 가장 좋은 자리라고 할 수 있는 경북고등학교 교사의 위치에 올랐다는 안도감과 자부심을 그때 처음으로 느끼게 되었던 것 같았다.

그때쯤 고등학교 동기생 김호진 군이 나를 찾아왔다. 김 군은 나처럼 초등학교 교사로 있다가 큰 꿈을 간직하고 나보다 늦게 대학교에 진학했었다. 이때 김 군의 장래에 대한 꿈 이야기를 들었을 때 별로 자극을 받지 못했던 것으로 보아 나는 당시의 내 위치에 무척 만족하고 있었던 것 같았다.

나는 훗날 젊은이들에게 '야망을 가져라'는 이야기를 할 때마다 나의 동기 김호진 군의 예를 들곤 했다. 그때 김호진 군이 나에게 한 이야기가 바로 야망을 갖고 유학을 한 후 대학교수가 되겠다는 내용이었다. 물론 김 군의 꿈은 이루어졌다. 하와이 대학 유학을 마치고 고려대학교 교수가 되었다. 그 후 김대중 대통령 당시 노동부 장관을 역임했다.

경북고 재학생들과 함께

제자의 글

영어 과목과 은사님의 인연

– 김수학 : 경북고 53회, 법무법인 중원 고문변호사, 전 대구지법/고법원장

저는 대구 남구 봉덕동에서 태어나 그곳에서 자랐으며 경북중고등학교를 졸업하고 서울로 떠나기까지 계속 같은 집에서 살았으니 대구 토박이라고 해도 과언이 아닙니다. 저의 부친은 경북대학교 사범대학 부속중고등학교에서 오래 교편을 잡으시다가 사대부중 교감,

사대부고 교감 및 사대부중 교장을 거처 고령군 교육장과 칠곡군 교육장을 역임하고 경산고등학교에서의 교장을 마지막으로 정년퇴임을 하셨습니다. 따라서 저의 어린 시절은 부친을 통하여 대부분 학교 선생님들의 이야기와 소식 등을 들으면서 자랐고, 아버지의 영향으로 인하여 저의 어린 마음속에는 그때부터 학교 선생님들에 대한 존경과 신뢰심이 싹텄다고 할 수 있습니다.

초등학교 시절을 보내고 중학교에 입학하면서 일어난 변화 중 가장 큰 것은 영어를 배운다는 것이었습니다. 당시에는 노트에 펜으로 잉크를 찍어 쓰거나 만년필로 영어의 필기체와 인쇄체를 대문자, 소문자로 나누어 쓰는 등으로 영어를 배우기 시작하였는데, 중학교에 입학하기 전 영어에 대한 아무런 사전 지식이 없었던 데다가 문법과 어순이 우리말과 완전히 달라 영어공부를 처음 시작하면서 상당한 혼란에 빠졌습니다. 어학에 소질이 없었던 탓인지 중학교 1학년의 영어 성적은 하위권에서부터 시작을 하였고 이로 인하여 전체 성적도 많은 지장을 받았습니다. 중학교를 졸업할 때쯤에는 영어 성적이 많이 향상되었으나 영어는 저에게 항상 아킬레스건이 되었습니다.

고등학교에 입학하면서 강형 선생님께 영어 과목을 배웠습니다. 수업은 선생님께서 지목한 학생이 일어나서 먼저 그날 배울 부분을 읽고 시작을 하였는데, 선생님께서는 저를 많이 지명하여 교과서를 소리 내어 읽도록 시키셨습니다. 영어에 자신이 없는데다가 대표로 읽는 것도 부담이 되었으나 선생님께서는 아랑곳하지 않고 저에게 자주 영어 읽기를 시켰습니다. 지금 돌이켜보니 저의 약한 과목인 영어 실력을 향상시키기 위하여 의도적으로 하신 일이 아닐까 생각됩니다. 선생님의 배려와 관심에 힘입어 고등학교 1학년을 마칠 때쯤에는 영어 성적이 다른 과목과 균형을 이룰 정도로 향상되었고 자연히 전교의 등수도 최상위급으로 올라가게 되었습니다.

고등학교 1학년 말경 학교 전체의 사정회의를 앞두고 성적관계 확인을 위해 교무실을 찾아간 적이 있었습니다. 학생의 입장에서 교무실에 간다는 것은 큰 부담이었는데, 당시 선생님께서 먼저 저를 알아보시고 반갑게 맞아주시며 교무실에 찾아온 용건을 묻고 친절하게 상담해주신 적이 있었습니다. 선생님 덕분에 저는 불안한 마음을 진정시킬 수 있었고 용무를 말씀드린 다음 선생님의 조언과 도움을 받았습니다. 지금 돌이켜보면 제가 어떻게 용기를 내어 교무실에 찾아갔을까 하는 생각도 들지만, 당시 저의 무의식 속에는 선생님을 저의 든든한 후원자로 믿었기 때문이 아니었을까 추측해 봅니다.

고등학교 2학년으로 올라가면서 저는 문과를 선택하였고 영어 선생님도 바뀌게 되었습니다. 그 후로는 대학 입시에 바쁜 학창 시절을 보내었고 대학교로 진학한 후에는 모든 고시 준비생이 그러하듯 사법시험에만 매달리다 보니 선생님의 소식을 접하지 못하게 되었습니다. 선생님께서 대구 한의대학교로 자리를 옮기셨다는 말은 들었으나 과거의 인연과 기억을 되살려 찾아뵙기가 쑥스럽고 용기도 나지 않아 그대로 지내다 보니 너무나 많은 세월이 흐르게 되었습니다.

선생님을 다시 뵙게 된 것은 김현수 선생님과 함께 대구경북교육발전포럼을 창립하시기 전에 저의 법원 사무실로 찾아오셨을 때입니다. 저는 그때 선생님의 모습을 보고 무척 놀랐습니다. 고등학교 시절 저희들에게 영어를 가르치실 때의 젊음을 그대로 간직하고 계셨기 때문입니다. 지금 생각하면 그 당시 선생님의 연세는 그렇게 많지 않았던 것 같으나 어린 학생들의 눈에는 까마득한 어른으로 보였던 것이 사실입니다. 그러나 지금 선생님의 모습은 일흔 노인이 아닌 고등학교 시절 저희를 가르치던 그때의 모습이 그대로 남아 있었습니다. 반백을 넘어선 흰머리를 감추기 위하여 염색을 하는 저와 비교해 보면 정말 젊음의 비결이 무엇일까 하는 생각도 들었습니다. 거기다 선생님께서는 여러 자녀를 두셨고 모두가 행복한 가정을 이루었으니 건강과 다복을 다 지니고 계신다고 해도 과언이 아닐 것입니다.

제가 근무하였던 대구고등법원의 청사 5층에는 야정 서근섭 화백의 '청죽靑竹'이라는 제호의 문인화가 걸려있는데, 그림의 아래쪽에는 '창전취죽불운심窓前翠竹拂雲心'이라는 글귀가 적혀 있습니다. 이는 "창가에 곧게 뻗은 푸른 대나무가, 구름처럼 깨끗하다고 여겼던 내 마음의 티끌을 찾아내 털어낸다"는 의미로서 세상 어느 누구도 자신의 청렴함을 과신해서는 안 된다는 메시지를 전하고 있습니다. 저는 법관생활 30년을 통하여 매사에 모범이 되는 판관이 되고자 노심초사하며 살얼음을 딛는 마음으로 근무하였지만, 과연 국민들이 그리는 청렴한 법관의 모습을 보이고 있는지 반문을 하곤 하였습니다. 저의 사춘기이며 학창시절이었던 경북고등학교 재학 당시 강형 선생님과 같은 고매하신 은사님들의 가르침을 받으며 학업에 매진할 수 있었기에 오늘의 저가 있을 수 있었던 것이라고 감히 말씀을 드립니다.

세월이 많이 흘렀지만 선생님이야말로 항상 온화하고 따뜻한 미소를 간직하시면서도, 예전과 같은 젊음을 유지하시고 청죽과 같은 기품을 지니셨습니다. 저희들의 훌륭한 사표가 되신 선생님께 진심으로 존경의 마음을 드리며, 앞으로도 더욱 건강하시고 활발한 사회활동을 유지하시어 저희들의 영원한 길잡이가 되어 주시기를 바라면서 강형 선생님의 만수무강을 기원 드리는 바입니다.

경북고교에 발령을 받아 일 년간의 고된 수련을 거치고 이듬해 70년도에도 역시 1학년을 담당했다. 그때 수업을 담당했던 학생들의 현황(2009. 5)을 더듬어 본다.

강성구 기업은행, 강창훈 대한항공상무, 곽대훈 대구달서구청장, 곽영진 치과원장, 곽준영 다우해상대표, 구본우 총영사, 구영석 우리은행지점장, 권수종 전 한미은행장(국제대학원 국장), 권업 계명대 교수, 권해욱 영남대교수, 김병화 전(대구, 수원) 검사장, 김성조 성형외과원장, 김성호 약국장, 김세일 치과의원장, 김세영 MBC부사장, 김시동 대구가톨릭병원교수, 김시환 한국은행 본부장, 김영수 단국대교수, 김용진 영대의대, 김윤동 경북대교수, 김완섭 순천향대학교수, 김재기 숭실대학군단장, 김정기 위덕대총장, 김정태 안동대교수, 김종국 인하대교수, 김주락 변호사, 김제형 대구의사회장, 김진홍 변호사, 김창윤 영대예방의학교실, 김천일 계대의대비뇨기과교수, 김철 국민대교수, 김철구 포항MBC, 김택환 치과의원장, 김해근 가톨릭대교수, 김해권 서울여대교수, 김홍엽 변호사, 김희곤 안동대교수, 남영우 로이텍사장, 류기철 충북대교수, 문형곤 국방연구원, 박경욱 내과의원장, 박남천 경남대교수, 박노정 변호사, 박대환 가톨릭병원교수, 박민용 한양대교수, 박병윤 대구가톨릭대교수, 박성배 동산병원내과, 박순 울산대학교수, 박승득 알파에셋대표이사, 박승호 서울여대교수, 박영수 치과의원장, 박영철 경북대 교수, 박용덕 외환은행본부장, 박용석 검사장, 박윤형 순천향대학의대학장, 박윤환 변호사, 박종목 외환은행 지점장, 박종우 KIST책임연구원, 박종하 창원병원진료부장, 박종흠 삼성중공업부사장, 박진우 경북대교수, 박찬용 영남대교수, 박창현 변호사, 박창용 정형외과원장, 박철희 동산병원비뇨기과, 박치구 병원장, 박희제 영남대교수, 박희주 경일대교수, 배노천 캐스코드사장, 배성로 영남일보 회장, 백영흠 대구대교수, 백윤기 아주대법대학장, 변진석 성형외과원장, 서경도 한양대교수, 서보완 경주요양병원장, 서보환 유한공대교수, 서응주 피부과원장, 서주홍 변호사, 서현석 변호사, 석문홍 경북대교수, 송재기 경북대교수, 석호철 산업은행, 성영제 동부화재부장, 손명곤 경남대교수, 손정인 대구한의대교수, 손준석 대현실업사장, 송찬수 서울국세청서장, 신동원 치과의원장, 신동진 치과병원장, 신오식 충남대교수, 신원목 한의원장, 신손문 소아과교수, 신흥규 정형외과원장, 안병태 KAIST교수, 안중은 안동대교수, 안지환 신라대학교수, 오광식 대구가톨릭대교수, 윤대영 영남대교육원, 윤병철 대구가톨릭대교수, 여영구 한양대교수, 예창근 수원시부시장, 우동하 GSP사장, 우성기 동국대 사회대학장, 유승정 법무법인 · 바른변호사, 유재하 세브란스치과, 유주열 SPTek사장, 윤성철 단국대의대내과, 윤종즙 이비인후과원장, 윤지관 덕성여대교수, 이강현 국립암센타원장, 이강호 한양대교수, 이교림 변호사, 이규현 한의원장, 이덕형 경북대교수, 이덕재 기술보증원장, 이동익 정형외과원장, 이동헌 비뇨기과원장, 서울시립대교수, 이병기 협성대학교수, 이병훈 부산대학교수, 이봉기 K인터내셔널사장, 이상복 대구가톨릭대교수, 이수화 강남성모병원, 이석주 녹십자외과, 이석호 치과의원장, 이영준 치과의원장, 이영해 한양대교수, 이원석 소아과원장, 이장영 금융감독원 부원장, 이정일 경희대내과, 이종광 계명대교수, 이종완 LIG손보대표, 이종정 국가보훈처차장, 이재철 삼현섬유, 이진근 대구시이회사무처장, 이창주 앞선아이엔티대표, 이창호 소아과원장, 이태욱 한국교육대교수, 이태진 영남대교수, 임규호 서울대자연대교수, 임병학 소아과원장, 임은기 금오공대교수, 임재철 한국은행원장, 임철 변호사, 장의식 교수, 장병화 한국은행부총재보, 장윤철 병원장, 장정식 서울대공대교수, 전민 포항인성병원, 전세종 정형외과원장, 전영술 약국장, 전영찬 부산대치의대, 전제량 백병원방사선과, 전철원 계명대교수, 정능수 동산연합의원, 정만수 숙명여대교수, 정만홍 고신대의대내과, 정세용 변호사, 정영채 내과원장, 정용재 안과원장, 정원 대구대교수, 정재동 삼경개발대표, 정재형 미즈산부인과, 정진석 국방과학연구소, 정창영 감사원차장, 정태완 영남대교수, 조갑수 산부인과원장, 조광섭 광운대교수, 조수현 국세청실장, 조양제 국방과학연구소, 조희중 경대의대, 주수길 중국연변대교수, 주태석 홍익대교수, 진규석 경일대교수, 진화재 약국장, 차상헌 병원장, 차팔용 고등법원사무국장, 차현철 단국대교수, 최규택 울산대학의대교수, 최민 약국장, 최상호 계명대부총장(법대교수), 최성을 인천대교수, 최성철 한양대교수, 최종철 국방대학교, 최주현 삼성에버랜드사장, 최진수 안과원장, 최창순 전북대교수, 최휘건 대구가톨릭대교수, 하동규 치과원장, 하상기 녹십자생명부사장, 하영수 서대구방사선, 한상화 강원대교수, 허노목 변호사, 허철 외교통상부, 현명수 영남대병원내과, 홍기훈 한국해양연구소, 홍남표 병원장, 홍순영 동광제약전무, 홍양호 통일부차관, 홍정선 인하대교수, 황보중 서울고검검사, 황하수 개성공단 감사.

이상에서 살펴본 것처럼 한 학년에 이렇게 많은 인재들이 사회로 배출되었다. 앞에서 열거한 졸업생은 주로 대학교수, 의사, 판·검사와 변호사에 한정되었으나 그 외 고급 공무원과 외교관, 대기업체 임원, 은행, 자영 회사 등에서 두각을 나타낸 졸업생들이 수없이 많이 있다.

유승정(변호사) 고교졸업 때 부모님들과 함께

제자의 글

부부 은사님

– 김천일 : 경북고 54회, 계명대학교 의대 비뇨기과 교수

    은사님인 강형 선생님과 나는 색다른 인연을 갖고 있다. 고등학교에 진학한지 얼마 되지 않은 어느 봄날 영어시간이었다. 교실은 매우 따뜻했고 점심시간이 지나서 한참 졸음이 몰려오는 그때 나지막하게 내 이름을 부르는 소리가 들렸다. 깜짝 놀라 뒤를 돌아보니 옆에 강형 선생님이 계셨다. 나는 졸고 있다고 꾸지람을 들을 준비를 하고 있는데 선생님께서 출석부를 보시면서 고향이 어디며 어느 초등학교를 나왔으며 부모님은 무엇을 하시고 또 잘 계시는지를 물으셨다.

나중에는 사모님 성함을 말씀하시고 기억나는지를 물으셨다. 알고 보니 사모님께서 우연히 학생들의 출석부를 보고 내 이름을 발견하고는 제자가 틀림없으니 꼭 물어보라고 당부하셨단다.

그 후 나는 영어시간이 좋았고 영어 시간만을 기다리며 좀 더 열심히 수업에 임하였다. 그래서 영어 성적만큼은 항상 좋은 편이었다. 너무 오랜 세월이 흘러 사모님의 성함도 이미 잊어버렸고 초등학교 몇 학년 때의 담임 선생님이신지도 기억이 희미하다. 그때 나는 전쟁놀이와 특히 학교 화장실 빗자루 귀신을 두려워하는 평범한 시골 소년이었다. 그 당시에는 여자 선생님이 비교적 드물었다. 선생님은 시골로 전근 오신지 얼마 되지 않았으며 어린 나의 눈에 비친 선생님은 시골에선 보기 드물게 세련되고 미인이셨다. 그때만 해도 선생님이라고 하면 친근감을 느끼기보다는 근엄하고 권위적이며 무척 어렵다 못해 무섭게 느꼈던 때였다. 하지만 선생님은 항상 미소를 띠고 계셨고, 또한 자상하여 나는 무척이나 선생님을 좋아했고 잘 따랐다.

선생님은 우리 개구쟁이들을 데리고 가셨는지 아니면 우리 개구쟁이들이 선생님의 뒤를 따라갔는지 선생님 댁에서 함께 놀았던 추억도 있다. 그때 선생님은 미혼이어서 어린 마음에 선생님이 너무나 천사 같아 어른이 되면 선생님 같은 색시를 맞이하는 가슴 설레는 짝사랑의 꿈도 꾸었다.

사모님은 초등학교 시절 나의 유일한 여자 선생님이며 언제나 친근한 미소로 우리에게 자상하셨다. 지금도 나는 글을 쓴다거나 하면 맞춤법, 띄어쓰기 등이 형편없어 글쓰기를 매우 싫어한다. 초등학교를 좋은 데 나와야 한다는 농담도 자주하지만 시골에서 초등학교를 다닌 우리 악동들은 공부에는 별로 관심이 없었다. 예쁜 선생님의 관심을 끌려고 조금은 수업시간에 열중했고 장난도 많이 쳤지만 항상 선생님께서는 화를 내거나 꾸중하시지 않고 더 관심을 가져 주셨다. 특히 어린 나에게 공부에 열중할 수 있도록 남달리 크나큰 관심을 가져주셔서 오늘의 내가 있게 된 것 같아 항상 감사하게 생각하고 있다.

강형 선생님과 사모님은 나에게 언제나 따뜻한 봄날과 같다. 50여 년 전의 꿈 같은 과거로 시간 여행을 시켜주시는 고마운 나의 두 분의 스승님은 내 마음속의 천사 같은 분들로 영원히 남아계실 것이다.

1969년 경북고등학교에 발령을 받은 후 경북고등학교 바로 옆 경북대학교 김 모 교수 집에서 방 두 칸짜리 전세를 살게 되었다. 방과 후에는 개인과외를 하였는데 생각했던 것보다 훨씬 수입이 높았다. 대구로 내려온 지 2년 정도 지나 1971년 대봉동에 180만 원짜리 6곡 한옥을 구입할 수 있었다. 생애 처음으로 살아갈 주택을 마련한 것이다. 더구나 방 한 칸이 여유가 있어 한 칸은 전세방으로 내주었다.

73년도에는 3학년 담임이 되었다. 내가 담임을 맡은 반은 이과반이였지만 수업은 12개 반 전체를 담당했다. 젊을 때 좋은 기억력 덕분에 한 학년 720명 학생 거의 전부를 기억하고 있었다. 그때 수업을 담당했던 학생들의 현재의 직업을 살펴보기로 한다(경북고 55회).

강동현 신환화섬 대표, 강신원 경북대 교수, 강영석 구미형곡중 교장, 강주석 우리은행 감리역, 강태종 외환은행 캐나다본부장, 강학원 영남한방 병원장, 고영호 계림금속 대표, 고정호 국

71~72년도 2학년 수학여행 설악산

방과학연구소, 공성환 화가, 공성훈 계명대 교수, 곽공섭 연세안과 원장, 곽동엽 건강관리협회 원장, 곽충식 IFSP 대표, 구본덕 영남대 교수, 권기춘 원자력연구소, 권기팔 미국 KOREA TIMES, 권남익 한국외대 교수, 권봉주 알파에셋 대표이사, 권승혁 LG석유 부사장, 권영호 제주법대 학장, 권치명 동아대 교수, 권태호 대구대산림자원과 교수, 기준현 경제자유구역청 본부장, 김갑상 수성고등 교장, 김강화 인터보그 대표, 김건섭 금융감독원 부원장보, 김건식 약국장, 김건일 변호사, 김경흥 서울신문 국장, 김광렬 부산침례병원 정형외과, 김기석 영남대 교수, 김기식 대구가톨릭병원, 김대훈 요양병원장, 김덕광 한의원장, 김문현 성균관대 정보통신대 학원장, 김병만 거제대학 교수, 김성열 치과병원장, 김성철 인제대 교수, 김성훈 경북대 교수, 김승목 녹십자수의약품 대표, 김승현 치과 원장, 김승희 변호사, 김시리 MBC 국장, 김용가 이승철내과 원장, 김용환 충북대 교수, 김원섭 피부비뇨기과 원장, 김원호 청와대 의무실장(내과의사), 김웅천 이비인후과 원장, 김인호 안양대 교수, 김인호 대고의료원 내과, 김인한 내과 병원장, 김재수 농수산물유통공사장, 김정주 경북대 교수, 김정진 경기도청 국장, 김제철 한양여대 교수, 김주형 LG경제연구원장, 김중순 계명대 교수, 김태윤 강남성모병원피부과 교수, 김태현 변호사, 김현근 농협서울 본부장, 김형진 전 경대의대 교수(캐나다), 김호동 영남대 교수, 김호정 한국외대 교수, 도석수 인제대학 교수, 류만준 내과의원장, 류수현 외과의원장, 류정무 변호사, 류창수 치과의원장, 마종락 인제대학사학과 교수, 모영종 피부비뇨기과 원장, 윤석환 경북대학경영학과 교수, 문신길 기독병원내과, 박관 삼성의료원 교수, 박기찬 인하대학 경영학과 교수, 박노흥 MBC 마산지원장, 박상기 변호사, 박수영 서울우리들병원장, 박상녕 그룹원 대표, 박우목 치과병원장, 박일형 경북대병원 교수, 박정세 비뇨기과 병원장, 박정호 고려대 교수, 박정훈 그린아이티 대표, 박종백 첨단의료기단지 센터장, 박진훈 치과원장, 박철수 수원과학대 총장, 박철호 안과병원장, 박한영 우리케피탈 대표, 박효훈 KAIST 교수, 반태환 치과병원장, 방중혁 서울산업진흥재단, 방희수 현대중공업 차장, 배덕수 내과병원장, 배동국 지에스텍 대표, 배준구 경성대학 행정학과 교수, 백승관 광양제철소장, 백주흠 변호사, 서민호 계대의대 교수, 서정근 창원대학 독문과 교수, 서태원 치과병원장, 석호철 법무법인 바른/변호사, 성낙억 내과병원장, 성영곤 관동대 교수, 손수일 전 서울고법판사/변호사, 손윤하 변호사, 손은익 경주동산 병원장, 송강호 전

경북경찰 청장/변호사, 송동익 경북대 공대 교수, 송필경 연세 치과원장, 송필정 한의원장, 신규승 경희대학 물리과 교수, 신길수 외교통상부/대사, 신동원 치과병원장, 시두교 치과원장, 신성곤 제일명품 대표, 신세균 대구 국세청장, 신장규 경대 전자공대 교수, 신재균 영남대 공대 교수, 신종헌 서울대 제약학과 교수, 신진식 내과의원장, 신평 경북대 로스쿨 교수, 신현철 비뇨기과 원장, 안종수 인제대 교수, 양재욱 서봉종합건설 대표, 양창현 동국대 병원내과 교수, 엄동섭 서강대 법대 교수, 엄붕훈 대구가톨릭대 조경과 교수, 오우택 서울약대 교수, 오창헌 가야대 교수, 오춘식 경남도청/투자유치, 우형택 대구가톨릭대 교수, 유창수 치과의원장, 은영기 전공군준장/현대건설상무, 이기동 도서출판프리뷰 대표, 이대원 치과의원장, 이도화 인재대학 경영과 교수, 이동규 맨앤태크 전무, 이동주 영대 공대 교수, 이동진 동강병원장, 이민형 중앙고 교장, 이백 계명대 교수, 이상곤 전 서울검찰청/변호사, 이상무 국방과학연, 이상진 치과병원장, 이석호 치과의원장, 이성두 한의원 원장, 이송 성심병원장, 이승우 이비인후과 병원장, 이승철 내과 원장, 이용석 정보석 대표, 이윤순 경북대학병원 교수, 이의수 동국대 화공과 교수, 이재범 변호사, 이재선 지법원판사/변호사, 이종석 순천향대학 피부과 교수, 이종수 대전선병원 의사, 이종원 약국장, 이종헌 롯데건설 수석부장, 이진우 방사선과 의사, 이찬우 정형외과 병원장, 이창수 내과 의원장, 이태억 교장, 이태연 강릉대 교수, 이태준 치과의원장, 임국형 충남대 물리과 교수, 임주현 외과병원장, 임채경 대구예술대 교수, 임효근 삼성의료원 교수,

장경태 한국체대 교수, 장병건 치과병원장, 장봉현 경대의대 교수, 장우영 피부비뇨병원장, 장주석 경운대학 교수, 전기완 창녕현대의원장, 전대완 우즈베키스탄 대사, 전정호 전 법무관 대령/변호사, 전창영 변호사, 전하은 법무법인 세영/변호사, 전헌호 대구가톨릭대 교수, 정무주 경일대 교수, 정성업 산업정보대 교수, 정수영 산부인과, 정승화 변호사, 정양헌 한국카이스트 교수, 정요원 약국장, 정철표 치과병원장, 정해원 치과병원장, 정화재 정형외과 의사, 조무환 영대화공과 교수, 채두병 인재대학 경제과 교수, 최문기 경성대학 법학과 교수, 최병열 소아과 병원장, 최상용 파티마병원 신경과 의사, 최성만 대구의료원 임상병리과, 최신환 한남대 교수, 최영철 사랑요양병원장, 최영호 한신대 교수, 최용원 뉴힐탑호텔 회장, 최인호 치과의원장, 최홍규 경일대 회계과 교수, 하일수 서울대 의대 교수, 하정상 영대 의대 교수, 한용섭 대우조선 전무, 허주량 치과원장, 현준우 고교교장, 홍기천 인하대병원 부원장, 홍세일 영남 이공대 교수, 홍종윤 비에스지 대표 등이다.

이외에도 자영업 및 공기업대표들은 생략되었다.

수원과학대 총장(경북고 55회)과 함께

포스코 광양제철소장(경북고 55회)과 함께

막내둥이
용석이 태어남

    장남 재황이와 장녀 윤정, 차녀 문경이는 나의 첫 부임지에서 태어났다. 재황이는 촌마을에서 의사 역할을 하던(속칭 돌팔이 의사) 학부형이 산파를 맡은 가운데 오랜 진통을 겪은 후에 태어났다. 1965년 음력으로 5월 20일이니까 계절적으로 여름이 가까이 오고 있었다. 육아에 도움이나 조언을 주는 어른 없이 오직 육아 사전만을 참고해서 아기 뒷바라지를 하기 시작했다. 양력으로 치면 6월이니까 덥지도 춥지도 않은 계절인데 철없는 우리 내외는 문에 커튼을 치고 방바닥을 달구었다. 실내 온도를 30도 이상으로 유지했다.

    그러나 며칠이 지나자 갓난 애기는 통 잠을 자지 않고 계속 울기만 했다. 그럴수록 행여 추워서 그런가 싶어 더욱 감싸주기만 했다. 더워서 울부짖는 것을 우리는 어디가 아픈가 아니면 추워서 그런가 아니면 행여 가시에 찔린 것은 아닐까 등으로 생각했으니 훗날 웃음거리가 된 것은 당연한 일. 이렇듯 그냥 시행착오를 거치면서 키운 것이다.

다음번 장녀와 차녀는 방 안에서 누구의 도움 없이 아내 혼자서 쉽게 순산을 했고, 우리는 1남 2녀로 더 이상의 자녀는 두지 않기로 했다.

1969년 우리 가족이 대구로 이사를 오면서 전셋집에서 2년을 살다가 1971년 직장(경북고등) 옆에 첫 주택을 마련했다. 그리고 또 2년쯤 지난 1973년에 지호지간指呼之間에 위치한 두 번째 주택(가격 380만 원)으로 이사를 했다. 한옥에서 처음 양옥으로 옮긴 것이다.

첫 부임지 문경에서 삼 남매를 낳고 대구로 이사한 후 살아갈 집까지 마련하는 동안 초등학교에 근무하는 아내와 나는 거의 눈코 뜰 사이 없이 바쁘게 지냈다. 그런데 그때쯤 어머니가 우리 팔자에 아들이 두 사람 있으니 꼭 아들 하나를 더 낳아야 한다고 주장하셨다. 꼭 그 때문은 아니지만 아들 하나 더 있으면 좋겠다는 생각이 들기도 했다.

그러다 정말로 아기가 잉태되었고 새로 이사 온 두 번째 집에서 막내둥이 용석이가 태어났다. 1973년 음력 6월 24일 생이다. 출산 당시 애기가 산모 체내에서 거꾸로 자리 잡고 있어 분만이 몹시 위험하였다. 함 산부인과 의사(명덕로터리에 위치하고 있던 산부인과 : 경북고 57회 함희원 학생의 아버지)는 신생아 탄생 중 제일 어려운 출산이었다고 이마에서 땀을 닦으면서 말했다.

2남 2녀들 아기 때 모습(장남, 장녀, 차녀, 차남 순)

2남 2녀들 어린 시절

74년도에도 3학년 담임을 계속했다. 그 당시 경북고등학교에서 서울대 합격생 수는 전국에서 3위였다. 경기고, 서울고 다음으로 경북고였다. 일이 년 후에는 부산고, 경남고가 비슷한 수로 서울대 합격생을 많이 내었다. 그 당시 한 학급에서 서울대에 입학한 학생 수가 많게는 20명 이상 적게는 10명 이상이었다.

물론 이때 학급 간 경쟁도 은연중에 나타난 것 같기도 했다. 나도 가능한 서울대 합격생을 많이 내려고 했다. 이를테면 서울대 입학이 가능한 학생이 경북대학교로 진학하려고 하면 학생을 설득해서 서울대학에 보내는 경우가 몇 번 있었다. 학교 성적이 아주 우수한 학생을 설득해서 경북대 의대를 포기시키고 서울대 의대로 합격시킨 경우(경북고 55회 김인환)도 있었지만, 경북의대 합격도 가능했을 학생을 서울대 문리대, 공대, 농대 등으로 진학시켜 훗날 교사로서 양심의 가책을 느낀 적도 있었다.

다행히 지능이 최상위 그룹에 속하는 학생의 경우는 어느 방향으로 가든지 반드시 두각을 나타내었다. 한번은 경북대 의대 지망을 설득해서 서울 농대로 보낸 학생이 나를 찾아와 대학생활에 흥미를 느끼지 못한다고 하면서 다시 재수해서 의과대학으로 가겠다고 했다. 잠시 당황했으나 재수를 결정하기 전에 학교 취미 활동을 하면서 장래 희망을 키워 보는 것도 한 방법임을 이야기했다. 이를테면 취미로 학교 신문기자 같은 일을 하면서 활약을 하면 그 전공분야에 두각을 나타내어 교수 요원 등으로 나갈 수도 있다고 얘기해주고 돌려보냈다. 그리고 몇 년이 흘렀다. 이 졸업생은 재수를 하지 않고 그대로 졸업을 했다. 그리고 어느 날 느닷없이 경북고등학교 교감선생으로부터 한 통의 전화를 받았다. 그 학생의 경북고등학교 3학년 당시 생활태도를 묻는 MBC 방송국의 신분 조회 조서였다. 이 학생은 서울 농대를 졸업하고 MBC 기자로 유럽 특파원을 거쳐서 춘천 MBC 방송국 사장을 역임했다.

74년도에 담임을 맡았던 56회 졸업생이 되는 이들도 다른 졸업 기수들에 못지않게 제제다사濟濟多士하다. 졸업 후 그들의 근황을 살펴본다.

강남훈 한신대 경제학 교수, 김명수 신세계연합의원장, 강석희 한경의원장, 강순병 강내과 원장, 강영도 경기/초등, 강영식 우리은행 지점장, 강중원 새중원약국장, 강호만 마리나 성형외과 원장, 고윤석 서울아산병원내과 교수, 곽완섭 건국대 생명자원과 교수, 곽주견 나나산부인과 원장, 곽호완 경북대 심리학과 교수, 구경본 청량리정신병원 의사, 구광열 울산대 인문대 교수, 구본기 일산백병원 약제부장, 구본호 경일대 제어전기학부 교수, 권성길 한국관광대 교수, 권세영 베트남 한국대사관공사 겸 총영사, 권세일 여성아이 병원장, 권우현 권소아과 원장, 권진혁 영남대 물리학과 교수, 권태환 안동대 회계학과 교수, 권혁무 부경대 교수, 권혁세 전 금융감독원장/서울대 초빙교수, 금용일 외환은행 지점장, 김경택 성형외과 원장, 김광국 서울아산병원신경과 교수, 김광재 철도공단 이사장, 김구환 P&C산업개발 회장, 김기산 김기산안과 원장, 김대원 효목치과 원장, 김도균 변호사, 김동필 알켄즈 대표/전 한화 L&C 공장장, 김동호 영남대 물리학과 교수, 김두우 청와대 홍보수석, 김면우 현대건설 플랜트사업본부

전무, 김명효 치과의원장, 김병국 구미차병원 과장, 김병연 치과
원장, 김부겸 전 국회의원, 김석규 전 국정원 지부장, 김성호 함
치과의원장, 김성호 국방과학연구소 책임연구원, 김세진 영남대
법학전문대 교수, 김수연 영남대 기계공학부 교수, 김식 세명대
정보통신과 교수, 김양락 명진치과 원장, 김열 영남대행정학과교
수, 김영만 한국마사회부회장, 김영배 경성대 철학과교수, 김영
복 시티뱅크 지점장, 김영환 우리이비인후과 원장, 김영환 부경
대 교수, 김옥준 계명대 정치외교학과 교수, 김용덕 김엔김치과
원장, 김용승 가톨릭대 교수/부총장, 김우선 서울대 의대 영상
의학과 교수, 김우완 경남대 교수, 김원기 신경외과원장, 김원붕
서울안과 원장, 김의진 약국장, 김재곤 전 국정원지부장, 김재연
신경외과 원장, 김정수 충남대 교수, 김정호 치과의원장, 김종두
대구가톨릭대교 수, 김종서 내과의원장, 김종수 국방과학연구소
팀장, 김종재 대구가톨릭대 교수, 김준택 킴스내과의원장, 김준
호 영남대 교수. 김진우 경상병원 신경외과장, 김진원 경성대 건
축학과 교수, 김진하 대구은행 지점장, 김창원 의비인후과 원장,
김철규 영남대 건축학부 교수, 김태완 김엔김치과 원장, 김현준
신경정신과 원장, 김현태 영남대학 교수, 김형진 사법연수원 교
수, 김호준 피부과의원장, 김홍배 경성대 교수, 김홍진 순천향대
학교 학장/교학부총장, 김후동 감고을요양병원장/전 서울경희한
의원장, 김훈식 인제대 교수, 김흥기 비뇨기과 원장, 김흥남 한
국전자통신연구원장, 김희석 대구대 경영과 교수, 김흥남 ETRI
원장, 남원도 단국대 전자공학과 교수, 류태모 부경대학교대학원
장, 마대영 경성대 전기공학과 교수, 마영삼 외교통상부 본부대

사, 문종명 공주대 중어중문과 교수, 문충열 연합소아과외과 원장, 박기현 계명대 전자공학부 교수, 박기홍 경북의원장, 박동언 우리치과 원장, 박무현 동산외과 원장, 박문흠 이비인후과 원장, 박병탁 시티뱅크 지점장, 박보환 전 한나라당 국회의원/국립공원관리공단 이사장, 박상운 대동병원장, 박상원 성안합섬 대표이사, 박성규 치과의원장, 박성욱 서울아산병원장, 박영택 성균관대 교수, 박원구 치과 원장, 박원동 전국정원 지부장, 박원수 안양과학대 교수, 박일우 계명대 교수, 박장환 피부비뇨기과 원장, 박재학 충북대 교수, 박정태 박정형외과 원장, 박종국 포항공대 교수, 박종무 영남대 경영학부 교수, 박준형 치과의원장, 박찬성 치과의원장, 박창호 내과의원장, 방선욱 청주대학교 교수, 배경일 윤성병원장, 배병일 영남대 법대 교수, 배정호 산림항공 본부장, 배종하 FAO 베트남 대표, 배진권 변호사, 배현식 동덕여대 교수, 배홍갑 이비인후과 원장, 백성옥 영남대학 교수, 백승언 고신의료원외과, 백창현 석탄공사 부사장, 상무균 변호사, 서상일 구미세명방사선원장, 서승연 내과의원장, 서연태 한신대 교수, 서장수 경북대병원진단의학과 교수, 서정해 산업은행 지점장, 서현수 치과의원장, 손건호 안동대 교수, 손윤하 부장판사/변호사, 손일현 치과의원장, 손태호 법무법인화우/변호사, 손흥기 신라대학 영문과 교수, 송동근 한림대 의대 교수, 송재영 세명의원장, 송재용 한국산업은행 부행장, 송중원 김엔송성형외과, 신명수 제주의대 성형외과 교수, 신세종 비뇨기과 원장, 신익수 우리은행 지점장, 심재철 동국대 의대학장, 안동진 정형외과 원장, 안성구 기독병원피부과 교수, 안 욱 성모안과 원장,

안의환 연세정형외과 원장, 양선규 대구교대 교수, 여상훈 의정부지방법원장, 오길호 금오공대 교수, 오상근 동아대 경제과 교수, 오수희 칠곡피부과 원장, 우정원 이화여대 물리과 교수, 우종은 세브란스치과의원장, 유두하 계명대 교수, 유병환 서울제약 대표, 유영철 산부인과 의원, 유영하 치과의원장, 유영학 전 보건복지부 차관/현대차 정몽구재단 이사장, 윤태석 경북대 천문기기과 교수, 이경수 전 국가핵융합연구 소장 ITER/Council 부의장, 이관식 성누가의원장, 이관호 전 영남의료원장/내과 교수, 이관훈 전 CJ그룹 사장, 이광도 현해건설 부사장, 이광호 경일대 교수, 이동기 서울대 경영학과 교수, 이동명 서울중앙지법 판사/변호사, 이동욱 약국장, 이동춘 한국정책금융공사 이사, 이동호 경북대 전자과 교수, 이만진 이비인후과 원장, 이영곤 한양대 경영대 교수, 이병태 산부인과 원장, 이병희 공주대 교수, 이상권 소아과 원장, 이상일 인제대 교수, 이상훈 치과의원장, 이석규 영남대 전기과 교수, 이성근 서울치과 원장, 이성기 경북대 전자학부 교수, 이수장 강남대 교수, 이순화 영남대교수, 이승철 신한은행 조사역, 이시형 주OECD대표 부대사/전 외교통상부 기획단장, 이신기 신한금융지주 부사장, 이신하 신경외과 원장, 이영동 전 IBK투자증권 상무, 이영순 금오공대 교수, 이원준 (주)럭키엔프라 대표, 이유준 경찰대 교수, 이윤동 안동대 교수, 이장호 산림조합중앙회감사위원회 위원장, 이재성 세영의원장, 이재욱 파티마소아과 원장, 이정국 신경정신과 원장, 이정철 영남의료원 교수, 이종근 피부비뇨기과 원장, 이종순 영남대 분자생명과 교수, 이종영 전 경북대 의대 교수/경북산업보건센타 전문의, 이준무 준치과의원장, 이지태 경북대 화공과 교수, 이형일 소아과 원장, 임재현 숙명여대 교수, 임효덕 경대병원 교수, 장병식 신한은행 지점장, 장병인 정형외과 원장, 장석현 치과의원장, 장익현 변호사, 장현식 KOICA 부이사장, 장재원 한전 송변전운영처장, 전승배 경원대총무처장, 전재룡 도서출판라이터스 대표, 정영재 피부과 원장, 정근호 국립의료원신경과, 정대현 육군본부준장, 정덕모 울산지검 차장/변호사, 정상국 법무법인화우/변호사, 정상국 대구대교수, 정상윤 포항여성병원장, 정성규 전 공군준 장, 정영익 한강수력본부장, 정윤교 창원대 교수, 정의연 도로교통공단경영정보처장, 정인교 고려대 교수, 정종대 한국기술교육대 교수, 정종식 법무법인로고스 변호사, 정재찬 공정위 부위원장, 정창영 서울시립대 교수, 정환식 병무청차장, 정흥보 전 춘천MBC 사장, 제갈 돈 안동대 교수, 조강래 IBK투자증권 대표이사, 조대환 법무법인렉스 변호사, 조영수 대구안과 원장, 조용기 경주대 교수, 조원휘 국민대 경제과 교수, 조진근 경북대 불어과 교수, 조희대 전 대구지법원장/대법관, 주진양 강남세브란스신경외과장, 지병철 경북대 공대 교수, 진순석 변호사, 진영선 경북대 심리과 교수, 채용욱 경산제통의원장, 최강선 통상외교부 대사, 최교만 경북여고 교장, 최기택 변호사, 최덕영 하나의원장, 최병기 비뇨기과 원장, 최병문 상지대 교수, 최승호 상주적십자병원외과, 최영철 파티마산부인과, 최영택 성형외과 원장, 최영택 신경정신과 원장, 최우식 대구고법원장, 최재호 산부인과 원장, 최종덕 한국교원대 교수, 최종민 경북대 경영학부 교수, 최혁환 부경대전자과 교수, 추응식 신구대학 교수,

한승동 세중한의원장, 한영춘 영남대 경영학부 교수 한인달 영남대 교수, 한준표 대구가톨릭대 교수, 허근녕 변호사, 허남일 강남대 경영학과 교수, 허석열 충북대 사회학과 교수, 허성환 경북약국 대표, 현기훈 현대약국, 홍상현 비뇨기과 원장, 홍종경 경북도/외교통상부 대사, 황동철 쌍용레미콘 대표이사, 황록 우리금융지주 부사장/우리파이넨셜대표 이사, 황용순 인제대 신경외과 교수, 황우하 변호사, 황종문 소아과 원장 등 다양한 분야에서 활약하고 있다.

담임(3-12반) 서울대 합격생들과

75년도에도 계속 3학년 담임을 맡았다(경북고 57회). 직접 가르쳤던 학생들의 현재의 면면을 살펴본다.

강수찬 강피부과의원장, 강시우 경기중기청장, 강명권 재미, 고삼규 보광병원장, 고원섭 고내과의원장, 곽동협 곽병원장, 구자명 흥진산업 대표, 권덕기 경북대 사대생물과 교수, 권오상 경성대 수학과 교수, 권오을 전국회사무총장, 권응일 국제나이론

이사, 권종걸 영남대 법대 교수, 권태우 정형외과의원장, 금동혁 대표이사, 기우천 편한치과 원장, 김경수 사업팀장, 김경태 포항공대 교수, 김경태 삼성전자개발팀 전무, 김경택 사장, 김규상 외과의원장, 김규태 신경정신과의원장, 김기식 대표이사, 김기용 TM개발 대표, 김남일 고려금속 대표, 김대연 피부과의원장, 김대홍 치과의원장, 김명식 청와대 인사기획관, 김무형 위덕대학교, 김병욱 농협 인천지역 본부장, 김병헌 자인병원장, 김봉인 기아자동차 공장장, 김상동 경북대 수학교육과 교수, 김상유 정형외과의원장, 김상현 영진대 교수, 김석순 킴스치과 원장, 김성국 치과 원장, 김성수 재미, 김수천 강동병원, 김시환 내과의원장, 김신윤 경북대의대 정형외과 부원장, 김연웅 경상대 의대생 화학과 교수, 김영모 경북대 공대 교수, 김영한 대구고검장/법무법인바른, 김영환 KT 부사장, 김우년 농협공제팀장, 김우승 배재대학 교수, 김우택 카톨릭의대 소아과 교수, 김윤권 부장판사/변호사, 김인국 Rep. os Real Estate(57기 총무), 김장호 전 금융감독원, 김재연 신경외과 원장, 김재일 영남대 공대 교수, 김재황 영남대 의대 교수, 김정구 계명대 교수, 김정완 경북대 치대 교수, 김정철 경북대 의대모발이식센터 교수, 김종명 내과의원장, 김종인 법무법인, 김종환 계명대 영문과 교수, 김종흥 국립의료원 의사, 김진석 영남대 법대 교수/변호사, 김창종 재미, 김창태 외환은행 본부장, 김태준 중앙의원장, 김학배 울산경찰청장, 김형준 카톨릭의대 안과 교수, 김호각 카톨릭의대 내과 교수, 김호민 농협금융재무관리부장, 김화동 고려대 특임교수, 김화윤 약국장, 김희대 상무, 김희락 국무총리실 정무실장, 김희송 재미회

사대표, 김희순 사법행정교육원, 나기두 약국장, 남명진 변호사, 남병근 재 일본, 남병직 대구프린스호텔 대표, 남성희 재미, 남순열 서울아산병원이비인후과 의사, 남진우 뉴욕 지부장, 류관우 경북대 공대 교수, 류상렬 장학사, 류성걸 국회의원(대구동갑), 마인섭 성균관대 정외과 교수, 문성헌 대구과학대 교수, 문종섭 고려대 자연대 교수, 문태훈 중앙대 산업공학대 교수, 박귀동 내과의원장, 박기태 변호사, 박동진 안동대 경영과 교수, 박동찬 서울여대 불문과 교수, 박병배 한미국제변호사, 박석규 울산과학대 교수, 박성민 신경외과원장, 박성진 치과의원장, 박우하 재미, 박원균 계대 의대생리학 교수, 박재명 법무법인 정률, 박재봉 하나정형외과, 박재홍 외환은행 지점장, 박재균 신라대학 교수, 박준호 계대 한문과 교수, 박진표 구미1대학 교수, 박찬정 청주대 경영과 교수, 박한진 회사전무, 박현상 변호사, 박호환 아주대학 경영과 교수, 배도규 경북대 농대 교수, 배영곤 변호사, 배재철 변호사, 배철수 서울연합의원, 배학수 경성대 철학과 교수, 배한성 약국장, 백순길 LG 상무, 백원진 정형외과의원장, 백창수 서울중앙지검 부장검사/변호사, 변동일 내과 과장, 서노교 피부비뇨기과의원장, 서무규 동국대 피부과 교수, 서보욱 대구카톨릭대 경영과 교수, 서억수 동국대 의료원안과 과장, 서영관 매일신문 논설위원, 서영준 삼척의료원장, 서의수 서내과의원장, 서혁교 서정신과의원, 서홍균 남전섬유 대표, 석대식 석피부과의원장, 성기중 효성건설 상무, 성도경 영남대 행정과 교수, 성한기 가톨릭대 교수, 소병수 변호사, 손기철 약국장, 손병조 전 관세청 차장, 송병호 동국대 경제과 교수, 신익순 호남대 조경과 교수, 신인철 영남대 한국학과 교수, 심상국 치과의원장, 심원보 아프칸한국병원장, 안규정 재미, 안기영 성형외과의원장, 안면중 정형외과의원장, 안세영 변호사, 안치환 국민은행 지점장, 양성민 경성대 산업공학과 교수, 양원택 주 삼성전자서남아총괄(인도), 여무상 신세계L&B, 여인환 연세대 물리학과 교수, 오규봉 삼성 사업부장, 오민구 동국대 의대 교수, 오병희 삼성전자 연수부장, 오상룡 동종 대표이사, 오창대 Abco International, 오한수 Moment Korea, 우성만 부장판사, 우영훈 방사선과병원장, 우홍체 대구대 정보통신과 교수, 유경수 서울고려의원, 유권 이화여대 목동병원장/내과교수, 유상희 동의대 경제학과 교수, 유승민 국회의원(대구동을), 윤민우 연세대 영문과 교수, 윤언균 한국연구재단국제협력단장, 윤여득 피부비뇨기과 원장, 윤원구 서울시 선관위 사무국장, 윤정석 법무법인 유비즈/변호사, 윤종한 주 캐나다, 이강원 영대 영천병원장, 이경영 성형외과의원장, 이근무 위덕대 정보통신과 교수, 이근수 정형외과의원장, 이기만 대경영상병원장, 이동건 우리은행 부행장, 이동국 카톨릭의대 신경과 과장, 이동혁 주 중국, 이두희 고려대 경영대 교수, 이득영 삼성코닉스, 이병호 치과의원장, 이상기 아시아나항공 홍보팀장, 이상선 법률사무소, 이상룡 경북대 공대 학장, 이상목 변리사, 이상오 요양병원장, 이상택 대구가톨릭대 신학과 교수, 이성길 한술섬유 사장, 이승구 상주성모병원, 이양훈 정형외과의원장, 이영재 포천중문의대 강남차병원, 이영태 우리은행 지점장, 이원일 서울지법 부장판사/법무법인바른, 이원재 삼성서울병원 의사, 이원희 영남대 일어과 교수, 이유철 경북대 의대 교수, 이인구 변호사, 이인규 경북의대 내과 교수, 이재익 서경대학 교수, 이재정 부경대학 경영과 교수, 이재태 경북대 핵의학과 교수, 이재형 삼익HDS 사장, 이전오 성균관대 법대 교수, 이정훈 동산섬유 대표, 이종렬 대구공업대 교수, 이종욱 재미, 이종해 한의원장, 이준성 한독병원, 이준호 치과의원장, 이준호 일본동해대학 교수, 이지수 금오공대 교수, 이창우 전 수성대학교 교수, 이필수 경북대 불문과 교수, 이혁기 씨·엘·씨 대표, 이현동 전 국세청장, 이형우 영남의대 내과 교수, 이형주 안동대 전자공학과 교수, 임영철 법무법인세종 변호사, 임영호 하나은행 부사장, 임정근 계명대 의대 교수, 임태형 충남대학 의과대학 교수, 장내원 강동병원장, 장성규 BYC 우이점 대표, 장영일 범어교회 담임목사, 장원규 회사 대표이사, 장재호 주미국, 장진성 한국원자력연구소, 장창림 울산대 수학과교수, 전대우 성형외과의원장, 전용기 경상대 컴퓨터학과, 전현우 선남의원, 정광문 우리은행 상무, 정기붕 주 북경, 정달현 영남대 정외과 교수, 정동렬 이화여대 사회과학대 교수, 정만식 국방과학연구소 교수, 정연규 비뇨기과의원장, 정연웅 정형외과의원장, 정우창 대구카톨릭대학 자동차공학과 교수, 정재민 서울대 의대핵의학과 교수, 정종섭 서울대 법대 교수, 정진국 한양대 건축학부 교수, 정진수 한국형사정책연구소, 정철원 약국장, 정태영 홍익대학 경영과 교수, 정현대 신경외과의원장, 정현택 약국장, 정홍관 선린병원마취과 과장, 조남천 약국장, 조석태 통증의학과의원장, 조선근 한동대학, 조수동 대구한의대 교수, 조영곤 서울중앙지검장, 조영호 카이스트 기계과 교수, 조형곤 세종연합의원장, 주성영 전국회의원, 지동하 이비인후과의원장, 지원림 고려대 법대 교수, 차영수 피부과 의원장, 채선대 대구동부교회부목사, 최경현 한양대 산업공학과 교수, 최관수 소아과의원장, 최대규 금오공대 물리과 교수, 최문철 연합치과원장, 최민석 연세메디칼내과 원장, 최병석 삼성전자 총괄지원 팀장, 최병철 수원지법 성남지원장/변호사, 최석용 윤성병원, 최성렬 영남대 공대 교수, 최승철 경인제약, 최영길 대구서문교회 목사, 최영찬 대진건설 사장, 최재성 영남속시원내과 원장, 최재철 주 모로토 전권대사, 최창규 명지대경제학과교수, 최평 경북대 공대 교수, 표동진 강원대 화학과 교수, 하상수 청고을 대표이사, 한기문 상주대학교 양학부 교수, 한명교 주 과태말라, 한위수 법무법인태평양/변호사, 한창욱 동대구 세무서장, 함희원 한유외과의원장, 현재만 치과의원장, 홍기현 서울대 경제학부 교수, 홍승표 계대 사회학과 교수, 홍원식 계대 철학과 교수, 황은하 금오공대 기계공학과 교수, 황현석 내과의원장, 황흥국 후지제록스마케팅 실장/상무 등이다.

57회 졸업생들과

우리 부부를 맺어주신 선생님

– 유승민 : 경북고 57회, 국회의원(대구 동을) / 오선혜 : 경북여고 48회

승민 : 어여, 바라, 우리 고3 담임(강형) 선쎄임 동기들이 책 낸다카는
데 아직도 원고 몬썼는데, 우야먼 조캔노. 나는 글쓰는기 직업
인데 요 글은 와 이래 쓰기가 애롭노. 아이고마, 골치 아파 죽
겠다. 어여, 하나 써 가꼬 퍼뜩 보내드려야 안 되겠나. 뭐 쓰꼬.

선혜 : (테레비 보면서) 아이고 마, 당신 글빨도 조은데 혼자 당신 꺼도
쓰고 옛날 내 리포트 대신 써주던 실력도 발휘해 가꼬 내 꺼또
좀 쓰먼 대겠구마느. 평생 소뚜껑 운전하다보이 나는 혼자 글
못쓴데이.

승민 : (혼자 속으로 : 저걸 제자라꼬 저것보고도, 글 보내라 카시는 선쎄임이 불
쌍타. 지는 맨날 집구석에 있시면서 지가 내꺼 써 조도 대겠구만)

(그로부터 며칠 후)

승민 : 어여, 클났다. 오늘 쏘 빈호사(소병수 변호사)하고 저녁 묵는데
강 선쎄임에게 보낼 글 빨리 안 쓴다꼬 때리 죽일라 카더라.
금마 지는 썼나? 카이께네 지는 머 내가 쓴 글 교정하는 사람
이라꼬 안 써도 댄다카는 거 있제.

선혜 : 나도 좀 생각해 봤는데 우리한테 강형 선생님은 은사님 이상
으로 특별한 분 아입니꺼. 우리 부부가 난생 처음 서로 얼굴을
본 기 바로 강 형 선생님 댁이까네 우리 서로 첨 만난 이야기
나 쓰머 되겠네 뭐.

승민 : 그거 그라이까네 76년 봄 아이가. 그때 4·19라꼬 데모하까봐 학교 며칠 문 닫는다 케가꼬 대구 가서 선쎄임한테 인사드리로 갔는데 그때 선쎄임이 과외 받으로 온 경북여고 3학년 학생이 조 건너 방에 있는데 "니, 함 볼래?" 카셨제. 아이고 그때마 "안 볼랍니다" 한 마디만 딱 했으면 오늘 내 팔자가 우애 조아질지도 모르는데. 순진하이 고3이라카이 얼굴만 벌거이 해갖고 있었다 아이가. 이거 참 선쎄임한테 고마바 해야 하는 건지 모르겠네.

선혜 : 사돈 남 말하네. 나도 그때 고마 당신 안 봤시머 진짜 갠차는 남자 만나가꼬 오늘날 사모님 소리 들어가민시롱(낮은 소리로)… 그런데 쎄상에서 제일 독한 남자 만나가꼬 그 잘 나가던 오선혜가 요 모양 요 꼴로….

승민 : 머라 캐쌓노. 그때 니 첨 볼 때 참 얼굴은 통통하고 살짝 보이 다리도 날씬했는데. 그 다음 날 니 그때 어데 독서실인가 공부한다꼬 가 있는데 거까지 이 몸이 찾아 갔잖아. 그 당시는 공부 안하고 연애할라 카는 애들은 전부 독서실 다녔는데 당신은 누구 꼬실라꼬 독서실 댕겼노.

선혜 : 말도 마소. 그때만 해도 독서실에 나 오선혜가 한 번 떴다 카먼 머시마들이 똥매라분 아들가치 와 그래 왔다 갔다 캤는지.

승민 : 참말로 그때 생각해 보면, 세월이 마이 흘렀데이. 우리 그때 만나고 서로 한참 이자뿌고 있다가 그 이듬해 봉천동 내 하숙집 앞 큰 길에서 당신 왠 놈하고 미팅하다가 우연히 만나가꼬 그 죄 없는 놈 집에 보내뿌고 우리 너거 대학(이대) 앞에서 한 잔 묵었잖나.

선혜 : 그래 맞아예. 그때 그 술이 뭐랐켄노. 이화여대 앞에서 그거 한잔 묵고 당신 햇소리 몇마디에 고마 꼬시킷잖아.

승민 : 아 그기 바로 애플와인 파라다이스 카는 거 아이가. 우리 대학 다닐 때만 해도 돈 좀 있는 날에나 묵던 술 아니가.

선혜 : 참 강 선쎄임 우리 미국 살고 있을 때 객원교수로 위스컨신 대학에 오셨을 때 우리 집에 같이 계셨던 이야기 좀 써도 되겠네. 그때 사모님 안 오시고 혼자 오셔서 고생 많이 하셨잖아.

승민 : 고생은 무신 고생! 진짜는 신나셨제. 미국 전 지역 거주 제자들 50여 명 초청 받아 두 달 동안 미국전역 관광도 꽁짜로 하시고 미국 미녀들과 미팅도 마음 놓고 하셨잖아. 특별히 Miami에서 Key West 섬 사이 1박 2일 동안은 미인과 찐한 date를 하셨다는 후문도 있던데…! 나도 마누라 띠놓고 어데 1년 혼자 갔다가 왔으며 카는기 내 소박한 꿈이다 이 사람아. 그런데 어여, 우리 글 요따우로 써도 될랑가 모르겠네.

사실상 중매가 되어버린 1976년 봄날의 선생님 댁에서 만난 이후 5년 반 만에 우리는 결혼식을 올렸다. 두 사람 다 막내둥이들인지라 바쁠 것도 없었는데 말이다. 그날이 10월 3일 개천절이라 결혼기념일은 매년 휴일이다. 나 유승민은 아직도 애들 할매의 이 날짜(개천절) 택일에 대해 불만이 많은데, 기억력이 별로인 마누라 오선혜는 이날만큼은 칼같이 기억해낸다. 그리고 지금까지 서로 꽉 잡혀 살고 있다. 맛 상주 훈동이와 담이도 잘 성장하고 있다.

유승민 결혼사진

"강형 선생님도, 이순耳順, 고희古稀를 지나 이제 희수喜壽를 코앞에 두고 계시니, 건강하게 오래오래 사시고 팔순八旬과 미수米壽를 넘기시고 백수까지 만수무강萬壽無疆하시기를 두 손 모아 빕니다. 그리고 우리 마누라(오선혜), 우리 남편(유승민)을 만나게 해 주셔서 정말, 정말 감사드리고 우리도 잘 살겠습니다.

경북고 57회(1976년 2월 졸업)를 마지막으로 경북고등학교를 떠나야만 했다. 경북고등학교에서 7년을 근무했다. 그 당시 한 학교에서 5년을 근무하면 타 학교로 이동을 했으나 경북고등학교만은 예외였다. 그러나 1975년도에 평준화 고교진학 제도가 대구시에서 시행되었기 때문에 한 학교 5년 근무 규정이 예외였던 경북고등학교 근무 규정도 76년도부터는 폐지가 되고 대구 시내 모든 학교가 똑같이 한 학교 5년 근무 규정으로 바뀌었다. 이 규정에 따라 5년 이상 근무했던 교사 이삼 십여 명이 타 학교로 이동되었는데 나도 포함되었다.

이동 교사들 가운데 대구시에서 8년 이상 근무자는 대구시 이외의 경북 지방으로 이동이 되었다. 나는 대구시에서 7년간 근무했기 때문에 대구시에서 1년간 더 근무할 수 있었다. 7년 동안 경북고등에서 너무나 혹독(?)하리만큼 고된 교사생활을 했기 때문에 남은 대구 근무 1년은 조용히 보내겠다는 생각을 하며 교사 발령을 기다리고 있었다. 그러나 운명의 여신은 나를 조용히 쉬게 두지 않았다.

행복했던
경북여고 재직 1년

    조용히 1년을 쉬면서 지내겠다는 바람은 헛된 꿈이 되었다. 이번에는 여고 중에선 best one의 위치에 있던 경북여고로 발령이 난 것이다(1976년 3월 1일자). 거기다가 부임하기도 전에 3학년 담임 및 학과 담당으로 지정되었다. 경북고등에서 3학년 입시 교육을 했던 나의 경력을 경북여고에서도 이미 빤히 알고 취한 조치였다. 당시 허창규 교장에게 사정하여 간신히 담임은 면할 수 있었다. 그때 대구시내 고등학교 3학년은 유시험, 비평준화의 마지막 학년이었기 때문에 경북여고 3학년도 경북고등과 마찬가지로 여학교로선 마지막 최우수 학생들의 집단이었다.

    대구시내 근무 마지막 학년도였던 1976년도는 교사 생활을 하면서 가장 인기를 누린 해였던 것 같다. 흔히들 여학교에서 인기를 누리려면 총각 선생이거나 인물이 멀끔하거나 체격이

우람하고 키가 큼직해서 그야말로 선풍도골仙風道骨할 지경이어야 하는데 나의 경우는 인기를 누릴 만한 항목이 한 가지도 없었다. 그때 내 나이도 벌써 30대 중반을 넘어 40대를 앞두고 있었고 170cm도 못되는 키에 얼굴조차 촌사람 티를 벗지 못한 평범한 교사에 불과했다. 아무리 생각해도 인기를 받을 만한 구석이 없었다. 그렇다고 영어를 유창하게 한다거나 인기 강사처럼 쇼를 하며 수업을 하는 스타일도 아니었다. 그러니까 이런 처지에도 인기를 누리고 있었으니 정말 흐뭇한 일이었다.

1시간 수업을 마치고 교무실로 오는 길에는 학생들 여러 명이 총총 걸음으로 뒤를 따라오면서 깔깔댄다. 그들의 손에는 무엇인가 들려 있었다. 교무실 내 자리에 앉는 순간 내 책상 위에 들고 온 물건을 팽개치듯이 던지곤 총총히 사라진다. 교무실 어느 좌석을 둘러보아도 이런 현상은 일어나지 않았다. 옆 선생님들에게 미안한 생각이 들다가 점점 불안해지기까지 했었다.

봄 소풍 하루 이틀 전쯤이었다. 진풍경이 벌어졌다. 요란하게 포장을 한 선물 꾸러미들이 집으로 오기 시작했다. 온갖 것들이 다 배달되었다. 직접 들고 와서 두고 간 것들도 있었고, 나에게 직접 전달하며 나의 대답을 확인하는 학생도 있었다. 선물 꾸러미 속에는 또 온갖 내용의 글들이 들어 있었다. 여학생들이 그렇게나 글을 잘 쓰는지는 미처 몰랐다. 모두가 시인들이었다. 남자 학교에서는 도저히 볼 수 없었던 풍경이었다.

40여 년이 지난 지금까지도 특별히 기억에 똑똑히 남아있는 사건이 하나 있다. 그때 학생들이 보내온 선물들 가운데 가장 많았던 것이 봄 소풍을 가는 날 입고 갈 상의上衣였다. 공통적으

경북여고 재직 당시

로 "선생님! 내일 소풍에는 제가 드리는 이 옷을 꼭 입고 오셔
요."라는 내용이었다. 그중 나를 몹시 당황하게 했던 내용이 있
었는데, "선생님, 내일 제가 드린 옷을 입고 오지 않으시면 저를
미워하시는 것으로 생각할 거예요. 절대 실망시키지 마세요."
라는 식의 내용이었다. 만약 이런 내용이 한 학생에 불과했다면
아마도 그 옷을 입고 갔을는지도 모른다. 그러나 이와 비슷한
요구가 몇 명이 있었으니 이리할 수도 저리할 수도 없었다.

"어느 것, 누구 것을 입고 갈까?"로 고민하다가 할 수 없이 그
날 소풍에 참가하지 않으면 된다는 결정을 내렸다. 학생들이 보
내지 않은 옷을 입고 갔다고 하더라도 여러 학생들에게 마음의
상처를 주기는 마찬가지였을 것이다. 비담임非擔任이라 가능했
던 일이지만 지금 생각해도 소풍을 포기한 건 아주 잘한 일이었
던 것 같다. 그때 내가 가르친 고3 학생 가운데 현재 활발하게
활동하고 있는 제자들을 알아본다. 최정숙 대구 YWCA 회장,

금동지 경상대 교수, 한무경 (주)효림 대표, 이인선 경북정무부지사, 임서연 경림치과 원장, 여경희 대구가톨릭대 교수, 구양숙 경북대 교수, 최미화 매일신문논설실장, 김영옥 팔달중 교장, 김미주 박병원 의사, 김선진 곽병원 소아과 의사, 최연희 경북대 교수, 김진섭 약사, 이경순 경주세무서 과장, 황순향 약사, 조미향 화가, 이숙희 경산세무서, 추미애 서울 광진구 국회의원 등이 있다.

제자의 글

꿈과 희망을 주신 선생님

– 최연희 : 경북여고 48회, 경북대학교 교수

봄이 오는가 싶더니 겨울 날씨로 U-턴한다. 영문 모르고 피어나려던 개나리 꽃 몽우리가 추위에 움츠려 들기를 반복하더니 어느새 여름 날씨가 계속된다. 이젠 정말 봄, 여름 구별이 없어지는 것 같다.

강형 선생님과 첫 만남 후 세월이 많이 흘렀다. 거의 40여 년이 되어가고 있다. 그간 흘러간 세월의 아스라한 기억들을 잠시 되살려보려 해도 오랜 세월 속에서 이미 뇌리에서 사라져버린 것도 많이 있다. 그러나 잊을러야 잊을 수 없는 꿈 많던 여고 3학년의 기억, 그 가운데서도 강형 선생님에 대한 기억만은 유독 잊을 수 없을 것 같다.

백합들(경북여고 학생들을 일컫는 애칭. 백합은 경북여고 교표다)의 영어 과목에 대한 관심은 무척 남달랐다. 아마도 그 당시 일류 고등학교의 공통된 현상이었을는지도 모른다. 나 역시 영어를 가까이 하려고 꽤나 애를 썼고 수많은 시간을 아끼지 않았다. 그러나 영어 성적은 늘상 그 자리에 머물러 있을 뿐 한 치의 발전도 없어 나에게는 무척이나 마음 고생이 심했던 과목 중 하나였다.

1976년 3월, 유시험有試驗, 비평준화非平準化의 마지막 학년이었던 나는 드디어 고3이 되었다. 이제 1년만 지나면 우리 인생의 장래가 결정된다. 그러니까 고3 때 좋은 선생님을 만나는 일은 인생에 무척 중요한 일이다. 3월은 선생님들의 이동과 더불어 새로운 교과목 선생님들을 맞이하기에 무척 분주한 기간이다. 바로 이때 우리 학교로 전근 오신 선생님들 가운데 유달리 우리들의 시선과 관심을 머물게 한 선생님이 계셨다. 바로 경북고등학교에서 임기를 마치고 전근 오신 영어 선생님, 강형 선생님이었다. 그냥 경북고등학교에서 전근 오신 것이 아니라 경북고등학교에서 히트 치신 족집게 선생님이라는 소문이 우리 학교 학생들에게 삽시간에 퍼져 나갔다. 우리 학교가 공립이라서 그런지 연로하신 선생님들이 대부분이셔서 새뜻한 새 선생님에 대한 갈증에 목말라했던 터라 30대의 총각선생님(?) 같아 보이는 강형 선생님에 대한 호기심은 더욱 컸었다(실은 얼마 후 선생님은 37세이고 4남매의 아버지인 것으로 확인됨).

활짝 핀 목련 꽃 뜰 옆에 위치한 우리 3-12반은, 드디어 맞이한 강형 선생님의 첫 영어 수업에 모두가 들떠 있었다. 두 갈래로 머리를 곱게 땋은 고3 소녀들은 설렘과 기대에 부푼 마음으로 강형 선생님을 맞이했다. 진한 곤색 양복 속에 연한 소라 빛 감도는 드레스 셔츠, 그 위에 황금빛 가로 무늬 체크 넥타이는 먼저 외모 면에서도 우리 여고생들의 기대를 200% 만족시킬 만큼의 신선함을 주었다.

조금은 거만해 보이는 자신에 찬 선생님의 교단 위에서의 열정, 투명해 보이는 백옥 같은 피부와 올백이 아닌 1/2백의 해어스타일을 한

30대의 귀공자 타입의 선생님에게 우리들은 빨려 들어가지 않을 수 없었다.

더욱이 우리들의 숨겨진 진짜 관심거리는 '경북고등학교'의 실체들이었는데, 선생님은 우리 학생들이 무엇을 듣고 싶어 하는지 그 마음을 어느새 꿰뚫으시고는 경북고등학교에서 근무하실 동안 겪었던 남학생들과의 재미있었던 에피소드들을 영어 수업 시간에 조금씩 풀어놓으셨다. 영어에 관심이 없었던 친구들마저도 경북고등학교에서의 남학생들의 이야기를 듣고 싶어 연일 영어 수업 시간을 애타게 기다리곤 했다.

자연적으로 강형 선생님의 영어 수업은 우리 모두에게 기대와 용기와 기쁨을 주기 시작했다. 영어 성적이 지진遲進했던 학생, 영어에 흥미를 잃고 방황하던 학생, 이미 영어를 포기한 학생들도 희망을 갖기 시작했다. '하면 된다can do'는 신념을 주신 선생님 덕분에 우리 3학년 학생들의 영어 실력은 차츰 향상되었고 나 역시 예외가 아니었다. 이렇듯 선생님은 모든 학생들에게 꿈과 희망을 주신 선생님으로 영원히 기억에 자리 잡을 것이다.

어느덧 인생의 불혹不惑에 서서 지나온 세월을 뒤돌아보면 그것은 기나긴 그리움의 여정이 아닐 수 없다. 선생님과 헤어진 후, 대학을 졸업하고 직장을 잡고 결혼을 하고 이제는 정겨운 어머니의 따뜻한 품에 돌아와 안기려 할 때인가 보다. 특별히, 졸업 후 처음 맞이한 사은회의 밤은 너무나 뚜렷하게 기억되고 있다. 만남의 즐거움, 스승과 친구들과의 재회, 그리고 그간의 회포를 풀기에는 몇 날 밤이 모자랄 정도였다. 우리의 여고 시절 선생님들은 모두가 그 긴 세월만큼이나 여러 모습으로 바뀌어 있었다.

그러니까 졸업 후 20년 되던 해에 첫 Home Coming Day 행사가 대구시 대명동 프린스호텔에서 있었다. 1976년 우리가 여고3학년 때 우리 학교에 오셔서 고교 유시험 마지막 학년인 우리들을 딱 1년만 가르치시고, 1977년 2월 우리가 졸업하자 곧 경북여고를 사직하고 대학교수로 훌쩍 떠나가셨던 강형 선생님도 그 사은회謝恩會 행사에 참석하셨다. 사회자가 스승님 한분 한분을 소개해 나갔다. "경북고등학교에서 오셨던 우리의 Hope요, 인기 절정이셨던 강형 선생님을 소개한다."는 소리가 흘러나왔다. 그 순간 마치 잊혀져가고 있었던 여고 시절의 그 힘찬 함성이 이 사은의 밤이 열리는 프린스 호텔의 홀 안에 다시 살아났다. 우레와 같은 박수와 와! 와! 하는 환호 속에서 손을 흔들어 답례하시던 강형 선생님을 우리들은 20년 만에 다시 만나게 된 것이다. 그러나 강형 선생님의 모습도 이제는 우리의 여고 3학년 때의 그 싱그러운 그 모습은 아니었다. 여고 3학년 때의 모습을 저만치 한 채, 어느새 선생님도 지천명知天命을 지나 이순耳順에 서 계시는 모습으로 우리들에게 다가왔다.

　창 밖에 바람이 일더니 금세 빗방울이 내릴 것 같다. 나 또한 강형 선생님을 그리면서 이 글을 씀에 무척이나 깊은 행복감에 젖어 들어본다. 이제 회갑과 고희古稀를 지나시고 희수喜壽와 팔순八旬을 저만치 앞두고 계신 선생님! 일평생, 오직 가르침의 외길을 바쁘게 뛰어오신 강형 선생님의 세월, 우리들은 그 값진 세월을 빛바래지 않기 위해 오늘도 열심히 살 테다. 선생님의 건강이 내내 함께하길 빌어본다. "선생님, 오래오래 사셔야 해요! 사랑합니다."

　1976년 세 번째로 이사한 주택은 대명동의 공무원 아파트 근처로 속칭 도둑촌에 위치한 대지 220평, 지하 1층, 지상 2층의 매머드 저택이었다. 넓은 마당에 수영장과 온실까지 있었다. 당시 주택 가격은 4,300만 원이었다(두 번째 대봉동 주택가격의 10배 정도).

이 큰 저택에 사는 동안 아내가 먼저 운전면허증을 받아 1978년도에 자동차를 구입하였는데 당시에는 여자 운전자가 거의 없었다. 대구 중앙통로에 차를 몰고 나가면 여자가 운전하는 것을 본 통행인들이 의아한 표정으로 차 안을 유심히 들여다보면서 옆에 앉아있던 나를 비웃는 듯해서 속된 말로 나를 쪽팔리게 했다. 사실

대명동 저택

당시 자동차 면허증 교육을 받을 만큼의 시간 여유가 없어 아내가 먼저 면허증을 딴 것이다. 운전 교육을 받을 시간이 없던 나로서는 할 수 없이 아내가 사용했던 운전 교육 교본을 참고하여 1979년도 아내보다 1년 늦게 운전 면허증을 받았다.

또 다른 세계에
도전하다

 경북여고에서의 1년 근무를 마지막으로 대구시내 근무 연한
을 마치고(1977년 2월 28일) 대구시외(경북도 전역)로 전근을 하게 되어
있었다. 하지만 당시 대구시가 대구광역시로 승격되는 행정구역
전환(1981년 7월 1일)을 앞두고 있었기 때문에 만약 그때(1977년 3월 1
일자) 경북 지방으로 이동하게 되면 평생 대구직할시로는 전입하
지 못하고 경북 지방에서만 교사 생활을 마쳐야 했다.

 나로서는 중대한 결정을 해야 할 순간이었다. 시외 전출을 앞
두고 나의 선택지는 세 가지였다. 첫째는 경북 지역 공립학교로
이동해서 교감, 교장을 거치는 길, 두 번째는 대구시내 사립학
교로 가는 길, 셋째는 학원가로 나가는 길이었다. 그때 이미 대
구시내 사립 고등학교 두 곳에서 내게 초빙 의사를 타진해 왔고
한 종합 학원에서도 나의 결단을 재촉했다. 경북고등에서 근무

기간을 마친 3학년 담당 교사 6~7명이 이미 지난해에 학원 강사로 발길을 돌렸던 상태였다.

이때 나는 중대한 결심을 하게 된다. 그리고 지난 69년도 내가 경북고등에 부임하던 해 나의 외우畏友 김호진 군이 학위를 받아 대학 교수가 되기 위해 유학을 떠난다고 하던 이야기가 그때서야 나를 전율戰慄시켰다. 사실 그때까지 대학원 과정을 거칠 시간적 여유를 갖지 못했던 나로서는 대학원 석·박사 과정을 이수하기가 비교적 용이한 사학 학원으로 나갈 계획을 세워 보았다.

여러 날 고민하다가 결국 대구시내에 위치한, 세칭 일류 고교의 근무 기간이 만기가 된 입시 과목 담당 교사들로 구성된 매머드 대영학원으로 진로를 정했다. 우람한 건물과 우수한 강사진으로 구성된 대영학원의 인기가 대단해서 재수생들이 입학하는 데도 경쟁률이 4~5대 1은 되었던 것으로 기억한다. 이때 나는 내심, 희미하지만 대학 교수의 꿈을 가져보았다. 그리고 꿈을 이루기 위한 청사진을 그려보았다. 외국에 나가 대학원을 마치고 올까 하는 생각도 해 보았으나 아내의 적극적인 반대로 국내에서 대학원을 다니기로 했다.

77년 3월 학원으로 자리를 옮긴 나는 너무나 바쁜 일정으로 눈코 뜰 새가 없었다. 새벽 4시부터 저녁 12시까지 일정이 꽉 짜여 있었다. 일주일에 하루는 대학원 석사 과정을 이수하고, 하루는 대학에서 시간강사 자리를 맡아 대학 강의(경주대학) 경력을 쌓아 갔다. 그리고 4일 동안은 학원에서 주당 24시간의 강의를 했다, 그리고 퇴근 즉시 개인 과외가 시작되어 저녁 12시가 되어야 끝이 났다.

이때 겪었던 육체적인 고통이 나에게는 큰 뜻을 이루려는 사람이 겪는 풍찬노숙風餐露宿에 불과했다. 즐거운 고통이었다. 시간 강사를 한 개 대학(경주대학)에서 2개 대학(계명대 추가) 출강으로 경력을 늘려 나갔다.

내가 학원으로 옮길 때쯤 나처럼 대학 교수가 되겠다는 목표를 갖고 사설 학원에 몸담은 강사가 몇 명 더 있었다. 영어과 강사만 해도 나 외에 두어 명이나 더 있었는데 훗날 이 모두가 다 영어과 교수가 되었다. '야망을 가져라Be ambitious' '뜻이 있는 곳에 길이 있다Where there is a will, there is a way'는 속담이 이런 상황을 두고 한 말일 것이다.

이미 나보다 앞서 학원을 거치면서 대학원 석사 학위를 취득한 나의 선배 성종태 선생은 내가 학원으로 옮길 때쯤 곧 경상대 인문대 영문과 교수로 자리를 옮겨가게 된다. 이때 국립 경상대학교에 대학원 영문과가 신설되었는데 신설 학과의 1기 졸업생이 되면 그 대학 교수로 진입하는데 가장 유리한 조건이 될 수도 있다는 주변의 권유로 경상대학교 대학원 영문과 1기로 입학하여 1회 졸업생이 된다. 그러나 이미 대학원 졸업을 하기 전에 나는 대구한의대학교에 전임 대우가 되어 있었다.

·4부· 절차탁마切磋琢磨의 피리어드

전임 교수
발령을 받다

　중고등학교 교사로서의 평탄대로를 팽개치고 험난한 대학교수의 길을 택해 모험을 걸었던 나의 세 번째 진로 수정은 정말 힘든 시간의 연속이었다.

　먼저 4일은 학원에서 강의를 하고, 하루는 석사 과정 강의를 수강하고 또 하루나 이틀은 대학 시간 강사로서 대학에서 강의를 하면서 새벽과 밤에는 개인 과외를 하고 있었으니 어쩌면 나의 일생 중 가장 바쁜 나날이었을지 모른다. 게다가 석사 과정은 강의를 받는 것이 아니라 주로 발표의 연속이었기에 더욱 힘들었다.

　그러나 몰아치는 폭풍에 노도怒濤 같은 파도가 지나가면 잔잔한 바다의 평온이 반드시 찾아오는 것이 자연의 섭리인 것처럼 이렇게 힘든 기간이 지나자 나에게도 드디어 밝은 빛이 비추기 시작했다.

대학원을 마칠 때쯤 마침 경상대학교 근처에 전문대학 하나가 신설될 예정이었는데 그때 초대 학장으로 미국에 교수로 있었던 김호길 박사(훗날 포항공대 총장)가 내정되어 있었다. 전문대학(훗날 연암전문대학)이 개교하기 약 1년 전쯤이었다고 생각된다. 어느날 직계 고등학교 선배인 김 박사와 우연히 진주에서 조우할 기회가 잇었다. 그 자리에서 후배인 나에 대한 지난날의 경력을 들으시고 다짜고짜로 같이 일해보자고 하시지 않는가.

'불행은 겹쳐서 온다'라는 표현은 널리 회자膾炙되는 말이지만 행복은 겹쳐서 온다는 말은 잘 들어보지 못했다. 그런데 이때쯤 나에게 한꺼번에 두 가지 진로 선택의 기회가 주어졌으니 너무나 다행하기만 했다. 이미 그때 나는 대구 한의과대학에 전임이 거의 확정되어가는 단계였기 때문이었다. 이미 대구 한의과대학에서 전임 대우로 1년간 강의를 하고 있었는데 일 년 후 1983년 3월 1일자로 전임 발령을 받게 되었고 85년 3월 1일 조교수, 88년 부교수, 92년 교수로 승진했다.

대구 한의과대학은 1981년 3월 5일 개교한(왕학수 학장) 초창기 대학이었으므로 여러 면에서 규모가 작은 대학이었다. 81년 개교할 당시 한의예과 104명(입학정원 80명, 모집인원 24명(정원 외 30%))만으로 첫 입학식을 했다. 연이어 81년 10월 8일 한의예과 40명과 한문과 40명으로 증과되고 82년 10월 3일에는 국어국문학과 40명 보건경제학과 40명으로 증과되면서 한의과대학원 석사과정 20명과 박사과정 6명 증원과 더불어 종합대학의 기틀을 마련하기 시작했다.

전임이 되면서 나는 한의예과 소속이 되었다. 그때까지 영어과가 없었기 때문이다. 한의예과에 소속이 되면서 한의예과 지도 교수와 전교생 교양 영어(주당 한의예과 1학년 4시간, 2학년 4시간, 그 외 학과는 주당 2시간)를 담당했다. 83년도에 학생과장(현 학생처장)과 한의예과 과장을 겸임하고, 84년도에는 한의학과장과 한의예과과장을 겸임했다. 그때까지 도서실로 운영되던 1호관 맨 위층에 처음으로 도서관이 설립되고 초대 도서관장으로 임명되었다.

제1대 왕학수 학장에 이어 제2대 변정환 학장과 제3대 강효신 학장을 거쳐 1984년 8월 1일 제4대 심재완 학장으로 이어졌다. 심 학장이 84년 8월 1일 학장으로 부임할 당시는 학생 데모가 전국적으로 유행하고 있었는데, 본교에서도 끊임없이 학생들 데모가 계속되었다. 그때 조교수였던 나에게 학생처장의 발령을 내렸다. 85년 2월 22일자로 학생처장을 맡은 후, 3월 1일부로 한의예과 학과장을 겸하면서 학생 데모의 주축이 되고 있던 학생회와 만나 데모 중단 설득을 시작했다. 그때 학생회를 주로 구성하고 있던 한의예과 학생들이 학생처장의 입장을 잘 이해하고 협조해 주어서 신학기부터 더 격심한 데모를 계속하려던 계획을 중단하고 85년도 1학기부터는 데모가 뚝 그쳐 버렸다.

그해(85년) 후학기 초였다고 생각된다. 심재완 학장이 느닷없이 나에게 1년간 미국에 객원교수를 다녀오는 것이 어떠냐고 했다. 학장으로 취임하자 그날부터 학생들 시위에 골치를 앓고 있던 노老 교수 심재완 학장(전 영남대학교 인문대학장으로 퇴임)으로서는 데모를 중단시켜 주었던 학생처장에게 무척 고마움을 느꼈던 것 같았다. 그 당시 학장에게만 지급되었던 승용차를 학생처장에게도 선처를 해 주었다. 그러나 여타 처장과의 형평성을 고려해서 나는 극구 사양을 했다. 그 후부터 매일 학장 승용차로 출퇴근을 같이 했다. 학생 시위에 시달리던 노 국문학자인 심재완 교수는 평온이 찾아들자, 평시 계속하던 학문(한학) 연구에 다시 열정을 쏟고 여가를 내어 서예를 계속하기도 했다.

이처럼 학생들과 대학 간의 의견 분열 및 충돌로 교내는 매일같이 최루탄 연기로 가득하던 분위기를 되돌려 조용히 면학 분위기로 만들어 놓은 공을 생각하신 심재완 학장은 자기 학장임기 내에 나에게 객원교수의 특혜를 준 것이었다고 생각된다.

제자의 글

84년의 봄

– 송정오 : 대구한의대 4기 졸업, 송정오 한의원원장

내 나이 스물을 기념하던 어제가 있었습니다. 세상은 온통 무지개 빛깔이고 순백색 꿈과 같은 축복! 젊음은 그렇게 시작하는 줄 알았던 시절이 있었습니다. 1984년 3월 무작정 좋았습니다. 그래 그랬던 것 같습니다. 자유가 뭔지 '대끼리다' '끝내준다' 처음 맛본 동동주의 첫 맛이랄까! 그래 생맥주의 거품 맛 정말 구름에 둥둥 떠다니던 시절이 었습니다. 그때의 심정은 84년의 일기장에 이렇게 적혀 있습니다.

풍요로운 대지의 시작을 알리는
은회색 하늘의 빗줄기는

또 다른 감회를 실어 보낸다.

진노랑 개나리에 연 녹색 잔디밭에…
낮게 낮게 깔리운 바하의 협주곡에…
모두가 봄날을 축복하고 해맑게 그렇게 노래하고 있다.

(1984년 4월 21일)

열광하는 젊음의 고삐가 잡히기 시작한 것은 그리 오래 걸리지 않았습니다. 대학 첫 개강과 함께 시작된 나의 봄날은 학업에 열중하지 못했습니다. 수업 빼먹고 돌아서서 복숭아 꽃 찬란한 교정에 싸다녀도 누가 하나 야단치는 사람이 있나, 사진기 들고 매일 뒷자리에 앉아 크게 웃거나 씩 웃으면서 그저 앉아 있어도 미소가 떠나지를 않았던 시절이었으니 교수님들 강의는 한쪽 귀로 듣고 한쪽 귀로 나가던 그 시절, 시험 기간이 되었습니다.

질풍노도의 시절이라고 누가 그랬던가요! 책임 없이 그저 자유에 취해 정신 못 차리던 나를 정신 차리게 해 주었던 기말고사에서 눈에 붙였던 지짐이 떼이고 말았는데 그 주된 이유는 말 안 해도 모두들 아시리라.

사실 나는 영어가 취약 과목이 아니었습니다. 지금 말이지만 외국인과 유창하게 영어회화 한가닥하는 것이 나의 자랑이었으리 만큼 가까운 과목이었지만 인내와 시간을 요하는 독해, 자유와 방종에 독약처방인 출석위주의 영어수업은 그 시절의 나로서는 말 그대로 눈에 보이는 것이 없었습니다.

교수님의 잘 생긴 얼굴과 사모님과의 연애담, 넥타이 선택, 선생님의 억양 등등에만 빠져들어 있었으니 나의 영어 성적이 그야말로 낙제점(65점)에 이르렀음은 당연한 결과였다. 한 과목이라도 과락이 되면 유급이 되는 공포에 사로잡혀 있었다.

그 후 2학년 예과를 마칠 때까지 강형 교수님이 우리 영어를 담당하셨는데 성적이 좋아지고 난 다음에도 1학년 때의 성적이 창피해서 교수님과 친해지지를 못했습니다. 교수님이 멀리서라도 보이면 금방 자신이 없고 위축되어 도망만 다니게 되었습니다. 졸업 후 한번 학교에 들렀을 때도 강형 교수님께 인사드릴 마음이 생겨나지를 않았습니다. 그렇다고 교수님이 인기가 없거나 싫어서가 아니었습니다. 옛날 교수님께 느꼈던 심정을 적어 두었던 메모가 일기장에 있습니다.

멋이란 마음의 여유와 자신감 없이는 풍겨지지 않는다. 아무리 가진 것이 많고 고급이어도 그것 때문에 마음의 여유를 빼앗겨 버리고 손해 볼까 불안해하고 초조해한다면 멋은 고사하고 이 얼마나 불쌍한 노예인가? 자신감 없이 어찌 마음의 여유가 있을 수 있으며, 여유 없이 어찌 자신이 생기겠는가? 비록 강요된 일이라도 이왕이면 즐겁게 하고 즐겁게 하다 일인자가 되었다면 최고의 멋일 것이다. 채울 수 있는 빈자리를 두고서도 초조해 하지 않는 마음의 여유는 '풍기는 멋'으로 통한다. 그런 여유를 강형 교수처럼 나도 멋으로 배울 수 있을까? 강 교수님께서 풍기는 멋은 진정 소화된 멋… 나도 강형 교수님처럼 흉내낼 수 없는 개성도 지녀야 하지 않을까!

(1985년 5월)

그 찬란했던 봄이 훨씬 지나고 그 암울했던 여름이 또 이렇게 지난 오늘, 그래도 나는 알고 있습니다. 나는 1984년 아직 그 시절의 학생이고 그 봄처럼 환하게 웃는 봄날을 다시 맞고 싶어 한다는 것을… 나의 한의학이 활짝 꽃피웠다고 자신하는 날이 되면 가능할는지…

내 아이가 모두 커서 자립하는 날이 되어 내 시간을 허락 받는다면 가능할는지… 그런 날이 정말 그립습니다.

마지막으로 교수님께 인사 한마디 드리겠습니다. 교수님 그동안 수고 많으셨습니다. 벌써 회고록이라니! 부디 건강하게 오래오래 사십시오. 언제까지나 저희들은 교수님의 악동이길 원한다는 것을 아시지요? 가까이 있으면 가까이 있는 대로 멀리 있으면 멀리 있는 대로, 잘나면 잘난 대로 못나면 못난 그대로, 또 저희는 영원한 교수님의 제자이고 싶습니다. 영원한 대구한의대의 자랑스런 동문이고 싶듯이 영원한 대구한의대 개척 교수님으로 남으실 우리 강형 교수님! 저희들 영원히 존경합니다. 고맙습니다.

제자의 글

예과 졸업여행
– 정 휘 : 대구한의대 3기 졸업, 정 한의원원장

1984년 11월 중간고사가 막 끝났다. 여행을 하기엔 다소 쌀쌀한 날씨였다. 한의예과 2학년 학우들 모두는 예과 졸업 여행지로 울릉도를 선택했다. 마지막 예과 생활을 불사르자고 굳게 마음을 먹었다. "교수님, 여행지는 울릉도로 정했습니다. 꼭 허락해 주십시오." 짓궂을 정도로 집요한 예과 2학년 학과 임원들의 협박 반 애원 반에 교수님도 끝내는 승낙하고 말았다. 당시 강형 교수님은 예과 학과장을 맡고 계셨고 나는 한의예과 대표를 맡고 있었다.

드디어 여행이 시작되어 교수님과 우리들 80여 명은 버스를 타고 포항으로 출발했다. 포항에서 카 페리호를 타고 동해를 가로 질러 울릉도로 향했다. 승선에 앞서 강형 교수님은 "3박 4일의 짧은 여행이지만 몸 건강히 다시 이 자리에 돌아올 수 있도록 여러분들의 최선의 노력을 다 하고 추억이 남는 여행이 되기를 바란다."는 말씀을 하셨다.

우리가 자리 잡은 곳은 화물칸 비슷한 3등실이었지만 마음은 특등실 못지 않았다. 처음엔 울렁거리는 파도에도 주당들은 마셔라 부어라였고 놀음꾼들은 돌려라 찢어라 즐거이 노닐다가 하나둘씩 갑자기 속에서 북받쳐 오르는 역기를 느끼며 천신만고 끝에 화장실까지 가 보니 이게 장난이 아니네. 마치 전쟁터를 방불케 하는 여기저기 나뒹굴고 있는 시신들(?)⋯ 미쳐 숨이 끊어지지 않은 전우들은 아직도 헉헉거리며 구역질을 하지 않는가. 아! 나에게 한 자루의 총만 있다면 전우들의 고통을 덜어 줄텐데⋯ 강 교수님께서도 역시 견디시다 못해 결국 한판(?)하시고야 말았다. 결국 파도는 산 자와 죽은 자를 심판하고 우리는 목적지인 울릉도까지 대장정을 마치게 되었다.

여관에 짐을 풀고 저녁을 들고 나니 슬슬 뭐 좋은데 없나 수컷들의 발정이 시작되고 강형 교수님을 한껏 골탕 먹이기로 작전을 세웠다. 우선 총무를 맡은 김재주 군에게 물었다. 김 군은 우리가 묶고 있는 여관 host의 아들이자 원래 고향이 우산국 출신이라 이곳의 지리, 기상, 색가色家에 조예가 깊었다. 하여간 강형 교수님 이하 우리 임원들은 떨어지는 해를 뒤로하고 좋은 데(?)로 가기로 하고 슬슬 움직였다.

그 당시 우산국에서 하나 밖에 없는 요정이란 곳을 갔다. 이 글 사모님 보시면 뒤늦게 법원으로 가시는 건 아닌지 모르겠다. 총무인 김재주 군은 그곳에서 우산국 최고의 미희들을 이끌고 그중에서 또 고르고 골라 강형 교수님께 진상하였다. 그리고 작전대로 강 교수님을 향해 집중 포격을 가했다. 드디어 횡설수설의 단계에서 혼절의 단계로 넘어가고야 말았다. 일단 어른들을 먼저 KO시키고는 젊은 우리들끼리 부어라 마셔라, 마침내 필름은 끊어지고 한두 명씩 업혀나가고, 강 교수님의 행방은 묘연했다. 강 교수님과 우리 한의예과 2년 임원단들이 요정에서 술판을 벌인 기억은 나는데 눈을 떠 보니 우리들 숙소인 여관이었고 강형 교수님은 그 긴 밤에 그 미희랑 어찌 되었는지 아무도 모른다고 했다.

다음날 아침 후들거리는 다리를 질질 끌며 성인봉으로, 나라분지로 새벽같이 다녀오니 종일 달려드는 졸음으로 일행 모두가 온종일 혼수 상태였었다. 연이어 울릉도 순환 여객선으로 섬 일주를 하면서 느낀 예과 졸업 여행의 기억은 영원히 잊지 못할 것 같다.

어느덧 강형 교수님도 이순, 칠순을 지나 팔순을 앞두고 있으니 무심한 세월이 야속도 하고 젊디젊은 학창 시절의 한 모퉁이가 강형 선생님의 동그란 미소와 함께 몹시도 그리워지는 시간이다. 교수님! 건강하게 오래 오래 만수무강을 기원합니다.

예과생들과 함께

미국 위스콘신Wisconsin 대학에
객원교수로 떠나다

1985년 10월 미시간 주 아나버Ann Arbor에 위치한 미시건 주립대학에서 초청장을 받았다. 사실 당시 초창기 대학인 대구 한의과대학에는 객원교수 제도 자체가 정해지지 않은 상태였다. 하지만 심재완 학장의 배려로 미국 몇 개 대학에 객원교수 지원을 할 수 있었고 여러 대학에서 초청장이 왔다. 그중 가장 알맞다 생각한 곳이 미시간 주 아나버에 위치한 미시간 주립대학이었다. 그래서 1986년 1월 중으로 떠날 준비를 하고 있었다.

출발하기 3주 전쯤 정확한 날짜는 기억에 없지만 1985년 12월 말 아니면 86년 1월 초쯤, 느닷없이 경북고 제자인 유승민 군(현 대구 동을 국회의원, 당시 미국 유학 중)이 찾아왔다. 그는 며칠 안 되는 겨울 방학을 맞아 잠시 귀국했던 것이다. 유 군은 경북고 재직 시절 내가 담임했던 학생이기도 했지만 그들의 부부를 맺어

주기도 한 사이였다. 이런 관계로 그날도 부부가 함께 찾아왔다.

처음엔 유 군이 유학하는 대학조차 모른 채 내가 객원교수로 갈 곳과 그들이 살고 있는 장소 등의 이야기를 시작했다. 이야기가 차츰 진행되던 중 유 군이 내가 객원교수로 택한 미시간 대학이 자기가 유학하고 있는 위스콘신 대학에 비해 규모나 질이 떨어진다고 했다. 특히 내가 전공으로 택한 18세기 영문학을 연구하기에는 미시간 대학보다 위스콘신 대학이 월등히 나으니 객원교수로 갈 대학을 바꾸라고 했다. 그러나 모든 절차가 끝난 상태에서 초청장을 바꿀 수 있을지 알 수 없었다. 일단 절차가 변경될 수만 있으면 그렇게 해보자고 했다. 그런데 며칠 후 유 군이 미국에 돌아가 신속히 절차를 밟은 결과 모두 승낙이 되어 위스콘신 대학으로부터 다시 초청장을 받을 수 있었다.

사실 나 역시 낯설고 물설은 미시간 대학보다 제자 부부(유승민, 오선혜)가 살고 있는 위스콘신 주도州都 매디슨Madison에 위치한 위스콘신 주립대학으로 가는 것이 좋았다. 유승민 군은 당시 위스콘신 대학 경제과에서 경제학 박사과정을 밟고 있었다. 유 군 외에도 경북고 제자 10여 명이 위스콘신 대학에서 유학을 하며 박사과정을 밟고 있었다.

이렇게 많은 제자들이 위스콘신 주립대학에 유학하고 있었던 것은 위스콘신 대학이 여러 가지로 좋은 조건을 갖고 있기 때문이다. 위스콘신 대학은 미국에서 big ten에 속하는 규모가 무척 큰 주립대학이었다. 재학생 수만도 10만 명이 넘었다. 그리고 미국 대학 중 랭크 10위 이내에 드는 학과도 여럿 있었다. 그러다 보니 당시 한국 유학생들도 350명이나 되었고 객원교수 외

한국에서 온 연수 중인 공무원 및 기업체 간부사원도 많이 있었다. 위스콘신 대학에 재학하는 외국인 유학생 수로는 우리나라가 1위라고 했다. 2위가 중국(300여 명), 그리고 인도네시아 등의 순이었다. 일본 유학생은 2~3명에 불과했다. 이렇게 많은 한국 유학생이 있었던 또 한 가지 이유는 학비學費나 주택 사정이 타 지역보다 경제적이기 때문이었다.

나는 경북고 제자들 덕분에 매주 한두 번씩 그들의 가정에 초청을 받고 그들과 만나 맛있는 한국 음식을 먹을 수 있었다. 주말이면 멘도타 호수lake Mendota 주변의 가까운 공원이나 명소로 초청되어 그들과 야외에서 즐거운 시간을 즐길 수도 있었고 일요일엔 조상국 교수(당시 박사과정 이수 중 : 대구가톨릭대학에 재직)의 안내로 한인교회에 나가 한국에서 유학 온 여러 사람들을 만나기도 했다. 기독교인이 아니었던 당시의 나에게 교회는 그저 한국 사람들을 만나는 장소에 불과했다.

그리고 위스콘신 대학에 객원교수로 먼저 와 있었던 교수들과 주변 명승지 관광을 하기도 했다. 특히 박양근 교수(부경대학 영어과) 및 이름은 잊었으나 순천대학 식품과의 이 모 교수, 부산대학 물리과의 윤 모 교수 등과 함께한 미시간 호수의 북쪽 Green Bay 여행은 잊혀 지지 않는다.

특히 위스콘신 대학도서관은 한국의 도서관에 비해 말할 수 없을 만큼 규모가 크고 많은 장서가 있었다. 18세기 영문학 분야에 관한 도서가 너무나 많았으며 특히 내가 전공하는 Swift에 관한 책자가 무궁무진했다. 그중에는 세계적으로 유명한 저자가 그 대학에 교수로 있거나 명예교수로 있기도 했다.

매디슨에 위치한 위스콘신 주립대학 도서관 앞에서

위스콘신 주립대학 캠퍼스에서

메디슨 temple 앞에서 제자(이종원)와 함께

도서관 앞에서 table mate와 함께

맨해튼Manhattan에서 만난 옛 친구
필립스(Mr. Philips)
- 체미 기간 여행기(1)

 뉴욕에 들어가는 공항은 세 곳이 있었다. 뉴욕의 뉴왁Newark 공항과 JFK공항과 라과디아 공항La Guardia Airport이다. 나는 뉴왁 공항을 택해 정시에 도착했다. 도착 수속을 마치고 두리번거리며 출구를 향해 나아갔다.

 시카고에서 출발하기 전에 도착 예정 시간을 두 사람에게 알렸다. 한 사람은 초청자인 제자 하회두 군이었고 또 한 사람은 옛 친구인 필립스Mr. Philips였다. 연락을 받은 필립스가 나를 픽업pick up하러 공항에 나오겠다고 했다. 하지만 나는 공항에 제자가 나오도록 되어있으니까 도착한 후 제자의 집에 가서 다시 연락하겠다고 했다. 그래서 출구에는 당연히 제자가 기다리고 있으리라고 생각을 하고 약 15년 전에 졸업시킨 제자의 얼굴을 뇌리에 떠올리면서 서서히 걸어 나왔다.

그런데 이게 웬일인가? 공항에 나오지 말고 도착해서 연락하겠다고 했던 바로 그 몸집 큼직한 친구 필립스가 먼저 눈에 띄지 않는가. 그리고 몸집 큰 사람들에 가리어 조그만 크기의 제자는 선뜻 보이질 않았다.

필립스 내외의 영접을 받으며 인사를 하던 중 제자 하회두 군이 반갑게 손을 잡았다. 제자와 필립스를 서로 소개해주고 제자가 인도하는 쪽으로 가려고 했다. 그때 필립스는 나를 놓아주지 않았다. 나를 자기 집으로 데려가겠다는 것이었다. 나는 무척 당황해서 제자들의 초청 계획을 설명하면서 일단 제자들 집으로 먼저 가서 내일 만나자고 했다. 그러나 나의 설명을 들으려고도 하지 않았다. 오히려 제자를 설득해야만 했다.

필립스와의 만남은 1970년대였으니까 거의 15년 만에 재회한 것이다. 그는 미국군 장교였다. 한국에 있을 때 미8군에 근무하는 동안 우리 집 2층에 살았다. 대명동에 위치한 우리 집은 200평의 대지에 지하 1층, 지상 2층의 큰 저택이었다. 수영장과 온실까지 있었다. 필립스가 우리 집 2층에 살고 있는 동안은 우리 가족과 서로 공생 관계였다고 할 수 있다. 나는 필립스로부터 영어를 배우고 그는 우리 집을 통해 한국의 문물을 익혔다.

사실 우리 가족이 그에게 얻은 이익이 훨씬 많았다. 이를테면 겨울철 난방 문제였다. 요사이는 방마다 난방을 하거나 조절할 수 있지만 당시로서는 유류 보일러 1대로 집 전체를 난방하도록 되어 있었다. 그리고 1~2층 방 5개, 거실 2개를 난방을 하려면 많은 유류비가 들어갈 때였다. 특히나 필립스에게는 어린

아이가 있었기 때문에 24시간 난방이 필요했다. 그러나 우리는 특별히 겨울철 난방을 신경 쓸 필요는 없었다. 왜냐하면 필립스 덕분에 우리는 시중 가격보다 1/3 정도밖에 되지 않는 난방용 유류를 미8군에서 직접 보급 받았다. 거기에다 필립스가 유류 가격의 2/3를 부담해 주었다. 필립스의 어린아이 때문이었다.

그렇게 지내던 어느 날 갑자기 필립스가 본국(죠지아 주)으로 이동이 되면서 헤어지게 되었다. 필립스는 떠날 때 미국의 자기 집 주소와 전화를 주면서 미국에 올 기회가 있으면 꼭 연락을 하라고 했다. 다행히도 내가 미국으로 갈 때까지 필립스의 전화번호를 잊지 않고 있어서 챙겨 갔었다.

미국에 도착하여 제자 유승민 군 댁에 자리를 잡은 후 혹시 전화가 될까 하는 심정으로 다이얼을 돌렸다. 의외의 목소리가 들렸다. 어떤 할머니께서 전화를 받았다. 내가 누구인지 꼬치꼬치 캐물으셨다. 그래서 필립스와의 관계를 설명했다. 나의 서투른 한국식 영어를 듣고 나서 무척 반가워하면서 자기는 필립스 어머니인데 지금은 아들 내외가 분가해서 살고 있으니 내 전화번호를 알려주면 즉시 전화하도록 하겠다고 했다. 전화를 끊고 5분도 안되어 필립스의 전화가 왔다.

다짜고짜 뉴욕에 언제 오겠느냐고 했다. 한국에서 미국으로 돌아오고 얼마 후에 전역해서 회사에 중역으로 근무하고 있으며 자기 부인도 같은 회사에 근무한다고 했다. 그리고는 빨리 만나보고 싶다고 했다. 그날 이후 그는 거의 매일 전화를 주었다. 이국땅에서 보고 싶다는 미국인이 있다는 것이 얼마나 위로가 되었는지 모른다. 그러나 객원교수의 일정상 5월 말 경에야 시간을 낼 수 있어 뒤늦게 뉴왁 공항에서 그를 만나게 된 것이다.

하지만 매디슨에서 떠나기 전 제자들의 초청을 받아 미국 전역을 여행할 계획을 알려 주었고 또 하루 전 시카고에서도 미리 여행 일정을 알려 주면서 뉴욕에 가면 제자들이 공항에 나오기로 했으니 다음날 만나자고 했음에도 불구하고 공항에 나와 나를 데려가려 하다니… 어쩌면 나와 나의 제자들을 무시하는 처사라고도 할 수 있는 일이었다.

어쨌든 이렇게 해서 제자들과는 내일 만나기로 하고 헤어지고 필립스의 집으로 향했다. 뉴저지 주 뉴왁 공항에서 출발하여 맨해튼으로 가는 길은 두 가지인데 하나는 허드슨 강 아래 링컨 터널tunnel Lincoln을 통해 가는 방법과 허드슨 강위의 브루클린Brooklyn 다리를 건너는 방법이라고 했다. 우리들은 링컨 터널을 이용했다. 맨해튼으로 들어오는 도중 필립스는 제자들에게 무례한 행동을 하게 된 이유를 이야기해주었다. 사실 필립스 내외는 나 때문에 1주일간의 연가를 내 놓았다고 했다. 그러기에 나는 그들과 1주일간 같이 있어주어야 하며 그렇지 않으면 위법이 된다면서 일주일 후에 제자들과 만나라는 것이었다.

도대체 세상에 이런 친절함을 가진 사람이 또 있을까 싶었다. 친절은 여기에 그치지 않았다. 원래 나를 초청해준 제자들의 계획에 의하면 나의 뉴욕 체류기간은 3박 4일이었는데 필립스와의 만남으로 갑자기 일정이 5박 6일로 조정되었다. 필립스와 함께할 2박 3일이 추가된 것이다. 그러니 나의 전체 일정에도 많은 차질이 생겨 버렸다. 그중 전체 일정의 항공권 예약이 큰 문제였다. 내가 예약한 항공권은 가장 값싼 이코노미 티켓economy ticket이어서 예약 시 가격으로는 순연順延이 되지 않았다. 그 이후 추가되는 항공비는 전액 필립스가 기꺼이 부담했다.

필립스의 집에서 1박을 하고 다음날은 뉴욕 전역을 다니면서 맛있는 음식을 먹었다. 맨해튼의 명물 센트럴 공원Central Park과 그 주변에 위치한 할렘 가Harlem Street도 구경했다. 할렘 가는 내가 먼저 가고 싶다고 제안을 했는데 필립스는 이에 난색을 표시했다. 할렘 가는 정말 위험한 거리라 내키지 않는다고 했다. 그러나 필립스 부인이 자기도 아직 가보지 못했으니 가보고 싶다고 졸라대자 마지못해 할렘가로 향했다.

그때 시간이 거의 오후 8시 경이었다고 생각되는데 그 근처 조그만 마트Mar에 잠깐 들리려고 주차장에 승용차를 세웠다. 필립스는 부인과 나는 차안에 문을 잠그고 기다리라 하고 필립스 혼자 차에서 내렸다. 그리고 마트 안으로 들어가려는 순간 갑자기 흑인 한사람이 필립스에게로 다가왔다. 두 사람의 언쟁을 차 안에서 지켜보기만 할 수밖에 없었다. 조금 후 필립스가 통 사정을 하며 주머니에서 지갑을 꺼내는 모습을 보았다. 진짜로 나는 할렘가에서 깡패에게 당하는 모습을 차안에서 눈으로 똑똑히 지켜보았다.

뉴왁 공항에 마중 나온 제자들(왼쪽이 하회두)

맨해튼 마리어트 Hotel 전망대에서

West Point 방문기
- 체미 기간 여행기(2)

필립스 집에서 또 하루 밤을 보냈다. 필립스 내외가 어디선가 메기 몇 마리를 사가지고 왔다. 한국에 있을 동안 내가 매운탕을 즐겨 먹었던 것을 10여 년이 지난 그때까지도 잊지 않고 있었다. 자기 집에 초대해준 것만도 무척 고맙게 여기는 터인데 내가 좋아하는 메기 매운탕까지 끓여 준다니 몸 둘 바를 몰랐다. 필립스도 한국에서 5~6년을 지내면서 매운탕을 한 번 먹어 본 일이 있다고 했다.

필립스 부부는 매운탕 요리에 여념이 없었다. 내가 직접 매운탕을 끓이고 싶은 생각이 들었으나 요리 중에 끼어들겠다는 말을 차마 할 수가 없어 그냥 냄새만 맡고 있었다. 그런데 요리를 하는 과정에서 대개는 냄새만 맡아도 무슨 요리를 하는지 알 수 있는 일이건만 필립스 부부의 요리에서는 도무지 매운탕 냄새가 나지 않았다. 아무리 콧날을 가다듬어도 코에 익숙한 한국 매운탕 냄새가 아니었다. '옛다 모르겠다. 무슨 요리가 나와도 나오겠지' 하면서 얼마를 기다렸다. 시간이 갈수록 비위에 거슬리는 냄새가 집안을 가득 메워 갔다. 점차 걱정이 되었다.

이윽고 요리가 다 되었으니 식사를 시작하자는 것이었다. 식탁에 둘러앉아 매운탕 요리를 먹기 시작했다. 그러나 이게 웬일인가? 첫 숟갈을 들어 매운탕을 입에 넣는 순간 갑자기 구토가 올라왔다. 부부가 야단법석을 떨며 마련한 요리를 구토가 난다고 말할 수는 없었다. 무척 걱정이 되었다. 억지로 참아가면서 몇 숟갈 떠먹었다. 떠먹는 순간 숨쉬기가 곤란했다. 뱃속에 내려가던 매운탕 국물마저 입속으로 다시 솟아 올라왔다. 이마에는 식은땀이 흘렀다.

그때 필립스의 부인이 음식 맛이 어떠냐고 물어 본다. 나는 "excellent." 하고 답을 했다. 그랬더니 필립스 부부는 무척 좋아하면서 "음식은 충분히 요리해 놓았으니 실컷 먹으라."고 했다. 그러면서 필립스 내외분은 입에도 대지 않았다. 점점 걱정이 앞섰다. "아이쿠, 이제 죽었구나." 하는 생각이 들었다. 그래서 아예 코로는 숨을 쉬지 않고 사발 채로 들이마셔 버렸다. 악을 쓰고 마시는 모습을 필립스 부부는 무척 즐거워했다. 나에겐 그들이 장만한 매운탕이 공포의 음식으로 생각된다는 것을 전혀 눈치채지 못했다.

그 이튿날 아침 식사는 그들 식으로 우유 한 컵, 계란 한 개, 그리고 베이컨 한 조각, 그리고 빵 몇 조각이었다. 아침 식사로 밥 한 그릇, 국 한 그릇을 먹어온 사람으로서는 도저히 배가 차지 않았다. 특히 베이컨이 내 입맛에 맞아 한 조각 더 달라고 했더니 딱 한 조각만 더 집어 주었다.

그날 스케줄은 West Point(미국 육군사관학교) 방문이었다. 이곳은 필립스가 원대한 꿈을 키워온 장소이고 또 육군 장교가 되도록 꿈을 준 학교이기도 했다.

그날도 필립스 부인이 동반했다. 부부가 앞좌석에 앉고 나 혼자서 뒷좌석에 앉았다. 그날은 필립스 부인의 승용차 크라이슬러로 기분 좋은 출발을 했다. 그러나 출발한 지 약 20여 분쯤 지났을까? 갑자기 나의 아랫배가 뒤틀리기 시작했다. 설사 증세가 나타난 것이다. 어제 저녁에 먹은 매운탕이 잘못되었는지 아니면 오늘 아침 식사로 우유와 베이컨을 먹은 것이 잘못된 모양이었다.

시간이 지날수록 복부 통증이 심해지고 견디기가 힘들었다. 그렇다고 고속화도로에서 볼일을 볼 수도 없는 일이었다. 중간 중간 도착 예정 시간을 확인하면서 목적지인 West Point까지 참을 수밖에 없었다. 마침 그날이 금요일이어서 사관생도들의 부모님이 초정되어 있었고 연병장에서는 사열이 진행되었다. 도착 즉시 우리들도 부형이 관람하는 관람대로 인도되어 화장실을 물어볼 여유도 없었다. 그러나 아랫배의 통증의 회수는 점점 더 심해져서 더 이상 참을 수 없는 단계에 다다랐다. 그래서 화장실에 다녀오겠다고 하고서는 무조건 운동장 뒤쪽 밀림을 향해 달리기 시작했다. 그러나 그때까지 참았던 위기는 수풀 이삼십 미터 전방에서 터지고 말았다. 포기한 상태의 시원한 그 기분은 겪어보지 않은 사람은 느낄 수 없을 것이다. 그때 마침 내복을 입고 있었던 터라 그 내복으로 완전히 청소해서 West Point 연병장 뒤편의 밀림 속의 나뭇가지 사이에 기념물로 남겨 놓았다. 그 때문에 그 후 며칠 동안은 바지만 입은 채 돌아다녔다.

맨해튼에서 허드슨 강을 따라 한 시간쯤 되는 거리에 위치한 West Point는 완전히 밀림 속에 자리 잡고 있었다. West Point는 원래는 미국 뉴욕 주의 남동쪽에 있는 도시의 이름으로 이곳에 미국의 육군사관학교가 소재하게 되면서 미국육군사관학교의 대명사로 쓰이고 있다. 미국 육사는 1802년 7월 4일에 창립되었는데 졸업생 가운데는 D. 맥아더, D.D, 아이젠하워와 같은 저명한 인물이 많이 배출되었다. 특히 이 사관학교의 박물관에는 유명한 인물들의 유품이 전시되어 있었다. 바로 아이젠하워의 군복이 계급장star이 달린 채 보관되어 있다. 또한 박물관에는 미국의 전쟁사를 한눈에 볼 수 있게 해 놓았는데 그 수많은 전쟁 가운데 한 번을 제외하고는 모두 승리로 끝났음을 볼 수 있었다. 그 한 번의 패전은 바로 월남전이었다.

West Point 방문 육사 생도들과

필립스와 함께

아내로부터 받은
비보悲報

객원교수로 위스콘신대학 대학원 영문과에서 18세기 소설 장르에 1과목 수강 신청을 했었는데, 불행하게도 담당 교수가 심한 교통 사고를 당해 폐강이 되었다. 모처럼 외국에서 대학원생들과 공부할 기회이기에 이 과목 저 과목 부담 없이 청강을 하면서, 주로 대학도서관에서 박사 학위 논문 준비를 위한 학술 자료 수집에 대부분의 시간을 보내고 있었다. 그리고 5월 여름 방학이 되면서 미국 전역에 거주하고 있던 제자들의 초청 여행을 하는 동안 집사람으로부터 비보가 날라 왔다.

철부지급轍鮒之急한 상황이었다. 당시 여러 사업을 책임지고 있던 아내가 주변 동업자들의 사기성 농간에 많은 피해를 입게 되었다는 내용이었다. 위급한 가정 사정을 외국에서 듣고만 있을 수 없어 초청 여행을 중도에서 포기하고 귀국할 수밖에 없었다.

당시 아내는 몇 가지 사업에 손을 대고 있었는데 주변에 우글거리던 돕는 척하는 사업가들에게 몹시 당하고 말았다. 건축 중이던 사업체가 부도가 나자 간두지세竿頭之勢의 지경에 달해 털끝 하나 들어갈 틈이 없을 만큼 형편이 매우 급한 형세가 된 것이다. 창졸지간倉卒之間에 가정이 누란지위累卵之危의 지경에 이르렀다. 이때까지 상승일로로만 치닫던 가세가 이렇게 다시 15년 전의 평범한 월급쟁이 가정으로 돌아간 것이다.

　"하늘이 무너져도 솟아날 구멍은 있다Even though the sky is falling, there is a way that you can survive."고도 하지 않는가. 나이 30대 초반 대구에서 맨 손으로 시작하였듯이 40대 후반에 다시 적수공권赤手空拳으로 가정을 재건하기 시작했다. 교수 월급만으로는 대학에 재학 중인 아이들 3명의 학비도 모자랄 형편이었다. 특히 의대에 재학 중인 장남 재황이와 한의대에 다니는 차녀 윤경이의 학비 감당이 문제였다. 은행에 대출하는 방법밖에 없었다. 그때는 등록금 대출금은 저들이 졸업 후에 갚겠지 생각했으나 그것은 하나의 기우杞憂에 불과했다. 지금까지도 아무 말이 없다.

　다행히도 나에게는 노력만 하면 수입은 무한으로 올릴 수 있는 길이 있었다. 이때 나의 일생 중 처음으로 영어를 전공한 것이 잘한 일이었음을 느끼기도 했다. 먼저 교내 야간 교양 강의도 가능한 많이 맡을 수 있고 타 대학 강의도 밤낮 할 것 없이 많은 시수를 배정 받을 수 있었다. 그리고 토요일이나 일요일엔 심지어 개인 과외까지도 할 수 있었다. "약자도 살기 위하여 기를 쓰면 큰 힘을 낼 수 있다禽困覆車."는 옛말도 있지 않은가.

　"뜻이 있는 곳에는 반드시 길이 있다."는 속담대로 나에게 또 다시 가정을 부활시킬 수 있는 길이 있었던 것이다. 비록 대학 교수로서 절차탁마切磋琢磨해야 할 시기에 이런 엄청난 수난을 당했으니 전공 분야를 좀 더 깊이 파고들어 가지 못했다거나 이문회우以文會友하지 못한 것 그리고 좀 더 많은 연구 논문을 쓸 기회를 갖지 못하긴 하였지만 그래도 틈틈이 대학 교수로서 최소한의 업적을 올리면서 품위는 유지해 나가는 입장이었다.

드디어 1986년 전 재산을 탕진하고 셋방살이를 시작한 지 3년 만에 오뚝이처럼 다시 일어섰다. 1989년 가을에 32평 아파트(대구MBC 근처 목화아파트)를 구입해서 오랫동안 병으로 고생하시던 어머니를 북산지감北山之感만 하다가 따로 모시게 되었다. 그 아파트에서 어머니가 운명殞命을 하실 때까지 모셨다. 어머니께 풍수지탄風樹之嘆하던 터라 뒤늦게나마 조금은 위로가 되었다.

이어 일 년 후인 1990년 가을에는 범물동에 위치한 신축 49평 아파트(영남 아파트)를 구입하여 이사를 하게 되었다. 빈털터리가 되어 온가족이 산지사방散之四方한 지 꼭 5년의 세월이 지난 후에 다시 한자리에 모이게 되었던 것이다.

이렇게 우리 가정이 수난을 겪는 동안 장남 재황이는 의대(1984~90)를, 차녀 윤경이는 한의대(1988~94)를 다니며 어려운 의학 과정에 몰두하였기에 가정의 수난 과정을 정확히는 모르고 있었다. 하지만 일반 대학을 다니던 장녀 윤정(1986~90)이와 중학교에 다니던 막내 용석이는 가까이서 부모들의 어려운 수난을 직접 목격하며 여러 가지 마음 고생을 했다고 생각된다. 특히 막내둥이 용석이는 어린 시기에 가정 사정에 따라 여러 곳의 학교로 전학을 다니면서 마음 고생을 가장 많이 했었다고 생각된다.

박사학위
취득

    동아대학교 영문학과에서 18세기 영문학을 전공으로 하여 박사 과정을 마치고 Jonathan Swift의 작품으로 박사 논문을 쓰기로 작정했다.

    1986년 위스콘신 대학에 객원교수로 있을 동안 내가 계획하던 조너선 스위프트Jonathan Swift의 풍자문학諷刺文學에 대한 자료를 대학 도서관에서 상당히 많이 모을 수 있었다. 그러나 관련 서적은 가격이 너무 고가여서 구입하기 어려웠다. 그래서 관련된 부분은 모두 책을 복사했다. 그리고 참고 논문도 도서관에서 대여해서 역시 복사를 했다. 비교적 짧은 기간에 많은 자료를 모을 수 있었던 것은 위스콘신 대학도서관이 24시간 개관(개방)이기 때문이었다. 밤 12시가 지나면 도서관에는 별로 많은 사람이 없었기 때문에 낮 동안 많은 학생들이 있을 때 보다 관련 책자를 찾기도 쉬웠고 또 복사하기도 무척 용이했다. 어떤 날은 늦은 저녁에 도서관에 들어가서 한두 시간에 관련 책자 두세 권을 복사할 수 있었다. 복사한 많은 자료들로 간이 책자를 만들었다. 그 책자는 박사 논문 작성에도 많이 인용되었지만 훗날 다른 논문 작성에도 많은 도움이 되었다. 이렇게 모여진 자료가 나의 박사 논문의 뼈가 되고 살이 되었다.

1987년 8월 29일 「Jonathan Swift 작품의 풍자성 연구」로 동아대학 대학원에서 박사 학위를 받았다.

박사학위 수여 사진

교수협의회 의장에
피선되다

경산대학교 교수협의회는 우리 사회 각 부분의 민주화 추세와 대학 사회의 전반적인 조류에 발맞추는 한편, 1988년 학내에서 약 2개월 이상에 걸친 장기적인 학생들의 시위와 농성이 지속되는 상황 가운데에서 교권의 정당한 위상을 확립하고, 대학의 민주화와 자율화를 추구하여 대학 발전에 기여함을 목적으로 1988년 6월 13일 창립되었다.

교수협의회는 창립과 동시에 본교의 자율화와 학원 민주화를 성취하고 교권의 확립을 통해 올바른 교육과 학문 공동체를 형성하기 위한 교수협의회 회원 의결문을 발표하였다. 이를 계기로 그때까지 침묵하던 교수들이 학내 문제에 대해 보다 적극적으로 관심을 가지기 시작하였다. 이후 교수협의회의 활동은 교수협의회 위상을 둘러싼 학교 당국과의 의견 차이 및 구성원 상호간의 의견 불일치 등으로 그 운영에 적지 않은 진통을 겪게 된 바, 그것은 역대 임원의 빈번한 교체 등에서 상징적으로 드러났다. 그러나 교수협의회의 위상과 체제가 대내적으로 조금씩 정비되기 시작하면서, 교수협의회의 활동은 대내적으로 학내 민주화를 제도적으로 보장하기 위한 여러 가시적 조치의 마련과 교수의 처우를 개선하기 위한 움직임으로 집약되었다. 대외적으로는 전국 사립대학 교수협의회 연합회와 공동 보조를 취하여 교수들의 신분 보장과 지위 향상을 위해 노력해 왔다.

1994년 6월, 좀 더 강력한 추진력을 가진 교수를 교수협의회 의장으로 뽑자는 분위기에서 3회에 걸쳐 교무처장을 역임하고 물러난 내가 교수협의회 의장으로 추대되었다. 교무처장이던 내가 의장을 맞는다는 것이 도리는 아니지만 할 수 없이 수락을 하고 이로부터 또다시 3회 연속 교수협의회 의장을 맡게 되었다.

논제(論題)

거역할 수 없는 명제들
– 교수협의회 의장 강형

* 이 글은 「경산대 교수협의회회보(敎授協議會報)」 제3호(1996년 9월 30일)에 실린 본인의 글이다.

1. 사생아의 역할

개발 독재가 판을 치던 지난 시절 일부 정치 권력과 결탁해서 많은 대학이 탄생했다. 그중 신성한 교육적 배경과 헌신적인 교육의 덕목을 갖추지 못한 채 태어난 일부 사학 대학들은 이러한 고약한 시절이 탄생시킨 사생아임에 다를 바가 없다.

사생아는 처음부처 태어나지 말아야 하지만 어찌되었건 이 세상에는 옳지도 못하고 바라지도 않는 사생아가 태어나고 있다. 또 이러한 사생아의 탄생이 결국 사회의 질서와 정의를 어지럽히고 있다는 것도 우리가 잘 알고 있는 일이다. 그러나 비록 옳지 않게 태어난 사생아라 하더라도 세상에 태어난 이상, 자기 자신의 인생을 영위할 정당한 권리가 있다. 그리고 그 사생아는 국가와 지역 사회를 위해 해야 할 의무도 갖고 있다. 그러니 사생아처럼 태어난 대학이라 하더라도 그 대학은 학생과 학부모, 지역 사회, 나아가서 국가에 대해서 양질의 교육과 연구 성과를 제공해야 할 임무가 있다. 또한 대학 본연의 양심적인 자태와 대학으로서의 정도의 길을 가야 할 의무가 있다.

이제 사회의 민주화와 정의 실현이 시대정신으로 자리매김한 이때에 개발 독제 시절에 잉태되어 아직도 그 시절의 꿈을 좇고 있는 사생아들의 반시대적 작태는 철저히 추방되어야 한다. 교권 침해는 물론이거니와 부실한 교육 환경과 끊임없는 부정과 비리의 의혹 등 비대학적 작태는 철저히 타파되어야 한다.

2. 사고의 대전환

이제 세상은 보다 맑고 보다 정의롭고 보다 가치 있는 삶으로 향하고 있다. 다가오는 21세기는 지식과 기술이 주도하는 정보화의 시대, 국경을 초월한 무한 경쟁과 협력이 요청되는 국제화 시대, 그리고 다양한 가치와 문화가 존중되는 다원화 시대가 될 것이다. 따라서 21세기의 국가 생존 전략의 핵심은 누가 앞서서 창조적 주도자가 되느냐 하는 것이며, 이는 곧 대학 교육의 질적 향상에서 비롯될 것이다.

이에 모든 대학들은 기본적으로 교육 개혁을 통해 질 높은 교육적 수월성과 국제 경쟁력을 추가함으로써 21세기의 새로운 도전에 효과적으로 대응해야 한다. 특히 국가 경쟁력의 산실인 대학 교육을 쇄신

시키려는 대학들의 의지와 노력은 그 어느 때보다 치열하다. 이러한 현상은 대학 교육의 상태가 그대로 국가의 흥망으로 이어진다는 새로운 미래 사회의 생존 법칙에 모두 공감하고 있기 때문이다. 따라서 대학 교육의 혁신 과업도 더 이상 선택의 여지가 없는 시대적 요청이자 역사적 당면 과제로 받아들여져야 한다.

이런 면에서 이제 우리 대학에서의 변화도 하나의 당위이며 거역할 수 없는 명제로 다가왔다. 만약 이러한 변화의 물결을 거스르게 되면 적자생존의 냉엄한 현실이 이를 결코 좌시하지 않을 것이며, 앞으로 예상되는 대학의 도태 대열에 끼이고 말 것이다.

우리의 운명은 그 어느 누구도 책임져 주지 않을 것이다. 사면초가의 불리한 여건 속에서 '메시아'의 출현만을 기다릴 수도 없다. 냉철한 눈으로 대학 사회에서의 우리 대학의 현주소와 오늘의 좌표를 파악한 뒤 저항해야 할 내일의 목표를 설정하고 주인 의식과 공동체의 정신으로 슬기를 모을 때, 오늘의 취기를 극복할 실천 방안이 도출될 것이며 아울러 사고의 대전환을 통하여 이를 구현시켜나갈 때 우리 대학도 좌초하지 않을 것이다.

3. 모순 구조의 타파

지난 6월 20일 대다수 교수들의 열성적인 지지와 참여 하에 교수 협의회 정기 총회가 열렸다. 초창기의 교수 협의회 모임의 초췌한 모습과는 그 양상이 많이 변했다. 왜곡되고 굴절된 모순 구조를 타파하려는 회원 교수들의 의지의 표현이었다. 이 시대를 살아가는 지식인의 양심과 지성인으로서의 책임을 통감하고 그 실천을 갈망하는 회원들의 소리 없는 외침이기도 했다. 온갖 불합리한 여건 속에서도 교육의 존엄을 지켜야 한다는 교수로서의 통렬한 자기비판의 목소리였음에 틀림없다. 오늘 이 시대를 살아가는 주체적 존재자로서의 자존의 확인이자 허구로부터의 탈출과 회복을 위한 강한 표현이었다.

이제 우리 대학의 주체들은 대학의 발전을 위해 거듭나지 않으면 안 된다. 그러기 위해 우리 대학은 지배와 피지배 개념으로 구조화되어서는 안 된다. 대학의 주체가 더 이상 교육 자본가의 일방적 요구에 순응하여 권위적 지휘 체제에 종속되어서는 안 된다. 사기업의 일개 고용인이 아니라 대학의 주체로서 자율적 학사 운영을 확보함으로써 교권의 전락과 예속을 스스로 막아내며, 교육 주체로서의 자율과 독립성을 확립해야 할 것이다. 통제 행정의 예속 고조를 스스로 타파함으로써 학문적 자존과 교육의 신성을 되찾아야 한다. 그렇지 못하고 오늘의 온갖 모순 구조가 방치될 때 학문과 교육은 철저히 황폐화되어 대학의 숭고한 뜻마저 왜곡될 것이며, 끝내는 가장 존중되어야 할 인간의 존엄성마저 상실되는 파국의 위기를 초래하게 될 것이다.

이제 우리 대학 교수협의회는 이러한 우리 교수들의 모든 양심적 의지를 결집시켜서 이 시대에 부합되는 대학으로 거듭나기 위한 주체로서 그 역할과 사명을 다할 것이다.

교수 야유회

육순행사
六旬行事

불혹不惑의 나이에 대학 교수가 되어 지천명知天命을 지나 이순
耳順의 나이까지 60년의 세월을 달려왔다. 그동안 경천동지驚天動
地할 만한 업적을 이루어 놓은 것도 없고 크나큰 입지적 인물이
되지도 못했다. 남보다 좀 더 많은 역경을 거치면서 분주하고
야단스럽게 살아온 것을 제외하고는 아주 평범한 사람으로 살
아 왔다. 그런 가운데 육순六旬을 맞게 되었다.

요사이는 회갑연을 치루는 가정이 많지 않다. 회갑은 주로 자
녀들이 주관하는데 아마도 자녀의 결혼 연령이 높아지면서 자
녀들의 가족 형성이 자연적으로 늦어지는 현상에서 기인한 것
같다. 그런데 우리 가정의 경우에는 비교적 일찍 자녀들이 필혼
을 했고 또 직장이 해결되었다. 그중 맏사위가 다른 자녀들보다
좀 더 식견識見이 들어 회갑년을 1~2년 앞두고 있을 때부터 회

갑을 꼭 해야 한다고 앞장을 섰다.

내가 대학에 부임할 때는 나의 전공 학과가 없어 한의예과에 발령을 받았는데 한의예과에는 유별나게 재수생들이 많이 입학을 했다. 한의예과 신입생 가운데 거의 30~40%는 재수생들이 차지했는데 그중에는 이미 타 대학을 졸업했거나 타 대학에 재학했던 학생들 수가 상당히 많았다. 많을 때는 재수생의 절반 이상이 될 때도 있었다. 이런 재수생들, 특히 타 대학을 이미 졸업하고 심지어 직장 생활을 하다가 다시 한의과에 입학한 학생들은 고등학교를 갓 졸업한 재학생들보다는 상당히 철이 들어 있었다. 필자의 맏사위 이순섭이도 이런 경우를 거쳐 한의원 개업을 하고 있었으니 이미 세상 물정을 좀 더 알고 있었다.

회갑 날짜를 8~9개월쯤 앞서 학교에 큰 사건이 터졌다. 비리와 관련된 사건으로 학생들의 데모가 시작되었다. 비상대책위원회가 구성되어 수업을 전면 거부하는 단계에 돌입했고 심지어 총장 퇴진까지 요구하게 되었다. 그러던 중 조금 철이 들었던 한의과 OB학생들의 모임에서 이번 기회에 총장을 반드시 퇴출시키고 새 총장을 뽑아야 한다는 결의를 하게 된 것이다.

이런 일련의 사건이 계기가 되어 엉뚱하게 필자의 회갑 행사로 불똥이 튀었다. 교수협의회 의장을 역임하며 학교의 각종 비리를 바로 잡으려고 노력했던 교수협의회 의장으로서의 당연했던 현상들을 구실 삼아 나를 총장으로 세우자는 모의를 했던 것 같다. 그래서 학교 당국에 대한 나의 태도를 적극 지원했던 한의과 재수再修(OB) 학생들이 이미 한의과를 졸업해서 개업을 한 OB 선배들, 또 다른 나의 제자 그룹(경북고등 출신)과 연대해서 하루 속히 내 회갑 행사를 계기로 결집해서 총장으로 추대하자는 분위기로 몰고 가게 되었다. 그래서 회갑 기념 추진위원회가 구성되고 그 추진위원들이 바쁘게 움직이게 되었다. 불과 회갑을 몇 개월 앞둔 시점에서 두 권의 수필집을 화갑華甲 기념에 맞추어 급히 출판하자는 계획까지 나왔다(한 권은 필자의 수필집, 또 한 권은 제자들의 글).

바로 이런 움직임이 필자의 회갑 기념 초대장에 나타나 있는 준비위원들의 명단 속에 은은히 숨어있었다(초대장에 나타난 초청인 수: 106명). 이런 사연들이 제자들의 입소문을 통해 나의 지난 세월 동안 재직했던 고등학교 제자들에게까지 퍼져나갔다. 회갑연을 앞두고 회갑연에 참가할 예상자를 준비위원들이 점검했을 때는 약 600여 명으로 추산되었는데 당일 날 실제 참가수가 예상을 뛰어넘어 790명의 식사 비용을 지불하게 되었다. 본교 재학생들(영어과+한의과)과 나의 고등학교 동기생들의 참가 숫자가 많이 빗나갔던 탓이었다.

한의과 OB생들과 졸업생들이 주도한 육순 기념 행사는 외형만 커지게 되고 의도했던 목표는 여의치 못한 결과로 끝이 났다. 비리총장 퇴진을 주장하는 데모가 장기화 조짐을 보이고 있는 가운데 총장에 대한 검찰의 내사가 시작되자 학교 당국은 서둘러 총장 퇴진이란 처방을 내리고 교육부 고위 공직자를 후임 총장으로 내정하면서 학교 비리에 대한 모든 해결의 실마리를 초기에 결정짓는 방향을 택했던 것이다.

회갑기념행사(1998년 6월 20일)를 계기로 거사를 시작한다는 계획이 출발도 못하고 수포로 돌아가 버린 것이다. 회갑연回甲宴을 일주일쯤 앞두고 총장이 일방적으로 지명되어 회갑연 10일 후인 1998년 7월 1일자로 여름방학 중임에도 전격적으로 새 총장이 부임했던 것이다.

회갑연 사진

은사님의 화갑 華甲을 축하합니다

― 김제철 : 경북고 55회 졸업, 한양여대 교수

'청출어람 靑出於藍'이란 말이 있습니다. '쪽빛에서 나온 푸른빛은 쪽빛보다 더 푸르다'는 뜻으로 스승을 능가하는 제자를 일컫는 말이 지만, 실은 스승의 크나큰 은혜를 기릴 때 자주 인용되는 말이기도 합니다. 왜냐하면, 스승이야 말로 자식의 성취를 기뻐하는 아버지처 럼 제자의 성공에 자랑스럽게 생각하는 분이기 때문입니다. 즉 자신 보다 뛰어난 사람에 대해 진정으로 흐뭇한 마음일 수 있는 것은 아 버지와 스승밖에 없다는 뜻입니다. 그래서 스승을 아버지에 견주어 사부라고 하는 것입니다.

오늘 저희는 그런 사부님으로 오랫동안 마음속 깊이 모시고 있는 강형 은사님의 회갑을 맞습니다. 저희들이 은사님과 사제의 정을 맺 게 된 것은 경북고등학교에 입학하면서였습니다. 저희들이 입학했 을 때 은사님께선 영어 과목을 담당하고 계셨던 것입니다.

강형 은사님께서 저의 모교인 경북고등학교에 부임하신 것은 32 세 때인 1969년의 일입니다. 고교 평준화제도가 시행되기 전으로, 전국 최고의 명문이라고 일컬어지던 세칭 일류학교인 저의 모교는 최고의 실력을 갖고 있지 않은 선생님들은 견디지 못할 정도로 근무 하기가 쉽지 않았습니다. 그런 학교인 만큼 선생님들은 각 과목별로 베테랑들로 구성되어 있었고, 자부심 또한 남다른 데가 있었던 것도 사실이었습니다. 그러므로 약관의 나이에 저의 모교에 부임하셨다 는 사실 자체만으로도 은사님의 역량은 그때 이미 입증이 되었습니다. 은사님께선 1969년부터 1975년까지 7년간 저의 모교에 봉직하셨습니다. 그리고 그 사이 저희들은 고2 때와 고3 때 2년 동안 은사님의 가르침을 받으며 사제의 정을 나눌 수 있었습니다. 그렇게 은사님과 저희들은 함께 70년대 전반을 관통해 왔습니다.

저희들을 가르치실 때 은사님께선 모교 선생님들 중 가장 젊으신 분이셨습니다. 그러나 젊음이 자칫 드러내기 쉬운 경박함 대신 은사님께선 늘 부드러운 미소로 학생들을 감싸주시는 마음이 따뜻한 분이셨습니다. 입시 준비로 인한 중압감으로 마음이 한없이 초조하고 각박해질 수밖에 없었던 그때, 은사님께선 자주 저희들에게 삶의 깊은 의미를 성찰케 하는 넉넉한 마음으로 용기를 북돋워 주셨습니다. 아마 저희들 중에 상당히 많은 학생들이 은사님을 힘들 때 의지하고 싶은 큰 형님처럼 생각했을 것입니다.

저희 모교에서 임기를 마치시고 은사님께선 경북여교에 잠시 계시다가 대학으로 옮기셔서 지금까지 교수로 재직해 오고 계십니다. 대학에 계시는 교수님들의 경우, 회갑을 맞으면 대학의 제자들이 논문집을 봉정하는 것이 관례이나 그 관례와는 별도로 저희 고등학교 제자들과 대학제자들을 모아 기념책자를 만들고자 하심은 은사님과 제자들의 사제의 연을 계속함이었을 것입니다.

맹자 진심편盡心篇에 '천하의 영재英材를 모아 가르치는 일'이 군자삼락君子三樂 중의 하나라고 했지만 좋은 스승에게서 배웠다는 것이 제자들의 자랑인 것입니다. 그러므로 비록 저희들이 천하의 영재는 못되더라도 저희 모교에서 재직했던 기억이 은사님의 기쁨일진데 어찌 은사님의 회갑을 맞아 그냥 지나칠 수 있겠습니까? 저희들에게 한번 스승은 영원한 스승입니다.

그러나 저희들을 가르치실 때 30대로 모교 선생님들 중 가장 젊으셨던 은사님께서 벌써 회갑을 맞으신다니 세월이 야속하기도 합니다. 하지만 따지고 보면 그때 철부지 고등학생이었던 저희들 역시 처자식을 거느린 40대로 살고 있으니 어찌 세월의 야속함이 은사님께만이겠습니까.

그렇지만 그 야속한 세월이 마냥 무의미하지만 않았다는 뜻으로 감히 저희들은 회갑을 맞으시는 은사님의 은혜에 감사의 말씀을 올리고자 합니다. 제자들이 각계 각 분야에서 두각을 나타내는 것을 볼 때가 가장 기쁘다는 은사님의 말씀대로, 과연 은사님의 가르침을 받으며 성장한 저희들이 법조인, 학자, 의료인, 공학인, 경제인, 언론인, 예술인 등으로 우리 사회의 각계각층에서 나름대로 이웃과 국가와 민족을 위해 열심히 일하고 있기 때문입니다. 더욱이 이제 바야흐로 40대 장년의 나이로 국가 발전을 위해 몸 바쳤던 앞 세대의 뒤를 이어 우리 사회의 새로운 주역이자 중추로 자리 잡아 가고 있으니 어찌 지난 세월이 마냥 부질없는 것이라고만 하겠습니까.

은사님은 대학으로 옮기신 후 도서관장, 학생처장을 거쳐 교무처장을 세 번이나 연임하시고 인문사회대학장을 하시면서 교육 개혁과 대학 평가 준비를 주관하시는 등 대학 발전에 전력하시는 한편, 학문 연구도 소홀히 하지 않아 전공 분야인 18세기 영문학을 중심으로 심도 있는 연구를 계속하시었고 특히 Swift 연구에 집중하시어 논문도 20여 편이나 발표하셨습니다. 그 외에도 17편의 전공분야 저서와 수필집을 출간하시었습니다. 이는 평소 제자들에게 좌우명처럼 들려주시던 '일근천하 무난사一勤天下 無難事요 백인당중 유태화百忍堂中 有泰和라(부지런하면 이 세상에 어려운 일이 없고, 참고 또 참으면 만사가 태평해진다).'의 가르침을 몸소 실천하신 것이지만, 실제 은사님께선 개인적으로도 모범적인 가정을 일구어 오셨습니다.

강형 은사님은 사모 서영자 님과의 사이에 2남 2녀를 두셨습니다. 장남 강재황 박사는 의학을 전공하여 경남 마산 산호동 13-16에서 강내과를 개업하시어 명의로 명성을 떨치고 자부님도 약사로 활약을 하시고 있으며, 차녀인 강윤경 박사는 한의학을 전공하시어 대구시 만촌동에서 인애한의원을 개업하셨고 사위 배호균 씨는 정형외과 의사로 개원하셨습니다. 그리고 장녀 강윤정 씨는 부산으로 출가하셨는데, 부군夫君 이순섭은 부산 해운대에서 수생한의원을 개원하셨습니다. 그리고 차남인 막내 강용석은 컴퓨터를 전공하고 자영업을 하고 있으며 둘째 자부는 수의사로 근무하고 있습니다.

이처럼 30년 넘도록 교직에 계시면서 수많은 제자들을 길러내시고 행복한 가정을 이루셨으니 은사님의 일생은 정말 크게 성공을 이룩하셨습니다. 그럼에도 불구하고 은사님께선 회갑을 맞으시며 "마음은 아직 청년 같은데 벌써 회갑이라니 실감이 나지 않는다. 더구나 필부필부匹夫匹婦로 살아온 지난날이 부끄럽고 아쉽다."고 하셨습니다.

물론, 학생들과 더불어 생활하는 사람들은 마음이 젊다고 하듯이 아직 청년 같다는 기분은 사실일 것입니다. 사실 은사님 앞에 서면 마흔이 넘은 저희들 역시 아직 고등학생인 듯한 느낌이니 연세보다 훨씬 젊어 보이시는 은사님이 지난 세월의 두께를 어찌 쉽게 체감하실 수 있으시겠습니까.

그러나 '필부필부로 살아온 지난날이 부끄럽고 아쉽다'란 말씀엔 절대로 동의할 수 없습니다. 세상에 가장 귀한 일이 사람 농사라면 은사님께선 저희 모교 경북고등학교에서, 그리고 대학에서 수많은 제자를 길러내셨으니 그보다 보람된 삶이 또 어디 있겠습니까.

은사님의 회갑으로 저희 제자들이 한자리에 모여 지난날을 회고하는 기회를 갖게 된 것은 참으로 의미 깊은 일이 아닐 수 없습니다. 그것은 이 시대의 주역으로서 순수하고 패기만만했던 지난날의 꿈들을 되새겨 보며 다시금 미래를 향해 힘차게 출발하는 계기가 될 것이기 때문입니다. 그런 저희들의 한가운데 든든한 힘으로 은사님께서 늘 함께하고 계신다는 사실은 말할 수 없이 행복한 일입니다.

천지운행의 한 주기를 돌아 이제 인생의 새로운 장을 펼치시는 강형 은사님께 저희 제자들은 이 사회의 책임 있는 구성원으로서의 소임을 다하는 것으로 은혜의 만 분지 일이나마 보답하려고 합니다. 늘 건강하시고 건승하시어 은사님 앞에선 미욱하기 짝이 없는 저희 제자들을 바른 길로 인도해 주시기를 간절히 기원합니다.

화갑연 장면

한의학 전공 학생들을
만나다

1982년 대구한의대학에 강의를 시작했을 때에는 한의예과와 한문과만으로 개교가 된 때였었다. 그러니까 한의예과로 전임 발령을 받은 후 영어과가 개설될 때까지는 한의예과에 소속이 되어있었다. 그런 동안 계속 예과 지도 교수를 맡으면서 예과학 과장과 학부장 그리고 한의학과장까지 역임을 했다. 예과 지도 교수나 예과 학과장 때는 예과 졸업 여행도 인솔 책임자로 같이 다녔으며 모든 행사도 기획하고 또 주관하였다.

매년 실시되는 예과 졸업 행사를 책임지다 보니 졸업 여행 단 골지인 울릉도와 제주도만도 5~6회나 다니게 되었다. 울릉도 나 제주도를 왕복할 때는 예외 없이 여객선을 이용했기 때문에 비행기를 타거나 버스나 기차를 탈 때와는 다르게 여행 도중에 는 날씨에 따라서 기고만장氣高萬丈한 일이 한두 번이 아니었다.

폭풍을 만나 여객 선실에서 정신을 잃고 누가 남학생이고 누가 여학생이며 또 누가 교수인지를 분간 못할 정도로 정신을 잃고 서로 껴안고 뒹굴던 일, 선실에 준비된 깡통이 모자라 선실에 그대로 볼일(?)을 보던 기억, 그런 순간이 지금도 잊혀 지지 않는다. 여객선에서는 무사했으나 울릉도 순환 유람선에서 똑같은 일을 당해 교수 3명이 먼저 탈진하여 체면을 구기던 기억 또한 잊혀지지 않는다.

또 어떤 해는 울릉도 성인봉 등산을 하는 도중 폭설이 내리기 시작했다. 오도 가도 못하는 지경이 되자 학과장으로서 판단을 내려야 했다. 학생들의 의견을 물어볼 수밖에 없었다. 성인봉 정상까지 올라가자는 학생 수가 내려가자는 학생 수보다 월등히 많아 학생들의 안전을 위해 하산하자는 학과장인 나의 주장은 꺾이고 말았다. 그때 느꼈던 불안감 또한 지금도 잊을 수 없다. 그러나 학생들의 끈질긴 주장 속에서 나는 무엇인가 큰 교훈을 얻었다. 다름 아니라 그때 정상까지 올라가자고 큰 소리로 주장하던 학생들이 훗날 졸업 후에 더 크게 성공하는 한의사가 되었음을 볼 수 있었다는 사실이다. 그날 인솔자로서 가장 걱정이 되었던 것은 학생 중에 소아마비 장애자가 한 사람 있었는데 이 학생을 어떻게 해야 되느냐가 가장 큰 문제였다. 그러나 그것은 나에게는 하나의 기우杞憂에 불과했다.

정상까지 올라간다는 결정을 한 후 학생 가운데 어느 덩치 큰 한 학생이 선뜻 나서서 "야는 내가 책임진다."라며, 그 장애 학생을 덥석 업고 선봉에 서지 않는가…. 그것을 본 주변의 몇몇 학생이 뒤에서 밀어주고 앞에서 끌어주기 시작했다. 좀 더 가

파른 곳에 이르렀을 땐 옷을 찢어 멜빵(끈)을 만들어서 앞뒤에서 밀고 당기면서 드디어 984m의 성인봉 정상에 도착했다. 내려올 때는 친구들이 번갈아 가면서 업고 내려왔다. 아무런 사고 없이 무사히 성인봉 등산을 마쳤다.

또 한 해는 예과 졸업 여행을 제주도에 갔을 때였다. 한라산 등반을 하는 날, 올라갈 때는 모두가 힘차게 올라갔으나 백록담을 관람하고 하산할 때 여학생 한 사람이 그만 중도에서 탈진을 하고 말았다. 남학생과는 다르게 여학생의 경우에는 업을 수도 당길 수도 없는 일이었다. 약 5명 정도를 남기고 모두 하산을 시켰다. 그리고는 길가에서 기운을 회복할 때까지 하염없이 기다리는 수밖에 다른 방도가 없었다. 약품을 구할 수도 없고 휴대했던 먹을 물조차 떨어져 버렸다. 여전히 여학생은 기운을 차리지 못했다. 완전히 조난 상태가 되고 만 것이다.

몇 시간이 지나 석양이 깔릴 무렵 그 여학생이 조금 기운을 차리기 시작했다. 어둠에 길을 잃기 전에 하산을 서둘렀지만 얼마 못가서 그만 길을 잃고 말았다. 전등 준비를 한 사람도 없었다. 길을 놓쳐버린 순간부터 헤매는 수밖에 없었다. 개똥벌레들이 유난히 많아 그 벌레 불빛으로 조금씩 움직였다. 남학생 대여섯 명이 분주히 움직이며 길 아닌 길로 우리 일행을 끌고 다녔다.

그렇게 서너 시간 헤매고 있을 때쯤 어디선가 아주 먼 곳에서 호루라기 소리와 함께 학생들의 외침소리가 들려오는 것 같았다. 모두 발길을 멈추고 멀리서 들려오는 호루라기 소리에 귀를 기울였다. 모두가 이제 살았다는 듯 안도의 한숨을 쉬었다. 분명 우리를 찾아오는 우리 학생들의 소리였다. 이쪽에서도 목청

껏 힘을 다하여 상대방에서 들려오는 외침소리에 응답을 했다. 이렇게 길을 잃고 있었던 우리들은 소리 나는 방향으로 달려갔다. 우리들은 정상적인 등산길에서 상당히 멀리 떨어진 숲속에서 헤매고 있었던 것이다. 그들이 들고 온 손전등 불빛을 따라 기다리고 기다리던 선발대와 합류하게 되었다. 그때 한라산 하산 도중에 탈진했던 고수미 여학생은 졸업 후 제주도에서 개원하여 지금까지도 제주시 연동에서 한의원을 운영하고 있다.

한의과 지도 교수 그리고 인솔 책임자로서 학생들과 어울리는 동안 학생들의 모습에서 큰 진리를 발견할 수 있었다. 이를테면 울릉도 성인봉, 제주도 한라산 등산이나 학생들의 각종 행사 도중에, 장애자를 포함한 약자들을 돕거나 어려움에 처한 교우들을 도우려는 자세를 가졌던 학생들이 훗날 한의원을 개업해서 더 큰 성공을 이루고 있다는 것이다.

한의예과 학생들과 울릉도 성인봉 정상에서

인생의 지표가 되어주신 분

– 권 은: 대구한의대 3기 졸업생, 서울 삼일한의원 원장

사람들은 대개가 학창 시절을 통해 인생과 학문에 대해 깨달음을 주시고 평생의 지표가 되어주시는 고마운 선생님들을 만나게 된다. 그러나 이제는 갈수록 스승과 제자 사이에도 점점 단단한 벽이 쌓여져 가는 것 같다. 때문에 학창시절 존경할 만한 스승님을 한분이라도 모실 수 있는 것만 가지고도 그 학생은 큰 행운이라고 생각한다.

우리 인간들은 거의 모두가 인생의 지표가 되어 주신 분을 갖고 있다. 어떤 사람은 초등학교 때 인생의 지표가 되신 분을 만나기도 하고 어떤 사람은 중고등학교 때 이런 분을 만나기도 한다. 그러나 나는 다른 사람들보다 좀 늦게야 나의 인생에 지표가 되신 분을 만나게 되었는데 그분이 바로 강형 교수님이시다.

교수님의 학문적 깊이나 인생에 대한 깊은 통찰력, 훌륭한 인격 등은 가히 짐작으로도 알 수 있다. 그리고 드러나지 않는 내면의 세계 역시 내 좁은 소견으로 감히 다 헤아릴 수 없겠지만 무척이나 자애로운 심성을 갖고 계시다는 것은 피부로 쉽게 느낄 수 있다. 그런 심성을 가진 분이 대학 교수협의회 의장을 수행하셨다는 사실을 알고는 내심 강직한 성품에 놀라기고 하였다. 그러한 교수님을 보면 외유내강外柔內剛이란 옛말이 새삼 느끼게 된다.

내가 교수님과 개인적으로 인연을 맺게 된 때는 대학교 입학식 후 일주일이 채 지나기도 전이었다. 그때 교수님께서는 학생처장을 맡고 계셨는데 어려운 처지에 있던 나는 아르바이트 자리를 부탁드리려 교수님을 찾아 갔었다. 나의 아버님께서 사업에 실패하시기 전까지 우리 가정은 남부러울 것 없이 살았다. 30년 전이었는데도 불구하고 누나는 피아노도 치고 개인 가정교사를 두고 공부할 정도로 가정이 부유했다. 아버지는 나와 함께 비행기를 타고 서울을 왕래했고, 스키장을 드나들기도 했다.

그러나 인생이란 정말 묘한 것. 아버지께서 사업에 실패하자 집안은 하루아침에 몰락했다. 가족들 모두 한치 앞도 내다 볼 수 없는 암울한 어둠 속에서 겨우 살아갈 뿐이었다. 아버지도 그 충격을 이기지 못하고 방황하시다가 중풍에 걸리셨고 몇 년을 고생하시다가 돌아가셨다.

대학을 계속 다니려면 아르바이트 자리가 필요했다. 그래서 강형 교수님을 찾아간 것이었다. 다행히도 교수님께서 신경을 써 주셔서 강의실 청소를 맡을 수 있었고 예과 1학년을 그렇게 지냈다. 그 후 다행히 2년을 더 도서관에서 청소와 사서 보조업무를 보게 되었는데 모두가 교수님의 배려 덕분이었다. 한 번은 대학 학자금 대출이 불가능한 형편이었다. 그때는 각 학과 별로 대출 인원이 할당割當되었는데 한의과에 배당된 인원이 원하는 학생 수에 비해 너무 적어서 지난해에 혜택을 받은 사람은 제외되었기 때문에 나는 자연적으로 혜택을 받지 못하게 되었다. 나는 대출이 안 되면 등록을 못할 처지가 되었다. 그때 교수님이 이런 나의 사정을 아시고 은행 측과 연락해서 해결해 주시기도 했다.

교수님의 수업 방법은 보통 교수님의 방법에 비해 특이하셨다. 영어수업 시간은 딱딱한 영어수업 진행이 아니셨다. 긴 영어수업 시간(100분 연강)에 지쳐 120여 명 가운데 한 사람이라도 졸고 있는 학생이 있으면 수업 분위기를 확 바꾸어 놓으신 후에 수업을 계속하셨다. 한번은 교수님께서 나와 교수님만이 이해할 수 있는 은유법으로 인생을 살아가는 자세에 대해 좋은 말씀을 해주신 것도 생각난다. 졸업 후에도 종종 전화를 주시고 서울에 오실 때는 일부러 시간을 내어 찾아도 오셨다. 명절 때 선생님 댁에 들를 때마다 항상 환대해 주신다.

작년에 나는 승용차를 그랜져에서 캐딜락으로 바꾸었다. 어찌 하고 싶은 것들을 욕심대로 하고야 살 수 있을까만 생활에 필요한 작은 것들이라면 어지간히 하고 지낼 수 있는 형편이 되었다. 한의과 대학원도 마쳤지만 서울대 보건대학원도 마쳤다. 현실에 안주하지 않고 부단히 노력해 한 걸음 한 걸음 나아가고 싶다. 모두가 강형 교수님처럼 감사하게 이끌어 주시고 도와주신 스승님들의 은혜의 덕분이 아닌가.

영어과 학생들과(제주도)

한의과 지도교수로서 만났던 명세지재들의 현황

1기(1981년도 입학)

강신호(강신호, 대구 남구, 053-624-1552), 강재호(중앙, 진해, 055-546-8071), 곽수영(곽, 대구 동구, 053-751-6456), 구병창(제민, 부천시, 032-322-6775), 권영규(부산대 교수, 양산캠퍼스, 051-510-8471), 권영민(대구), 김근모(김근모, 대구 달서, 053-642-6494), 김근우(한마음, 대구 북구, 053-321-7755), 김근찬(청담, 경기 고양, 031-978-7533), 김기대(월드연합, 대구 수성구, 053-752-7515), 김기현(대자연, 서울 양천구, 02-2648-3345), 김기호(김기호, 대구 수성구, 053-746-0074), 김대형(화성, 대구 중구, 053-252-1172), 김동렬(경주한방, 경주, 054-775-6600), 김동현(김동현, 구미, 054-451-2793), 김두영(대건, 통영, 055-644-4975), 김병우(부광, 거제, 055-633-8288), 김병출(고려, 경남 마산, 055-255-7455), 김상인(김상인, 대구 동구, 053-941-2350), 김선규(제중, 춘천, 033-255-9772), 김성진(삼일, 대구 동구, 053-963-8116), 김영무(현산, 마산, 055-256-6942), 김영철(백수, 마산, 055-248-1936), 김종기(이치, 서울 성동, 02-498-7582), 김종길(비산, 대구 서구, 053-561-5226), 김철호(동해, 강원 동해, 033-532-3032), 남두열(원강, 강원 동해, 033-533-4767), 노재환(인제, 경남 의령, 055-572-0766), 도영옥(휴진, 서울), 류성현(류성현, 대구 중구, 053-422-2212), 박무현(광동, 강원 속초, 033-636-1075), 박성민(박성민, 진주, 055-743-6787), 박성우(백산, 대구 서구, 053-255-4721), 박영구(토당, 경기 고양, 031-973-3001), 박재현(의가, 대구 수성구, 053-744-1900), 박종철(박종철, 창원, 055-289-9087), 박창국(박창국, 대구 수성구, 053-764-1237), 배손용(명성, 대구 달성, 053-632-4416), 배주환(동광, 대구 서구, 053-555-1202), 백상흠(서울, 거제, 055-681-2585), 백화진(서울, 상주, 054-532-1736), 서일교(서일교, 마산, 055-232-4634), 서정창(동서, 안동, 054-854-0785), 서효수(미연수, 울산, 052-275-0800), 석화준(수정, 부산, 051-631-5652), 송정현(남광, 제주시, 064-744-3125), 송호상(유림, 용인, 031-896-1515), 신방패(대자연, 의정

부), 신순식(동의대, 부산, 051-850-7414), 안규환(안국, 창원, 055-277-4860), 안창수(혜인, 부산 남구, 051-628-5213), 안희덕(대구한의대, 대구, 053-770-2127), 양승엽(인제, 대구 서구, 053-555-5508), 여문통(중화), 왕수민(중국, 서울, 02-2232-3900), 우국영(공산, 대구 동구, 053-985-8580), 우보철(동보, 화원, 053-635-6677), 우영기(백세요양, 대구 달서, 053-587-7575), 우종걸(우종걸, 대구 수성구, 053-755-7583), 유재상(봉황, 김해, 055-331-7578), 윤경탁(안아픈세상, 서울 강남, 02-3448-7755), 윤인한(영동, 광명시, 02-896-9394), 이경우(제일, 포항, 054-241-0343), 이상근(대동, 강릉, 033-648-5158), 이상현(대림, 대구 수성구, 053-765-6050), 이성규(평강, 대구 북구, 053-321-2120), 이세규(시원, 동두천, 031-865-2430), 이순자(원, 대구 수성구, 053-741-8050), 이전우(평강, 서울 강남, 02-515-6978), 이정호(명진, 대구 동구, 053-953-5589), 이종진(자생, 서울 강남, 02-3218-2000), 이찬호(세영, 마산, 055-223-7712), 이호정(대원, 영천, 054-331-4467), 장균제(상해관, 대수 수성구, 053-745-1890), 장수왕(장수왕, 김천, 054-432-3497), 전영종(샘터, 서울 양천구, 02-2647-3323), 정규일(한마음, 인천 남구, 032-875-4051), 정성룡(본, 대구 달서, 053-521-8600), 정성윤(정, 경기 의왕, 031-425-6352), 정순오(동진, 대구 수성구, 053-756-2940), 정양삼(정양삼, 호주 거주), 정연소(영천, 대구 달서, 053-631-0124), 정홍식(본디올정홍식, 부산, 051-503-0224), 조무상(조무상, 대구 북구, 053-953-3666), 조문기(고려, 구미, 054-453-0424), 조병진(삼보, 대구 북구, 053-942-5248), 주영일(금곡, 부산, 051-362-3203), 최병화(도남, 대구 북구, 053-322-9393), 최상천(옥동, 울산 남구, 052-275-7771), 최장윤(최, 대구 북구, 053-958-3131), 최홍수(수안, 대구 북구, 053-942-4747), 한춘동(동곡, 청도, 054-373-6654), 황병태(동서, 인천 계양구, 032-554-1859), 황인수(인수당, 서울 은평, 02-382-5108)

2기(1982년도 입학)

강경모(감초당, 용인시), 강대인(강대인, 서울), 강동철(인제, 서울), 강충모(삼인당, 서울), 강학원(영남, 경산), 공번창(번창, 대구). 구덕모(포항병원, 포항), 김경민(청림, 김해), 김규용(태의, 대구), 김규태(도운당, 서울),김대성(요양병원, 대구), 김대영(오산, 대구), 김대욱(명성한방, 안동), 김덕희(성림, 부산), 김도회(영신, 평택시), 김동영(혜인, 상주), 김동욱(진영, 대구), 김말봉(김말봉, 서울), 김성길(안동, 안동), 김양극(초전, 진주), 김영철(오상, 대구), 김용문(보인, 대구), 김윤경(갑을, 서울), 김은선(수정, 대구), 김인철(김인철, 경남), 김종봉(김종봉, 대구), 김진옥(황재, 서울) 김진철(민성, 대구), 김택상(진영, 대구), 김현수(백제, 울산), 김현영(강서, 서울), 김현중(송광, 부산), 김혜남(금강, 서울), 김호순(구고, 서울), 김홍열(경기, 경기), 류효균(세명, 서울), 문교찬(캐나다), 민병화(동의, 부산), 박명아(신세기, 부산), 박명하(보생당, 대구), 박성은(진남, 서울), 박세근(대광,울 산), 박세철(동인, 대구), 박수동(경산, 경산), 박용진(백남, 대전), 박인기(삼원, 부산), 박종환(불로, 대구), 박찬우(박찬우, 대구), 박희요(제생당, 예산), 백광흠(도성, 서울), 백인순(천일, 경기), 변성희(한의대, 경산), 변준석(한의대, 경산), 서영(동제, 대구), 손길현(밀양, 대구), 손동우(손, 대구), 송효인(일청, 김천), 신병훈(영기, 구미), 신용갑(창제당, 진해), 안대광(오덕, 대구), 양규종(보궁, 경기), 양정한(서울, 진주), 여대원(여대원, 대구), 염익환(양지, 대전), 왕소영(왕소영, 경기), 우동수(황지, 강원), 우현배(대진, 대구), 윤광원(재덕, 함안), 윤정환(참진리, 경주), 이 욱(신흥, 대구), 이도균(인수, 울산), 이도현(부부, 대구), 이동훈(고금, 대구), 이민우(이민우, 상주), 이상엽(동의당, 대구), 이상헌(세화, 의성), 이영동(보문, 대전), 이영준(이영준, 천안), 이용일(동초, 대전), 이원구(성심원, 포항), 이응창(이응창, 대구), 이인균(세광, 합천), 이재수(이재수, 대구), 이재홍(유생, 영주), 이준석(고려, 대구), 이창진(이창진, 대구), 이학용(송학, 부산), 이헌국(미래, 부산), 이형주(수강, 서울), 이호준(태백당, 태백), 이홍기(대웅, 경기), 임대석(동문, 부산), 임상찬(인창, 청주), 임성택(성광, 부산), 임의형(동양당, 서울), 임진섭(임제, 부산), 임형욱(동산임, 대구), 정용훈(대성, 천안), 정규돈(광보, 거창), 정도기(태화당, 조치원), 정만휘(창신, 마산), 정병태(우리, 울산), 정신섭(수양, 청주), 정일홍(반여, 부산), 정재연(정, 영천), 정재영(정, 부산), 정재윤(정재윤, 대구), 정종철(인제, 하동), 정종효(정, 진주), 정춘동(정, 진해), 정학현(덕제, 대구), 정호충(세일, 대구), 정홍수(경보, 대구), 조근호(심천, 경산), 조병일(광제, 충주), 조영철(은성, 밀약), 조지현(해동, 압량), 조현기(누가, 평택), 지선영(한의대, 경산), 진선

두(진선두, 서울), 차창호(갑산, 울산), 천병민(천수, 울산), 채수갑(남체당, 진주), 천봉수(천광, 서울), 최문범(우남, 대구), 최순화(보광, 대구), 최영근(청구, 대구), 최운용(용성, 청주), 최홍식(유리한방, 안동), 추주호(정암, 대구), 하경운(서광, 인천), 하근호(하, 대구), 하명환(수성, 김해), 박희범(오대, 대구), 한용우(동평, 서울), 함경희(은혜, 대구), 허 현(허종, 마산), 허갑환(문성, 김해), 허만규(덕림, 부산), 현우천(메리디안, 구미), 홍영택(영암, 포항), 황동섭(신백초, 부산), 황성철(황성철, 구미)

3기(1983년도 입학)

강대원(동국, 대구), 강석만(강석만, 서울), 강영우(강영우, 대구 중구, 053-254-2225), 강장수(제한, 청도, 054-371-6078), 강철준(오성, 진주, 055-762-3100), 고기완(광동, 수원), 고영수(도원아이, 청주, 043-212-9988), 고정의(혜민, 대구 서구, 053-567-0024), 곽동욱(승보, 경기 수원, 031-212-6477), 구본학(무태, 대구 북구, 053-956-0075), 권대일(명지, 울산, 052-261-7502), 권삼집(대웅, 대구 동구, 053-984-5957), 권오규(구군계, 평택, 031-655-2616), 권 은(삼일, 서울 강남, 02-3477-1230), 권현우(권현우, 대구, 053-967-6588), 김건진(청구, 상주, 054-534-8887), 김경태(영제, 구미, 054-465-5228), 김계진(대덕, 대구 중구, 053-254-6340), 김덕호(삼대, 경산, 053-813-1188), 김동선(경주, 성주, 054-933-2404), 김동원(우당, 서울 강동, 02-483-1282), 김동윤(김동윤, 대

예과 지도교수와(울릉도 도동항)

구 남구, 053-476-1078), 김동철(성심, 경기 광명, 02-2687-0776), 김동혁(신림, 서울 관악, 02-888-9477), 김명욱(영광, 부산, 051-701-7542), 김미정(여사랑, 부산, 051-637-1600), 김백구(기쁨, 포항, 054-232-7582), 김병순(아세아, 창녕, 055-533-8008), 김복선(김복선, 수원, 031-888-7574), 김부숙(세명당, 진영, 055-343-2369), 김사웅(영광, 인천 부평, 032-503-3338), 김상찬(한의대, 경산), 김서기(영동, 대구 달서, 053-521-6488), 김성욱(통도, 양산, 055-372-1275), 김성준(무궁화, 경남 창원, 055-237-5697), 김성호(평강, 구미, 054-471-2302), 김영원(수성, 서울 광진, 02-458-7172), 김영준(김영준, 구미, 054-471-6789), 김영환(하나, 대구 동구, 053-982-0055), 김윤복(느아, 대구 수성, 053-765-0200), 김은태(에덴, 대구 중구, 053-256-8234), 김인섭(김인섭, 대구 달서, 053-541-5586), 김인숙(민강, 부산 사상, 051-312-3121), 김재근(구인, 대구 남구, 053-624-3277), 김재영(진명, 대구 서구, 053-558-8178), 김재주(국제, 인천 계양, 032-554-7582), 김정화(칠성, 대구 북구, 053-424-4602), 김종녀(성민, 가평, 031-582-5145), 김주석(원, 대구 수성, 053-741-8050), 김주원(배달, 대구, 053-473-5840), 김치동(베데스다, 대구, 053-762-0246), 김태중(수재, 대구), 김현호(ABC, 대구, 053-211-9009), 김형철(우리, 대구, 053-964-1785), 김홍구(제홍, 서울, 02-833-2419), 김효선(생, 경기, 031-715-1193), 남상안(남복, 하동, 055-884-0770), 문우상(세중당, 진해, 055-543-0861), 문혜영(우리, 마산, 055-222-1212), 박기태(박기태, 창원, 055-282-7762), 박동준(동방, 창녕, 055-532-4994), 박민철(박민철, 마산, 055-224-0850), 박병길(칠성, 대구, 053-424-4602), 박봉규(상명, 부산, 051-264-1233), 박 숙(중구보건소, 대구, 053-661-3886), 박순일(기장박, 기장, 051-721-8481), 박시덕(서진, 대구, 053-651-8688), 박영근(연세, 전주), 박창훈(박, 구미, 054-441-0856), 방강섭(동방, 창원, 055-262-8802), 방인후(대근, 서울), 배영철(혜명, 대구, 053-741-8011), 배은희(배, 상주, 054-535-0408), 배일구(하림, 진주, 055-753-2606), 배정한(약산, 대구, 053-763-8827), 백남규(덕계, 양주, 031-866-5464), 백동열(백, 김포, 031-998-0075), 백승익(기찬, 용인, 031-283-7505), 변경희(수창, 밀양, 055-391-7128), 사공필(익생, 청주, 043-234-7587), 서규태(인

동, 구미, 054-471-0335), 서영호(남양, 경기 의정부, 031-829-4256), 손기한(손, 울산, 052-295-6075), 손영인(덕인, 부산, 051-255-2525), 손창완(금성, 대구, 053-629-1288), 송경국(제남, 부산, 051-645-9595), 송장훈(강춘, 구미, 054-442-8010), 신문식(다대큰, 부산, 051-265-1500), 신태우(큰빛, 부산), 안봉훈(보강, 창원, 055-261-5187), 안영선(세종, 광주, 062-374-0096), 안태호(감로, 마산, 055-231-3010), 양우환(횡성,강원(033-343-7364), 오경환(약손,대구(053-624-1231), 유영준(유생,대구(053-984-1665), 윤상학(명제, 인천(032-469-2233), 윤석래(삼기당,춘천(033-241-5581), 윤종원(동인당, 하양, 053-853-6500) 윤진우(신현, 거제, 055-633-8020), 윤태경(윤태경, 대구, 053-326-8575), 이규득(청구, 거제, 055-635-4888), 이동로(서울, 광명, 02-2614-9814), 이동희(중앙, 거창, 055-945-2468), 이문순(고우신, 거창, 055-945-2468), 이병화(명성, 칠곡), 이상곤(갑산, 서울 서초 02-3486-0351), 이상용(늘푸른, 부산, 051-341-1075), 이상봉(홍제, 울산, 052-267-0064),이상우(청산, 부산, 051-817-9933), 이상훈(아세아, 창녕, 055-533-8008), 이수찬(다솔, 수원, 031-292-0883), 이용석(덕원, 대구, 053-311-7582), 이원기(초전, 성주), 이은경(서구보건소, 대구), 이일돈(이일돈, 부산, 051-243-7000), 이준경(한솔, 울산, 052-237-1858), 이화신(이화신, 대구, 053-793-7070), 이희복(배세, 서울, 02-425-1714), 임홍우(송호, 경산, 053-851-2625), 장동주(오등당, 서울, 02-757-7582) 장인식(강남, 인천, 032-582-9493), 전병욱(전병욱, 대구, 053-592-0058), 정 휘(정, 포항, 054-281-1313), 정길산(정, 구미, 054-458-4700), 정길체(창덕, 대구), 정동순(서부, 대구, 053-623-2365), 정명용(금비, 대구, 053-555-5620), 정병억(원주), 정성훈(낙영, 진해, 055-552-8906), 정순구(창림, 부산), 정은경(영성, 서울), 정일찬(일성, 대구), 정종목(서울, 천안, 041-581-2224), 정호윤(동인당, 인천, 032-818-1731) 조규열(우리, 구미, 054-457-8966), 조윤이(국제, 인천, 032-562-3927), 조주형(민강, 부산, 051-312-3121) 조지영(동강, 대구, 053-824-9042), 차한욱(삼대, 부산, 051-328-1133), 최문석(해달, 서울), 최영곤(최영곤, 구미, 054-451-3255), 최우연(덕희당, 서울), 최철원(정성, 경주, 054-451-3255), 하경희(영천손, 영천), 한상순(백수, 대구, 053-651-0365),

한상원(한상원, 대구, 053-755-4090), 한영주(영주, 구미, 054-452-1009), 허경자(소망, 대구, 053-314-9972), 홍재성(갑지, 천안, 041-555-5681), 황대경(한솔, 수원, 02-497-5515), 황정수(관문, 대구, 053-626-1678)

예과 학생들과 한라산 등반

4기(1984년도 입학)

강상열(아름다운, 경남 사천, 055-833-1075), 강주봉(샬롬, 경기 시흥, 031-315-2285), 고국선(편한, 포항, 054-255-5568), 공태욱(생생, 부산 남구, 951-638-1240), 공현숙(대자연, 경기 안성, 031-674-7172), 권미애(해송, 부산 진구, 051-816-8635), 곽재일(곽, 포항, 054-278-8775), 김경호(금호, 영천, 054-332-7239), 김남득(일심, 의성, 054-832-5963), 김동우(김해세종, 김해, 055-337-1075), 김명관(백상, 대구 서구, 053-554-5139), 김명준(광혜, 부산 수영, 051-781-2000), 김선혁(전곡, 경기 연천, 031-832-1287), 김수연(서울), 김영미(성모, 안동시, 054-859-0009), 김영표(메르디안, 구미, 054-455-8275), 김의진(한강, 서울 영등포, 02-832-1600), 김정한(동의보감, 대구 달성, 053-591-5709), 김종대(한의대, 대구, 053-770-2122), 김진수(성심, 성주, 054-931-7588), 김진용(경북, 경산, 053-857-2365), 김춘석(을지, 서울 서초, 02-596-1010), 김판준(홍익, 울산 남구, 052-272-8683), 김형수(동인당, 경기 부천,

032-684-6312), 김호진(유&미, 마산, 055-297-1240), 김홍균(내경, 서울 광
진구, 02-458-5859), 김홍윤(보명, 함안, 055-583-1212), 나현종(세롬한방, 광
주 북구, 062-512-6100), 남궁정(삼태극, 부산 연제, 051-867-7575), 남근영
(국제당, 서울), 노성택(생림, 부산 동래, 051-867-7575), 노용현(발머스, 대구 수
성, 053-744-7010), 노진호(운암연합, 대구, 북구, 053-326-2665), 류종삼(류
종삼, 청주, 043-276-2700), 문병욱(제일, 창원, 055-297-2500), 민영기(강남
논현 ,서울 강남, 02-563-8833), 박일(양지, 서울), 박대식(온누리, 서울), 박명로
(이찬영, 대구 북구, 053-426-1275), 박성엽(낙산, 구미, 054-455-6120), 박성
규(동고, 대구 수성구, 053-755-0207), 박성수(영남, 포항, 054-261-4555), 박
손홍(중동연합, 대구 수성, 053-761-2255), 박영우(상원, 대구 달서, 053-586-
0467), 박오근(영수당, 통영), 박외자(태 전, 대구), 박종석(청학, 대구 동구, 053-
964-1075), 박종하(영남, 경남 함안, 055-583-5352), 박종희(자택, 대전), 반지
숙(자택, 대구), 백관태(산서, 청도, 054-371-2730), 변명화(보건소, 대구 동구,
053-662-3133), 부일권(제주, 제주, 064-749-4477), 사공열(사공, 대구 수성구,
053-783-4025), 서영민(중동연합, 대구 수성, 053-761-2255), 서호석(국립의
료원, 서울 중구, 02-2260-7468), 설석환(신강, 서울 중구, 02-773-7717), 성종
국(삼대, 김천, 054-439-1593), 손정원(송정, 부산 해운대, 051-703-1249), 송
경재(홍제, 칠곡, 054-973-8946), 송국평(중앙, 대구), 송무식(수평, 구미, 054-
465-7722), 송익수(홍익, 대구 수성, 053-751-1019), 송정오(송정오, 대구 수
성, 053-752-3799), 송준욱(백송, 대구 북구, 053-324-2182), 신명재(자택, 서
울), 신용우(수, 경기 구리, 031-565-7576), 신현필(우리들, 창원, 055-282-
9949), 안기업(후생, 원주, 033-745-3323), 엄혜근(덕정, 양주, 031-858-3610),
예경욱(동맥, 대구),옥동규(명서, 홍천, 033-435-8381), 옥상철(아이, 마산, 055-
246-0319), 왕소진(덕창, 인천 남구, 032-884-1887), 왕학감(인화당, 대구 북
구, 053-356-7666), 윤성철(부부, 경산, 053-851-1001), 윤세준(동진, 부산 사
하, 051-263-7575), 윤태현(성암, 창녕, 055-533-1286), 이갑순(가야, 대구 달
서, 053-629-8275), 이건형(동방, 구미, 054-482-0539), 이경원(경원, 부산 금
정, 051-517-8384), 이도형(갑자, 포항, 054-274-1075), 이병기(대동바른, 울

산 중구, 052-244-8787), 이병직(이병직, 마산, 055-244-6776), 이병훈(기독한방, 대구 달서, 053-606-1616), 이보영(류종삼, 청주) 이상준(인제, 서울구로, 02-2688-0702), 이순영(자택, 서울), 이시준(송우, 포천, 031-542-8180) 이영규(동의, 대구 수성, 053-751-3364), 이재훈(동화당, 안동, 054-854-6688), 이정동(천수, 경기 광주, 031-764-8799), 이재헌(경화당, 대구 수성구, 053-784-7575), 이종석(초록, 경기, 031-226-3222), 이지향(동양당, 대구 남구, 053-473-4055), 이진승(보명, 대구 달서, 053-635-1188), 이창건(대광, 성주, 054-931-3322), 이헌석(이헌석, 대구 동구, 053-985-3298), 이혁제(동우당, 구리, 031-553-7979), 이현호(연수당, 대구 북구, 053-959-6600), 임명호(실로암, 구미, 054-454-0086), 임성호(임성호, 대구 서구, 053-562-9693), 장대석(동아당, 서울 송파, 02-3401-5777), 장문상(장선, 대구 서구, 053-553-1557), 장선정(자택, 경산), 장소희(윤제, 부산 진구, 051-868-5006), 장우복(산격, 대구 북구, 053-958-7403), 장형규(백천생, 경산, 053-813-7575), 전성옥(동인, 창원, 055-298-5606), 전종수(동천, 대구 동구, 053-354-0075), 전지만(전지만, 대구 수성, 053-766-7588), 정 홍(명성, 칠곡, 054-974-1540), 정봉균(함소아, 부산 해운대, 051-704-3366), 전봉천(봉천, 울산 중구, 052-244-0611), 정승철(정, 경기 하남, 031-793-5275), 정운승(장수, 거창, 055-941-1175), 정영학(세방, 부산), 정자용(한솔, 서울 강북, 02-900-4138), 정재헌(복천, 부산), 정진용(대구, 안동, 054-852-1221), 정철효(정, 김해, 055-311-0001), 정희천(대화, 대구), 조면휘(동안, 대구 동구, 053-759-3825), 조영숙(용강, 서울), 조영희(자혜, 부산 진구, 051-807-6792), 조재혁(삼선방, 울산, 052-275-0124), 조정호(대산, 부산 남구, 051-612-4321), 조홍래(태전, 대구 북구, 053-321-0080), 진형석(삼화당, 춘천, 033-244-4375), 채영승(영보, 양주, 031-836-0500), 최규동(해독, 경기 안양, 031-476-7200), 최동준(동선당, 의정부, 031-843-4505), 최병성(신명, 부산 진구, 051-807-8537), 최진만(우리들, 대구 달서, 053-521-4883), 팽종기(보명, 칠곡, 054-973-3303), 하성룡(자인, 대구 수성, 053-782-7575), 하연귀(중국, 서울), 한승동(세중, 대구 수성, 053-755-3660)

예과 졸업여행 울릉도(맨 오른쪽이 저자)

5기(1985년도 입학)

강대영(좋은삼선, 부산 사상구, 051-325-0300), 강동휘(오행당, 대구 동구, 053-939-5678), 강신용(코비, 수원, 031-243-7585), 고병근(고, 함안, 055-584-2221), 고중환(삼덕, 대구 수성구, 053-794-3311), 곽석창(강남, 대구 서구, 053-564-3377), 권오룡(선단, 경기 포천, 031-544-8575), 권일혜(갑자, 대구 북구, 053-942-3191), 금정애(큰, 청주시, 043-288-6492), 김경호(영동, 영천, 054-332-8398), 김경희(늘푸른, 창원, 055-267-6477), 김경훈(남양, 경기 화성, 031-356-7878), 김동현(현대, 삼척, 033-573-2040), 김내원(금강, 춘천, 033-257-0277), 김미애(경희의료원한방병원, 서울 동대문구, 02-958-9141) 김미정(모정, 서울 동작구, 02-647-7572), 김병하(현대, 영주, 054-633-1119), 김성엽(약산, 밀양, 055-356-9195), 김성훈(대활, 구미, 054-457-7772), 김소연(청구부부, 상주, 054-534-8988), 김영수(해인, 창원, 055-274-2563), 김영원(수성, 서울 광진구, 02-458-7172), 김영주(꽃을심는, 서울 서초구(, 02-853-0080), 김완식(고금당, 대구 달서, 053-633-7100), 김의종(대추나무, 안양, 031-583-7575), 김인구(참조은, 부산 사상구, 051-325-1199), 김인진(자연닮은, 부산 남구, 051-627-1261), 김일한(태광, 춘천, 033-262-4072), 김재견(대구), 김정호(부곡경희, 경기 의왕시, 031-

461-0777), 김진광(제일연합, 안동, 054-841-7582), 김진환(일침당, 대구 수성구, 053-751-0075), 김철현(경락, 포항, 054-232-5118), 김현정(한강, 서울 영등포, 02-832-1600), 김현철(부산나라요양병원, 부산 중구 광동), 김형섭(김영, 영양, 054-683-1760), 김호윤(희안, 대구 수성구, 053-525-1175), 김홍길(홍성, 울산 중구, 052-243-2211), 김효건(김효건, 부산 수영구, 051-757-1700), 김희경(대구), 김희열(청담, 대구 달서, 053-525-0725), 남건욱(키즈엔맘, 경기 안양, 031-382-1075), 류광수(선이고운, 구미, 054-454-5400), 류태순(새생명, 대구 수성구, 053-943-3624), 문기용(창신, 합천, 055-932-3389), 박낙진(현대, 울산 동구, 052-236-9393), 박문상(제일연합, 안동, 054-841-7582), 박선주(동안, 대구 동구, 053-759-3825), 박소월(아름다운, 대전 유성구, 042-476-1075), 박원경(우리들, 대구 달서, 053-521-4883), 박윤규(대구삼성 ,대구 수성구, 053-783-3456), 박재정(상주, 상주, 054-536-1740), 박종모(진산, 창원, 055-299-6922), 박진원(해인, 서울 강동구, 02-478-8276), 박태우(박태우, 대구 태전동, 053-322-3515), 박현숙(여대원, 대구 달서, 053-634-3366), 방도향(미등록), 배우경(평강, 대구 북구, 053-321-2120), 배진승(대구, 의성, 054-833-6400), 서인교(중산, 포항, 054-272-3600), 서정화(현대, 안동, 054-856-7171), 성경구(서강, 경기 고양, 031-976-8831), 성오용(소나무, 구미, 054-472-8325), 손상진(손앤이, 경기 오산, 031-372-1985), 손승통(산동, 서울 서대문구, 02-307-1537), 신윤식(신, 수원, 031-215-1075), 신종석(신종석, 서울), 신진철(아이사랑, 대구 동구, 053-965-5575), 신혜원(미등록), 심경구(서강, 고양), 오상훈(금정, 부산), 오세창(유심, 부산 진구, 051-803-8575), 오종수(세류, 경기 수원, 031-233-0124), 왕동순(중국세광, 충남 아산, 041-531-4274), 유성(코비, 부산 연제구, 051-861-7505), 유재기(병영, 울산 중구, 052-296-8118), 육태한(우석대 김제한방, 전북 김제, 063-540-5175), 윤병훈(동산, 밀양, 055-391-2065), 윤승형(지엘, 경기 고양, 031-903-0690), 윤종숙(사랑의, 대구 수성구, 053-792-5522), 윤철홍(동인당, 안산), 윤현진(미등록), 음영자(문성당, 서울 영등포, 02-847-5581), 이광수(감산, 대구 수성, 053-792-5565), 이국형(플러스하이, 대구 달서, 053-641-5275), 이규환(대보, 대구 북구, 053-355-6712), 이동욱(참

나무, 구미, 054-451-0057), 이면호(이원재, 서울 노원구, 02-952-1075), 이상현(일침당, 대구 달서, 053-568-1717), 이용석(파주, 파주, 031-957-5747), 이우석(죽전풍림, 경기 용인, 02-966-5511), 이우혁(경락재, 서울 송파, 02-422-3212), 이장호(용, 충남 예산, 041-333-2677), 이재덕(천수, 경산, 053-816-6420), 이제완(활기찬, 경기 부천, 032-663-1075), 이태호(이태호, 함안, 055-584-2221), 이판제(코비, 대구 수성구, 053-753-9795), 이현우(미채움, 서울 강남, 02-566-7778), 이현정(대구, 안동, 054-852-1221), 이형창(중앙, 안동, 054-842-0075), 이호동(화담, 대구 북구, 053-314-1075), 장수창(경기), 장영근(강원, 춘천, 033-244-7589), 장재홍(우성, 대구 달서, 053-581-0124), 장현석(장, 대구 달서, 053-629-9121), 장형근(소문, 부산 사하구, 051-263-9776), 장효일(자민, 경기 안산, 031-414-8575), 전건태(미등록), 전일봉(전일봉, 대구 서구, 053-552-3281), 전해오(전해오, 경산, 053-811-7975), 정대훈(약초, 부산 진구, 051-894-1100), 정순임(영명, 대구 북구, 053-422-6612), 정양수(새날, 울산 북구, 052-286-1075), 정용건(정, 서울 영등포, 02-2672-7582), 정재훈(고려, 영주, 054-634-0124), 정차수(휴직 중), 조복숙(울산부부, 울산 남구, 052-276-0088), 조봉국(봉국, 울산 남구, 052-249-3787), 조용우(중앙요양, 충남 연기, 041-865-0066), 조은희(가람, 대구 북구, 053-941-0144), 좌윤택(동인당, 제주시, 064-744-7575), 지옥분(푸른나무, 대구 북구, 053-357-4030), 진철용(관덕, 대구 달서, 053-581-9988), 채명순(강원, 춘천, 033-244-7589), 최갑순(동양, 강릉, 033-643-7575), 최경운(생생, 부산 남구 대연6동), 최금희(세종, 대구 북구, 053-322-1154), 최병현(기생, 부산 해운대구, 051-722-7665), 최훈근(늘좋은, 경

예과 졸업여행 제주도

기 성남, 031-759-0124), 한명균(황제, 경기 화성, 031-206-8575), 한영찬(일신, 경기 의정부, 031-848-3486), 한희탁(소백당, 충북 단양, 043-422-5757), 홍성관(대추밭, 경기 성남, 031-752-4315), 홍정배(가경, 청주시, 043-235-0909), 황준호(기린, 대구 수성구, 053-767-5324)

6기(1986년도 입학)

강경임(홍익, 경기 광명시, 02-897-6136), 강동윤(무궁화, 서울 광진구, 02-3437-7504), 강애리(보건소, 경기 광명시, 02-2680-5570), 고수미(동제, 제주시, 064-748-7001), 권삼희(황상, 구미시, 054-474-7574), 권영배(자연, 경기 용인, 031-8005-7533), 권영삼(감초, 강원 동해시, 033-533-5381), 권이조(권, 경기 광명시, 02-2618-1320), 권정섭(명신, 의정부, 031-844-1075), 권철한(권철한, 안동, 054-859-6565), 김기태(북한산, 서울 성북구, 02-941-7955), 김남희(김남희, 경남 밀양시, 055-351-1274), 김단희(동의당, 서울 동대문구, 02-968-2089), 김덕영(신평, 경북 구미시, 054-461-1313), 김만일(소하, 경기 광명, 02-897-4497), 김명숙(서림, 부산 중구, 051-245-1151), 김병찬(기파랑, 서울 노원, 02-976-0312), 김수형(수덕 경북 상주, 054-536-1336), 김영찬(병원장), 김윤희(김, 경기 수원, 031-292-7897), 김일렬(나주, 전남 나주, 061-334-0888), 김재우(장백, 대구 남구, 053-629-3456), 김재희(자혜, 경남 창원, 055-262-2125), 김재영(풀과나무, 서울 서초, 02-553-1075), 김중규(한국, 포항, 054-273-7985), 김진희(영광, 달성, 053-616-2345), 김태형(재성, 창원, 055-238-5389), 김판준(맑은소리, 대구 달서, 053-581-8275), 김현일(김현일, 경산, 053-814-0190), 노석균(영진, 대구 북구, 053-382-8275), 도현승(건강 백세, 경기 성남, 031-733-3075), 류정화(영이, 대구 달서, 053-627-1075), 박국택(동방, 경산, 053-802-4175), 박근식(행복한, 제주시, 064-723-9933), 박민호(영풍, 경북 영천, 054-332-6868), 박병진(소림, 경기 의정부, 031-873-5800), 박상길(세황, 서울 서초구, 02-597-6637), 박영소(약나무, 대구 중구, 053-255-2559), 박은숙(뉴성모, 경기 수원, 031-237-1547), 박은옥(보건소, 경기 수원, 031-228-5716), 박종삼(신세계, 서울 은평구, 02-306-7588), 박치상

(보화당, 대구 수성동, 053-744-0110), 박희범(성주효, 성주, 054-933-5111), 반상석(동우당, 대구 동구, 053-955-0056), 방재선(유길, 대구 북구, 053-383-7531), 배은경(서울), 배해우(효성, 경북 안동, 054-855-7588), 백일성(천보당, 김천, 054-436-8354), 서부일(한의대, 대구, 053-770-2246), 서순희(논현우리, 인천 남구, 032-438-1675), 서용주(거제, 거제, 055-636-3003), 서원식(제민, 경기 고양, 031-970-1078), 서정구(푸른솔, 경기 남양주, 031-568-1919),성기영(웅림, 인천, 032-503-0060), 성상현(다겸, 경남 창원, 055-543-3155), 성은주(약손, 경기 광명, 02-802-1177), 손태호(우리, 포항, 054-286-6455), 송국평(동아메디, 대구 수성구, 053-780-3000), 송영승(송영승, 대구 수성구, 053-762-2901), 송준혁(코비, 대구 수성구, 053-753-9795), 송현주(송, 마산, 055-245-4536), 신광순(장덕, 서울 서초, 02-593-0052), 신기남(피브로, 대전 서구, 042-488-2229), 신병엽(약손, 강원 인제, 033-461-1075), 심현기(신, 서울 서초, 02-3486-3388), 안휘곤(안성, 경남 거제, 055-637-5032), 오준환(오, 대구 남구 봉덕동), 우무호(성심, 경북 영주, 054-635-9386), 우태율(우태율, 서울 강남, 02-3461-7582), 유인호(S뷰티, 부산 사하, 051-265-6460), 유현숙(자경, 경기 안산, 031-487-7588), 윤석봉(윤석봉, 서울 중랑, 02-433-7511), 윤시진(석호아라야, 서울 양천, 02-2605-0568), 윤원준(열린, 포항 북구, 054-253-1075), 윤정미(수강, 용인, 031-263-7272), 윤효석(해인, 대구 달서, 053-635-7500), 이광영(아침, 제주시, 064-796-0909), 이권태(창덕, 수원, 031-257-5075), 이동로(서울, 경기 광명), 이동주(경기 성남), 이미정(광산, 대구 달서, 053-567-9489), 이부영(이부영, 대구 북구, 053-954-0075), 이상문(필, 서울 강서구, 02-3661-3075), 이상민(준비중), 이성균(동인, 경남 창원, 055-298-5606), 이성주(대구), 이승우(이승우, 대구 달서, 053-626-1275), 이승욱(세원, 마산, 055-241-9463), 이시섭(튼튼가족, 서울 강남, 02-512-1074), 이용희(온누리, 서울 마포, 02-392-6377), 이재성(보건소, 강원 화천, 033-442-4424), 이재우(이재우, 대구 북구, 053-326-0753), 류제원(내강, 서울 금천, 02-804-1588), 이정호(테마, 대구 수성구, 053-744-8282), 이종원(정, 고령, 054-955-7585), 임영해(천보당, 대구 북구, 053-351-7272), 임성철(동제, 포항, 054-275-1777), 장

기숙(고잔연합, 경기 안산, 031-401-6006), 장성봉(장성봉, 부산 해운대, 051-747-1721), 전기영(성모, 대구 달성, 053-611-5556), 전영기(삼운, 대구 달서, 053-633-6582), 정순욱(온누리, 경남 거제, 055-687-8664), 정순홍(정순홍, 경남 거창, 055-943-4945), 정용욱(제가, 창원, 055-292-2878), 정우영(정우영, 대구 달서, 053-522-3335), 정찬호(인제, 경남 합천, 055-931-8276), 정창호(여명, 대구 서구, 053-555-9919), 이영배(세화당, 부산 동구, 051-467-2211), 정휘영(천하동인, 서울 동대문, 02-2214-0588), 조광훈(고려, 포항, 054-274-2818), 조영권(제인, 대구 북구, 053-954-7676), 지용수(가야, 경남 김해, 055-313-7272), 진철용(광덕, 대구 달서, 053-581-9988), 차언명(차, 경기 광명, 02-2687-9566), 최범진, 최순호(경운, 대구 북구, 053-358-3580), 최승일(신세계, 대구 수성, 053-753-5353), 최영은(서요양, 대구), 최현석(우리, 강원 화천, 033-441-1075), 최형주(새대정, 부산 서구, 051-242-7043), 표임정(고려, 포항, 054-274-2818), 하리경(서울, 서울), 한선희(대구, 대구), 한윤갑(한윤갑, 서울 은평, 02-307-7582), 현귀희(서울, 경기 광명, 02-2614-9814), 홍진호(홍진호, 대구 동구, 053-741-7504), 황덕연(예일, 서울 마포, 02-365-7533), 황성연(대구, 경북 영천, 054-334-9460), 황성준(황성준, 대구 달서, 053-522-7582),

예과 졸업여행(제주도)

7기(1987년도 입학)

강일희(희, 춘천시, 033-261-2617), 강회훈(우리들, 광양, 061-794-5938), 계

혜정(계혜정, 대구 달서, 053-582-2666), 고의현(우성, 고양, 031-975-3075), 권기원(코끼리, 대구 달서, 053-523-1075), 권중진(동산권중진, 서울 강남, 02-555-7243), 권택현(홍제, 거제, 055-634-5885), 김권철(대구), 김기범(강남운산, 서울 서초, 02-347-68575), 김기현(용산, 대구 달서, 053-586-8275), 김대형(청림, 경주, 054-775-4077), 김덕광(황제, 대구, 053-625-3377), 김동현(대구, 대구 동구, 053-986-3355), 김미애(수림, 구미시, 054-451-9702), 김미진(우리요양병원, 부산, 051-361-3500), 김민수(효자요양병원, 서울 광진구, 02-456-4437), 김범락(코비, 서울, 02-484-8575), 김병철(김, 서울 은평구, 02-354-5955), 김성경(민중요양병원, 강원도 원주, 033-732-02770) 김성원(백세, 김해시, 055-339-9007), 김성혜(만나, 원주, 033-763-1075), 김소희(산하, 서울 강남, 02-540-4406), 김수만(만정중, 서울, 02-426-7222), 김영태(문성한방, 대구, 053-659-7021), 김용보(중경, 천안, 041-557-6075), 김은희(은송, 대구 중구, 053-425-7707), 김재삼(서울), 김재원(김재원, 구미, 054-465-4119), 김정오(다음, 군포, 031-398-7585), 김종기(송정엔코끼리, 구미, 054-452-7744), 김주봉(코끼리, 053-792-8575), 김주형(대동, 대구 서구, 053-555-3010), 김진영(진, 서울 영등포, 02-831-8123), 김형일(속튼튼, 용인, 031-285-6135), 김환식(은성, 구미, 054-455-0205), 남현욱(코끼리, 대구 달서, 053-638-8271), 도상목(늘좋은, 서울 용산, 02-792-2523), 류광일(선린, 울릉군, 054-791-1275), 류은정(순수의뜰덕운, 대구 달서, 053-623-2475), 문상식(고성, 경남 고성, 055-674-4862), 문형원(예인, 부산 진구, 051-636-1075), 박경호(동창, 대구 수성구, 053-762-0156), 박광길(태강, 부산 남구, 051-642-4332), 박귀영(수비자연, 경기 화성, 031-613-4040), 박기현(부부, 경기 안산, 031-401-1112), 박동완(보명, 경기 성남, 031-722-1075), 박창우(밝은미소, 울산 북구, 052-289-7575), 박춘환(중정, 서울 종로, 02-738-0025), 박형용(무성, 대구 수성구, 053-755-0703), 백승희(오드리여성, 대구 수성구, 053-751-0054), 백정한(부속한방, 대구 한의대, 053-770-2247), 서정훈(민제, 울산 동구, 052-233-7800), 서창훈(본, 경기 수원, 031-202-3475), 석재호(동림, 인천, 032-434-7585), 성형화(경인, 대구 수성구, 053-791-3831), 손희선(인화당, 동두천, 031-863-7510),

신동민(덕산, 대구 수성구, 053-752-5060), 신명곤(용진, 대구 달서, 053-752-5060), 신성희(밝은미소, 울산 북구, 052-289-7575), 신인환(한초당, 강원 원주, 033-732-2965), 신정수(장덕, 대구 중구, 053-526-3288), 양동학(동암노불휴요양, 인천 부평, 032-421-7119), 여은숙(대생당, 충남 부여, 041-833-6012), 예상렬(대구), 예석진(예림, 대구 달서, 053-634-1275), 왕지헌(동명, 서울 도봉구, 02-967-3323), 우경태(장춘, 경남 양산, 055-381-1122), 우병철(제일, 서울 마포, 02-312-2323), 우성근(청산, 경북 칠곡, 054-975-6561), 우주영(대구), 우창훈(포항한방, 포항 남구), 윤영교(동초당, 서울 노원구, 02-936-4655), 윤종천(숨길을열다, 경기 성남, 031-726-1900), 이근우(동화당, 경기 파주, 031-952-8575), 이동훈(나을, 대구 수성, 053-793-2266), 이병근(태양, 전북 진안, 063-433-1075), 이석구(태인, 대구 달서, 053-522-7585), 이선화(유곡, 울산 중구, 052-244-8875), 이재영(명인, 청주, 043-264-1075), 이종한(오렌지, 서울 동작구, 02-539-9999), 이준영(화통, 경기 성남, 031-719-7667), 이현섭(이현섭, 군위, 054-383-8371), 이화경(보창, 인천 부평, 032-435-7533), 이희태(순수의뜰덕운, 대구 달서, 053-623-2475), 임덕근(천심, 경산, 053-853-1131), 임성철(포항한방, 포항 남구, 054-281-0055), 장효정(그린, 대구 달성, 053-635-8275), 전성환(광제, 울산 남구, 052-256-5512), 전창환(양제, 부산 수영구, 051-756-3872), 정경수(범일, 경북 포항, 054-246-0787), 정병곤(정, 경북 구미, 054-458-4700), 정승우(약손, 울산 북구, 052-282-8575), 정인수(운제, 포항, 054-292-8961), 정종열(서울), 정형권(정자당, 대구 동구, 053-941-7700), 조배진(안산조은재활요양, 경기 안산, 031-403-8312), 주경환(소망, 구미, 054-4731461), 지재동(시지, 대구 수성구, 053-792-3432), 최민호(코스비, 창원시, 055-286-8888), 최중기(청산, 창원시, 055-275-7508), 최해윤(포항한방, 포항 남구, 054-281-0055), 편세현(총명, 대구 수성구, 053-794-7557), 한미영(가나, 인천 부평구, 032-523-5525), 한창욱(목포성심병원, 목포, 061-283-5400), 한현희(서울영천손, 서울 관악구, 02-886-4771), 한희수(푸른숲요양병원, 부산 금정, 051-714-0098), 허성배(허성배, 마산, 055-222-8688), 현선복(삼성승보, 경기 수원, 031-200-1766), 홍영준(동원당, 서울 중랑, 02-433-7114), 황

연규(성신, 창원, 055-241-0892), 황영희(경동, 서울 동대문구, 02-960-3920), 황용주(감초당, 울산, 052-285-0481), 황창현(효심, 경산, 053-818-6759), 사덕복(중화, 청주시, 043-253-6777), 왕릉상(중서, 부천시, 032-325-9800), 서정화(현대, 안동시, 054-856-7171), 이재덕(천수, 경산, 053-814-5685), 전재관(전재관, 대구 수성구, 053-784-2111), 김영덕(행복당, 서울 강남, 02-544-6454), 김대영(대곡, 대구 달서, 053-631-7363), 김대일(명지, 울산 남구, 052-261-7502), 권삼집(대웅, 대구 동구, 053-984-5957), 배일구(본, 거제시, 055-681-4610), 양우환(횡성, 강원 횡성, 033-343-7364), 윤종원(동인당,경북 의성, 054-861-5075), 정병억(아토미, 서울 강남, 02-558-6484), 정성훈(낙영, 창원시, 055-552-8906), 홍영철(오송, 충남 천안, 041-555-5681), 김판준(홍익, 울산 남구, 052-272-8683), 성종국(삼대, 경북 김천, 054-439-1593), 이건형(동방, 구미, 054-482-0539), 정운승(당당, 대구 수성, 053-637-3375), 정철효(정, 김해시, 055-311-0001), 정대훈(약초, 부산 진구, 051-894-1100), 홍정배(가경, 청주시, 043-235-0909), 강동윤(무궁화, 서울 광진구, 02-3437-7504), 권영삼(감초당, 강원 동해시, 033-535-5385), 박상길(세황부부, 서울 서초구, 02-597-6637), 이선화(금곡, 경기 남양주, 031-595-5005), 이재억(우리, 경남 창원시, 055-532-5327), 전기영(성모, 대구 달성, 053-611-5556), 최승일(기독한방, 대구 달서구, 053-606-1616), 김상현(명문, 경기 안양, 031-424-4067),심상도(제중, 강릉시, 033-645-2807), 배석진(배, 경기 포천)

한의과대학 교직원이 한자리에

·5부· 연구 및 봉사의 장

〈저자 연보 요약〉

학력學歷

1946. ～ 1952. 03. 24 용문초등학교 6년 졸업

1952. 03 ～ 1955. 02 예천중학교 3년 졸업

1955. 03 ～ 1958. 02 안동사범학교 3년 졸업

1961. 03 ～ 1965. 02 경북대학교 사범대학 영어과 4년 졸업(학사)

1981. 03 ～ 1983. 02 경상대학교 대학원 영어영문학과 2년 졸업(석사)

1983. 03 ～ 1986. 02 동아대학교 대학원 영어영문학과 3년 졸업(박사과정)

1987. 08. 29 동아대학교 대학원에서 박사학위 취득

경력經歷
초등 및 중등

1958. 07. 10 ～ 1959. 03. 30 궁기 초등학교 교사

1964. 09. 01 ～ 1965. 02. 28 용원초등학교 교사

1965. 05 ～ 1969. 05. 04 문경서중학교 교사

1969. 05. 05 ～ 1976. 02. 28 경북고등학교 교사

1976. 03. 01 ～ 1977. 02. 28 경북여자고등학교 교사

1977. 03. 01 ～ 1982. 02. 28 대영학원 강사

대학 및 대학교

1982. 03. 01 ～ 1985. 02. 28 대구한의대학 전임강사

1985. 03. 01 ～ 2004. 02. 28 동대학 조교수, 부교수, 교수 역임

1984. 03. 01 ～ 1985. 02. 21 학술정보관장(도서관장)

1985. 02. 22 ～ 1986. 03. 09 학생과장(현 처장)

1986. 01 ～ 1986. 07	미국 Wisconsin 주립대학 visiting professor
1987. 03. 01 ～ 1987. 08. 31	교육 방송국 주간
1987. 09. 01 ～ 1988. 02. 28	학생처장
1990. 03. 01 ～ 1994. 02. 28	교무처장(3회)
1997. 03. 01 ～ 2004. 02. 28	학년 지도교수
1998. 10. 26 ～ 1999. 06. 30	기린인증제 설립, 연구위원회 위원장
1999. 03. 01 ～ 2000. 01. 31	국제어문학부장(영어전공주임 겸 학과장)
1999. 04. 01 ～ 2002. 02. 28	교무위원, 학부제운영위원회 위원, 전공교 과과정 운영위원회 위원
1999. 04. 01 ～ 2001. 02. 28	인문사회대학장
1999. 09. 10 ～ 2001. 03. 12	기린인증원장
2000. 02. 01 ～ 2001. 01. 31	영어전공주임 및 영어과 학과장
2002. 02. 01 ～ 2003. 08 .31	국제어문학부장(영어전공주임 겸 학과장)
2003. 09. 01 ～ 2004. 02. 28	영어전공주임 겸 학과장
2004. 02. 28	정년 퇴임(65세)

인문사회대학장 집무실

연구 · 저술 활동, 논문

저술 활동

2003. 09. 01 『TOEIC Take off Power Bank』

2003. 02. 25 『대학영문법』경산대학교 출판부

2002. 09. 01 『TOEIC Upgrade Power Bank』

2001. 10. 25 『영시 작가론(하)』형설출판사

2001. 03. 05 『최신실용영작문』형설출판사

2001. 03. 05 『최신상설TOEFL』형설출판사

2001. 02. 23 『실용TOEFL』경산대학교출판부

2000. 10. 20 『영미시작가론(상)』형설출판사

1999. 02. 27 『대학실전영문법』경산대학교 출판부

1998. 08. 25 『Swift and the Satirist' Art(스위프트와 풍자 기술)』홍익출판사

1998. 06. 20 『용기와 도전의 로고스』 서경출판사

1998. 03. 05 『대학필수 기본영어』 형설출판사

1998. 02. 25 『Essays in English』 이문출판사

1997. 07. 30 『스위프트의 풍자이론』 이문출판사

1985. 02. 01 『새 완성영어』 창성출판사

저서 목록

연구 활동

1987. 08. 29 「Jonathan Swift 작품의 풍자성 연구」 박사학위
논문

연구 논문(중요논문 목차)

2001. 10. 20 「Pamela 다시 읽기(영미어문학 62호)」 한국영미
어문학회

2000. 04. 30 「걸리버 여행기의 정치적 읽기(영미어문학 58호)」한국영미어문학회

1999. 06. 30 「소설의 발생과 스위프트(영미어문학 55호)」한국영미어문학회

1999. 02. 25 「상식과 이성의 정치(Gulliver' Travel)」신영어영문학 제12집

1998. 12. 31 「스위프트와 오웰의 문학적 관계」경산대 논문집 제16집

1997. 12. 31 「Truth and Ornament in Gulliver's Travel」 안동대 영문학 논문집 9호, 안동대학교

1997. 12. 31 「Swift's Use of Classical Rhetoric」경산대 논문집 제15집

1997. 08. 31 「The Nature of Swift's Misanthrophy」신영어영문학회 제9집

1996. 12. 31 「Stuldburg 집단과 Houyhnhnm 집단의 미덕」 경산대 논문집 제14집

1995. 12. 31 「A Study of Swift' Theory of Knowledge」경산대 논문집 제13집

1994. 08. 31 「Gulliver's Travels 의 결론에 나타난 풍자구조 및 논조」동아영어 영문학 제10집, 동아대학교

1994. 05. 20 「Swift's Travels의 Part 3,4에 나타난 집단풍자」영미어문학 제30집

1993. 12. 31 「Swift의 풍자기법 연구」경산대 논문집 제11집

1993. 10. 01 「Gulliver's Travels의 Part 1,2에 나타난 집단

풍자」 영미어문학 제28집, 한국영미어문학회

1992. 12. 31 「Jonathan Swift 풍자작품 Dialogue 연구」경산대 논문집 제10집

1991. 12. 31 「Jonathan Swift 작품에 나타난 풍자대상」 경산대 논문집 제9집

1990. 12. 31 「Swift의 풍자관 연구」 경산대 논문집 제8집

1989. 06. 13 「Swift 풍자문학에 나타난 풍자동기에 관한 연구」 동아영문학 제3집

1987. 12. 31 「Swift의 Gulliver's Travels에 나타난 집단풍자 연구」 대구한의과 대학 논문집 제5집

1987. 08. 29 「Jonathan Swift 작품의 풍자성 연구」동아대학교 박사학위논문

1987. 02. 28 「Swift 작품의 풍자수단 연구」 대구한의과대학 논문집 제4집

1986. 02. 28 「영국풍자문학의 사적고찰」 대구한의과대학 논문집 제3집

1985. 02. 28 「영국풍자문학에 나타난 풍자대상에 관한 연구」 대구한의대학논문집 제2집

1984. 02. 28 「TOM JONES 연구」 대구한의과대학 논문집 제1집

1983. 02. 25 「영어의 제한적 비제한적 관계사절구조에 관한 연구」 석사학위논문

교내 봉사
(보직)

보직

1984. 03. 01 ~ 1985. 02. 21	학술정보관장(도서관장)
1985. 02. 22 ~ 1986. 03. 09	학생과장
1987. 03. 01 ~ 1987. 08. 31	교육 방송국 주간
1987. 09. 01 ~ 1988. 02. 28	학생처장
1990. 03. 01 ~ 1994. 02. 28	교무처장(1차~3차)
1997. 03. 01 ~ 2004. 02. 28	학년 지도교수
1996. 09 ~ 1999. 10	교수협의회 의장
1998. 10. 26 ~ 1999. 06. 30	기린인증제 설치, 연구위원회 위원장
1999. 03. 01 ~ 2000. 01. 31	국제어문학부장(영어전공주임 겸 학과장)
1999. 04. 01 ~ 2002. 02. 28	교무위원, 학부제운영위원회 위원, 전공교과정운영위원회 위원

1999. 04. 01 ~ 2001. 02. 28   인문사회대학장

1999. 09. 10 ~ 2004. 02. 28   기린인증원장

2000. 02. 01 ~ 2001. 01. 31   영어전공주임 및 영어과 학과장

2002. 02. 01 ~ 2003. 08. 31   국제어문학부장(영어전공주임 겸 학과장)

대구한의대 전경(학술정보관과 교수연구동)

교외 봉사
(사랑하나 공통체 설립)

사랑하나 공동체(노숙자 돕기 단체) **설립**

설립목적 : 노숙자 돕기 단체

설립일자 : 2001년 12월 13일

장　　소 : 동대구 지하철역 앞(노천 광장)

대　　표 : 서영자, 강형

〈봉사수기〉 "노숙자들과 함께한 10년 세월"

― 서영자(사랑하나 공동체 공동 대표)

　동대구역과 동대구지하철역 주변에서 방황하는 노숙자들을 돕기 위해 남편과 '사랑하나 공동체'를 설립한 것이 2001년 12월 13일이었으니까 금년 12월이 되면 꼬박 13년이 된다. 우리 공동체에 모이는 노숙자들의 형태를 보면 주로 연고가 없어 오갈 데 없는 연세 많은 노인들을 비롯하여 자식에게 배척 당하고 쫓겨난 사람, 자식들의 푸대접에 스스로 집을 뛰쳐나온 사람, 범죄를 저지르고 감옥에서 출옥한 후 오갈 데 없는 사람, 그리고 직장에서 억울하게 퇴출당하고 갈 곳 없어 헤매는 사람, 이혼 당하고 실직하여 폐인이 되어 방황하는 사람 등 그 범위가 비교적 다양하다.

노숙자들을 돕기로 마음을 정한 2001년 당시 우리 집 사정은, 자녀(2남 2녀)들 모두가 공부를 끝내고 결혼도 하고 직장도 결정된 상태로 당시 내가 할 일이라곤 정년 퇴직을 4~5년 앞두고 있는 남편의 뒷바라지(65세까지)만 남아 있었다. 평생 내 스스로 노력해서 어려운 사람들을 도와 보겠다고 이런 저런 일에 손을 대었다가 많은 낭패를 당하기도 했지만 가정에 주저앉아 내 몸 하나 편히 지내자는 생각은 나에게는 너무나 사치스러운 일로 느껴졌다. 나로서는 도저히 있을 수 없는 일이었다.

먼저 '사랑하나 공동체'의 설립 취지는, 가정과 사회에서 버림받은 노숙자들에게 하루 한 끼 식사를 제공하고 둘째로, 헌옷가지 모으기로 입을 것을 깨끗이 해주며 셋째로, 사회의 그늘 속에서 사회를 저주하며 살아가는 이들이 사회에 적응해서 밝게 살아가도록 하고 넷째로, 이들의 건강 돌보기와 건강 교육을 통해 가능한 건강한 시민이 되도록 하자는 조금은 내 힘에 넘치는 거창한 취지였다.

설립할 당시 처음 일이 년 동안에는 우리들의 설립 취지를 알고서, 특히 우리의 '사랑하나 공동체'의 취지가 일간 신문에 크게 소개되고서(2004년 1월 3일자 매일신문 16면 전체)부터 몇몇 뜻 있는 후원자가 나타나 그들의 재정 및 봉사의 도움으로 노숙자 돕는 일이 조금은 용이했었다.

'사랑하나 공동체'를 통하여 노숙자를 도우려는 목표와 취지는 후원자들의 점진적인 자진 이탈로 재정적인 도움이 없어진 것 이외에는 비교적 순조롭게 진행되어 왔다. 무료급식과 헌옷가지 모으기, 그리고 사회적응 훈련은 전문단체들에 못지않게 효과가 기대 이상이었다.

시작 당시 노숙자 무료급식 행사는 매주 목요일 오후, 저녁 급식 시간 바로 직전인 오후 4시 지하철역 옆 노천 광장에 모이는 일부터 시작된다. 4시에 음식을 싣고 광장에 도착하면 광장 노천 스탠드에 노숙자들이 차례로 자리 잡고 앉아 있다. 곧 이어 나의 활동이 시작된다. 지난 한 주일 동안 있었던 즐거운 이야기로 시작하여 건강 이야기, 동화 이야기, 성경에 나오는 기적사건 이야기, 신문, 방송에 나오는 재미나는 세상 이야기가 소개된다. 때로는 초등학교 때 부르던 노래, 한국민요, 그리곤 찬송가를 부른다. 그리곤 분위기에 따라 옛 교사 생활 동안 어린이들에게 가르쳤던 율동과 무용을 시작하면 그곳에 모인 식구들이 모두 하나가 된다. 노숙자, 독거자, 출옥자, 노인이 따로 없다. 모두가 사랑하나 공동회원이 된다.

이런 이벤트를 통해 사회적응 교화敎化를 해 나왔다. 나 자신도 할머니인데 율동律動까지 하면서 자기네들을 즐겁게 해주려는 모습을 보면서 자기들도 무척 큰 감동을 느낀다는 말을 하는 사람도 있다. 어떤 사람은 나의 이런 모습을 보고 목이 막힐 정도로 감동했다는 이야기도 해주고, 또 어떤 사람은 찬송가에 따라 무용하는 모습을 보고 눈시울이 찡 해지더라고도 했다. 이런 모든 이야기들이 나의 어려움을 잊어버리게 하고 나에게 용기와 힘을 주기도 했다.

2001년도에 처음 무료 급식을 시작할 때만 해도 50~60여 명에 불과하던 노숙자들이 소문을 듣고 모여들기 시작해서 이제는 200명 이상이 모일 때가 많다. 300여 명이 모일 때도 있었다. 물론 이들 가운데에는 진짜 노숙자들과 구별이 쉽지 않은 끼니 걱정을 해야 하는 독거 노인들이 상당수 포함되어 있다. 지하철역 광장이니까 대구지하철 1, 2호선을 이용(노인 무료)하여 멀리 동서남북 지역에서도 몰려온다. 이들은 주로 사회를 비관 悲觀하고 저주하고 비뚤어지고 뒤틀린 성격을 가진 이들이 많이 있다. 이 사람들을 처음 만났을 당시에는 술에 취하여 온갖 욕지거리를 하면서 난장판을 만들던 이들이 아주 많았었는데 이들이 다시 순진한 어린아이의 수준으로 돌아오는 모습을 볼 때 내 힘이 남아 있는 한 이 일을 평생토록 계속해야 하겠다는 생각을 자주 하곤 한다.

노숙자들 가운데에는 비뚤어진 성격을 가진 사람들이 꽤 많이 있다. 한 번은 내가 교통사고를 당해 경북대병원에 여러 날 입원해 있던 어느 목요일 날, 노숙자에게 배식을 마치고 입원실에 나타난 남편이 몹시 화가 나 있었다. 그때 남편은 이제 앞으로는 노숙자 무료 급식을 걷어치우자고 했다. 이렇게까지 화가 났던 이유는 그날 급식을 하는 동안 깡패 노숙자 한사람이 술에 취해 깽판을 친 것이었다. 전에는 밥을 주다가 왜 밥 대신 빵을 주느냐는 것으로 시비를 걸었던 모양이었다. 그러면서 밥을 주지 않으려면 다음 주부터는 급식을 하지 말라는 강짜를 부리며 깽판을 친 것이었다. 심지어 차량에 손해를 끼치기도 했다는 것이다.

그런데 사실 이런 사건은 지난 10여 년 동안 다반사로 일어난 일이었다. 2001년 무료급식을 시작할 때만 해도 배식配食 시에 자주 분위기가 살벌했었다. 마치 맹수들이 먹이를 앞에 두고 으르렁 대며 싸움질 하는 것과 비슷한 분위기랄까. 노숙자들끼리 싸움을 벌여 피투성이가 되는 일이 한두 번이 아니었다. 그러나 지난 10여 년 동안 이들의 태도는 많이 유순柔順해졌다. 마치 어머니에게 고분고분 받아먹는 어린이의 모습과 같다고나 할까.

10여 년 동안 무료 급식을 하면서 크고 작은 많은 에피소드가 있었다. 즐거움이나 기쁨을 가져다주는 사건보다는 거의가 슬픔과 실망과 허탈감을 느끼게 하는 사건들이었다. 무료 급식을 받으며 겨우 삶을 이어가면서도 그들은 공갈 치고, 사기 치고, 폭력 쓰고, 훔치고, 술 먹고 싸움질하고, 심지어 마약에 살인까지 저질렀다. 그런 일들을 보기도 하고 듣기도 하면서 10년 세월을 그들과 함께 울고 함께 웃으며 살아왔다. 그동안 가장 보람을 느낀 것은 그들 중 꽤 많은 노숙자, 독거 노인들이 마음을 고쳐먹고 갱생하여 자생의 길을 택한 모습을 볼 때였다. 특히 그간 나에게 가장 큰 기쁨을 주었던 것은 상당수의 독거 노인들이 주일날 그들의 발길을 교회로 옮기고 있다는 점이었다.

그러나 아직도 실망과 허무함의 순간은 끝이 나지 않고 있다. 최근에 있었던 허탈한 사건 한 가지만 소개하려고 한다. 몇 달 전 어느 목요일, 배식을 마치고 근처에 있는 음식점에 점심 식사를 하러 가는 길이었다. 2차선 도로 중 한쪽 차선은 거의 주차한 차량으로 가득 찬 상태라 아주 서서히 움직이고 있었다. 그런데 갑자기 차량 트렁크 쪽에서 꽝하는 소리가 들려왔다. 운전 중이던 남편이 "이게 무슨 소리고?" 하면서 차량을 세우고 차량 밖으로 나갔다. 나는 '별 것 아니겠지' 싶기도 하고 또 차에서 오르내리기가 아직 불편한 몸 상태라 차 안에서 기다리며 별 신경을 쓰지 않고 신문을 읽고 있었다.

남편이 차에서 내려 보니 차량 뒤쪽에 한 사람이 쓰러져 "아이고, 사람 살려라."를 외치고 있었다. 조금 전 좁은 길을 지나올 때 틀림없이 지나가는 행인이 없었는데 이런 일이 벌어진 것이다. 놀란 남편이 당황해서 그 사람에게 속히 병원으로 가자고 했다. 그런데 그 사람은 한참동안 머뭇거리더니 그냥 치료비로 30만 원을 요구하더라는 것이다. 그때 그의 손에는 비닐봉지가 쥐어져 있었고 그 속에는 소주병 2개가 깨어져 있었다. 병원에 가자고 했을 때 우물쭈물하면서 "그냥 치료비나 주시지."라고 말하는 그 사람의 태도가 의심스러워 남편은 그럼 경찰서로 가서 신고부터 하자고 했다. 그러니 그 사람이 몹시 당황하면서 "그럼, 10만 원만 주시오." 하더란다. 이때 차안에 있던 나는 남편이 밖에서 어떤 사람과 무언가 흥정을 하는 듯한 이야기가 들려 차에서 내려왔다. 아무런 영문도 모르고 차 뒤편으로 지팡이를 짚고 걸어가는 순간, 노숙자들 가운데서 얼굴을 본 듯한 사나이가 나를 보고는 내 손을 잡으며 "아이고 사모님! 제가 잘못했습니다. 사장님 차인 줄 몰랐습니다." 하지 않는가. 그 사람은 바로 오랫동안 나의 무료급식소에서 급식을 한 노숙자였던 것이다. 한마디로 이 사람은 천천히 지나가던 남편의 승용차 뒤편에 몰래 다가와서 미리 준비한 소주 2병이 들어있는 비닐봉지로 남편 차 트렁크를 내리쳐 소주병을 깨트린 후, 차가 자기에게 부딪쳐서 사고가 났다는 식으로 위장 교통사고 쇼를 하려던 참이었다. 짐작컨대 이 노숙자는 그런 골목길 사고를 위장하여 공갈 협박으로(특히 여성운전자에게) 돈을 뜯어내면서 막판 인생을 살아가고 있었을 거라는 서글픈 생각이 들었다.

급히 인사를 하고선 총총히 사라지는 그 사람의 뒷모습을 보면서 사회에 올바르게 적응시켜 보려고 지난 10여 년간 온갖 노력을 다해온 나로서는 큰 실망을 하지 않을 수 없었다.

사랑하나공동체 무료급식

저자 소개가
등재된 책자

(인물 등재) 책자 사진

1. **한국을 움직이는 인물들**(1998년 7월 25일 발행, 중앙일보사)
   〈수록 page 58〉

2. **현대사의 주역들**(1999년 11월 20일 발행, 국가상훈편찬위원회)
   〈수록 page 1695〉

3. **대한민국 5,000년 사**(韓國人物史編, 1998년 1월 5일 발행, 역사 편
   찬회)〈수록 page 2349〉

4. **연합연감 2002**(한국인명사전, 2002년 4월 30일 발행, 연합뉴스)
   〈수록 page 28〉

5. **Who's Who in Korea in 21C**(March. 30th, 2001, Who's Who
   Korea Inc)〈수록 page 439〉

PACIFIC·83·5·A

축제를 마치고 설립자인 변정환 총장과 함께

1986 畢業亮

저자 박사학위 수여식(87. 8. 29)

표창 및
훈장

· 용문을 빛낸 사람들(5명)에 선정(2008년 1월 18일)

용문초등학교 총동창회가 85년의 전통을 이어온 모교의 자랑과 고향 용문을 빛낸 동문들을 찾아내어 "용문을 빛낸 사람들"로 선정해 일만 삼천여 명 전체 동문들에게 널리 알리고 후배들에게는 존경받는 선배상先輩像을 심어주기 위해 마련한 상(상금 각 분야별 200만 원)으로 다음 5명을 선정했다.

[용문을 빛낸 사람들]

수 상 자
학술부문 변명우(용문 40회)
사회부문 변우량(용문 22회)
예술부문 권창륜(용문 28회)
산업부문 권영하(용문 19회)
교육부문 강　형(용문 26회)

시상 일시 : 2008년 5월 4일 (일) 11시
시상 장소 : 용문초등학교 교정

용문 통합초등학교 총동창회

용문을 빛낸 사람들

수상자로는 학술분야에 변명우 씨(용문초등 40회), 사회분야에 변우량 씨(용문초등 22회), 예술분야에 권창륜 씨(용문초등 28회), 산업분야에 권영하 씨(용문초등 19회), 그리고 교육분야에 강형(용문초등 26회)이 선정되었다.

· 모교를 빛낸 자랑스러운 동문상 수상(2007년 9월 8일)

안동대학교 총동창회(옛 안동사범학교도 포함)가 매년 실시하는 모교를 빛낸 자랑스러운 동문상同門賞 수상자로 나와 아내(서영자)가 2007년도 동시에 공동수상자로 선정이 되었다. 내외가 같이 수상한 것은 개교 이래 처음 있는 일이었다.

모교를 빛낸 동문상

康 洞 (사범 9회)
徐 榮 子 (사범 9회)

강 형 선생께서는 국립 안동대학교의 전신 안동사범학교 본과를 졸업하시고, 19년간 경북도내 초·중·고 교사로 초·중등 교육에 힘쓰고, 이후 대구한의대학교에서 22년간 교수로 재직하면서 인재 배출에 앞장서셨으며, 훌륭한 저서와 논문을 남겼습니다. 서영자 선생께서는 초등학교 교사로 19년간 근무하면서 아동교육에 헌신적으로 정열을 쏟으셨고, 지역사회에서 사랑하나공동체를 설립하여 무료급식으로 노숙자를 돕고 노인들의 웰빙교육에 앞장서는 선행으로 타의 귀감이 되셨으며, 언론에도 보도 되었습니다. 이에 총동창회 동문들의 뜻을 모아 두 내외분에게 모교를 빛낸 자랑스러운 동문으로 추대하고 이 패를 드립니다.

2007년 9월 8일
국립안동대학교 총동창회장 金 志 默

모교를 빛낸 자랑스러운 동문상을 수상하는 아내

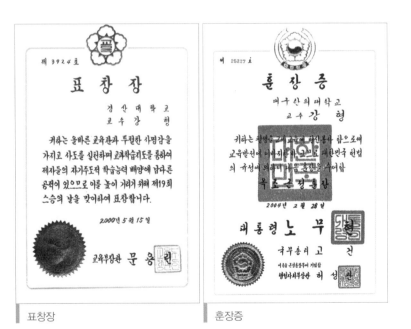

표창장

훈장증

축·고사

· 청년들이여, 야망을 가져라(신입생 오리엔테이션)

이 자리에 모인 신입생 여러분, 먼저 합격을 축하합니다. 오늘 큰 꿈을 앉고 이 자리에 모인 여러분들에게 전할 나의 강의 제목은 '청년들이여, 야망을 가져라'는 것입니다.

젊은이 여러분! 야망을 가지고 출발 선상에 서시기 바랍니다. 웅대한 포부를 가지고 큰 뜻을 세우시기 바랍니다. 간절한 소원을 품고 대지大志와 대망大望을 품고 출발하시기 바랍니다. 우리 인간이 산다는 것은 커다란 꿈을 가지고 그 꿈을 실현하기 위하여 피와 눈물과 땀을 흘리는 것입니다. 인생은 이상 실현理想實現을 위한 분투와 노력입니다. 산다는 것은 꿈을 펼치기 위하여 몸부림치는 것이요, 뜻을 이루기 위하여 동분서주하는 것이요, 소원을 성취하기 위하여 악전고투惡戰苦鬪하는 것입니다.

미국의 유명한 과학자이자 교육자인 윌리엄 스미스 클라크 William Smith Clark는 1876년 일본 정부의 초청을 받아 삿포로 대학에서 8개월 간 기독교 정신과 높은 덕망을 가지고 청년 교육에 헌신적 정열을 쏟으며 젊은이들에게 커다란 감명과 엄청난 영향을 주었습니다. 그가 일본을 떠나면서 남긴 명언은 지금도 세계적으로 많은 사람들에게 회자되고 있는데 그 때 일본 삿포로 대학 구내 비석에 새겨진 말이 "Boys! be ambitious."였습니다.

이 세상에서 가장 중요한 것은 먼저 청운의 뜻을 품는 것이요, 올바른 이상과 목표를 확립하는 것입니다. 인생은 입지에서부터 시작됩니다. 그래서 율곡栗谷 선생은 한국 청년들에게 선수입지先須立志를 강조했습니다. 먼저 모름지기 "뜻을 세우라. 뜻이 없는 인생은 죽은 인생이고 뜻이 확립된 인생이 살아있는 인생이다."라고 했습니다. 위대한 인생일수록 위대한 꿈을 갖고, 작은 인물일수록 꿈이 없거나 작은 꿈을 가집니다.

일체중생一切衆生에게 지혜와 자비의 덕을 심으려고 45년간 설법을 한 석가釋迦나, 혼탁한 난세에 인仁과 예禮의 도의정치道義政治를 건설하려고 주유천하周遊天下 했던 공자孔子나, '너 자신을 알라'는 기치旗幟를 높이 들고 젊은이의 가슴속에 이성과 양심의 등불을 켜려고 한 소크라테스, 그리고 영생永生의 복음과 사랑의 말씀을 만인의 심령心靈 속에 심다가 십자가형을 당한 그리스도, 모든 인도인의 눈에서 눈물을 닦아 주려고 진리와 비폭력의 길을 걸어간 간디 등은 모두 우리에게 위대한 꿈을 보여준 인류의 성자聖者들입니다.

이제 막 대학 생활을 시작하는 입학생 여러분!

정성스러운 염원이나 기도는 기필코 달성될 수 있습니다. "구하라, 그러면 주실 것이요. 찾아라, 그러면 얻을 것이다. 두드려라, 그러면 열릴 것이다. 추구하라, 그러면 성취될 것이다."라는 성구들을 기억하시기 바랍니다.

꿈이 있다는 것은 희망의 태양이 빛나는 것이요, 의욕의 불길이 타는 것이요, 이상의 깃발이 휘날리는 것이요, 정열의 샘이 솟는 것이요, 생의 용기가 솟구치는 것입니다. 꿈이 없다는 것은 의욕의 상실이고, 희망의 고갈이며, 이상의 붕괴이고, 정열의 종식終熄입니다.

꿈을 꾸십시오. 그러나 꿈은 마땅히 자신의 분수와 능력과 처지에 맞는 꿈을 꾸어야 합니다. 나의 분수와 능력과 처지에 맞지 않는 꿈은 허망한 공상空想이 되고 황당무계荒唐無稽한 망상妄想이 될 것입니다. 실현성이 없는 꿈은 우리에게 좌절감과 패배감敗北感만 가져다 줄 것입니다.

여러분들은 허황한 꿈을 꾸어서는 안 될 것입니다. 뿌리박지 못할 꿈을 꾸어서는 안 될 것입니다. 허황한 꿈이야 말로 허깨비 같은 백일몽白日夢=daydream이요, 무의미한 환영幻影에 불과할 것 입니다. 젊은이들이여, 올바른 꿈을 꾸십시오. 청년들이여, 비전을 가지십시오. 꿈은 생의 발랄한 활력소요, 정신의 신선한 강장제임을 명심하시기 바랍니다. (1993년 2월 28일)

· 국제어문학부 합격생 여러분에게(환영사)

금번 국제어문학부 특차에 합격하신 여러분에게 진심으로 축하를 드리는 바입니다. 아울러 시대를 읽는 탁월한 안목의 선택을 내린 합격생 여러분을 진심으로 환영하며 합격생 여러분의 그동안의 노고를 치하해 마지않습니다.

가히 혁명적이라 해도 과언이 아닐 정도의 급속한 과학 기술의 발전에 따라 세계는 이미 지구촌화Globalization 내지는 단일 문화권이라 할 정도로 가까운 이웃관계가 되었습니다. 이러한 현상이 가능했던 것은 전 세계인들이 하나로 뭉칠 수 있는 외국어의 존재 때문이었다 할 수 있을 것입니다. 급속도로 산업화, 정보화, 그리고 국제화되어 가고 있는 우리 사회의 발전 추세에 비추어보면 정치, 경제, 언론, 관광 그리고 교육 등의 분야에서 국제적 공용어로 확고한 위치를 점유하고 있는 영어와 중국어에 대한 중요성이 부각된 것은 어제오늘의 일이 아닙니다.

바야흐로 새 천년의 시작이 되는 올해는 온 인류에게 큰 의미를 던져주고 있습니다. 모두가 해묵은 구습을 벗어버리고, 지나간 과거를 던져버리고 새로움으로 향하여 나가고 있습니다. 바로 이러한 새 시대에 필요한 인재를 양성하는 것이 우리 국제어문학부의 목표입니다.

이제 우리 대학도 2001년부터 보장성 교육과 리콜교육을 담당할 기린인증제도를 도입하고 있습니다. 이 제도의 취지는 고교 때까지 충실하지 못했던 학생도 일단 우리 대학에 입학하면 학과에 관계없이 모든 입학생들에게 실사회가 요구하는 실용 영어와 실용 전산을 필수적으로 교육시켜 졸업 후 취업과 같은 현안 문제들을 보다 용이하게 원활하게 도움을 주는 제도입니다.

우리 대학교의 국제어문학부는 영어 전공, 중국어 전공으로 나누어 있습니다. 외국어를 능숙하게 구사하는 국제 전문 인력

양성을 목적으로 하는, 세계화 시대가 요구하는 학부입니다. 국제어문학부는 다른 학교에서 찾아볼 수 없는 시대의 요구에 부응하는 참신하고 실용적인 교과과정을 개설해 놓고 있습니다. 또한 최첨단 멀티미디어 어학실습실을 갖추고 실무 중심의 외국어 구사능력 배양에 온 힘을 기울이고 있습니다.

영어 전공학과를 졸업하면 각자의 능력에 따라 일반 기업체, 공무원, 언론기관, 교육계, 학교 등 사회의 모든 분야에 진출할 수 있으며 대학원 진학이나 유학을 통하여 보다 심도 있게 학문을 연구할 수도 있으며 통역대학원에 진학하거나 통역가이드, 동시 통역사 시험에 응시하여 일반 통역, 관광 통역가이드, 영상번역가이드 등 각자의 능력에 따라 다양한 분야에서 활동할 수도 있습니다.

중국어 전공학과는 한때 우리와 불편한 관계에 있던 중국이 이제는 우리의 동반자가 되면서 이목을 집중시킨 비전 있는 학과입니다. 근대 이후 중국은 서구 중심의 국제 질서와 문화 조류에 대응하는 동양적 질서와 문화를 함께 형성할 동반자이며 경쟁자가 되었습니다. 중국어 전공은 바로 우리의 동반자이자 경쟁자인 중국에 대한 언어적 전문가를 양성하는 학과입니다. 졸업 후 진로는 중국 관련 인재를 필요로 하는 공공기관, 언론사, 교육계, 일반기업체 등으로 진출할 수 있으며 중국 유학을 통해 중국 정치, 역사, 경제, 철학, 언어학, 문학 등 다양한 방면의 중국학 연구를 계속할 수 있고 일반 통역사, 관광 통역가이드, 영상 번역가로도 활약할 수도 있습니다.

다시 한 번 여러분의 합격을 축하합니다.

· **국가나 사회에 쓰임 받는 인물 되기를**(회고사)

30년 전의 저희들 이제 많이 늙었습니다. 그때의 거의 모든 선생님들이 교감이나 교장, 교육장, 교육감, 교수 등 여러 분야의 공직을 성공리에 끝마치시고 이제 조용히 여생을 즐기시고 있습니다. 여러분 3학년 때 선생님들 가운데 젊은 층에 속했던 저였는데도 이제 70이 멀지 않았습니다. 나이가 들면 다시 어린 애로 돌아간다고 하지요. 그래서인지 저희들은 아직도 스승의 날이 되면, 옛날 그때처럼 얼굴이 아리송한 학생들이 앞 다투며 카네이션을 달아주면서 "선생님, 존경합니다." "선생님 사랑합니다."라는 말을 들었을 때 느꼈던 그 행복감을 지금도 느끼고 있는 것 같습니다. 이따금 졸업한 제자들로부터 받았던 편지 한 통, 전보 한 통에 느꼈던 순간, 순간의 행복감을 또한 지금도 잊지 않고 있습니다. 특히 한번은 무슨 행사인지 기억은 안 나지만 학생들 몇 명과 중국집에서 식사를 할 때였습니다. 그중 누군가 컵에 물을 따르다가 주전자 물이 다 떨어져서 내 컵에 물이 반절밖에 안 되자, 무척 미안해 하는 표정으로 "선생님, 물컵의 반은 제 마음으로 채웠어요."라는 말을 했을 때, 그때 그 좌중에 모인 학생들의 껄껄거리던 박수소리, 그 박수소리에 미소지면서 V자를 그리며 손들어 답하던 그 학생의 의젓한 모습, 여러 해가 지난 지금에도 그리고 앞으로 언제까지도 그런 순간을 잊을 수가 없을 것 같습니다.

저는 여러분과 헤어진 후 약 10여 년 후인 1986년에 Visiting Professor, 즉 객원교수로 미국 위스콘신Wisconsin 주립대학에 간 적이 있습니다. 그때 그 대학에 우리 경북고 출신들이 정확히 13명이나 유학 중이었습니다. 미국 전역으로는 백 수십 명이 었는데 이는 한국 유학생 300여 명 중 경북고 출신이 1/3 이상 이라는 사실을 알고 새삼 가슴 뿌듯함을 느끼기도 했습니다.

오늘 여러분 동기에도 몇 명 참석한 걸로 알고 있습니다. 여 러분 동기 중 제가 담임했던 3-5반 출신은 유일하게 한 사람이 그때 제가 가있던 그 대학에서 유학을 하고 있었습니다. 제가 객원교수를 마치고 돌아온 후 이 학생이 미국에서 top 10에 들 어갈 정도로 유명한 위스컨신 대학에서, 대학 설립 이래 외국인 으로는 제일 우수한 성적을 내며 최단시일 만에 박사 학위를 취 득했다는 소식을 들었을 때 너무나 대견스러웠습니다. 이 우수 함을 인정받아 귀국 후 여의도 연구소장을 역임 후 현재 국회의 원이 되어 있습니다. 대구동을 보선에 당선되었을 때 경맥동직 회(30년 전 여러분 졸업 때 이동된 교사들로 구성된 모임)에서도 다수 참석하 시어 축하하였습니다.

1986년 미국에 있을 동안 제자들이 작성해준 스케줄에 따라 긴 여름방학 기간에 미국 각지의 명승지를 관람하며 많은 경북 고 제자들을 만났는데 그 수가 40여 명 이상이었다고 기억하 고 있습니다. 제자들이 직접 안내해서 참 많은 곳을 구경했습 니다. 아직도 기억에 남아 있는 곳이 많이 있습니다. 유유히 흐 르는 허드슨 강변에 위치한 West Point라든지, UN 건물 속의 General Assembly, 할렘가, 평생 한 번 가보기도 힘들다는 미 국의 최남단 도시 Key West(이 도시는 마이애미에서 바다 위로 배가 아닌 승용차를 타고 3시간 거리에 있는 환상의 섬이며, 헤밍웨이가 노인과 바다를 작품 배경 으로 삼았던 아름다운 섬이기도 하며, 쿠바인들이 주로 탈출해 오는 쿠바와 가장 가까운 섬이기도 합니다), 나이아가라 폭포, evergrades 공원 악어 굴, 디즈니 월드 등은 모두 제자들 덕택에 관람을 한 곳이지요.

제가 경북고등학교 선생을 하지 않았다면 어떻게 이런 일을 꿈꿀 수 있었겠습니까. 잘 기억은 안 나지만 시카고였다는 생각이 드는데 부부가 다 제자였던 것으로 기억합니다. 정확히 제 반 학생이 아니어서 두 사람의 이름은 잊어 버렸습니다만 헤어지는 순간 경북여고 제자의 눈에 맺혀있던 그 눈물방울, 그때 제 마음도 울컥해져 아무 말 못하고 돌아섰던 것을 아직도 잊지 못하고 있습니다. 또 여행 도중 뉴욕 맨해튼에서 스케줄이 잘못되어 제자 한 사람의 집에는 들리지 못하고 떠나야 했을 때 그 제자 부인이 제 손바닥에 50달러짜리 지폐를 똘똘 뭉쳐 쥐어주면서 "우리 집은 못산다고 들리지 않고 그대로 떠나가십니까?"라고 하던 말이 지금도 귀에 생생하게 들려오는 듯합니다.

이런 여러분들과의 행복했던 기억들은 이 밤이 세도록 이야기할 수 있을 것 같습니다. 물론 여러분 가운데에는 더러 선생님들에게 슬픈 기억을 남긴 경우도 있었습니다. 인간사에는 행복의 사건만 존재하는 것은 아니잖아요. 원래는 오늘 그 슬픈 기억도 몇 토막 소개할까 생각을 했는데(원고도 준비했는데) 제 마음이 변했습니다. 우린 이제 슬픈 일은 생각하지 말고 과거 여러분들과의 행복한 순간들만 생각하며 살아갑시다. 저희들도 건강하게 살아가겠습니다.

여러분! 여러분들이 하시는 일에 최선을 다하시고 국가나 사회에 쓰임 받는 인물 되십시오. 그리고 모두 건강하십시오. 감사합니다. (경북고 57회 졸업 후 30주년 Home Coming Day, 2006년 5월 15일)

▪ 명세지재들과 함께한 여정 ▪

·6부· 정년 퇴임과 퇴임 후

교직을
마감하다

 20세 철없는 교사로 처음 교단에 선 이래 교육 일념의 정열을 가지고 40여 년 동안 교육자의 길을 걸어 온 것을 나는 자랑스럽게 생각한다. 다시 태어난다 해도 나는 또 선생이 되겠다고 서슴지 않고 대답할 것이다.

 나는 늘 선생은 많아도 스승은 드물다는 말을 마음속에 새기고 스승이 되는 길을 찾으려고 했다. 먼저 스승이 되려면 제자에 대한 깊은 사랑이 있어야 하고, 정성과 심혼心魂을 기울여 학생을 지도하는 뜨거운 정열이 있어야 하며, 연구하고 가르치는 일에 보람과 사명감使命感을 느껴야 하고, 나의 사·언·행思言行이 젊은이들의 본보기가 되도록 정진하고 노력하는 수양심修養心이 있어야 한다는 것을 깨달았다. 그러나 그것은 결코 쉬운 일은 아니었다. 선생이냐 스승이냐는 것은 제자들만이 판단할 일이다.

나는 대구한의대학교 개교 초기(1982년)에 부임한 후 23년만인 2004년 2월 28일, 만 65세에 교직을 마감하게 된다.

부임할 당시 신입생 한의과 108명, 한문과 40명이 던 학생 수가 퇴임하던 해(2004년)까지 졸업생 수가 학사 9,880명, 석사 629명, 박사 218명이 배출된 것이다. 2006년 21회 졸업생 수, 학사 11,918명, 석사 825명, 박사 277명이고 동년 34개 학부 (과)에 28개 전공, 총 재적 학생 수가 7,992명이었으며 2012년 8월부로 37개 학부, 총 재적생 수 9,466명이 되었다.

퇴임사

공사 다망하신 가운데 퇴임하는 자리를 함께해 주시어 무척 감사합니다. 지난 8월 말, 그러니까 6개월 전 교수님의 퇴임식 때만 해도 이 자리에서 느끼는 감정을 실감하지 못했는데 막상 이 순간이 되고 보니 진정 이 자리가 이별의 장소구나 하는 느낌을 가지게 되는군요.

저희 대학 초대 학장이셨던 전 고려대학 왕학수 교수님의 안내를 받아 첫 출근한 것이 1982년 3월 2일이었습니다. 현재의 1호관 건물에서 한의예과 1~2학년과 한문과 1학년, 2개 학과에서 저의 첫 강의가 시작된 것이 어언 22년 전이었습니다.

1982년이 아직도 저 자신에게는 어제 같은데 벌써 22년이라니 정말 세월은 빠른 것 같습니다. 그러나 그때 학생들이 벌써 40세가 넘어 중년이 되었고, 그때 강의실에서 강의를 받았던 한의과 1-2회 학생과, 그때 한문과 1회 학생 가운데 10여 명이 이미 본교의 교수, 부

교수가 될 만큼 세월이 지나갔고, 그때 심어졌던 어린 묘목들이 벌써 훤칠하게 키가 커서 철 따라 꽃이 피고 낙엽이 지곤 하는 것을 볼 때 진정 세월은 많이 흘렀구나 하는 것을 느끼지 않을 수 없습니다.

그간 흘러간 세월만큼 학교 모습도 많이 변했습니다. 82년 3월, 저희 대학이 이곳에서 문을 열었을 때는 현재 학생회관으로 쓰이는 1호관 건물 한 동에 통학 및 통근 수단으로 쓰였던 학교 버스 한 대, 좁다란 비포장 도로 하나가 다였습니다. 비가 오는 날이면 학교 입구에서 학교 버스를 내려 걸어 들어와야만 했던 그때의 모습은 이제는 하나의 옛 추억으로만 남게 되었습니다. 이렇게 시작된 저희 학교의 80년대를 기반 조성 및 성장의 시기라고 한다면 91년 종합대학이 되면서 전환기를 맞게 되고, 2000년대에 들어서면서 내·외적으로 한층 도약의 단계를 갖게 되었습니다. 한때는 졸업생들이 "뒤돌아보기 싫은 모교" "언급하고 싶지 않은 모교"라는 서글픈 현상도 있었지만 이젠 자랑하고 싶은 모교로 변할 만큼 성장에 성장을 거듭하게 되었습니다.

저는 이런 세월의 흐름 속에서 많은 기억들을 가슴에 안고 떠나갑니다. 앞으로 영원히 잊지 못할 기억들이 많이 있습니다. 지난날, 강의실로 가는 도중이나 강의실에서 나오는 길에 자판기에서 뽑아온 커피 잔을 건네받으며 들었던 "선생님 감사합니다. 강의 잘 들었습니다."라는 말에 느꼈던 자그마한 행복으로 강의의 피로를 말끔히 잊던 날들을 잊을 수 없을 것입니다. 스승의 날, 평시에 안면이 아리송한 학생이 카네이션을 달아주면서 "선생님, 존경합니다." "선생님 강의 재미있게 듣고 있습니다."라는 말을 할 때 느꼈던 행복 또한 잊을 수 없을 것입니다. 이따금 졸업한 제자들로부터 "선생님 보고 싶어요."라는 말을 들었을 때나, 스승의 날에 제자들로부터 받았던 편지 한 통, 전보 한 통에 느꼈던 순간순간의 행복 또한 잊지 못할 것입니다.

한 번은 학생들 몇 명과 중국집에서 식사를 할 때였습니다. 여학생이 컵에 물을 따르다가 물이 다 떨어져서 내 컵에 물이 반절밖에 안 되자, 무척 미안해 하는 표정으로 "교수님, 물컵의 반은 제 마음으로 채웠어요."라는 말을 했을 때, 그때 그 좌중에 모인 학생들의 우레 같은 박수소리, 그 박수소리에 얼굴 빨개지면서 미소 짓던 그 여학생의 모습, 여러 해가 지난 지금에도 그리고 앞으로 언제까지도 그런 순간을 잊을 수가 없을 것입니다.

그러나 항시 행복한 순간만 있었던 것은 아닙니다. 연구동이나 캠퍼스를 지나갈 때 담배 연기를 보란 듯 내뿜으며 교수가 다가감을 무시당할 때의 허무한 느낌이나 이런 모습을 도저히 참지 못해 그 학생을 불러 나무랐을 때, 담배 꽁초를 땅바닥에 내 팽개치는 모습을 보았을 때의 치욕감을 영원히 잊지 못할 것입니다. 또 수업 도중 강의실 한쪽에서 졸고 있다가 꾸중을 듣고 무엇인가 중얼거리며 교실 밖으로 뛰쳐나갈 때, 그때의 처절했던 순간을 또한 잊지 못할 것입니다. 그리고 또 틀림없이 나의 강의를 들은 학생으로 기억하는데, 캠퍼스에서 많이 본 얼굴인데 모른 척하고 슬쩍 지나가는 학생을 보았을 때의 서운한 심정을 또한 잊지 못할 것입니다. 지금은 많이 후회도 합니다마는 그때 그런 학생들에게 교수인 내가 먼저 아는 척하며 인사를 했다면, 그 후론 그런 서운한 감정이 들지 않을 만큼 인사를 받을 수도 있었을 터이고, 또 그런 학생들과 더 친근해질 수도 있었을 터인데 말입니다. 이런 수없이 많은 행복하고도 슬픈 추억들, 그 추억 가운데 아주 사소하고, 찰나적인 것들을 고스란히 가슴에 담고 이제 물러갑니다. 그리고 이런 기억들을 저는 영원히 잊지 못할 것입니다.

끝으로 저희들은 모두 정말 행복하게 물러갑니다. 세월이 너무 많이 변해 지난날에는 5선, 6선 국회의원들이 다선多選을 큰 자랑으로 여기었는데 요사이는 고물로 낙인 찍히고, 오늘 아침 신문에는 유통

기한이 지난 선배로 호칭 당하면서 새파란 젊은 후배들에게 쫓겨 줄 줄이 물러나는 세태를 보면서, 그리고 퇴직과 관련 있는 말들, 이를 테면 IMF 시절에는 5-6도니 4-5정이란 말들이 생기더니, 작금에는 3-8선, 이태백二退白이란 신조어들이 태어나는 현상들을 보면서, 저는 정말 행복한 정년 퇴직을 하는구나 하는 생각을 하며 물러갑니다.

모쪼록 모두 건강하시고 개인적인 발전이나 학교 발전을 위해 열심히 매진해 주시어 훗날 개인적으로 더욱 성장하시고, 또 20여 년 살다간 저의 직장 대구한의대학교를 더욱 알찬 대학, 역사에 좋은 기록으로만 남을 대학으로 만들어 주실 것을 부탁드리며 저의 인사말을 마칠까 합니다. 대단히 감사합니다. (2004. 2. 28 제3호관 대강당)

퇴임 사진

〈가족 구성〉

강형康洞, 1938년 12월 5일 생, 교수 퇴임, 영문학박사, 현 대구경북교육발
　　전포럼 대표
처 : 서영자徐榮子, 1939년 3월 19일 생, 교사 퇴직, 현 한국교육평가연구소
　　대표, 사랑하나 공동체 대표

장남 : 강재황康在晃, 1966년 6월 25일 생, 의사, 강내과원장, 의학박사
맏며느리 : 김은희金恩希, 1968년 3월 18일생, 약사(명성약국)
결혼 : 대구 삼덕동 수산 교회(1993년 7월 10일)
손자 : 창희昌熙, 1998년 6월 10일 생, 고등학교 재학
손자 : 지원智原, 2007년 2월 12일 생, 초등학교 재학
※ 강내과 개원(2001년 1월 6일, 마산시 산호동 신세계백화점 앞)

장녀 : 강윤정康潤貞, 1968년 7월 2일 생, 주부
맏사위 : 이순섭李純燮, 1958년 9월 19일 생, 수생한의원장
결혼 : 1992년 8월 15일, 대구 귀빈예식장
외손자: 재훈在勳, 1993년 6월 16일 생, 대학교 재학
외손자: 재진在鎭, 1995년 5월 20일 생, 고등학교 재학
※수생한의원 개원(1994년 5월 20일)

차녀 : 강윤경康潤璟, 1969년 8월 29일 생, 인애한의원장, 한의학박사
둘째사위 : 배호균裵好均, 1968년 3월 5일 생, 우리정형외과원장
결혼 : 1999년 1월 6일, 대구 귀빈예식장
외손녀: 수현秀賢, 1999년 8월 19일 생, 중학교 재학
외손녀: 소은素恩, 2005년 9월 5일 생, 초등학교 재학
※ 인애한의원 개원(1996년 5월 11일, 대구시 수성구 만촌3동 859-8)
　　우리정형외과(1998년)

차남: 강용석康容碩, 1974년 7월 29일 생, 자영업

둘째 며느리 : 조진경曺鎭慶, 1975년 3월 12일 생, 한국동물병원 수의사

결혼 : 1999년 6월 5일, 대구 꿈의 궁전

손녀: 보영寶瑩, 2000년 4월 20일 생, 중학교 재학

손녀: 지연知延, 2005년 10월 28일 생, 초등학교 재학

가족사진(2남 2녀와 함께) 1990년도

안신雁信
- 놓칠 뻔한 보석

맏며느리에게

은희야, 네가 우리 집 맏며느리로 들어 와서 창희昌熙와 지원智原이 두 손자를 낳고 길러 학교에 보낼 때까지 멀찍이 떨어져 살면서 한 번도 편지를 보내지 못했으니 정말 무심했던 것 같구나. 우리 집 장남인 네 남편을 포함해서 2남 2녀를 둔 우리가 자녀를 모두 결혼시키니 며느리, 사위까지 합쳐 8명의 식솔食率이 되었구나. 하지만 이제껏 어느 누구에게도 편지 한 장 쓸 기회를 갖지 못했는데 오늘 맏손자인 창희가 전교 수석을 했다는 소식을 듣고 너무나 반가워서 필筆을 들지 않을 수 없었단다.

실은 맏며느리인 네가 강원도 21사단 군의관이었던 남편을 따라 낯설고 물 설은 타향, 그것도 첩첩산중에 위치한 군부대 근처 군인 관사라는 사고무친四顧無親한 환경에서 외로이 신혼살

림을 시작했을 때, 여러 번 편지를 써야겠다는 생각을 했었단다. 그렇게 써야 할 시기를 놓치고 나서는 차일피일此日彼日하다가 지금에서야 용기를 내었단다.

맏며느리, 은희야! 너는 우리 가족에게 참 소중한 위치에 있는 사람임을 명심해야 한다. 그래서 너를 맏며느리로 정하기까지 우여곡절이 참 많았다. 네 남편이 워낙 용기가 없고 소심해서 의과대학을 거쳐 인턴 레지던트가 될 때까지 주변에 결혼할 여자친구 한 사람도 두지 못한 졸장부拙丈夫였기에, 할 수 없이 우리 내외가 며느리를 골라줄 수밖에 없었단다. 맞선을 보게하는 방법 외에는 딴 도리가 없었지.

사실 네 시어머니가 너를 처음 만나고 나서 나와 한 번 더 만나게 했을 때의 일이란다. 내당동에 위치한 크리스탈 호텔에서 만나기로 약속했던 삼사일 전쯤, 사실은 남몰래 너를 정탐偵探하기 위해, 그 당시 네가 운영하던 내당동 은혜약국에 손님인 척하고 갔었단다. 감기환자인 척하고 증상을 이야기하면서 몇 마디 말을 걸어 보았었지. 너나 네 남편은 이 사실을 지금까지 전혀 눈치 채지 못했을 거다. 그때 가짜 환자인 나에게 감기에 좋고 나쁜 음식을 이야기하며 감기환자의 몸 관리 등에 대한 이야기를 해주던 너의 언행이 나의 마음에 와 닿았단다. 특히 두 손으로 다소곳이 약 봉지를 건네주던 모습은 지금까지도 생생하단다. 그런데 이렇게 치밀하게 며느리감을 고르고 있었던 부모의 정성은 아랑곳하지 않고 일시적인 여인의 교언巧言에 마음이 홀려 너를 신부감에서 탈락시켰을 때 무척 속이 상했단다.

그때 주말이면 두세 건의 맞선이 계속되었는데, 네 시어머니가 마음에 들면 내가 내키지 않고 내가 좋으면 너의 남편이 마음에 들지 않는 좌고우면左顧右眄 현상이 일 년 가까이 반복되었으니 거의 50회 가까이 맞선을 본 것 같구나. 그러는 과정에 진풍경珍風景을 보기도 했단다. 내 대학 교수 연구실로 외제차를 몰고 와서 부富를 과시하는 사람도 있었고, 병원신축 부지를 갖고 있으니 당장 병원을 건축해 주겠다는 사람도 있었으며, 백지수표로 시선을 끄는 사람도 있었단다. 이런 스타일의 가정에서 맏며느리를 데리고 왔었다면 지금 네 남편이 어떤 모습일까 생각만 해도 아찔해진단다.

이렇게 계속 맞선을 보다가는 끝이 없겠다는 생각이 들어 더이상은 만나지 말고 그때까지 맞선을 본 사람 중에서 택하기로 했지. 그렇게 신부감을 최종 5명으로 좁혔는데 그중 두 사람은 이미 결혼 약속이 되었더구나. 그래서 남은 3명 중에서 선택하기로 했는데 거기에 네가 포함되어 있었단다. 아무리 생각해도 약사藥師인 네가 의사인 아들과 가장 잘 어울릴 것 같다는 판단을 우리 내외는 하고 있었단다.

그런데 너도 그때 이미 어떤 판사인가 검사와 약혼단계에 들어갔다는 말을 너희 중매인을 통해 전해 들었다. 그래도 본인인 네 의중意中을 최종적으로 타진해 보라는 우리 내외의 요구에 네 부모는 약혼 단계에 있는 판(검)사를 선호한다고 했지. 그러나 다행히도 네가 우리 재황이에게 마음을 다시 돌려주었을 때 내심 얼마나 고마워했는지 너는 모르고 있을 거다. 그때 일주일만 늦었어도 돌이킬 수 없을 단계였다니 너는 우리들에게 정말 하마터면 놓칠 뻔한 보석임에 틀림이 없단다. 너희들 내외는 정말 운명적이고 하나님이 맺어주신 부부라 하지 않을 수 없다.

　이런 우여곡절迂餘曲折을 거쳐 우리 집 맏며느리가 된 너에게 우리 가족의 기대 또한 무척 컸었단다. 그러나 그 기대를 가늠해 볼 기회도 없이 너는 남편을 따라 군의관 전반기 근무지였던 최전선最前線인 강원도江原道 양구 지방, 그리고 후방 근무지인 경남 진례 지방으로 가야 했지. 또 군의관 대위로 제대한 후에도 근무 병원이 바뀔 때마다 따라 다녀야 했던 너를 그저 멀리서 구경만 하는 형편이 되고 말았었단다.

　그동안 네가 계속해 오던 약국 경영도 그만두고, 아들 둘을 낳아 키우며 교육 시키는 일에 전념했지. 그렇게 너희들 아파트를 마련하고 병원 건물을 구입하는 과정을 보면서 우리는 얼마나 흐뭇했었는지 너희들은 짐작이 안 갈 것이다. 우리 내외와 너의 손아래동생들은 불혹不惑의 나이에 불과한 너희들의 눈부신 성장을 얼마나 대견스럽게 여겼는지 모를 것이다. 이 모두가 맏며느리인 너의 성실하고 검소한 생활 탓이라 여기고 또 고맙게 생각하고 있단다. 세월이 지날수록 우리 맏며느리는 진짜 보석이구나 하는 생각을 하고 있단다.

　아침저녁으로 기온의 차이가 심하구나. 아이들 감기 걸리지 않게 잠자리 잘 보살펴 주어라. 그리고 매일 잠자리에 들기 전에는 너희들 계획대로 창희는 애비 직업을 이어갈 의사가 되도록 기도하고, 둘째인 지원이는 문과 계열로 가서 법관이 되도록 해 달라고 기도하여라. 진실된 기도는 반드시 이루어질 것이다. 너도 잘 알고 있듯이 너의 시어머니나 친정어머니의 기도를 잘 보아오지 않았느냐.

그럼 끝으로 너희 내외도 항상 건강에 유의하여라.

— 계묘년 시월

시아버지로부터

장남가족

은퇴 후 생활할
주택 건축

　대학 재학 4년, 그리고 69년부터 34년간 대구시내에서 개인 주택과 아파트에서 살다가 퇴직 후에 조용히 살아갈 주택을 건축하자는 생각을 하고 택지를 골랐다. 대구와 경산의 경계 지역에서 5km 거리에 위치한 영남대학교 남쪽 문 근처의 전망 좋은 곳에 90여 평의 택지를 선택했다.

　영남대농장 3만여 평이 펼쳐 있어 앞이 훤히 트인 아주 조용한 농촌 풍경을 간직한 위치다. 그리고 주택 근처에는 24시간 영업하는 각종 상가를 비롯해 편의점 그리고 크고 작은 Mart와 음식점이 즐비하다.

　2003년 초 평당 135만 원에 구입하여 중학교 동기생이고 대구시 건축사 협회 회장을 역임한 장기웅 사장이 설계를 하여 대학을 정년 퇴직하기 6개월 전인 2003년 8월에 건축을 시작하였다. 직접 건축을 하기로 하고 감독원인 김기웅 사장에 감독비, 월 500만 원씩 5개월에 건축을 완료하기로 하고 시작했다.

건축하기 전 직접 주택을 건설하면 건축비가 1/3은 더 추가 된다는 주변 사람들의 말을 듣고 설마 그렇게 많이 추가 되겠나 하면서 시작하였다. 그러나 주변에서 충고해준 말이 옳은 것 같 았다. 이를테면 튼튼하게 짓는다며 4층 건물인데 15층 기초를 했다든지 철근 굵기를 정상보다 1.5배 크기로 한다든지, 모든 건축 자제를 고급으로 하고 보니 오히려 보통 정상 건축비의 배 倍는 들어간 것 같다. 건축비만 3억 7천만 원이 들어갔으니 택 지 구입비 1억 2천만 원을 합하면 5억이 넘는 주택이 되고 말았 다. 건축하기 전 예상비가 대지 비용을 합하여 4억 정도면 된다 는 업자들의 예상 비용에서 1억 넘는 비용이 더 들어간 셈이다.

주택사진

이산 가족
상봉

　1950년 6·25전쟁이 일어나자 인민군 점령지였던 고향 예천에서 고교 재학생 이상은 모두 인민군으로 끌려가고 중학생 정도는 찬양봉사대원으로 끌려가 '김일성 찬양노래봉사반'에서 노래를 불렀다. 차남이던 나의 바로 위 강민한 형이 그때 중학교 3학년이었는데 예외 없이 찬양봉사대원으로 끌려가서 이 마을 저 마을 다니며 김일성 찬양노래를 배워서 가르쳤다. 이때 나의 맏형은 인민군에 끌려가 팔공산 전투에 투입되는 도중, 길바닥에 뒹굴고 있는 사상자의 참상을 보고 꾀병을 부려 풀려나왔고, 3남인 나는 초등학교 5학년이어서 모든 동원에서 제외되었다.

　그해(1950년) 9월 16일, 맥아더 장군이 지휘하는 유엔군의 인천상륙작전을 시작으로 북한군이 북으로 퇴진하면서 인민군들이 고향에서 인민군 찬양봉사대원 모두를(우리 마을 주위에서만 해도 약 10여 명) 북으로 데려갔다. 그날이 그해 추석날이었다. 물론 나의 둘째형도 거기에 속해 있었다. 그때 인민군은 찬양노래봉사반 대원들에게 "너희들 여기 남아 있으면 노래봉사죄로 죽을 터이니 모두 이북으로 가자."라며 몽땅 데려가 버렸다. 그러나 도중에 UN군의 폭격으로 각자 뿔뿔이 헤어졌다. 그 폭격 중에 한 명이 대열을 이탈하여 다시 남쪽의 자기 집으로 도피해 왔는데 그 사람 말로는 나의 형 민한은 도중에 폭격을 맞아 사망했다고 했다. 그때부터 우리 가족들은 우리 집 차남인 민한형은 폭격에 사망했다고 줄곧 믿고만 있었다.

그런데 남북 이산 가족 찾기가 시작된 지 32년 후인 2005년에 뜻밖에 강민한이 이북에 생존해 있다는 소식이 경북 점촌에 살고 있는 큰 누나에게 전해졌다. 그리고 남쪽에 있는 우리 가족이 북쪽에 생존한 강민한을 만날 의사가 있는지 없는지를 대한 적십자에서 타진해왔다. 즉시 만나겠다는 답을 했다. 그러니까 이산 가족 상봉 신청서를 한 번도 내지도 않고 '제13차 남북 이산 가족 금강산 상봉 행사(2006년 3월 19일~3월 25일)'에 참여하게 된 것이다. 13차 상봉에는 남한 측에서는 한 집에 1명으로 상봉 인원이 한정되어 있었으나 우리 가족의 경우 첫째 누나 강임순이 노령이라 삼남인 나와 함께 두 사람이 이산 가족 상봉에 참가하도록 허용되었다.

2006년 3월 19일(일) 속초 한화 콘도(5254호)에서 1박을 하면서 모든 절차를 마친 후 다음날(3월 20일) 역사적인 이산 가족 상봉 단원들이 아침 8시 30분 한화 콘도를 출발하여 군사 분계선을 넘어 금강산으로 향하였다. 13시에 숙소인 해금강 호텔에 도착했고 15시에 북측 가족들의 숙소인 금강산 호텔에서 남북 이산 가족 단체 상봉이 있었다. 드디어 헤어진 지 56년 만에 (1950~2006) 그립던 형을 만나게 된다. 1950년 추석날 헤어졌으니 56년이나 지났다. 내가 초등학교 5학년이고 형이 중학교 3학년 때였으니까 얼굴이 생생하게 떠오르지는 않았으나 만나면 서로가 알겠지 하는 생각을 갖고 있었다.

금강산 호텔 2층의 널찍하게 마련된 홀에 남측 가족이 미리 정해진 자리에 앉아 대기하고 있었다. 이어 북측 가족들이 아래층 계단을 줄지어 올라오는 도중에 벌써 남측 가족 사이에서 흐느끼는 소리가 들리기 시작했다. 부자지간, 모자지간, 형제남매지간이 헤어진 지 60여 년 만에 만나는 순간이었으니까, 만난다는 생각만 해도 가슴이 벅차올랐던 모양이었다. 연이어 어떤 할머니가 울음을 터트리고 말았다. 그 순간 모두가 눈시울이 붉어졌다. 남측 가족이 앉아있는 테이블 번호를 확인하면서 차례로 얼싸안고 통곡을 터트렸다. 슬픔의 통곡이 아니라 기쁨의 절규였다. 드디어 우리 남매가 앉아 있는 테이블에도 형님이 아들 하나, 딸 하나를 데리고 나타났다.

길거리에서 만나면 스쳐 지나갈 정도로 얼굴이 소원疏遠했지만 까만 눈썹에 동그란 눈의 모습은 60여 년 전의 그 모습 그대로였다. 형은 큰누나와 부둥켜안고 떨어질 줄을 몰랐다. 나는 조카 남매와 얼싸안았다. 생전에 본 적도 없는 숙부를 껴안고 나보다 더 큰 소리로 외치며 울었다. 홀 안이 울음바다가 된 것이다. 시간이 흐르면서 울음소리가 하나씩 둘씩 그치면서 이야기가 시작되었다.

3월 20일 13시에서 15시까지 2시간의 단체 상봉을 마친 후 남측 숙소인 해금강 호텔로 돌아와 2시간 휴식을 하고 19시 금강산 호텔에서 북측이 주최하는 환영만찬이 있었다. 형식은 북측 주최 만찬이지만 비용은 남측에서 부담했다고 한다. 아니 이산 가족 상봉에 소요되는 모든 비용을 남측에서 부담했다고 한다.

이산 가족 상봉 둘째 날(3월 21일 화) 6시에 숙소인 해금강 호텔에서 조식을 마치고 10시에서 12시까지 해금강 호텔에서 개별 상봉(해금강호텔 307호)이 있었는데 이 시간에는 주로 남한에서 가져온 선물을 전달하는 시간이었다. 선물 교환 시간 때 내가 느꼈던 점은 우리가 준비해서 가져간 커다란 3가방의 선물을 크게 반기지 않았다는 점이었다. 심지어 대한적십자사가 제공하는 선물은 거절까지 했었다. 내 짐작으로는 형님은 이북에서 상당한 지위(양강도 용흥군당 위원장)에 있었기 때문에 이미 북쪽에서 풍족한 생활을 하고 있었던 것 같았다.

이 날 13시부터 15시까지 금강산 호텔에서 공동 중식을 마친 후 삼일포 호수(김일성 내외가 삼일 간 머물렀다는)를 관광하였는데 호숫가에서 가족 단위로 북측에서 제공한 다과를 먹을 시간이 있었다. 그때 제공된 과자, 과일, 음료(사이다, 주스)는 남한이 1950~60년대에 먹던 수준의 것이었다. 18시 30분부터 남측에서 주최하는 석식이 금강산 온정각 휴게소에서 있은 후 기념품 쇼핑이 있었다. 3월 22일(수)은 이산 가족들이 헤어지는 날이다. 6시 해금강 호텔에서 조식 후 9시에서 10시 사이 금강산 호텔에서 작별했다. 그 다음으로는 12시 20분 중식(해금강 호텔)을 하고 13에 숙소를 출발하여 속초 한화콘도로 귀환했다.

이산 가족 상봉에서 56년 만에 만난 둘째 형(민한)

이산 가족 상봉, 형님과 장조카와 질녀

장로
임직

예수님을 영접하고 나서

먼저 은혜와 평강과 감사하는 마음이 생기게 되었다. 하나님의 사랑과 그리스도의 은혜와 성령의 교통하심을 입은 사람은 필연적으로 내적 평강을 누리게 될 것이다. 그리고 감사함은 은혜와 평강의 삶을 누리는 생활의 표현이며 은혜의 결과요 반응인 것이다. 그러므로 은혜와 평강과 감사는 삶의 삼위일체이며 서로가 톱니바퀴처럼 맞물려 돌아간다.

이와 같이 삶의 삼위일체인 은혜와 평강과 감사의 깨달음은 하나님이 나에게 주신 신앙생활의 첫 모습이며 새로운 세상을 알게 하고 행복한 길을 깨우쳐 준 하나님의 선물인 것이다.

사실 은혜란 말은 성도들이 대화 중에 가장 흔히 사용하는 용어이다. 사람은 누구나 은혜 받기를 좋아하며 또한 받은 은혜에 감사한다. 내가 하나님을 알고 나서 가장 좋아하게 된 찬송가가 301장 '지금까지 지내온 것'과 305장 '나 같은 죄인 살리신' 두 곡이다. 301장은 일본인 목사 사사오 데쓰사부로(T. Sasao: 1868~1914)가 1897년에 작사한 명작이고, 305장은 미국의 Jone Newton(1725~1807)이 작사한 '놀라운 은혜Amazing Grace'란 곡이다. 하나님을 알기 전 '내가 무슨 죄를 지었기에 아무 죄 없는 나를 죄인이라 인정해야 하느냐'라는 생각을 바꾸는 데 상당한 시간이 걸렸다. 그 생각이 바뀌고 나서 나의 마음을 가장 감동시킨 찬송가가 바로 은혜가 주제인 이 301장과 305장이다.

"지금까지 지내온 것 주의 크신 은혜라 한이 없는 주의 사랑 어찌 이루 말하랴, 자나 깨나 주의 손이 항상 살펴 주시고 모든 일을 주 안에서 형통하게 하시네. 몸도 맘도 연약하나 새 힘 받아 살았네, 물 붓듯이 부으시는 주의 은혜 족하다, 사랑 없는 거리에나 험한 산길 헤맬 때 주의 손을 굳게 잡고 찬송하며 가리라. 주님 다시 뵈올 날이 날로 날로 다가와 무거운 짐 주께 맡겨 벗을 날도 멀잖네. 나를 위해 예비하신 고향 길에 돌아가 아버지의 품안에서 영원토록 살리라(301장)."

"나 같은 죄인 살리신 주 은혜 놀라워, 잃었던 생명 찾았고 광명을 얻었네. 큰 죄악에서 건지신 주 은혜 고마워, 나 처음 믿은 그 시간 귀하고 귀하다. 이제껏 내가 산 것도 주님의 은혜라, 또 나를 장차 본향에 인도해 주시리. 거기서 우리 영원히 주님의 은혜로, 해처럼 밝게 살면서 주 찬양하리라. 아멘(305장)."

두 찬송가의 첫 절에서 '지금까지 지내온 것 주의 크신 은혜라(301장)'와 '주님의 놀라우신 은혜로, 나는 새 생명과 광명을 찾았다(305장)'라고 하니 얼마나 감동스럽고 심금을 울리는 말인가. 주님을 알기 전에는 지금껏 내가 살아 온 것은 순전히 내가 잘 나서 그리고 내가 잘해서였는데, 주님을 알고 이제껏 내가 지내 온 것과 내가 산 것도 주님의 은혜라 하니 이 얼마나 나의 폐부를 찌르는 말이었던가.

제305장 3절을 보면 'Through many dangers, toils and snares, I have already come, This grace has brought me safe thus far and grace will lead me home(나는 많은 위험과 수고와 함정(유혹)속에서도 벌써 이곳까지 왔어요. 이 은혜가 나를 이렇게 까지 안전하게 인도했으니 나를 장차 본향에 까지 인도해 주시리).'라고 한다. 70 평생을 살아오면서 그동안 수많은 위험과 함정 속에서 지금껏 안위를 지켜 주신 것은 오직 주님이시고 또 이 세상 마칠 때까지 나를 인도해 주실 것을 생각하면 하나님의 은혜야 말로 어떻게 감사하랴.

내가 하나님을 알고 하나님의 은혜를 깨달은 후 두 번째로 달라진 것은 마음의 평강이다. 하나님의 사랑과 그리스도의 은혜와 성령의 교통하심을 입은 사람은 필연적으로 내적 평강을 누리게 된다고 했다. 성경에 사용된 평강은 평화peace를 우리말로 번역해 강건하다는 뜻이 내포되어 있다. 평안 혹은 평강이란 신체에 속한 모든 기관이 균형을 유지해 갈 때 느껴지는 안정감이라 할 수 있다.

우리 인간은 우선 신체적physical으로 건강해야 하고, 또 정신적mental으로도 건강해야 한다. 영적인spiritual 건강은 더욱 중요하다. 육신과 정신은 시간과 공간의 제한을 받고 있으나 영의 존재는 시공을 초월하는 영원성을 가지기 때문이다. 영적 건강함이란 성령聖靈으로 거듭나서 성령의 충만함으로 생활할 때 사랑, 화평, 희락, 자비, 온유, 오래 참음, 절제 등의 인격적인 열매를 맺어가며 하나님의 뜻을 실현하기 위하여 악령惡靈과 대결하여 승리하는 상태이다.

결론적으로 평강이란 삶에 있어서 가장 귀중한 것으로 은혜의 실체이신 예수 그리스도를 소유하는 은혜의 체험 속에서 육체적, 정신적 그리고 영적인 존재가 서로 연합하여 이웃과 바른 관계로 삶을 누릴 때 가질 수 있는 강건함이다. 진정한 평강은 은혜를 체험한 자만이 누리는 행복감이다.

하나님을 알고 나서, 세 번째로 변화된 것은 감사함의 태도이다. 은혜의 삶은 평강을 누리고 평강을 소유한 삶을 가질 때 감사가 넘쳐난다. 그러니까 은혜와 평강의 삶을 가지는 사람에게는 반드시 감사함의 응답이 있어야 함은 당연하다. 은혜를 받고서도 아무런 감사가 없다면 신앙인의 자세가 아닐 것이다.

나는 하느님을 알기 전에는 감사하다는 표현에 무척 인색했다. 은혜 받음을 거의 인정하지 않았기 때문에 감사할 이유가 없었다. 그러나 모든 것이 하나님의 은혜임을 깨달은 후부터는 감사할 일이 너무나 많아졌다.

제일 먼저 내가 감사해야 할 일은 내가 지금껏 건강하게 살아오게 한 점이다. 사실 나는 선천적으로 허약한 체질로 태어났다. 어릴 때 나는 장차 교사가 되겠다는 꿈을 가지게 한 것도, 농촌에서 농사일을 하면서 허약한 체질 때문에 어떻게 하던지 농촌을 벗어나야 한다는 생각을 한 후에 선택한 직업이었다.

또한 허약한 체질과 체구 때문에 남에게는 말 못할 부끄러운 일들이 많이 있었다. 내 얼굴이나 신체 상태가 초라하다 보니 어린 시절이나 중고등 재학 시절 나의 주변에 있던 말끔한 친구들이 별로 나를 상대해 주지 않았다. 성적이 비교적 상위권이었음에도 불구하고 담임들로부터 소외되어 별로 주목을 받지 못하고 있었음을 또한 여러 번 느끼기도 했다.

내 허약하고 왜소한 체구 때문에 지금껏 가장 치욕적이었던 일이 하나 있다. 이 사실은 너무 수치스러워 나의 회고록 어디에도 밝히지 못한 사실이다. 남자면 누구나 군에 입대를 해야 하는데 나는 군 입대 조건에 미달되는 체중을 갖고 있었다는 점이었다. 이런 사정으로 나는 체중이 늘어날 때까지 매년 신검을 받아야 했다. 대학 재학 중 입대 연기가 허용되어 있던 시기와 또 입대 조건 미달로 이렇게 몇 년 동안 연장이 되는 가운데 입대 연령이 지나자 자동적으로 보충역에 편입이 되었다. 이 문제는 아내에게도 자녀들에게도 드러내어 이야기할 일이 아닐 정도로 나에겐 수치스러운 일이었다. 그러나 이렇게 초췌_{憔悴}한 모습을 하고 있었음에도 불구하고 첫 연인에게 합격점을 받아 결혼까지 골인할 수 있었고, 또 교사 생활을 하는 동안에 이러한 신체 조건을 꼬집는 제자도, 직장에서 불리한 입장에 처한 일도 없었던 점은 모두가 다 하나님의 은혜라 생각된다.

회고록을 쓰는 동안 제자들로부터 받은 글 중에, 선생님의 모습이 남자다웠다든지 심지어 잘생긴 얼굴을 가진 선생님이었다는 표현까지 쓴 제자들의 글을 보는 순간, 내 자신을 새삼 부끄럽게 만들기도 했다. 다만 결혼을 한 후, 생활이 안정이 되고 의

식주가 향상되면서, 특히 아내의 요리 솜씨 덕분으로 나의 초라한 신체 구조도 점차 꽃이 피었다고나 할까. 나의 마음에도 평강의 순간이 찾아 왔다.

70 평생을 살아오면서 내 주변에서 부러울 정도의 건강체를 가졌던 친구들의 상당한 수가 이미 세상을 떠나갔으니, 그렇게나 허약한 체구를 갖고도 험난한 세파를 거치는 동안 지금까지 건강을 지킬 수 있었음은 오직 하나님의 은총이라 생각되어 감사 또 감사를 드린다.

두 번째로 감사드려야 할 일은 일평생 오직 한 길로만 인도해 주셨음이다. 철이 들기 전, 그러니까 초등학교 때 교사가 되겠다는 꿈을 간직한 후 줄곧 그 길로만 매진해 왔으니 더욱 그렇다. 나의 적성이나 재능도 모르고 다만 초등학교 교사가 되기 위해 사범학교로 진학했다가 곧 나의 예능 소질이 부족함을 깨닫고 약학대학으로 진학했었다. 그러나 하나님이 진노하시어 사고가 일어나게 하시고 이탈된 길을 바로잡아 다시 사범대학으로 인도하시어 중학교, 고등학교 그리고 대학교에서 교육을 하게 하심 또한 주님의 은혜라 감사해야 할 일이다. 그동안 명문고와 대학 인기 학과에서 직장 생활을 하게 하시고 유종의 미를 거두고 조용히 끝맺음 해주신 하나님께 더욱 감사를 드린다.

그러나 퇴직을 하고 여가를 즐기면서 봉사 단체를 설립해서 여생을 보내던 중 주변의 끈질긴 권유로 교육감 예비 후보로 등록하려던 찰나에 아내가 교통사고를 당해 큰 수술을 하게 되고, 2년이란 기간 동안 입원을 하게 된 사고도 어쩌면 하나님이 우리 가정을 간섭하신 은총이라 생각하며 감사를 드린다. 아마도 교통 사고가 없었다면 교육감에 출마하여 전 재산을 탕진하고 건강을 해쳤을 수도 있기 때문이다.

세 번째 하나님께 감사해야 할 일은 좋은 가정을 이루어 주셨음이다. 먼저 성격적으로 너그럽지 못하고, 남자 체구로는 기준에 상당히 미달된 수준인데 거기에 또 초췌한 용모를 가진 부족한 나에게 수준급 현모양처 아내를 만나게 하여 주신 점이다. 그리고 우리 사이에 2남 2녀의 자녀를 주시어 건강히 성장하게 하신 점이다. 다만 장녀(윤정)와 차녀(윤경)의 출생이 연년생이라 출생 후 두 딸 모두에게 정상적인 양육을 시키지 못한 것이 늘 부모의 마음을 아프게 했다.

특히 아내가 직장 생활을 하고 있던 중이라 출생 후 1년 정도 지난 장녀를 시골 외할머니 댁으로 보내어 양육을 시켰던 것은 큰 실수였다. 유치원에 보낼 나이가 되어 집으로 돌아온 장녀가 잘못을 깨우쳐 주려는 부모의 태도를 이해하지 못하고, '늘 다리 밑에서 주어온 아이'로 착각하면서 항시 불안한 분위기에서 벗어나는 데 상당한 시간이 걸렸다.

또한 2남 2녀의 자녀들에게 특별히 뛰어난 재능을 갖지 못하였음에도 불구하고 모두에게 넘치는 직장과 가정을 이루게 해 주신 은혜에 감사할 일이다. 장남의 경우 문과 계열에서 고등학교 과정을 마치고 이과 계열인 의과대학으로 진학을 하여 의사로서 순탄한 생활을 하도록 하게 해 주시고 또 순박한 약사 아내를 만나 모범 가정으로 꾸려 나가게 해 주신 것과, 평범한 재능을 가진 장녀임에도 분에 넘치는 인격을 갖춘 한의사 남편을 만나게 해 주어 원만한 가정을 이루어 나가게 해 주신 것, 의과

대학으로 진학하려고 하는 차녀를 나의 고집으로 기어이 한의 대로 진학을 시킨 것에 순종해 주어 한의사로 지내게 하고 또 종은 정형외과 의사를 만나게 한 것 또한 하나님의 은혜라 생각된다.

이 모든 것 전적으로 하나님께서 우리 가정에 주신 은혜라 생각하니 감사가 넘친다.

마지막으로 나와 우리 가족 모두가 감사해야 할 일은 우리 가족에게 주어졌던 역경이나 함정을 슬기롭게 대처 하거나 극복 하게 하신 점이다.

우리 가족 모두에게 공통으로 해당되는 한 가지 일이 있었는데 그것은 우리 집에서 시작한 여러 가지 사업이 부도를 만나 가산을 탕진한 일이다. 30대에 대구에서 맨 손으로 시작해서 수영장과 커다란 온실을 가진 200평 규모의 호화 저택과 승용차를 가질 정도의 재산을 이루었다. 그러나 사업이란 사업가가 하는 일인데 순진한 교사 출신인 우리 내외가 사업을 시작했으니 정말 어리석은 일이었다. 더구나 나로선 가르치는 일과 연구하는 일에 전념을 하던 때라 별로 신경을 쓰지 못하고 아내가 맡아 사업을 추진하고 있었으니 정말 어리석은 시도였다.

부도를 만나 전 재산을 탕진하고 난 후 주택을 처분하고 가지고 있던 현금으로도 부도액을 다 막을 수 없을 정도가 되었다. 빚을 떠안을 수밖에 없었다. 월급의 50%를 차압당하기도 했다.

성경 잠언箴言서에 "교만은 패망의 선봉이요 거만한 마음은 넘어짐의 앞잡이니라(16장 18절)."는 구절이 폐부肺腑에 와 닿는다.

보통 이런 상태가 되면 인생을 체념하거나 병이 나거나 건강을 해치는 것이 일반적인 현상이다. 그러나 이러한 역경에도 불구하고 하나님은 우리를 일으켜 세워 주셨다. 이런 역경 속에서도 우리 가족 어느 누구도 쓰러진 사람 없이 모두가 오뚝이처럼 일어섰다.

　이 모든 것 또한 전적으로 하나님께서 우리 가정에 주신 은혜라 생각하니 또한 감사가 넘친다.

아내 서영자의 대신대학 졸업기념 사진(2001. 2. 10)

고희연古稀宴을
열다

옛날에 비해 근래로 오면서 육순, 칠순을 가지는 가족이 주변에 많이 줄었다. 육순이나 칠순 행사는 자녀가 중심이 되어야 하는데 요사이는 부모도 자식도 별로 신경을 쓰지 않는 모습이다.

나의 경우 회갑연이 제자들이 중심이 되어 예상보다 너무 규모가 크게 치러졌었기 때문에 칠순七旬 잔치는 조촐하게 치러졌으면 좋겠다는 생각을 했다. 제자들이 준비하고 제자들 중심으로 치러진 회갑연에 800여 명의 하객이 모였기에 칠순연七旬宴은 가족 중심으로 치러지도록 했으면 하고 장남과 상의를 해서 장남이 살고 있는 경남 마산에서 칠순 잔치를 하기로 했다. 물론 나의 친구와 지인들에게는 마산에서 개최하는 것이 도리가 아니긴 했지만 육순에 접대를 했기 때문에, 마산에서 고희연古稀宴을 하면 우리 가족 친지들에게는 편리한 점이 있었다. 먼저 우리 집안의 가까운 친척이 마산, 진해를 중심으로 살고 있었기에 고희연에 초대하기가 쉬운 점이 있었다. 그리고 또 맏아들 재황이가 의사로서 마산에서 기반을 닦아 놓았기 때문에 장남의 지인들과 몸담고 있는 마산 산호교회 신도들을 접대하기가 편리할 것 같았다. 그래서 2007년 7월 17일(화) 13시, 마산시 사보이 호텔에서 하객 200여 명과 함께 가족 중심으로 치렀다.

장소가 마산이라 멀리 마산까지 직접 내왕해준 나의 동료 지인 오륙십여 명에게는 너무나 미안하고 고마웠다. 특별히 나의 대학원 석사과정 지도 교수인 심순식 교수와 멀리 서울에서 온 김인식 교수에게는 너무나 고마운 일이었다. 멀리 경기도에서 온 강주봉 한의원 원장과 대구 송필경 연세치과원장, 그리고 대구 민제 한의원 이성두 원장에게도 고마움을 전하고 싶다. 그리고 김부겸, 유승민 국회의원을 비롯하여 40여 명의 제자들이 보내준 화환에 감사를 드린다.

고희연에 참석한 동료들

명세지재들의 참 스승

– 김진철 : 대구한의대 2기 졸업, 민성한의원장

작금 여러 대학에서 온갖 부정과 비리가 TV를 통해서 보도가 되었다. 멍하니 창문 밖을 바라보면서 세월의 무상함을 새삼 가슴으로 느낀다. 갑자기 내가 만학晩學을 했던 두 번째 대학, 대구한의대학교에서 만난 강형康洞 교수님이 생각난다.

은사님은 한 줄기의 매화처럼 온화하고 인자하신 모습의 학자풍을 지니신 분으로 기억하고 있다. 그러나 이면에는 꼿꼿한 성품을 지니신 분으로도 기억되고 있다. 참된 교육의 실천자로서 보기 드물게 존경의 대상이 되셨던 강 교수님과의 조우遭遇는 대학을 두 개나 다니면서 내가 얻었던 가장 큰 보물이었다. 교수님은 재학생들과는 다소 소외되어 있던 우리 만학도들의 처지를 십분 이해하시고 우리 곁에 다가와 우리들을 격려하시고 위로해 주셨다.

선생님과의 끈끈한 사제지간 맺음은 30여 년이 지난 지금도 주마등처럼 뇌리를 스쳐간다. 같이 웃고 또 때론 같이 울며 술잔을 기울이던 때가 어디 한두 번이던가. 그러기에 옛 성현의 일화가 생각난다. 공자는 '스승의 그림자를 밟아선 안 된다'는 말을 하지 않았다. 천여 명의 제자를 거느린 공자는 제자들과 나란히 걷기도 하고 때론 제자가 스승을 앞서기도 하며 권위로 누르려고 하지 않고 사랑으로 감쌌다. '스승 그림자론'은 당나라 때 『고계율』이란 불교 서적에서 나온 말이다. 사랑속에 가르침은 사제지간을 서로 통하게 한다. 학문의 맥 또한 가섭迦葉의 미소처럼 이심전심으로 전해지는 것이 진정 가치가 있다고 생각된다. 공자는 제자 안회가 죽었을 때 통곡했고 제자 자로가 죽었을 때 식음을 전폐했다는 얘기가 있다. 공자는 사도師道를 실천적으로 보여주었다. 나 역시 내 생에 살아 있는 공자로서 강형 은사님을 항상 가슴속에 깊이 새기며 살아가고 있다.

선생은 많지만 참 스승은 없다고 했다. 스승, 은사, 교육자 등 많은 단어들이 난무하지만 교수이면 다 교수이고 교육이면 다 교육이겠는가? 거짓 9단의 위정자들, 어제는 목숨까지 노린 적이 오늘은 동지가 되고 오늘의 동지는 내일의 적이 되어 두꺼운 가죽으로 도배한 그들이 나라를 망쳤고, 백성의 대변자로서 진정 들은 바, 본 바, 느낀 바를 말해야 하는 언론은 어디에 있는가? 나라의 백년대계를 꿈꾸며 장래 나라의 주인공이 될 인재를 양성하는 교육 기관들과 교수님들이 얼마나 청렴하고 소신 있는 참된 교육을 해왔던가? 헛된 영욕에서 해방되어 있는가? 가슴 치며 통박하며 묻고 싶다. 그럴수록 은사님의 고결함을 생각하며 다시 한 번 감회에 젖는다.

비리나 부정을 일삼는 교수가 교육을 하고 부정으로 권력을 누린 자가 국정 운영에 참여한다면 그들이 바로 '방빈'의 어리석음을 저지르는 자가 아닐는지! 이런 상황에 굴함이 없이 꽃떨기를 피우는 사군자의 으뜸, 매화를 예찬한 옛 선비들의 노래 '매경한고발청향梅經寒苦發淸香 인봉간난현기절人逢艱難顯其節(매화는 춥고 괴로운 겨울철을 견뎌야 맑은 향기를 발하고, 사람은 어렵고 어려운 시기를 넘겨야 절개가 나타난다)'이 생각난다.

강형 교수님은 처음 만났을 때나 정이 깊어져 각별한 감회를 가진 이제나 한결같다. 꼬장꼬장하신 외모는 청죽靑竹의 기품을 닮았고 넘치지 않는 인자한 미소에는 흰 눈을 이기고 피어나는 매화의 향내가 있다. 님은 푸른 하늘을 찌르는 청솔의 기품과 언제 어디서나 옷매무새가 흐트러짐이 없는 한 줄기 외로 자란 대나무의 자태를 간직하시니, 먼 훗날 언제까지나 살아 숨 쉬는 양심, 행동하는 의지로서 계속하여 인재 양성에 전념하시어 이 나라의 내일이 있음을 일깨워 주시고 오늘 저녁의 일몰을 통탄하지 말고 내일 아침의 일출을 그릴 줄 아는 명세지재들을 길러 조국의 장래를 빛낼 수 있는 보기 드문 거목 교육자임을 자부하는 바이다. 쉼 없이 가쁜 숨을 몰아쉬며 여생도 더 많은 흔적을 남기시고 내내 옥체 만강하시길 빕니다.

제자의 글

만남

– 이인균 : 대구한의대 2기 졸업, 세광한의원장

사랑한다는 것은 인간의 가장 아름답고 높은 실천이며 사랑 때문에 그리워 한다는 것은 인간에게 있어 가장 충만한 기쁨과 슬픔을 향유하게 한다. 이 순간의 행복과 함께 내일의 편안함을 살뜰히 바라면서 살아온 뒤의 본능의 속성을 가진다.

이 사랑의 시초는 여러 종류의 만남에서 연유된다. 우리는 만남 속에 있을 때는 그 만남의 가치와 의미를 소홀히 하고 별것 아닌 양 지나쳐 버린다. 어느 날 떠남이라는 아쉽고 아픈 시간 이후에야 그 만남의 시간과 장소가 우리의 삶에 소중했고 귀하였다는 것을 깨닫고 바보스런 후회를 한다. 지식의 홍수, 정보의 폭풍, 내일을 예측 못하는 불확실의 연속선에 살고 있는 이러한 시대에 과연 어떠한 삶을 살아야 할 것인가는 언제나 예단하기 어려운 과제이다.

외롭고 아픈 마음일수록 사랑이 싹트고 정의 샘물이 솟아나는 기

뿜의 만남이 있어야 한다. 떨어져 있어도 가까이 느끼는 연인, 항상 곁에 있어도 그리운 아내, 남편, 철부지 시절 희망과 웃음을 심어 주시던 선생님, 존경하는 이웃 친지 분들, 부부지간은 하늘이 맺어준 필연이라 하고 원수지간은 악연이라 일컫는다. 이 밖의 만남은 모두가 나 자신의 하기 나름이니 항상 반성하고 나의 가치관을 뚜렷이 더 높게 하기 위한 진지한 사고와 내면의 충실을 기해야 할 것이다.

강형 교수님
당신을 보면
하늘이 파랗게 웃고 있습니다.
당신을 보면
우리의 마음이 환하게 피고 있습니다.

무엇이 가르침이고 무엇이 배움인가를
보살펴 주시던 당신의 뜨거운 가슴
은근한 고집과 무던한 열정으로
일렁이며 가야 할 인생이
그렇게 험한 곳이 아니라는 것을

하지만 가끔은
몸서리치도록 애틋한 그리움이
당신의 눈빛에 서리고
이따금 텅 빈 가슴을 허허롭게 달래며
허공을 보는 당신에게서
씨줄과 날줄이 마구 뒤엉켜
바늘구멍 뚫고 나가는 것이

우리의 인생이라는 것을 배울 수 있었습니다.

끝이 없는 스승님의 은혜

언제 어디서 무엇으로 보답하리요.

봄이면 파랗게 새잎 피우는 물오른 봉우리처럼

하늘같은 푸르름으로

강물 같은 가득함으로

당신의 길에 끊임없이

찬란한 힘이 솟구치시길 빌겠습니다.

칠순연 장면(2007. 7. 17)

마티즈 승용차에 얽힌
아내의 슬픈 사연

필자보다 거의 1년 앞서 1978년 도에 첫 면허증을 취득한 아내는 거의 35여 년간 자가 운전을 해왔다. 그러다 보니 우리 집에는 때로는 승용차가 2대일 때가 있었다. 승용차 1대가 있을 때는 우리 내외가 필요할 때 서로 나누어 사용했다. 약 10여 년 전 신차를 구입하면서 그때 사용하던 차를 팔거나 폐기하지 않고 내자가 그대로 계속 사용하기로 했다.

7~80년대쯤에는 신차를 사서 4~5년 정도 사용하고는 또 다시 신차를 교환하곤 했었는데 최근에 오면서 차의 기능이나 성능이 좋아지고 도로 사정도 좋아지면서 10여 년 이상 사용하는 사람이 많아졌다. 아내가 타던 차가 연수年數가 늘어나자 구식형 차가 되어 휘발유 소모가 많아지면서 비경제적 승용차가 되어버렸다. 또 10여 년간 사용하고 나니 부품 교환이 잦아지면서

연비가 좋은 소형차로 바꾸기로 했다. 그래서 유류 소모가 적은 소형차 마티즈를 신차로 뽑았다. 휘발유 소모가 큰 차에 비해 무척 경제적이고 또 주차가 용이해서 어지간하면 필자의 중형차를 세워두고 소형차 마티즈를 마음껏 사용했다. 이렇게 마티즈를 빼어 3년 정도 사용했을 때였다.

정확하게 2010년 3월 10일이었다. 그날은 아침부터 눈비가 내렸다. 봄눈치고는 꽤 많은 눈이 내려 땅에 떨어진 눈비가 눈으로 변하면서 녹아버리지 않고 점점 쌓이게 되었다. 아마도 3~4cm 정도는 쌓인 것 같다.

그런 날씨 상황에서는 차는 움직이지 말아야 한다는 것이 상식이다. 그러나 그 당시 필자가 교육감 출마 의사를 갖고 아내와 분주하게 움직이고 있던 터라 눈비 때문에 집에 머물러 있을 수는 없었다. 그날은 교육감 출마 홍보 자료 및 출마 즉시 사용할 명함 인쇄 차 인쇄소에 들릴 계획이 잡혀 있었다. 그래서 아내가 인쇄소로 먼저 출발하려 했다. 조심하라는 말에 아랑곳하지 않고 급히 출발을 했다. 그때 시간이 오전 11시쯤 되었던 것 같다. 그러나 집에서 출발한 후 삼사십 분이 지났을까. 아내의 전화 속에 낯선 사나이의 급한 목소리가 들려왔다. 아내가 교통 사고를 당했으니 급히 대구 파티마 병원 응급실로 나오라는 연락이었다. 전화를 받는 순간 아찔하면서 거의 의식을 잃고 말았다.

정신을 가다듬어 급히 파티마 병원 응급실로 달려갔다. 도착순간, 아내는 전신 마취 상태라 의식이 없이 양다리를 쇠막대에 끼워 높이 매달려 있는 상태였다. 응급 처치한 의료인들과 구급차를 운전한 분들이 의식 없는 아내의 주위에 머물고 있었다.

구급 요원들이 남편인 필자에게 자초지종을 이야기했다. 불행 중 다행이라면서 나를 안심시켰다. 생명에는 지장이 없다고 했다. 그때서야 한숨을 놓았다.

시지에서 고모역 주변 인터불고 호텔로 들어가는 지점을 지나면 약간 언덕길이 나온다. 언덕 상부 쪽에서 1차선을 따라 급속도로 내려오던 산타페 승용차가 1차선 바퀴 부분과 상대방 1차선 사이(그러니까 중앙선)에 쌓인 눈길에 약간 미끄러지면서 방향을 잃고 아내가 달리고 있던 1차선으로 뛰어넘어 왔던 것이다. 그러니까 맞은 편 언덕길 1차선을 따라 언덕 위쪽 부분으로 올라가고 있던 아내의 마티즈의 운전석을 향해 정면에서 달려들어 왔던 것이다. 몸집 큰 차가 소형차를 정면에서 충돌한 것이다. 아내의 마티즈의 엔진 부위 왼쪽 그러니까 운전석이 완전히 부서졌으니 그 부분에 앉아 있던 아내는 왼쪽 다리가 분쇄되는 정도에 그쳐 생명을 유지했다는 것은 정말 다행스러운 일이 아닐 수 없다. 구급 요원들이 찌그러진 마티즈에서 아내의 몸체를 간신히 끌어내어 고통을 호소하는 아내를 급히 인근 파티마 병원 응급실로 옮겨갔고 아내의 마티즈는 순식간에 보기 흉한 신세가 되어 움직일 수 없는 형체로 변해 폐차장으로 끌려갔다. 이리하여 아내의 애마 역할을 했던 마티즈는 약 3년여 만에 아내와 서글픈 이별을 하고 말았다.

파티마 병원에서 수술 날짜가 잡혔는데 1주일 후였다. 단순한 대퇴골 골절이 아니라 대퇴골 분쇄 상태에서 오는 참을 수 없는 고통을 일주일이나 참고 나서야 수술을 받아야 한다니 말도 되지 않았다.

수술 날짜가 이렇게 늦게 잡히는 것을 보고 즉시 경북대학병원으로 연락을 취했다. 마침 대퇴골수술 전문의 가운데 제자(정형외과 과장 김신윤) 한 사람이 있어서 연락이 닿았다. 즉시 옮겨 오라고 했다. 그래서 사고 당일 밤에 파티마에서 퇴원 수속을 마치고 길다란 쇠못에 다리를 고정시키고 여러 가지 혈관 주사 중이던 약병을 주렁주렁 몸에 단 채로 환자 이송용 침대 위에 누워 경북대학병원으로 옮겨졌다.

다음날 아침 일찍부터 수술이 시작되어 8시간 동안 수술이 계속 되었다. 그러니까 하루 종일이 걸려 수술을 마쳤다. 이마에 맺힌 땀을 닦으면서 제자는 수술이 잘되었다고 했다.

수술이 끝나고 병실로 옮겨졌다. 수술 2주 후에는 입원하는 다음 환자를 위해 입원실을 비워주어야 하는 것이 하나의 병원 룰이었으나 의사 제자 덕분에 두 달 동안 입원할 수 있도록 배려를 해주었다. 두 달 후부터는 여러 병원(반야월 동호병원, 부산 해운대 병원, 부산 병원, 대구 복현동 병원 등)을 옮기며 재활 운동을 하면서 꼬박 2년 동안 입원해 있었다. 퇴원 후에는 휠체어를 타고 6개월, 그리고 워커를 집고 6개월, 그리고 그 후 지금까지는 지팡이에 의존하여 걸어 다니는 상태가 되었다.

이젠 모든 것이 다 지나가 버린 이야기이긴 하지만 2010년 6월 2일 전국 교육감 선거를 3개월 앞두고 교육감 선거의 뜻을 잠시나마 갖고 있었던 것이 아내의 교통 사고를 당하게 했던 결정적 원인이었다. 사고가 난 그날도 홍보자료 및 교육감 출마용 명함 인쇄 차 인쇄소에 들리는 약속만 되지 않았다면 눈비가 내리는 악천후에도 불구하고 승용차를 출발하는 일은 결코 없었을 것이다.

　교육감 출마용 명함을 인쇄한다는 것은 교육감 출마의 뜻을 최종적으로 밝히는 순간이라고 할 수 있었는데 바로 그 몇 시간 전에 사고를 당하여 명함 인쇄를 하지 못하게 되었다는 것은 어쩌면 교육감 출마를 사전에 막아준 하나님의 깊은 뜻이 담겨 있었는지도 모르는 일이다.

　경북대학병원에서 수술을 마치고 전신이 마취된 상태의 환자가 극도로 안정에 신경을 곤두세우고 지냈던 그 며칠 후 교육감 후보 등록 마감 기간이 아무런 의미 없이 지나가 버렸다.

여가 활동

　나는 지금껏 내가 처한 위치에서 보면 항상 2%는 부족한 사람이었다. 부족함을 채우기 위해선 항시 내 자리에서 내 옆에 위치한 사람들보다 더 노력하는 길밖에는 다른 방법이 없었다. 초·중학교 시절 일찍이 깨달은 나의 부족한 능력을 고등학교에 재학할 때도 또한 그런 생각은 변함이 없었다. 재능이 뛰어나거나 소질이 다양한 친구들은 비교적 여유를 갖고 취미 생활을 즐기며 공부를 했다. 그러나 소질이 별로 없던 나로서는 오직 학교 공부에만 열중하면서 학교 생활을 했다고 할 수 있다. 이런 덕분에 대학에 들어가는 과정까지는 크게 어려움이 없었다. 그러나 이렇게 길들여진 나의 습성은 대학 졸업 후 직장 생활이나 사회 생활을 하는 도중에는 더욱 고립을 느끼며 살아야 했다. 남과 어울려 할 수 있는 운동도 없었고 그밖의 어떤 여가활동을 할 만한 꺼리를 찾지도 못했다. 물론 이런 처지가 어쩌면 대학 교수가 되게 한 것일지도 모른다. 대학 교수가 된 이후에도 내 자신이 대학 교수 직에 만족하기에 앞서 모든 면에서 너무나 부족함을 느끼는 순간이 많았다.

특히 여가 활동을 즐기는 분야에서 더욱 그러했다. 한 번은 골프가 대학 교수 신분에 어울리는 운동이라 생각해서 아내와 같이 장비를 갖추어 골프 연습장을 다니기 시작했다. 그러나 두 달여쯤 열심히 골프 연습에 몰입했을 때 어깨에 오십견이 나타나기 시작했다. 그런데 그때 거의 같은 시기에 집사람도 마찬가지로 어깨가 고장이 났다. 평시 운동을 하지 않았던 내외라 조금 심한 운동을 한 탓인지 똑같은 신체 고장이 나타났던 것이다. 이때부터 골프와는 인연을 끊었다.

이런 일생을 살아온 나로서는 퇴직 후 즐거움을 갖고 취미활동을 할 분야를 쉽게 찾을 수 없었다. 그러다 찾은 곳이 58산악회였다(퇴직하던 해인 2004년 5월). 58산악회는 고등학교 동기생들만으로 구성된(약 50여 명) 산악회로 한 달에 두 번씩 산행을 했다. 산행은 큰 기술을 요하는 운동이 아니어서 쉽게 적응할 수 있었다. 첫째 주 금요일은 대구를 중심으로 산행을 하고 셋째 주 금요일은 관광버스를 전세 내어 주로 전국 명승지를 다니며 장거리 산행을 했다. 오랫동안 만나지 못했던 고등학교 동기생들도 이 산악회을 계기로 다시 만나게 되었다.

그때쯤 한 달에 두 번 산행을 다니는 여가 활동 외에 또 한 가지 취미 활동을 시작했다. 평생 살아오면서 퇴직 후 한번 해보고 싶었던 일이 있었는데 그것은 바로 서예書藝였다. 왜냐하면

초등학교 때 이미 음악과 체육은 소질이 없음을 알고 있었으나 미술과 서예는 소질이 좀 있다는 생각을 늘 마음속에 간직하고 있었지만 이 방면에 눈을 돌릴 시간을 갖지 못했었다.

마침 그때 고등학교 동기생인 최정일 선생이 연전부터 서예원에 다닌다기에 동행을 해보았다. 동애서원東厓書院(대구 수성구 수성동 1가 272-10)이었는데 대구 지역에서는 가장 이름이 나 있다는 동애東厓 소효영蘇孝永 선생이 원장이었다. 서원에 등록하기로 했다. 서원에 등록(2004년 8월)한 지 두 달쯤 지났을 때 그때부터 약 2개월 후에 그 서원에서 회원 전시회(제15회 : 2004년 12월 11일~12월 17일)를 한다고 했다. 어느 날 동애 선생께서 강 교수도 이번 전시회에 한 작품을 내라는 것이다. "선생님 저는 이제 등록한 지 2개월밖에 안 되는데요. 내년에 내 보겠습니다." 이때 동애 선생께서 "강 교수는 시작한 지 2개월밖에 안 됐지만 실력은 일년쯤 된 글씨니까, 전시회가 있는 두 달 후까지 열심히 연습해서 전시회에 작품을 꼭 내면 좋겠다."라는 것이었다. 그러면서 작품 내용을 확정지어주시는 것이 아닌가. 그때 내가 동애 선생으로부터 받은 출품 문구는 이인로李仁老 선생의 시 "春去花有在 天晴谷自陰. 杜鵑啼白晝 始覺卜居深(춘거화유재 천청곡자음. 두견제백주 시각복거심 : 봄이 지났어도 여전히 꽃이 있고 하늘이 맑아도 골짜기는 그늘지네. 밤에 우는 두견새가 대낮에 울어대니 비로소 이곳이 깊은 산골인 줄 알겠네)."이었다.

그러니까 등록해서 2개월, 출품 문구를 확정하고 연습하기 2개월. 합쳐 서예를 시작한 지 4개월 만에 전시회에 작품을 낸 것이다. 정말 하룻강아지 범 무서운 줄 모른다는 말이 이때 쓰는 말이라고 생각된다. 지금도 그 동애서원 서예전집을 보면 부끄럽기 짝이 없다. 또 그 전시회 때 같이 작품을 출품한 143명의 회원들에게 미안하기도 하다.

이때까지만 해도 서예 왕초보이던 나의 심미안 수준이 몇 개월이 지나는 동안 조금씩 높아지더니 옆자리에서 글 쓰는 타인의 글씨가 차츰 눈에 들어오기 시작했다. 그러나 그때 커다란 비보悲報가 들려 왔다. 동애 소효영 선생께서 심장마비로 서거했다는 소식이었다. 내가 서예원에 등록한 지 꼭 일 년이 되었다. 나는 그때 겨우 서예에 눈을 뜨면서 조금씩 흥미를 더해 가는 단계인지라 매일 손잡아 지도하시던 선생의 서거 소식은 큰 충격이었다. 최소한 2~3년만이라도 서예 지도가 계속되었더라면 어느 정도 기초 단계가 끝이 나서 나 혼자서라도 선생의 서예를 따라 계속해 나갈 수도 있었을 것이니까 말이다.

동애 선생이 서거한 후 서예를 계속할 생각에 다른 선생을 찾아서 그 선생의 서체로 서예 연습을 다시 시작할까도 고려해 보았다. 하지만 비록 짧은 시간이지만 동애 선생의 서체를 일 년 동안 익힌 상태에서 다른 선생의 서체를 또 다시 익힌다는 것은 혼란만 가중시킨다는 주변의 충고가 옳은 것 같아 우왕좌왕하다가 서예를 시작한 지 꼭 1년 만에 문방사우文房四友를 던지고 서예를 그만두게 되었다. 평시에 나에게 조금 있다고 생각되었던 그림과 서예에 대한 소질은 결국 나에겐 하로동선夏爐冬扇이 되고 말았던 것이다.

철쭉꽃 만발한 독용산성에서

회원들과(문경새재)

사회봉사 단체
설립

1. 대구·경북교육발전포럼 설립

대구·경북교육발전포럼 창립총회

일시 : 2010년 1월 16일 오후 3시

장소 : 대구시 동구 신천4동 영남일보 사옥 강당

내용 : 대구 경북교육발전포럼 구성

"대구·경북교육 발전포럼 창립 선언문"

(2010년 1월 9일 대구·경북교육발전포럼)

영남은 예로부터 국가의 동량을 배출한 인재의 산실이다. 인재의 절반이 영남에 있었음은 영남이 타 지역보다 교육을 중시한 고장이었기 때문이다. 또한 영남은 근·현대사에 있어 대한민국의 자유 민주주의를 수호하고 경제 발전을 이루어낸 지도

자를 탄생시킨 고장이기도 하다.

그러나 지난 10여 년 동안 지금껏 이루어 놓은 역사의 궤적을 수정하려는 반자유 민주주의 세력은 자유 민주주의의 근간을 뒤흔들어 교육계도 몸살을 앓아왔다. 사회주의적 평등을 구호삼아 구시대의 산물인 고교 평준화 정책을 고수하려 하고, 자유 민주주의의 토대를 마련한 지난 시대의 역사를 부정하는 왜곡된 교과서를 두둔하며, 수월성 교육과 특성화 교육을 반대하고 감성적 민족주의에 빠진 통일 교육을 추구하고 있다.

그리고 더욱 우려할 것은 편향된 시각을 가진 특정 단체들이 대구·경북 교육 정책을 사사건건 간섭하고 트집을 거는 일이다. 교육을 걱정하는 마음이야 누구나 다 같다지만, 이들은 특정한 이념을 추구하기 위한 방편으로 시대적 변화를 요구하는 올바른 교육 정책마저 '반대를 위한 반대'로 일관하고 있기에 문제가 있다. 이로 인해 교육청은 물론 일선 학교까지도 이들의 눈치를 보는 기관으로 전락하고 있는 실정이다.

또한 대구·경북 교육은 지난 수년간 발전의 비전을 수립하고도 적절한 전략을 구사하지 못해 교육 경쟁력의 통계 수치 면에서 점차 뒤처지고 있는 실정이다. 교실 수업 중심의 교육 개혁이 미흡하여 학력의 저하를 가져왔고 교육 본질에서 벗어난 낭비적 교육 행정과 교육 활동으로 교육력이 저하되었으며 지역 사회의 교육적 역량을 결집하고 통합하는 일에 소홀하였다.

이제 우리는 특정 집단과 세력이 추구해 온 평등 만능주의적인 교육적 시각을 바로잡고 자율, 창의, 경쟁, 책임이 중시되는 자유주의 교육으로 공교육을 정상화시켜 새 시대를 향한 쾌적

하고 효율적인 교육 토양을 만들어야 한다.

이를 바탕으로
- 행정 업무를 표준화, 간소화하여 교사의 수업권과 교권을 확립하며
- 수준별 학습, 개별 맞춤 학습, 학력 평가의 강화로 교육의 질을 향상시키고
- 학생 학부모의 교육 선택권과 학교의 학생 선발권을 중시하며
- 교원 평가제, 교육 정보 공개의 정착으로 경쟁과 책임의 교육 경쟁력을 제고하고
- 교육 모니터링, 교육 정책 평가로 교육 만족도를 높여나가며
- 편향적 이념 교육을 척결하여 국가 정체성을 확립하고
- 교단 갈등 요인을 제거하여 교단 안정을 도모함으로써
- 대구·경북 교육의 새로운 이정표를 만들어 가야 한다.

이제 우리는 대구·경북 교육을 21세기 지식 기반 사회를 주도하는 선진 교육의 요람으로 만들고 '교육 도시' '인재의 산실'이라는 옛 명성을 되찾고자 오늘 대구·경북 교육발전포럼 창립대회를 거행한다.

대구·경북 교육발전포럼은 21세기를 향한 선진 교육의 장을 마련하기 위해 자유 민주주의와 시장 경제를 토대로 한 자유주의교육을 추구하며 교육 NGO로서의 역할을 충실히 이행하여 대구·경북 교육의 명예와 자존심을 회복하는 단체가 될 것임을 천명한다.

대구 · 경북교육발전포럼 발족에 즈음해서

상임대표 강 형

최근 10여년에 걸친 우리나라 교육현실은 교실중심 교육이 무너져 공교육이 붕괴되었다는 비판의 목소리가 높다. 지난해에 공개된 대구 · 경북교육의 평가결과가 발표되면서 이 지역 언론은 대구 · 경북교육을 '대구 · 경북 교육 추락하다', '교육 메카의 굴욕이다', '대구지역, 서울대 합격자 10년 새 반 토막 나다' 등으로 맹비판했다. 심지어 지난해는 국정감사장에서도 대구 · 경북교육의 추락이 도마 위에 오르기도 했다.

이런 충격적인 비판을 받고 있는 데에는 그만한 이유가 있었다. 2009년 시 · 도 교육청 평가 결과, 대구가 7개 광역시 중에서 최하위란 평가를 받았고, 사상 처음으로 공개된 최근 5년간 대학수능시험 시 · 도별 등급 비교에서 언어영역, 수리 가, 나 영역, 외국어 영역, 이 4개영역의 1 · 2등급 비율이 대구는 5~8위권, 경북은 9~11위권에 속해 있었을 뿐 아니라 그 외에도 기초학력 부진학생 비율이나, 원어민 교사 학교 배치율, 그리고 방과 후 학교 참여율 등이 모두 타 시 · 도에 비해 하위권에 머물러 있었기 때문이다.

이 지역 영남은 예로부터 학문의 고장이었고 국가동량(國家棟樑)의 배출과 인재양성의 산실이었다. 지난 20세기 후반에 이룩한 오늘의 위대한 대한민국, 세계 속의 한 민족으로 우뚝 세계 한 경제성장과 민주화의 기반을 이룩하는데 많은 공헌을 해 왔던 중심에 영남이 있었다. 그 원동력은 교육의 힘 이었음은 주지의 사실이다.

기실, 지난20세기 후반 대구는 교육의 도시라는 명성을 간직하면서 대학예비고사 및 대학수능시험의 형태로 시행되었던 국가시험에서 1 · 2등급 비율 최 상위를 차지함으로서 서울 대를 비롯하여 명문대 진학률이 전국최고를 차지했었다. 그 시절, 대학진학성적은 말할 것도 없고 각종교육실적 평가와 예체능, 과학전람회 등에서 나타낸 성적과 그

리고 각종 경시대회에서 대구는 항상 상위권에 랭크되어 있었다. 이로 인해 대구 · 경북 시 · 도민은 교육에 대한 자부심과 긍지로 충만해 있었다. 하지만 21세기로 들어오면서 대구 · 경북 교육의 이 빈약한 모습은 옛 명성을 잃어버려 우리의 자존심과 용기에 큰 상처를 받게 되었다.

이렇게 추락만 하고 있는 대구 · 경북의 교육을 이대로 보고만 있을 수 없다는 생각을 하게 되었다. 지난 정부들의 평준화 정책과 교육당국의 교육통제가 교육발전의 장애가 되어 공교육은 붕괴되고 교육에 대한 신뢰감이 무너져 사교육의 비중이 높아만 가고 있는 현실을 보고 가만히 보고만 있을 수 없다는 생각도 하게 되었다. 우리의 교육정책은 급격히 변해가는 사회변화에 적절히 대응하지 못하고 정책개선부재로 교육개혁방향에 뒤따르지 못하고 있음을 직시하고도 가만히 있을 수만 없다는 생각도 했다. 책임 있는 지위에 있는 교육자나 교육학자들은 시대적 흐름인 자유주의적 교육개혁의 일관된 방향을 설정하지 못한 채, 정치권력의 요구에 맞추어 일관성 없는 교육정책에 동조만하고 있는 태도를 그냥 보고만 있을 수 없었다. 바로 이 현실을 철저히 분석하고 대책을 세워나가기 위해 오늘 "교육발전포럼"단체가 발족하게 되었다.

이제 교육청과 교육위원회, 일선학교 등 교육관련 기관과 교직원은 물론 지방자치단체나 시 · 도민 모두가 책임을 통감하고 방관자가 아니라 지역교육의 주체로서 교육에 대한 관심과 지원을 획기적으로 높여 가려고 한다.

오늘 우리가 창립하려는 대구 · 경북교육발전포럼은 이 절박한 교육현실을 직시하고 우리가 추구하고자하는 창립목표를 성공적으로 성취하기위해 어떠한 어려움과 고통도 이겨내며 힘차게 매진할 것을 다짐한다. 아울러 각계각층의 시민 여러분들의 동참을 호소하는 바이다. 대구 · 경북의 명예와 명성과 자존심을 회복하고 새로운 도약을 이루어 내기위해 헌신적인 노력을 아끼지 않을 것을 천명하는 바이다. 꿈을 이루어내겠습니다. 감사합니다.

격려사

영남일보 회장 배 성 로

요즘 만나는 사람들 중에는 교육을 걱정하는 분들이 많습니다. 이런 사회분위기 속에 때마침 대구·경북교육발전포럼이 출범하게 된 것을 진심으로 축하합니다. 포럼 창립을 준비하느라 애쓰신 관계자 여러분의 노고에 감사하다는 말씀을 드립니다.

우리는 요즘처럼 지구촌 시대에 살고 있음을 절실히 느낀적이 없었던 것 같습니다. 세계 어느 한 지역의 금융위기는 바로 우리 개개인의 생활과 직결되곤 합니다. 그리고 에너지 문제, 기후변화문제, 식품안전 문제 등은 국제적인 공조 없이는 풀 수가 없는 숙제들입니다.

이러한 난제를 해결하기 위해 세계는 전에 없던 협력시스템과 글로벌 리더십을 필요로 하고 있습니다. 대한민국을 포함한 지구촌은 결국 국제적인 인재가 절실히 필요한 시점입니다.

저는 대한민국이 세계10위권이 경제대국으로 성장한 것은 근대화과정에서 열정을 바친 대구경북 인재들이 있었기 때문에 가능했던 것으로 생각합니다. 대구경북은 건국60년의 역사동안 대한민국의 자유민주주의를 수호하고 경제발전을 이루어 낸 무수한 인재를 탄생시킨 자랑스러운 지역입니다.

대구·경북교육발전포럼이 추구하는 것과 같이 인재를 길러내기 위해서는 교육시스템의 근본적인 변화가 선행되어야 합니다. 먼저 획일적이고 평준화된 교육체제에서 빨리 벗어나야 합니다. 국제적인 인재를 키워내기 위해서는 자율적이고 수월성을 보장하는 쪽으로 교육시스템이 변화되어야 합니다.

이 포럼에서는 지금 이 시간에도 교육현장에서 인재를 길러내고 있는 분들이 많이 참여하신 것으로 알고 있습니다. 대구·경북교육발전포럼이 우리 시대의 교육위기를 극복하고 글로벌 리더십을 갖춘 창의적 인재를 탄생시키는데 많은 기여를 하기를 기대합니다.

다시 한번 대구·경북교육발전포럼의 창립을 축하하며, 포럼에 참여하신 여러분 모두의 가정에 행복이 함께하길 기원합니다.

감사합니다.

축사

한나라당 국회의원 유 승 민(대구 동구을)

안녕하십니까.
유승민 의원입니다.
대구경북교육발전포럼의 창립을 진심으로 축하드립니다.
대구경북을 이끌어가는 많은 분들께서 대구경북의 교육을 걱정하는 마음으로 이 포럼의 창립에 동참해주신 데 대해서도 깊은 감사의 말씀을 드립니다.

특히 저의 경북고 은사이신 강형 선생님과 김현수 선생님, 두 분께서 이 포럼 탄생의 주역을 맡아 노고를 아끼지 않으신데 대하여 존경과 감사의 말씀을 올립니다.

국가의 백년대계라는 교육이 나라의 장래, 국민 개개인의 행복을 위해 얼마나 중요한 것인지는 우리 모두 잘 알고 있습니다. 문제는 "어떻게 하면 좋은 교육을 하느냐?"입니다. 그 방법과 정책, 제도를 둘러싸고 백가쟁명식의 논쟁이 역사적으로 끝없이 이어지고 있습니다. 교육의 철학과 정책에 이념적 요소가 투영된 것은 어쩌면 당연한 일이기 때문에 애써 외면하려 할 필요도 없습니다. 자유주의가 추구하는 선택의 자유라는 가치와 사회주의가 추구하는 평등이라는 가치가 충돌하고 타협하는 현장이 바로 교육입니다. 그 어느 하나만이 최선의 선택이라는 생각은 오만과 편견일 가능성이 높습니다.

민주주의 국가에서도 교육에서는 평등의 가치를 소중하게 생각하고 사회주의 국가에서도 수월성의 가치를 소중하게 생각하고 있다는 증거가 바로 미국, 유럽, 러시아, 중국의 교육현장 입니다. 우리가 지혜를 모아서 풀어야 할 과제는 우리 한국의 교육, 대구경북의 교육이 어떻게 하면 더 많은 국민들, 학생들에게 좋은 교육을 제공하며 나라의 발전과 개인의 행복에 도움이 되느냐, 그 길을 찾는 일입니다. 전교조를 배척하는 게 중요한 게 아니라 전교조보다 더 나은 대안과 해결책을 제시해서 국민의 마음을 얻는 게 더 중요한 일입니다. 고교평준화 폐지든, 외국어고 폐지든, 학원과 과외의 규제든, 설익고 성급한 정책은 혼란만 가중시킨다는 것을 국민들께서 잘 알고 계십니다. 좋은 교육정책과 제도의 설계는 현장의 경험과 교육의 철학을 모두 갖춘 분들이 정말 신중하게 다루어야 할 일이라는 점을 강조하고 싶습니다.

그런 점에서 오늘 창립되는 대구경북교육발전포럼이 교육발전의 현실적이고 실현가능한 대안을 제시하는 역할을 담당할 수 있다면 우리 교육의 앞날에 희망이 될 것임을 확신합니다. 오늘의 좋은 출발이 대구경북의 교육을 살리는 첫걸음이 되기를 기원하면서 다시 한번 축하의 말씀을 드립니다.

축사

대구지방변호사회 회장 **장 익 현**

　오늘은 대구 · 경북 교육발전의 전기를 마련하게 될 대구 · 경북교육발전
포럼이 출범하는 뜻 깊은 날입니다.
　대구 · 경북교육발전포럼 발족을 위해 수고해 주신 강형 상임대표님, 김
현수 공동대표님을 비롯한 관계자 여러분의 그동안의 노고에 존경의 인사
를 보냅니다.

　언제부터인가 한국교육은 깊은 수렁에서 헤어나지 못하고 있습니다. 공교육은 사교육에 밀려 본연
의 자세를 잃어가고 있고, 교권과 학생의 인권이 함께 무너지고 있습니다. 조기교육, 고교등급제, 외
고문제 등으로 계층간의 위화감은 더욱 커지고 있고, 순수해야 할 교육의 장에 편향된 이념이 자리잡
고 있기도 합니다.
　특히, 대구 · 경북의 교육은 지역경제의 지속적인 침체와 맞물려 다른 어느 지역보다 많은 문제점
을 안고 있습니다.

　이러한 시기에 자율, 창의, 경쟁, 책임을 중시하는 자유주의 교육이념을 바탕으로 대구 · 경북을 선
진교육의 요람으로 만들어 보겠다는 대구 · 경북교육발전포럼의 의지는 대구 · 경북인 모두의 공감을
얻을 수 있으리라 생각이 됩니다.

　대구 · 경북교육발전포럼이 대한민국 "인재의 산실"이었던 대구 · 경북의 옛 명성을 되찾게 되는 계
기가 되고, 대한민국 교육발전에 새로운 장을 여는데 기여해 주시기를 기대해 보겠습니다.

　다시 한번 대구 · 경북교육발전포럼의 창립을 축하드립니다.
　감사합니다.

창립총회에서 대회사 하고 있는 강형 대표

창립총회를 마치고 나서(아내와 함께)

2. 한국교육평가연구소 설립

"교육 방향의 나침반이 되겠습니다."

(소장 인사말 - (주)한국교육평가연구소 소장 강형)

지금 우리는 세계 최빈국에서 세계 10위권 경제 대국의 기적을 이루어 내었습니다. 서구가 200년에 걸쳐 이룩했던 근대화를 일본은 100년에 걸쳐 이룩했고, 우리나라는 50년으로 단축했습니다. 이런 기적을 이룬 그 원동력은 바로 교육의 힘이었다고 할 수 있을 것입니다.

그러니까 21세기 치열한 국가 경쟁 사회에서도 우리들이 추구하는 사회, 더 잘 사는 나라, 튼튼한 나라를 만들어내는 그 원동력도 또한 올바른 교육에서 시작된다고 할 수 있을 것입니다.

그런데 작금 우리의 교육 정책은 많은 시행착오를 거쳐 왔습니다. 교육 본질보다 정치적 논리에 빠져있었고, 평등을 앞세운 이념적 편향성이 지배해 왔으며, 학생과 학부모를 실험 대상으로 삼기도 하면서 일관성, 지속성보다는 일과성과 저돌성으로 안정을 잃기도 했습니다. 이런 과정에서 우리나라의 교육은 학교와 교실이 무너지고 공교육이 붕괴되면서 교육 이민이란 전대미문의 현상이 나타나며, 사교육 천국이란 오명을 낳기도 했습니다. 그런 가운데 경제 성장의 원동력이었던 교육이 집단적 이기주의와 국가 독점주의 그리고 평등주의에 발목이 잡히기도 했었습니다. 바로 이런 것들이 교육의 장애 요인들이 되었습니다.

이제 그동안 초·중·고·대학에서 오랜 기간 동안 쌓아온 교육 현장 실무 경험을 바탕으로 비뚤어진 방향을 바로잡고 장애 요인들을 해소하는 데 진력하고자 합니다. 사교육 해소와 공교육 내실화, 교육력 향상과, 교육 선진화, 입시 제도 개선, 대학의 교육 및 연구 역량 강화 등 최근 더욱 복잡해지고 광범위하게 전개되고 있는 국가의 제반 교육 정책 및 현안에 대해 과학적인 분석과 평가를 통한 실효성 있는 대안을 제시하겠습니다.

이제 한국교육평가연구소는 이러한 절박한 교육 현실들을 직시하고 우리가 추구하고자 하는 연구소 창립 목표를 성공적으로 달성하기 위해 힘차게 전진할 것을 다짐하는 바입니다. 꿈은 반드시 이루어질 것입니다. 감사합니다.

2012년 3월 14일

• 설립취지

한국교육연구평가연구소는 자유주의적 교육 개혁을 일관성 있게 추진하기 위해 설립된 '대구·경북 교육발전포럼'의 교육 이념을 이어 받고 21C형 새로운 영어 교육의 패러다임을 제시하여, 새로운 교육 경영 사업 시스템을 구축하기 위하여 설립이 되었다. 본 연구소는 높은 수준의 교육 콘텐츠를 개발하고 이를 보급하고 교육함으로써 변화하는 교육 환경에 창의적으로 대처함을 목표로 하고 있다. 또한 본 연구소는 새로운 비전 교육을 실시함으로써 21C가 요구하는 '글로벌 인재 육성'이라는 교육 목표 달성에 기여하고자 함을 취지로 하고 있다.

〈한국교육평가 연구소 창립 기념식〉

일시: 2012년 3월 14일 오후 6:00
장소: 대구 그랜드호텔 5층 프라자 홀

식 순

- 개회사 선언   공동대표 김현수 이사
- 국 민 의 례   사회자
- 회 사 소 개   강 형(평가연구소장)
- 내 빈 소 개   사회자
- 인 사 말   서영자(연구소 대표)
- 축   사(1)   유승민(국회의원)
- 축   사(2)   김부겸(국회의원)
- MOU체결식   Intelli Wide
- 식사 및 교제

연구소 개소식 테이프 커팅하는 아내 서영자 사장

·7부· 국내외 명소 탐방

해외 여행

Key West와 Hemingway별장(1986. 5. 30)
Orland의 Disney World 와 Ecopt Center(1986. 6. 5)
Cleveland에 거주하는 복심지우와 조우(1986. 6. 20)
버팔로 주립대학과 나이아가라 fall(1986. 6. 21)
수교 이전에 방문한 북경(1992. 7. 27 : 대학교수단)
실크로드 항주(2차)(1992. 8. 2)
일본 동경 (1992. 8. 5 ~ 8. 7 : 김양수 교수와)
대만(1993. 8. 1 ~ 3 : 김유성 교수와)
백두산(1994. 5. 5 ~ 8 : 처 서영자, 차녀 윤경)
서유럽(1996. 5. 20 ~ 24 : 처 서영자, 차녀 윤경이와 배수현)
사이판(1997. 8. 5 ~ 7 : 내자 서영자와)
태국 방콕-푸켓-파타야-말레지야
(1999. 8. 10 ~ 14 : 서영자, 차녀 윤경, 며느리 김은희)
중국 서안-계림(2000. 7. 11 ~ 14 : 6남매와 1차)
필리핀(2001. 7. 20 ~ 24 : 동생 지한 내외와)
만년설의 나라 노르웨이(2003. 7. 3)
상트 페테르부르크의 겨울궁전(2003. 7. 5)
모스크바 클렘린 궁 레닌 묘소 (2003. 7. 0)
일본 후꾸오까(2004. 4. 2 ~ 4. 4 : 6남매와 2차)
벳부 스기노이온천호텔 – 아소 산 – 쿠마모토 성
하와이(2005. 7. 22 ~ 26 : 서영자와 영도 댁 방문)
금강산(2006. 3. 19 ~ 21) 이산 가족 상봉
캄보디아(2006. 9. 24 ~ 29) 태국 경유-앙코르와트(서영자와)
베트남(2007. 1. 11 ~ 16 : 고등학교 동기 내외)
하노이-하롱베이-난빈-호아빈
장가계, 원가계(2008. 7. 1 ~ 4 : 최정일과)
황산-항주(2011. 1. 19 ~ 22 : 손자 재훈이와)

국내 명소 탐방(150여 곳)

해외 여행

하와이

마이애미(에버 그레이드)

맨해튼(엠파이어 스테이트 빌딩 근처)

디즈니월드

L.A.

야구장(밀워키)

『노인과 바다』의 배경

헤밍웨이 집(마이애미 key West)

매디슨(위스콘신 주청사)

나이아가라(버팔로 대학에 유학 중이던 윤청 교수 내외와)

중국 천안문(1992. 7. 27 한중국교 수립 이전 : 한국대학교수단)

중국 만리장성

중국 서안

마카오
(김양수 교수와)

중국 장가게
(고 최정일과)

서안
화청지에서

노르웨이

노르웨이

노르웨이 만년설

러시아

러시아

상트페테르부르크

덴마크 코펜하겐

덴마크 코펜하겐 : 인어공주 상 앞

캄보디아 앙코르와트

필리핀 마닐라

베트남 하노이 호치민 묘소 앞

방콕(차녀, 맏며느리와)

하롱베이

MAIN LIBRARY
圖書館

홍콩대학 도서관

일본 구마모토성

일본 동경(동경대 구내)

국내 명소 탐방(150여 곳)

백두산 정상

중국연변 윤동주 시비

백두산

명세지재 命世之才 들의 글

명세지재命世之才로 거듭나라는 채찍 어린 격려

— 박철수(경북고 55회 졸업, 수원과학대학교 총장)

선생님께서는 참으로 먼 길을 돌아오셨습니다. 인생이란 길을 가는 사람 앞에 장벽이 필요한 이유는 그가 무엇을 절실히 원하는지를 시험하기 위해서라는 진리를 선생님께서 우리들에게 직접 보여주시기 위해 이렇게 먼 길을 돌아오신 것 같습니다.

선생님께서는 먼 길을 돌아오시는 고난을 겪을 때마다 그것이 참된 인간이 되어가는 과정임을 몸소 보여주시면서, 기대감은 때로 무거운 짐이지만 그것을 받아들일 능력이 있는 자에게 그것은 세상을 사는 힘이 되기도 한다는 사실을 가르쳐주셨습니다.

인생에는 가끔 신비한 만남이 찾아와서 우리를 인정해 주고 우리가 어떤 사람이 될 수 있는가를 일깨워주기 때문에 우리가 가진 큰 가능성이 비로소 빛을 발하기 시작합니다. 선생님과의 조우는 저에게 있어 바로 이런 신비한 만남이었습니다.

선생님께서 저를 대할 때 제가 되어야 하고 또 될 수 있는 그런 사람으로 대해주셨기 때문에 결국 제가 되어야 하고 될 수 있는 그런 사람으로 이렇게 성장할 수 있었습니다.

제가 기억하는 선생님의 모습은 평소에 한 번 생각한 일이라면 꼭 실천으로 옮기시고 어떠한 어려움도 극복하면서 끝내는 성취하고 마는, 너그러우면서도 지혜롭고 배려하면서도 강인한 분이셨습니다.

그리고 선생님은 책임감이 강하시고 추진력이 남달리 뛰어나며 무슨 일을 해도 철저하게 하시고 가장 좋게 가장 훌륭하게 그리고 제일 좋은 것으로 만들려는 생각을 갖고 실천에 옮기시는 제 인생의 거울이고 등불이셨습니다.

저는 선생님께서 제자들과의 만남을 '명세지재命世之才와의 만남'이라고 하셔서 황망하고 두려운 마음을 감출 길이 없습니다. '명세지재'라는 의미는 '천명에 순응하여 세상에 태어난 훌륭한 인재'라는 뜻으로 덕망과 재능으로 세상 사람들로부터 존경받는 걸출한 인재를 의미합니다.

'명세지재'라는 말은 BC 1세기 무렵 중국 한나라 이릉장군이 소무장군에게 쓴 답신편지에서 "가의와 주아부는 모두가 확실한 '명세지재'이고 장군과 재상의 그릇을 지닌 인물이었다."라고 말한 것에서 비롯되었습니다.

저는 '명세지재'라는 단어의 출전을 살펴보면서, 진정한 '명세지재'란 천하의 근심걱정은 누구보다 먼저 하지만, 천하의 혜택과 누림은 누구보다 늦게 하며, 정의롭고 올바른 일에 대해서는 결과에 연연하지 않고 의연하게 시작하여 최선을 다하는 인재라는 것을 선생님을 통해 깊은 의미를 알게 되었습니다.

선생님은 분명히 우리나라의 한 시대의 획을 그으신 명세지재이시지만, 선생님께서 불초한 저희들을 명세지재로 이름 지으시니 제자들은 더더욱 성황성공誠惶誠恐할 따름입니다. 아직도 부족한 점이 많은 저희들은 이를 선생님께서 주신 명세지재로 거듭나라는 채찍 어린 격려로 삼으며 각 분야에서 더욱 분발하여 선생님의 이름에 부끄럽지 않는 제자가 되도록 노력하겠습니다.

선생님의 회고록은 이 세상 그 무엇에도 종말이 없다는 것을 일깨워주고 있습니다. 뿌린 씨앗이 거두어지는 것은 겨자처럼 다시금 그것을 뿌리기 위해서인 것임을. 훗날, 선생님에 대한 기억이나, 심지어는 얼굴조차도 모르는 우리의 후세들이 이 회고록을 통하여 선생님께서 남기신 훌륭한 정신과 기상을 이어받아 국가와 사회, 더 나아가서는 세계에 크게 기여할 수 있는 인재로 거듭날 수 있기를 진심으로 기원합니다.

세상의 모든 것은 이어지듯, 선생님의 가르침과 먼 길 돌아온 발자취 또한 이 책을 통해 모든 이들의 가슴에 영원히 이어질 것입니다.

선생님 만수무강하세요. 사랑합니다.

·1부· 인생을 가르쳐 주신 선생님

영어의
영원한 사표師表이신 은사님

안중은 경북고등 54회, 안동대 영어교육과 교수, 시인

　강형 은사님을 처음 만난 것은 1970년 청운의 꿈을 꾸고 입학한 경북고등학교 1학년 첫 영어 수업시간이었다. 영어 수업 첫 시간, 우리말은 한 마디도 하지 않으시고 오직 정확하고 유창한 영어로만 말씀하시던 그 단아함에 숨을 죽이며 빠져들었던 학생들의 모습은 아직도 기억 속에 생생히 떠오른다. 필자에게 은사님은 너무나 소중한 분이시다. 은사님은 고교시절에는 2년 동안 영어를 가르치셨고, 2학년 때에는 담임 선생님이셨고, 대학 시절에는 경북대학교 선배님이셨고, 나중에는 영문학 교수로서 같은 학문의 길을 걸어가는 각별한 인연을 맺고 있다.

　돌이켜 보건데, 필자가 지금의 영문학 교수로서 정확한 영어 발음을 구사하게 된 데에는 여러분들의 도움이 있었지만, 그중 고교 1학년과 2학년 시절 강형 은사님(전 대구한의대 교수, 인문사회과학대학장)의 영향이 가장 컸다고 생각된다. 사실 저희 연배의 교수들 가운데 적지 않은 분들이 영어 발음에 약하다는 현실을 돌

아볼 때, 강형 은사님의 대단한 영어 실력과 성실한 가르치심은 저에게 큰 축복이었고 은혜였다.

강형 은사님의 실력에 매료되어 고등학교 1학년 겨울방학 때부터 다른 과목은 제쳐두고 영어 과목에 본격적인 관심을 가졌다. 당시 주로 공부했던 교재는 고 이규동 교수님(경북대학교 사범대 영어교육과 최고 원로 교수님, 필자의 결혼 주례를 하신 분임)의 저서인 『High Road to English』와 송성문의 『정통종합영어』였다. 그리고 당시 집안사정이 어려워 장춘환 은사님(중3 시절 담임 선생님)의 소개로 중3 후배 학생을 가르치는 입주과외를 한 적이 있었는데, 이때 과외 집에서 선물 받은 Erich Segal의 『Love Story』도 열심히 읽었던 기억이 난다.

당시 영어 삼매경에 빠져서 다른 수업시간에도 자주 영어책을 펼쳐놓고 읽었는데, 지금도 잊혀 지지 않는 추억이 하나 있다. 당시 강형 은사님이 사용하신 영어 교재는 『Essential English』 이었다. 필자는 교재에 많이 인용되었던 William Somerset Maugham의 『The Summing Up』이라는 수필집을 구해서 수업시간에 읽다가 적발된 적이 있다. 황선봉 선생님의 국어수업 시간이었다. 교무실로 불려가서 꾸중을 듣고 있었다. 그때에 강형 은사님께서도 전후 사정을 알아차리셨지만 아무런 책망을 하지 않으셨다. 그때 은사님께서 필자를 신뢰하고 있다는 것을 느낄 수 있었고 그 이후 영어공부를 더욱 열심히 하게 되었다.

강형 은사님과의 인연은 대학진학 이후에도 계속되었다. 고3 시절 절친한 급우였던 박용덕(전 한국외환은행 부행장)과 우성기(동국대학교 경주캠퍼스 교수, 전 사회과학대학장)가 등록금을 두 번씩이나 내준 덕택으로 어렵게 고등학교를 졸업한 필자는 경제 사정으로 서울로 유학 가지 않고 경북대학교 사범대학 영어교육과에 진학하여 강형 선생님의 후배가 된 것이다. 강형 은사님은 경제적으로 어려웠던 필자에게 여러 차례 영어 아르바이트를 소개시켜 주셨고 덕택에 대학은 물론이고 대학원 등록금과 생활비도 충당하고 집안 살림에도 보탬을 줄 수 있었다.

필자는 감사의 뜻으로 은사님께 만찬을 대접해드리고, 은사님 댁을 몇 차례 찾아뵙기도 하였다. 항상 은사님의 은혜를 받기만 하던 필자는 이후 은사님께 보은하는 기회의 행운을 얻을 수 있었다. 은사님이 동아대학교 박사과정에서 Swift 소설을 전공하시면서 필자에게 도움을 요청하신 것이다. 필자는 만사를 제쳐놓고 은사님께 도움을 드렸다. 은사님은 감사의 뜻으로 댁으로 초대하시어 너무나 풍성한 오찬을, 그것도 겸상으로 필자를 대접해 주신 일은 아직도 기억에 생생하게 남아 있다.

그 후에 은사님의 자제분 결혼식에서 뵈었는데 많이 연로하셨지만, 목소리는 여전히 미성을 간직하고 계셨다. 그 미성은 이번 은사님의 회고록 관계로 전화를 드릴 때에도 마치 가수 이미자의 목소리가 수십 년의 세월이 흘러도 여전한 것처럼 변하지 않은 것을 확인할 수 있었다.

이번에 강형 은사님과 필자를 기억하시고, 이렇게 은사님의 회고록에 추억을 되새기는 글을 올리게 되어서 무척이나 영광스럽게 생각한다. 모쪼록 은사님이 팔순을 지나서 더욱 장수하시어 100세 시대에 걸맞은 건강과 행복을 충만하게 누리시길 간절히 기원드린다.

청운의 꿈을 꾸던 고등학교 시절에 강형 은사님과 얽힌 아련한 추억은 필자에게 19세기 영국 낭만주의의 대부이자 계관시인인 Wordsworth가 「어린 시절을 회상하면서 영생불멸을 깨닫는 송시Ode: Intimations of Immortality from Recollections of Early Childhood」의 시행들인 "풀의 광휘와 꽃의 영광의 / 시간the hour / Of splendour in the grass, of glory in the flower"처럼 영원히 찬란한 시간으로 기억될 것이다. 아래 짧은 시를 강형 은사님과 은사님이 기억하시는 모든 제자들과 은사님을 추억하는 모든 제자들에게 바친다.

추억 단장

아는 사람, 생각하는 사람, 행하는 사람,
대봉동 청운정 교정 앞 새겨진 석비 너머
동량지재棟梁之材 운집한 교사校舍의 한 교실.

떠오르는 백삼선白三線 교모 쓴 까까머리들,
아스라히 들려오는 저 소리, 소리, 소리들,
단아하신 강형 선생님, 유창한 영어 발음.

그때 그 시절 다시 돌아갈 수 없지만,
그 시절 회상하면서 새로운 힘 얻으리.
이 회고록을 읽으면서도 새 힘 얻으리.

인생의 나침반이
되어주신 선생님

백승관 경북고 55회, 포스코 광양제철소 소장

중국의 고전 『여씨춘추呂氏春秋』에서는 스승의 역할을 "올바른 가르침, 즉 도리道理와 정의正義를 가르치는 것이다."라고 말하고 있습니다. 그래서 공자는 올바른 이치理致와 인성人性을 먼저 가르치고 그 밑바탕 위에 자신의 학문인 육예(六藝 : 예·악·사·어·서·수)를 제자들에게 가르쳤다고 합니다.

학교를 다니며 많은 선생님들께서 저를 가르쳐 주셨지만, 감히 '스승'이라고 부를 수 있는 강형 선생님을 만난 건 질풍노도의 시기를 겪던 고등학교 시절이었습니다. 젊음의 한가운데, 커다란 고민을 안고 있던 시기에 선생님을 알게 된 건 저에게는 커다란 축복과도 같았습니다.

대부분의 고등학교에서 대학 진학을 최고의 미덕으로 삼고 지식을 가르치는 일에 매진하고 있을 때, 강형 선생님께서는 올바른 인성교육과 함께 지식도 가르치시는 참된 교육자셨습니다. 선생님께서는 항상 근면, 성실하고 검소하게 생활할 것을 말씀하셨고 그것을 솔선수범하시어 말만이 아닌 행동으로도 함께 보여 주셨기 때문입니다.

또한 가르치는 과목에 대해 흥미가 없고 성적이 좋지 않았던 학생들을 감싸 안으며 인자한 모습으로 가르치시던 모습이 제가 선생님을 한층 더 믿게 되는 계기가 되기도 했습니다.

1981년도에 포스코에 입사하여 포스코 광양제철소의 소장이 된 지금까지 저는 수많은 어려움에 봉착했지만 강형 선생님께서 행동으로 보여주셨던 가르침을 되새기며 실천에 실천을 거듭하며 난관을 극복해 올 수 있었습니다. 특히 광양제철소장이 된 후 저는 우리 광양제철소에서 근무하는 모든 분들이 털끝 하나 다치지 않고 건강하게 근무할 수 있게 하자는 목표를 세우고 (선생님의 가르침이 없었다면 말뿐인 구호가 되었을 가능성이 컸겠지만) 이를 실현하기 위해 솔선수범하고 실천하면서 광양제철소의 모든 분들과 함께 불철주야 많은 노력을 하고 있습니다.

"내 인생에 거대한 순풍이 불어오기만을 기다리고 계신 건 아니신지요? 바람이 불지 않을 때 바람개비를 돌리는 방법은 앞으로 달려 나가는 것입니다."

일전에 인간관계의 대가 데일 카네기의 책을 읽다가 발견했는데 강형 선생님을 떠올리게 하는 문구였습니다. 그리고 다시 한번 내가 지금 제대로 된 방향으로 가고 있는지, 올바른 것을 올바르게 실천하고 있는지를 생각해 보는 계기가 되었습니다. 또 사회생활이 바빠서, 일이 많아서라는 핑계로 자주 찾아뵙지 못한 죄송스런 마음과 함께 빠른 시일 내에 꼭 한번 선생님을 찾아뵙고 앞으로의 인생을 또 어떻게 살아나가야 제대로 살 수 있을지에 대한 좋은 말씀을 들어봐야겠다는 생각도 들었습니다.

우리의 인생에서 가장 중요한 교차로에는 신호등이 없습니다. 하지만 내 인생의 나침반이 되어주신 선생님 덕분에 저는 인생의 중요한 교차로에서 신호등을 건널 수 있는 용기와 지혜, 그리고 넓은 시야를 얻을 수 있었습니다.

더벅머리 사내아이를 제대로 된 사람이 될 수 있도록 인도해주신 선생님!! 다시 찾아뵐 때까지 건강 조심하시기 바랍니다. 그리고 존경합니다. 사랑합니다.

가슴에 영원히 새겨둔
선생님

구영석 경북고등 54회, 전 국가대표야구선수, 우리은행장

　고향을 잃어버린 실향민들은 길을 걷다 들풀만 보아도 마음속의 고향으로 달려가게 된다. 내가 그런 기분에 젖어 본다.

　1970년 고교 1학년 담임이셨던 강형 선생님. 벌써 세월이 44년이나 흘렀다. 잊으래야 잊을 수 없는 선생님과 경북고에서의 야구부 시절을 회상하니 추억의 강물 속에 빠진 듯 감회가 새롭기만 하다. 그중에서도 운동선수에 대한 애정이 남다르셨 강형 선생님은 영원히 나의 가슴 속에 깊숙이 남아 있다. 특히 나에게 꿈과 희망을 실현할 수 있는 용기를 북돋아 주셨다. 당시 야구선수 생활과 공부를 병행한다는 것은 무척 힘든 일이었다. 선생님께서는 가끔 수업이 끝난 후 야구부 선수들이 훈련하는 과정을 지켜보시고 퇴근하시곤 하셨다. 2학년이 되었을 때, 선생님께서 면담을 하자고 하셔서 교무실로 갔었다. 그때, 나를 반겨주시던 선생님의 인자한 얼굴이 아직도 기억이 난다. 먼 훗날 국가대표 야구선수가 되려면 인품도 갖춰야 하고 영어 또한 필

수적이니까 야구와 함께 영어공부를 게을리하지 말라고 말씀하셨다. 대부분의 사람들은 야구선수가 공부를 하는 것에 별 의미를 두지 않았었던 시절이었다. 그 시절 고교야구는 인기가 좋았다. 전국 고교야구 대회가 너무 많아서 운동과 공부를 함께 한다는 것이 무척 힘들었었다. 그런 나에게 인성을 갖추기 위해, 또 나중에 더 큰 선수가 되기 위해 학문의 중요성을 일깨워 주신 것이 선생님이셨다.

나는 1975년에 국가대표로 선발되어 아시아 야구선수권대회에서 우승의 기쁨을 맛보았다. 나는 어느 시합이던지 승부근성이 강한 편이어서 그 결과 부상도 많이 당했었다. 1976년 육군 현역 시절 시합 중 공에 맞아 앞니가 5개나 부러지는 중상을 입기도 했고, 그해 8월 캐나다 몬트리올에서 세계야구대회 준비를 위한 LA 다저스팀과의 친선경기 도중 부상으로 얼굴을 14바늘이나 꿰매기도 했다. 또한 11월 콜롬비아 세계야구대회에서도 머리에 공을 맞아 입원하는 등 부상의 연속이었다. 그때 치료를 맡아주신 의사선생님은 연속적인 부상이야기를 듣고 구선수는 명命이 길 것이라며 농담을 했던 기억이 난다.

1977년 6월, 니카라과에서 열렸던 세계야구대회에서는 한국이 결승전에서 미국을 꺾고 우승했다. 당시 국가대표 중 경북고 동문선수로는 배대웅, 천보성, 이선희, 필자 4명이 있었다. 그날 저녁, 우승 축하의 맥주잔을 기울이면서 경북고 시절 온화하고 설득력 있으신 강형 선생님 얘기를 많이 했던 기억이 난다.

1981년 프로야구가 창단될 때, 모든 선수들은 안정된 직장과 화려한 프로팀 중 선택해야만 하는 큰 결정을 내려야 했다. 프로야구 원년의 창단팀은 6개뿐이었으나, 연간 110여 회의 시합을 치르기 위해 많은 선수가 필요한 상황이었다. 처음 연고팀에서 특급대우 조건으로 계약을 제의해 왔고, 뒤이어 서너 팀에서 좋은 조건을 제시하며 입단을 권유해 왔다. 당시 나는 실업야구 은행팀의 선수로서 야구와 은행원 생활도 병행하고 있었다. 당시 은행에서는 진급시험도 얼마 남지 않았었기에 잠시 망설이기도 했지만 결국 은행을 선택하게 되었다. 많은 세월이 흐른 지금까지 그때의 선택을 후회해 본 적은 없다.

1982년 선수 생활을 은퇴하고 은행원으로서의 생활이 시작되었다. 선수 시절의 승부근성으로 열심히 직장생활을 한 결과 차츰 생활도 안정되어 갔으며 연이은 승진시험에서도 합격하곤 했었다. 공부를 포기했을 법도 했던 당시에 나에게 큰 힘을 주시고 지금까지 내 인생에 있어서 많은 부분을 이룰 수 있도록 도와주셨던 선생님이 계셨기에 가능했던 일이라는 생각이 든다.

이제는 누렇게 빛바랜 훈장증을 보며 철없던 어린 시절을 생각해본다. 아직 야구가 무엇인지도 모르면서 어떻게 해서든 잘해보려고 뛰고, 또 뛰었던 기억이 아직도 생생하다. 국가대표 5년, 그리고 은행지점장 12년. 선수 생활과 보람찬 직장 생활에서 강형 선생님의 가르침들이 항상 많은 도움이 되곤 했었다.

강형 선생님을 그리면서, 또 나의 고교 시절을 다시 한 번 기억해 보면서 무척이나 깊은 행복감에 젖어 들어 본다. 존경하는 강형 선생님, 고개 숙여 감사드립니다. 이제 팔순이 가까워 지셨다니 선생님, 보고 싶습니다. 꼭 한번 찾아뵙겠습니다. 오래오래 건강하게 사십시오. 선생님을 위해 항상 기도드리겠습니다.

형님 같은
스승님

정홍수 대구한의대 2기, 경보한의원장

시인은 발끝에 치이는 돌부리를 보고도 시를 읊으려 하고 농부는 창밖의 빗소리를 들으면서도 수확의 열매를 헤아리듯이 선생님은 아직도 그 사랑의 끈을 놓지 않으시고 저같이 아둔한 사람을 지금껏 기억해 주시더군요.

형兄님 같은 형泂님. 첫 강의 만남부터 "내가 강형이다."라고 하셨습니다. 형이란 호칭이 남녀 간에서조차 두루 쓰이던 때라 뭔 애들처럼 형이라 하실까? 했던 생각에 30년이 훌쩍 넘은 지금까지도 형님 같은 기억으로 자리 잡고 있습니다. 교단에서 할 모든 일을 끝내고 몇 걸음 비켜 서서 저희를 지켜보시는 지금도 스승의 책임을 놓지 않고 서간으로 남겨 경계하시려는 뜻을 어찌 따르지 않을 수 있겠습니까.

조금 늦은 나이에 대학 다니느라 정서적인 어려움은 접어두고라도 경제적으로 많이 힘든 때였는데 장학혜택을 받을 수 있도록 추천해 주신 사랑은 결코 잊을 수 없습니다. 그런 계기가 인연이 되어 지금의 아내와 만날 수 있었습니다. 또한 당시 80년대 초에는 민주화 열망이 엄청났던 시절이라 누구나 시국과 관련해서 한마디씩은 할 수 있어야 학생인 줄 알았고 그런 시선들이 학교행정에도 옮겨져 학내분규가 끊이지 않았음에도 시국이면 시국, 학내분규면 분규에 대한 소견들을 저희들과 솔직히 나누어 주시던 모습이 교수 신분 이전에 바로 그 형님이었습니다.

몇 번의 이사 때에도 반드시 저희들을 불러 밥상뿐만 아니라 술상까지 같이 해주셨던 기억들이 새롭습니다. 학보사를 통해 틈틈이 기고하신 글들을 통해 엿보인 모습은 지극히 낭만을 아시는 분이고 아주 영민한 세속인인가 싶었는데 언제인가는 모르지만 예수님을 영접하셔서 장로 직분에 피택被擇 되신 모습에는 참으로 맑은 영혼을 지니신 분으로 보여졌습니다.

스승의 자리는 누가 만들어 주는 것이 아니라 스스로 바로 서야 하는 자리인 줄로 압니다. 군·사·부君師父, 그 얼마나 지고지순至高至純한 자리여야 하는지 내가 아버지가 되고 세상 때에 찌든 후에야 알게 되었습니다. 그 무겁고 힘든 짐을 지고 여전히 모든 물음에 답해 주시리라고 기대하는 제자들에게 약하고 굽은 등조차도 내어주실 요량으로 회고록을 집필하시는 자리의 말석에라도 참여할 수 있도록 허락하여 주심에 감사드립니다.

제 고향인 경산 남천승리교회에서 은퇴 장로 강형康泂이란 이름을 보고 먼 길 돌아 여기서 조우하게 된 것에 예정된 인연이라도 있는 듯하여 놀랍고 반가웠습니다. 부디 선생님께서 심어두신 그 사랑의 나무에 기쁨의 꽃이 피고 행복의 열매가 열리길 바라며 선생님의 여생에 주님의 은총이 충만하시길 기도합니다.

뚝배기
교수님

이재수 대구한의대 2기, 이재수 한의원장

    예과 1학년 첫 영어시간, 인심 좋은 이웃집의 아저씨처럼 생기신 교수님이 강의실에 들어오신 후 제일 먼저 칠판에 '강형'이란 두 글자를 적고는 이게 당신의 존함이라 하셨고 학생들은 숨 돌릴 틈도 없이 삼삼오오 "어이, 이 형, 어이, 박 형. 저 교수는 강 형이래." 하며 배를 잡았다.

    교수님의 존함과 관련된 나와의 작은 인연은 여기서 끝나지 않았다. 내가 학교신문인 '대구 한의대학보'의 취재부장으로 일했던 84년 교수님이 1월과 6월에 옥고를 학보에 주셨는데 그중 한 편의 제목이 공교롭게도 나 혼자만이 붙였던 별명이 포함된 '뚝배기철학'이었다. 그때 교수님의 원고를 게재하면서 존함을 한자로 표기할 때 한 번은 형자를 洞으로 바르게 적었으나 또 한 번은 洞(통)으로 잘못 적는 어처구니없는 결례를 범하고 말았다. 보는 사람에 따라서는 점 하나 차이에 불과할 뿐만 아니라 두 글자 모두 같은 뜻을 가지고 있어 통용되는 한자이니 별 문제가 되지 않는다고 할 수도 있겠지만 단순한 한자가 아닌 고유명사였기에 분명 실수였던 것이다. 그 이후 나는 교수님이 학보사로 전화를 하시거나 길에서 마주치면 반드시 호되게 꾸중을 하실 것이라 단정을 하고는 전화도 받지 않고 길을 걸으면서도 혹시 교수님이 오시는 것은 아닌가 하여 사방을 두리번거리곤 했다. 그러나 결과는 여지없이 빗나갔다. 헤아릴 수도 없을 만큼 교수님과 마주쳤지만 아무런 꾸중의 말씀도 듣지 않았다.

정말이지 이 글은 제자 축에도 들지 못하는 사람이지만 대학 시절 교수님에 대해 내가 가졌던 호감이나, 존함과 관련해 저질렀던 실수를 다시 한 번 떠올리게 만든 좋은 매개체였다. 비록 희수를 맞으시지만 강형 교수님이란 일상적인 호칭보다는 "어이, 강 형." 하고 부를 수 있을 만큼 앞으로도 계속 뚝배기철학을 고집하시면서 그런 다정하고 소박한 스승으로 제자들 곁에 계셔주셨으면 좋겠다. 그 옛날 울릉도˙ 성인봉에서 철없는 제자들을 마다 아니하시고 곁에 세워주셨던 것처럼만 말이다.

인생을 가르쳐 주신 선생님

송재기 경북고 54회, 경북대교수

최근 들어 우리는 말세란 말을 많이 듣고 있습니다. 교회에서 그리스도인들이 말세라고 말할 뿐 아니라 믿지 않는 사람들조차 "세상은 말세다."라고 말하고 있습니다. 또한 "이 사회는 병들었다." 혹은 "이 사회는 정말 가망이 없다."라는 말로 급변하는 사회와 국제정세 속에서 사람들이 부정부패, 부조리, 무책임, 그리고 도덕의 타락과 건전한 가치관의 부재 등으로 대변되는 모순 덩어리의 거대한 사회를 표현하고 있습니다.

역사를 주관하시는 예수님께서는 2천여 년 전에 이미 말세가 되면 "불법이 성하므로 많은 사람의 사랑이 식어지리라(마 24:15)."라고 예언하셨습니다. 다시 말해 세상은 무법천지가 되어 사랑이 식어지리라는 것입니다. 또 바울 선생은 "말세에 고통하는 때가 이르리니 사람들은 자기를 사랑하며 돈을 사랑하며 자긍하며 교만하며 훼방하며 부모를 거역하며 감사치 아니하며 거룩하지 아니하며 무정하며 원통함을 풀지 아니하며 참

소하며 절제하지 못하며 사나우며 선한 것을 좋아 아니하며 배반하며 팔며 조급하며 자고하며 쾌락을 사랑하기를 하나님 사랑하는 것보다 더하며…(딤후3:1–4)."라고 예언했습니다.

그렇습니다. 성경이 오늘날의 상황을 그대로 말해주고 있습니다. 사람들은 극단적으로 자기를 사랑하고 황금만능주의로 인하여 물질과 돈의 노예가 되어 인명을 경시하며, 스승과 제자, 선배와 후배, 세대와 세대, 상급자와 하급자의 질서가 없고, 돈을 빼돌리고 고의적으로 부도를 내고 도망가는 악덕 기업인이 판을 치며 부모가 돈을 안 준다고, 유산을 물려주지 않는다고 존속살인까지 거리낌 없이 자행하는 시대를 살고 있습니다. 나아가서 감사할 줄은 모르고 원망과 불평으로 모든 일을 남 탓으로만 돌리며 섹스 문화가 판을 쳐서 음란출판, 음란영상 등이 창궐하고, 향락산업은 하늘 높은 줄 모르고 번창하는 시대를 살고 있습니다.

부패해 가는 세상을 막기 위하여 소금의 역할을 감당하고 어두워져 한 치 앞도 바라보지 못하는 세상에 빛이 되겠다는 1천 2백만 명의 그리스도인들도 그 역할을 다하지 못하고 오히려 신앙생활을 하는 장로 혹은 집사, 심지어는 목사까지 여러 사건에 연루되어 있는 경우를 봅니다. 목사가, 장로가, 집사가 어떻게 그럴 수가 있다는 말입니까! 우리는 의문을 갖지 않을 수 없습니다. 열매 없는 신앙, 타협하는 신앙, 무너지는 신앙은 하나님께 영광이 되지 못하며, 참되고 바르게 살려고 노력하는 사람들에겐 좌절과 낙심이며, 세상 사람들에게는 조소와 핍박의 구실을 제공하고 있습니다.

그렇습니다. 우리는 우리의 믿음이 흔들리지 않는 반석 위에 세워져 있는가를 점검하고 현실을 긍정적으로 인정하고, 절제와 인내를 통하여 하나님의 선한 뜻을 주신 능력으로 최선을 다하여 심은 다음 결과는 하나님께 맡기는 자세가 우리 신앙인이 가져야 할 바람직한 자세라 확신합니다.

그동안 저희들을 교단에서 그리고 삶에서 본으로 가르쳐 주신 강형 선생님의 은혜에 다시 한 번 머리 숙여 감사를 드립니다. 또한 한 평생 제자들을 가르치시며 맞이한 희수를 기념하여 조그만 글을 올리게 되어 개인적으로 무한한 영광이라 아니할 수 없습니다. 몇 년 전 교수 선교회에서 선생님과 사모님을 뵙고 그동안 학교와 교회에서 맡은 바 최선을 다하며 살아오셨다는 것을 느꼈습니다. 저도 선생님의 가르치심을 본받아 제가 느낀 몇 자를 적어 선생님께 올립니다. 앞으로도 선생님의 가정에 하나님의 은혜가 넘치며 만수무강하시기를 기원합니다.

불망사은

배영곤 경북고 57회, 변호사

　세상의 모든 스승은 자신의 제자를 아끼고 사랑한다. 그것만큼은 영원불멸의 진리라고 나는 생각한다. 자신의 지식을 전수할 뿐만 아니라 자신의 영혼과 열정마저 제자들에게 고스란히 바치기 때문이다. 그런 선생님에 대하여 제자들은 잊고 산다. 어릴 때는 철이 없어서, 자라서는 바쁘다는 핑계로….

　학창 시절을 되돌아보면 제일 먼저 선생님들이 떠오른다. 어릴 때의 철없는 망은을 이해하시고 도리어 나를 생각해 주셨던 선생님, 팔을 걷어붙이고 체력장 지도를 해 주시던 선생님, 낙심 말고 희망을 가지라고 격려해 주신 선생님, 그리고 시련을 극복하는 지혜를 가르쳐 주신 선생님.

　얼마 전 고등학교 동창회에서 2학년 때 같은 반으로 친하게 지내던 동창생을 만났다. 그 친구는 외국에 오래 있다가 귀국하여 오랜만에 모임에 나왔는데 내가 변호사가 된 것을 보고는 깜짝 놀라면서 "너 고등학교 때 공부 잘 못했잖아. 정말이냐?"라고 몇 번이나 물어보던 기억이 난다.

고등학교 졸업이 가까워진 어느 날 담임 선생님이 오늘은 너희들 이야기 말고 내 이야기 좀 하자 하시면서 선생님의 학창 시절 이야기를 하셨다. 그때 선생님은 자신이 정말 어려운 환경에서 자랐다는 것, 그리고 그 과정에서도 꿈을 잃지 않고 있었다는 것, 자신을 사랑하는 어떤 여인을 만나 용기를 얻고 다시 4년제 대학을 다녀 하고 싶은 일을 할 수가 있게 되었다는 것이다. 그리고 이야기 말미에 "그 사람이 지금 우리 집에서 같이 살고 있지." 하고 말을 끝맺으셨다. 그때 나는 선생님이 나보다도 더 어려운 환경에서 자라, 더 힘들게 공부하셨구나 하고 생각하였다. 선생님의 회고담은 나에게 신선한 충격으로 다가왔다. 그동안 선생님으로부터 영어수업을 그렇게 많이 받았지만 나는 그때만큼 선생님이 우러러 보인 적이 없었다. 선생님의 그 말씀은 나의 인생에 또 다른 밑거름이 된 것이다.

그런 선생님이 그 후에 대학교로 옮기셨다는 말을 들었다. 나는 속으로 찬탄하였다. 선생님은 그동안에도 쉬지 않으셨구나. 자신의 꿈을 이루기 위하여 무엇인가를 준비하고 계셨구나. 나는 선생님의 '변신'에 또다시 충격을 받았다. 쉬지 않고 자신을 채찍질하셨던 것이다. 고등학교 때의 그 담임 선생님이 바로 강형 선생님이시다.

이제 그 선생님이 회수를 맞으셨다. 그렇지만 선생님은 쉬지 않으시리라 믿는다. 또 다른 변신을 위하여 준비하고 계시리라. 선생님의 건강을 기원한다.

살아가면서 어려운 고비가 닥쳤을 때 한 마디 충고와 위로는 큰 힘이 된다. 나는 그중에서도 비교적 은사들의 은혜를 많이 입은 편이다. 아무리 제자가 미워도 스승은 좋고 기뻤던 일만 기억을 하신다고 한다. 아무리 제자가 똑똑하여도 스승의 그늘을 벗어날 수는 없다. 스승은 제자를 가슴으로 사랑하지만 제자는 스승을 그저 머릿속으로 기억할 뿐이다. 그것을 알면서도 스승은 자신의 영혼과 육신을 불태워 제자를 인간으로 만든다. 완성되지 않으면 스스로 클 때까지 지켜본다. 이 세상의 모든 선생님들의 마음이 다 마찬가지임을 믿으며 이 글을 고등학교 은사이신 강형 선생님에게 바친다.

▪ 명세지재들과 함께한 여정 ▪

·2부· 자신을
되돌아보며

인생의 사표가 되신
외유내강의 스승님

신장규 경북고 55회, 경북대 교수

고등학교를 졸업한지 올해로 정확하게 40년, 인생살이에 묻혀 앞만 보고 달려왔다. 그러던 차에 고등학교 3학년 담임 선생님이셨던 강형 선생님께서 회고록을 집필하신다는 소식을 들으니 세월의 무상함이 새삼스레 가슴에 와 닿으며, 지난날들을 되돌아보는 시간을 가지게 되었다. 그동안 국민학교(초등학교), 중학교, 고등학교, 대학교를 거치면서 많은 선생님들로부터 가르침과 은혜를 받았지만 가장 기억에 남는 분은 역시 강형 선생님이셨다. 대학 진학에 의해 인생행로의 대부분이 결정되는 우리나라 교육제도 하에서 고3 담임 선생님께서 미치는 영향이 크기 때문이기도 하지만, 선생님께서는 단순히 담임 선생님이 아닌 내 인생의 참 스승님이셨다.

지금도 마찬가지이지만 고3 수험생이나, 학부형 또는 담임 선생님이 받는 스트레스는 실로 엄청나다고 생각한다. 선생님께서는 그 어려운 고3의 길을 끝까지 학생들과 함께 걸으시며 때로는 엄한 스승님으로, 때로는 자애로운 아버님의 모습으로, 때로는 힘이 되는 친구로 우리들을 이끌어 주셨다. 선생님께서는 아무리 힘든 일이 생겨도 항상 웃으시면서 학생들을 위로하고 격려하는 인자한 모습을 보여주셨다. 말씀은 많이 하지 않으셨지만 행동으로 솔선수범하시는 외유내강의 전형적인 모습을 보여 주셨기에 거기에 감동해서 나 자신도 교직의 길을 선택하게 되지 않았나 생각해본다. 이 글을 쓰면서 나도 진정한 사표가 되어 왔는지, 또한 내가 정년이 되어서 퇴직하게 될 때 나를 귀감으로 여길 제자가 몇 명이나 될런지 다시 한 번 생각해 보았고, 나의 스승님이자 많은 이의 스승님이신 선생님의 가르침을 몸으로 마음으로 실천해 왔는지 스스로 반성하게 되었다.

고등학교 졸업 후 선생님을 뵐 기회는 별로 없었지만 고등학교 동기들을 통해서 간간히 소식을 듣곤 하였는데, 선생님께서는 항상 현실에 안주하지 않으시고 꿈과 희망을 가지고 열심히 노력해서 목표를 성취하는 도전적인 삶의 모습을 보여 주셔서 마음속으로 감동하곤 하였다. 선생님께서는 광복과 6·25라는 어려운 시대상황을 겪고 사범대학에 진학하신 후, 중학교 교사 및 고등학교 교사를 거치셨다. 현실에 안주하지 않으시고 만학임에도 불구하고 석·박사 학위를 받으신 후 대구한의대학교에 전임교수로 발령을 받는 입지전적인 삶을 살아 오셨다. 이후로도 교무처장 및 인문사회대학장 그리고 교수협의회 의장을 맡으시는 등 대학발전을 위해서 헌신적으로 봉사하셨으며, 정년퇴직 이후에도 대구경북교육발전포럼 및 한국교육평가연구소를 설립하시는 등 활발하게 사회활동을 하시고 계신다.

선생님께서는 사모님과 금슬도 참 좋으시고, 자녀분들 모두 사회적으로 성공하여 안정된 생활을 하고 있으니 교육자로서 뿐만 아니라 가장으로서도 남들이 본받을 만한 삶을 살아오신 것 같다. 이 모든 것은 선생님의 타고난 성품 및 부단한 노력의 결과일 것이다. 같은 학문의 길을 걸어온 선배 교육자로서 인생을 보람 있게 사는 법을 몸소 실천해 오신 선생님이야말로 인생의 사표가 되는 훌륭한 스승님이라고 생각한다.

아무리 열심히 살아도 결국은 한줌의 흙으로 돌아가는 인생길에서 좋은 선생님을 한 분 만나는 것은 정말로 커다란 위안이고 행복일 것이다. 나에게는 강형 선생님께서 그런 분이시라고 생각한다. 그러나 자주 찾아뵙지 못해 항상 죄송스럽게 생각하며, 선생님과 같은 열정 및 애정으로 교직에서의 남은 시간을 마무리하고자 다짐해본다.

선생님, 사모님 오래 오래 해로하시기를 기원합니다.

스승의 길,
제자의 길

손길현 대구한의대 2기, 한의학 박사, 밀양한의원장

교수님의 회고록 덕분에 수십 년 동안 카메라에 들어 있던 낡은 필름을 꺼내보듯, 잠시 잊고 있었던 대학 시절의 추억을 더듬어 보는 귀한 시간들을 가졌습니다.

지혜로운 우리 민족 전통 의술을 배우리라, 부푼 가슴을 안고 대구한의대학교 교정을 밟은 것이 1982년이었습니다. 강형 교수님 또한 그해에 우리 학교에 부임을 하셨으니 "교수님과 우리는 입학 동기다."라는 농담을 많이 했었던 것 같습니다. 교수님, 그해 첫 영어 수업, 혹시 기억나십니까? 그 날, 교수님께서는 첫 수업에 영문 해석 시험을 치르게 하셨습니다. '이번 학기 수업에 대한 오리엔테이션을 하겠지'라며 가벼운 마음으로 수업에 들어간 저희들은 난감하기 짝이 없었습니다. 당황해 하는 저희들을 향해 교수님께서는 "성적에 들어가는 건 아니고 너희들 수준에 맞게 수업을 하려는 거니, 부담은 갖지 말고 치르도록 해라."라고 하셨죠. 그때 테스트를 하신 문장이 꽤 까다로워

서 전체적으로 성적이 좋지만은 않았을 겁니다. 그래서 저희들은 생각했죠. 다음 수업에 한소리를 듣겠다고 말이죠. 하지만 그 후 졸업 때까지 사석에서라도 단 한 번도 그 시험결과에 대해 말씀을 하신 적이 없으셨습니다. 공부를 잘하던 못하던, 제자들의 모습을 있는 그대로 포용해 주신 스승으로 저는 교수님을 기억하고 있습니다. 그 후로 많은 수업을 받게 됐지만 제자들을 위한 배려로 이런 테스트를 해주신 스승은 없었습니다. 대부분 교수님 본인들의 스타일로 강의를 하셨지 제자의 수준을 파악해서 말하자면, 제자 맞춤형 강의를 해주신 스승은 강형 교수님이 유일하셨을 겁니다.

사실 저는 밀양 시골에서 공부를 한 터라 외국인을 만나본 적도, 영어 회화를 배우러 학원에 다닌 적도 없으니, 그야말로 영어는 교과서로 접한 것이 경험의 전부이니 영어가 너무나 생소하고 친하기 힘든 과목이었습니다. 하지만 교수님께서 저희들에게 배려해 주신 그 마음을 십분 알기에 예과 1학년 시절, 가장 힘들었던 시험 공부였지만 늦은 밤을 벗 삼아 영어에 매진하던 기억이 아직도 생생합니다.

제자를 있는 그대로 포용해 주시던 선생님의 마음, 아직 철없는 제자지만 인격적으로 존중해 주시고, 저희의 갈 길을 넌지시 일깨워 주시던 강형 교수님의 모습에서 저는 노벨문학상을 수상했던 버나드 쇼의 명언을 떠올려 봅니다.

"나는 선생이 아니다. 다만 당신들이 길을 묻는 길동무일 뿐이다. 나는 갈 길을 가리킨다. 당신들의 갈 길과 나 자신

의 갈 길까지도." – 버나드 쇼

저뿐만 아니라 저희 동기들이 선생님의 함자를 떠올리면 자연스럽게 연상되는 단어가 몇 개 있습니다. 바로 '화통, 강직, 솔직' 이런 단어입니다. 새내기 시절, 저희 동기들은 한의학도로서의 고민뿐만 아니라 학내 문제와 민주화 요구 등 연일 계속되는 시위의 중심에 서 있었습니다. 그 시절, 허름한 호프집에서 젊은 청춘들의 고민에 귀 기울여 주셨던, 몇 안 되는 스승들 중한 분이 바로 강형 교수님이셨습니다.

같은 시기에 대구한의대학교와 연을 맺은 덕분인지 교수님과 저희 기수와는 알게 모르게 인연이 참 많았습니다. 예과 2학년때, 수료 여행으로 갔던 울릉도도 교수님과 함께였습니다. 울릉도로 향하는 뱃길, 해방감으로 떠난 벅찬 설렘을 채 누려보기도 전에 찾아온 멀미의 기억, 얼마나 멀미가 많이 나던지…. 그때 저희와 함께 고생했던 기억 교수님도 생각나십니까? 울릉도에서도 교수님께서는 저희에게 그렇게 행동하셨습니다. 계시는 듯 안 계시는 듯, 이것저것 간섭이나 관여는 하시지 않고 자유롭게 내버려 두셨지만 그것은 방치가 아닌 지켜봐주심임을 잘알고 있습니다. 우리가 청춘의 가슴 뜨거운 시간 속에서 스스로고뇌하고 자각해 나가는 것이 필요하다 생각하셨기 때문이었겠죠. 아마 그때 교수님께서 보여주신 모습은 맹자의 발묘조장拔苗助長의 우를 멀리하심이 아닌가 생각이 듭니다. 때로는 도와주는 것이 해가 될 수 있기에 스스로 일어날 수 있도록 지켜봐 주는 것이 더 아름답기 때문이겠죠. 때로는 형님처럼 때로는 아버지처럼 20살 청춘의 고비를 넘어서는 길목마다 교수님께서 애정으로 지켜봐 주셨다는 생각이 듭니다. 한 번도 저희 일에 나서서 관여하신 적이 없지만 문득 한 마디 해주시는 조언에, '아, 교수님께서는 캠퍼스 안에서 항상 우리 모두를 지켜봐 주셨구나' 느낄 때가 많았기 때문입니다.

"스승이 참으로 현명하다면 자기의 지혜의 집으로 들어오라고 명령하지는 않으리라. 그보다는 제자들에게 그들 자신의 마음의 문으로 들어가라고 인도할 것이다."라는 칼릴 지브란의 말처럼, 강형 교수님은 그렇게 스승의 길을 실천하신 것이었습니다.

6년간의 한의과대학 정규과정을 마치고 면허증을 취득한 지 수십 년, 강형 교수님께서 저희를 깨우침의 길로 이끌어 주셨듯이 저는 지금 수많은 환자들을 치유의 길로 이끌기 위해 노력하고 있습니다. 바이러스, 세균, 화약약품, 방사선, 농약, 중금속, 식품첨가물 등 세상에 존재하는 모든 독소로부터 인간이 안전해질 수 있는 예방법을 고민하며 100세 건강시대, 그 긴 인생의 여정을 사람들이 보다 건강하고 행복하게 살아갔으면 하는 저의 열정과 소명이 자연치료의학자로서의 삶을 걸어가게 하고 있습니다. 또한 한의사로서 동료들의 권익을 증진할 수 있는 방안과 현재 의료제도 속에서 한의학이 나아가야 할 방향에서도 깊은 고민을 품고 있습니다. 강직과 의연함, 소박함과 겸손함으로 인仁의 길을 걸어오신 강형 교수님의 제자로서 이렇게 회고록에 짧으나마 한 줄, 감사함을 표현할 수 있게 됨을 영광으로 여깁니다.

강형 교수님, 오래오래 건강하십시오.

아버지같이
인자하시던 교수님

강정미 대구한의대 96학번, LA 거주

저는 상업고등학교를 졸업 후 취업해 직장을 다니고 있었지만, 마음 깊이 대학 진학을 하고자 하는 열망을 포기할 수 없었습니다. 그래서 친구와 함께 밤에 학원을 다니고 수능을 준비해서 경산대학교 영문과에 합격 후 4년간 쉽지 않은 생활을 해야 했습니다. 낮에는 일하고 밤에는 분주히 학교 가야 했지만, 뭔가를 배운다는 기쁨이 어려운 환경을 뚫고 지나가게 할 수 있었습니다.

영어과의 교수님 중 강형 교수님은 정말 아버지가 자식을 위함과 같이 제자들을 위해 앞장 서 뛰시고 앞길을 열어주시기 위해 많은 노력을 하셨습니다. 교수님의 자상한 도움이 없었다면 저는 더 많은 눈물과 한숨으로 학교를 졸업할 수 있었을 것입니다. 등록금이 없었던 저에게 근로 장학생으로 일할 수 있도록 도와주시고, 학교가 경산 외곽지에 있어 오가는 것까지 염려해 주셨던 분이셨습니다.

수업을 마친 밤늦은 시간에 같은 반 동료들은 저희 집까지 태워주는 수고를 마다하지 않았고 서로 도와가며 가족 같은 분위기에서 공부했던 때가 지금도 그립고 행복했었던 때였습니다.

그렇게 저는 영어가 너무 좋아서 모든 것을 바쳐 영어 공부에 몰입해 교육대학원 영어교육과에 입학해서 교사자격증까지 취득했습니다. 14년 전 교육대학원은 아주 경쟁률이 높았지만, 그곳에 합격해 다른 대학 출신들과 공부할 수 있었고, 졸업 후 교단에 영어교사로 설 수 있었습니다.

대학을 갈 수도 없는 형편에 간신히 대학을 졸업한 후 어학연수의 길을 열어달라고 하나님께 때마다 간절히 기도했습니다. 주님은 저의 기도를 들으시고 영국의 Wycliffe Bible Translators라는 성경번역센터에 자원봉사하며, 영어공부도 할 수 있는 기회를 주셨습니다. 이곳은 아직 자기 나라말로 된 성경이 없는 곳에 선교사님을 파송하여 성경번역을 지원하는 곳이었습니다. 그곳에서 저의 일은 부엌에서 주방장을 도와주는 일을 했지만, 인종차별 성향을 가진 주방장은 나에게 오직 설거지하는 일만 주어서 저는 싱크대에 얼굴을 숙이고 설거지 하며 주님의 간섭하심을 기도했고, 나중에 신실한 주방장이 부임해 오면서 주방 분위기는 천국으로 변하게 되었습니다.

이곳에서 받은 용돈으로 인근에 있는 London, Oxford College, Cambridge College뿐 아니라 영국의 여러 곳을 둘러볼 수 있었습니다. 가는 곳마다 성castles이 도처에 놓여 있고 완만한 푸른 빛 언덕 위 평화로이 풀 뜯는 새하얀 양떼들, 파란 잔디 위 노란 수선화가 지천으로 퍼져 있는 그 아름다운 영국은 늘 내 마음속에 제2의 고향으로 자리 잡고 있습니다. 아마 이렇게 내 마음에 더 자리 잡은 이유가 대학에서 배운 영국 시·소설에 영향을 받아서 더욱 그러했습니다. 이곳에서 다른 지방으로 여행할 때 아는 이도 없었는데 정말 신기하게 주님은 무료로 숙박할 수 있도록, Wales와 Scotland의 여행 중에도 함께하셨습니다.

지금까지 저의 짧은 인생을 되돌아보면, 우연 같지만 너무도 확실한 주님의 간섭하심을 느낄 수 있습니다. 하나님은 낮에 일하고 두 시간 가량 되는 길을 버스를 타고 공부하러 오는 저의 모습을 측은히 여겼을 것입니다. 어떤 때는 집까지 가는 버스가 없어 택시도 탈 수 없어 밤길이 무서워 찬양하며 걸어가는 불쌍한 저에게 큰 은혜를 베푸셔서 제가 만나는 한 사람 한 사람 준비시켜 주셨고, 그 가운데 사랑 많으신 강형 교수님을 만나게 해 주셨음을 믿습니다.

다른 무엇보다 자신이 진정 즐기는 것에 몰입한다면 그 열매는 나타나며 나와 같이 어려운 환경에 있지만 꿈을 포기하지 않고 나아간다면 언젠가 그 땀의 대가를 얻게 될 것입니다. 다시 한 번 어려운 시기에 저에게 꿈을 포기하지 않도록 격려해주시고 도와주신 교수님과 주님의 사랑에 이 자리를 빌려 깊은 감사를 표합니다.

구수하게
삶의 진리를 가르쳐 주시던 교수님

이상곤 대구한의대 3기, 서울 갑산한의원장

우리가 어릴 때 가장 좋아하는 음식이라면 단연 라면을 꼽았습니다. 당시만 해도 라면은 비싼 음식이고 국수는 값싼 음식이어서 라면을 끓일 때면 국수에 드문드문 섞인 라면 면발을 찾기 위해 동생과 젓가락 싸움을 벌일 때가 많았습니다. 이럴 때도 아버지는 느끼하다고 하시면서 그 맛있는 라면을 드시지 않았습니다. 그런 아버지를 저는 이해할 수 없었습니다.

세월이 지나 저도 나이가 들면서 라면은 속이 부대끼는 음식이 되고 아버지처럼 멸치 다신 물에 맑게 말은 잔치국수가 입맛에 더 맞는 음식이 되었습니다. 많은 사람들은 대구에 먹을 음식이 없다고 밀하지만 오십이 된 지금 제가 먹고 싶은 것은 서울이나 전라도의 화려한 정식이 아니라 소박한 콩나물비빔밥이나 갱죽, 오물조물 버무린 나물무침과 허리가 구부러진 아주머니가 가득 퍼오는 무럭무럭 김이 나는 고봉밥이 찰진 대봉동의 정성어린 대구정식입니다. 나이가 점점 들어갈수록 라면이 멀어지고 옛날 먹었던 국수처럼 대학교 때 구수하게 삶의 진리를 가르쳐주던 교수님이 그리워집니다.

　지금 돌아보면 그때 대구한의대는 그래도 교수님 같은 분이 있어서 다닐 만했습니다. 이름도 까마득한 통천로는 우리가 다닌 대학의 고도를 표현한 정확한 말이었습니다. 공부하러 가는 길이 아니라 등산하러 가는 길이라면 딱 맞을 듯한 길이었지요. 얼마 전에 다시 가본 그 길에는 콘크리트 계단이 단단하고 시원하게 놓여있었지만 당시만 해도 계단도 없는 그냥 등산길이었지요. 비 오는 날에는 흙탕물로 뒤덮여서 미끄러지기 일쑤였으니 멋진 옷을 입고 와서 멋을 부린다는 자체가 무의미했습니다. 남자인 저희들이 그랬으니 같이 다니는 여학생들이야 어땠는지 짐작할 수 있습니다.

　처음 입학원서를 내러 가는 날은 지금 생각해도 웃음이 나옵니다. 점촌동 큰길가에서 내려서 옆에 보이는 유일한 건물인 경북실업전문대학으로 들어갔더니 여기는 대구한의대가 아니라더군요. 입시처에 있던 여직원이 대구한의대라고 밖에 나와서 가리키는 곳은 하얗게 눈이 뒤덮여 분간이 안 되는 산꼭대기였습니다. 언덕 위의 하얀집은 보통 정신병원이 아니냐고 반문했다가 웃어넘기는 여직원의 시선을 등에 업고 걷는 길은 그야말로 눈꽃산행이었지요. 물론 그렇게 힘든 일만 있는 건 아니었지요. 가끔씩은 가슴 떨리는 매력도 있는 학교였지요.

　봄이 되어 통천로가 아닌 지금의 교문 방향으로 내려오면 복숭아꽃이 붉게 피어 산등성이를 붉게 물들이죠. 그 길을 걸으면서 막걸리에 취해 같은 학과의 여학생과 내려오면 이효석의 『메

밀꽃 필 무렵』은 게임도 안 되는 낭만이 가득한 길이였습니다.

산등성이에 위치하여 전망이 좋다거나, 통천로를 올라올 때 다리가 튼튼해져서 평생 건강을 그때 다졌다는 농담 섞인 조크는 사실 아무것도 아니었지요. 학내소요로 친구와 친구 사이 교직원과 교수님 사이 교수님과 학생 사이의 불신과 알력, 그리고 긴 교육의 공백이 더 마음을 아프게 했습니다. 그때 교수님은 영어시간이었지만 적절한 비유로 사태를 바라보는 시야를 넓혀 주셨지요. 흥분하였던 많은 학생들의 이야기도 귀담아 들어 주셨지요. 한의대생이라는 틀 속에서 세상을 보게끔 하셨던 다른 분들과 달리 사회인으로서의 길을 이야기해 주셨습니다. 학내사태가 길어지면서 학생들의 희생을 염려하시던 말씀이나 끝도 없이 이어지는 투쟁을 마쳤으면 하던 진심을 담은 눈빛을 이제는 기억할 수 있습니다.

결국 투쟁은 끝이 나고 우리는 졸업하면서 뿔뿔이 흩어졌습니다. 정의는 어쩌면 한의사의 길에서 넘겨보았던 지나가는 풍경이 아니었을까. 젊은 날 우리가 라면을 좋아했듯이 그렇게 일방적인 진리와 정의가 전부는 아니었습니다. 고봉밥의 무덤덤함이 좋아지듯 균형을 잡으면서 바른 한의사의 길을 원했던 선생님의 어눌한 이야기가 이제는 더 생각납니다. 라면처럼 얕은 맛이 아니라 오래도록 먹어도 질리지 않는 대봉동 정식이 되어 인생후반을 풍성하게 해줄 선생님을 반추합니다.

자신을
되돌아보며

최상호 경북고 54회, 계명대 교수, 전부총장

사람은 연약하다. 그래서 자신이 무엇을 하는가를 알면서 하든가 모르면서 하든가 평소 많은 잘못을 저지른다. 나라를 단군 이래 최악의 지경으로 만드는데 직접적인 책임이 있는 재경원 관리들은 언제나 국익이라는 그럴듯한 말을 앞세워 진실을 호도하면서 국민들을 속여 왔다. 누구를 위한 관리인지 알 수 없고 자신의 잇속만 챙겨왔다. 평소 어깨에 많은 힘을 주며 자시의 말을 듣지 않는 다른 관리들을 괴롭혀 왔다. 공룡처럼 비대해진 몸집으로는 빠르게 변화하는 세계에 적응할 수 없다고 하는 충고들을 그들은 묵살하거나 짜증을 내었다.

우리들은 모두 연약하기 때문에 알고 짓거나 모르고 짓거나 많은 잘못을 저지르지만, 중요한 것은 자신의 잘못이 다른 사람에게 너무나 많은 고통을 줄 수 있다는 사실을 깨닫고 가능한 한 자주 자신을 되돌아보아 자신의 문제점이 무엇인가를 살펴보아야 한다는 것이다. 나 자신이 이런 말을 할 수 있는 자격이 있는지 의심스러울 정도로 문제가 많은 사람이지만, 비록 허물이 있더라도 다른 사람에게 미치는 영향이 미미한 존재이기 때문에 나름대로의 위안을 가지고 나를 되씹어 본다. 내가 누구며 나는 무엇을 위해 사는가, 나의 잘못으로 인하여 누군가가 아픔을 당하지는 않았는가. 나는 무엇을 위해 살아야 하는가 등등, 허점투성이인 인생을 살면서도 매일 반성을 해 볼 수 있다는 건 그나마 다행이라는 안이한 생각을 해 본다. 그러나 매일 같은 반성을 되풀이한다는 자괴심을 가지면서도 하루하루를 의미 있게 보내려고 노력은 한다. 아니가 들수록 빨라지는 세월에 뒤지지 않으려고 안간힘을 쓰고 있지만 세월은 노력만큼 보답을 해 주지 않는다.

  나 자신이 또 다른 잘못을 범하고 있는지도 모른다고 생각하지만, 세상은 넓고 할 일은 많은데 모든 일에 관심을 가지고 이해를 하며 인생을 살아갈 수는 없기 때문에, 내 자신이 가지고 있는 가치관에 따라 판단할 수밖에 없다. 만약에 나의 가치관이 잘못 형성되어 있다고 하면 내가 하는 모든 비판은 잘못된 것이며, 자신도 모르는 우를 범하게 될 것이다. 그러므로 올바른 가치관을 가지는 것이 얼마나 중요한 일인가. 자신의 노력으로, 타인의 도움으로, 성현들의 가르침으로 우리들은 부단히 자신의 가치관이 과연 어떠한 상태인지를 항상 성찰하여야 할 것이다. 그리하여 때로는 자신의 잘못을 솔직하게 시인할 수 있는 용기가 필요하다. 어느 누구도 지름의 최악 상태에 책임을 지려고 하는 이가 없다. 역사의 죄인들이 많지만 스스로 죄인이라고 시인할 용기가 없다. 용기 없는 자에게 국가를 맡긴 국민이 안

쓰러울 뿐이다.

인간은 연약하기 때문에 넘어지기 쉽다. 잘못을 범하기도 쉽다. 넘어질 때 일으켜 세워줄 수 있는 분이 필요하며, 잘못을 할 때 그것을 깨우칠 수 있도록 격려해 주고 위로해 주는 분이 필요하다. 이러한 분을 모시고 살아가는 인생은 참으로 행복하다. 나는 그러한 분을 가까이 모시고 살아가기 때문에 내 비록 부족하고 연약하지만 스스로 행복하다고 생각한다. 우리의 인생은 행복을 추구하기에 존재가치가 있다. 우리 모두 이 어려운 환경 속에서도 참된 인생의 행복이 무엇인가를 깨닫고 그것을 추구하는 데 힘쓴다면 그 환경을 스스로 바꿀 수 있을 것이다. 환경은 주어지기도 하지만 자신이 만들어가기도 하며, 바꾸어가기도 할 수 이는 묘한 사슬이다. 주어진 환경에 얽매이지 않고 그것을 개척해 나갈 때 지금의 최악상태를 신선상태로 바꿀 수 있으며, 남을 비판하기에 앞서 나 스스로를 다시 한 번 되새겨 보고 서로 격려하며 위로해 나갈 때 지금의 난국을 극복할 수 있는 힘이 생길 것이다.

남편의
고집

고정의 대구한의대 3기, 혜민한의원장

주일인 오늘 나는 유난히 바빴다. 다섯 식구의 식사와 뒷바라지, 예배 참여 외에도 남편의 짐을 꾸렸기 때문이다. 모처럼의 시간을 내어 경남 하동에 있는 어느 교회적 성격을 띤 수양관에 입소하기로 했기에 침낭이며, 옷가지, 세면도구, 성경 마이마이 등을 챙겼다.

얼마 전에 지나간 설에 친정집에 세배를 들리러 갔는데 그 집 동서가 평소 류머티즘 관절이 심하고 전신부종이 있어 어느 목사님의 소개로 그곳을 다녀왔는데 상당히 몸이 좋아졌다며 건강한 사람도 생식 요법은 배울 만하고 건강에도 좋을 것 같다고 하였다. 그 이야기에 남편은 상당히 관심을 가졌었다. 그간 가정과 직장에 매어 몸도 약해진 데다 긴장도 풀고 휴식도 하면서 건강도 돌볼 겸, 식어버린 신앙심도 재충전할 겸 모처럼의 기회라 여긴 것 같아. 급박하고 어수선하게 돌아가는 세상의 틈바구니에서 하나의 정보라도 놓칠세라 노심초사하는 남편이 안쓰러워 문명과는 조금은 동떨어진 그곳 생활이 건강에 좋을 것 같아 선뜻 동의했다. 저번에 다녀온 동서와 그의 오빠와 함께 갔으니 더욱 다행한 일이다. 그런데 조금 전 전화가 걸려왔다. 공중전화라 다급한 지 저녁밥으로 과일 두 개만 먹었는데 배가 무척 고프다고 하면서 잘 견디어 보겠다고는 이내 끊었다. 순간 마음이 아팠다. 점심도 드는 둥 마는 둥 하고 서너 시간 운전을 하며 가서 시장도 했을 것이다. 또한 늘상 여자아이처럼 간식을 좋아해서 막내아이가 사 놓은 과자까지 먹어버려 아침에 방방 뛰 적이 한두 번이 아니었다. 그러나 그는 해낼 것이다. 두 주간의 고행을. 그리고 그는 기도할 것이다. 그리스도 안에서 참된 자녀 되기를, 가족의 건강과 평안을.

남편 없는 모처럼의 여유에 지나간 일들이 생각난다. 내가 한의학을 택해 한의사로서의 길을 걷는가를. 그보다는 그저 지금의 내 생활이 감사하기만 한다. 무엇이 되었다는 것보다는 무엇인가 해냈다는 성취감 때문이리라. 별로 대단한 것은 아니지만 나름대로 힘들었던 선택의 과정이었기에. 그러나 돌이켜 보면 오늘의 나는 남편의 고집 때문이리라 생각된다. 결혼 전부터 어떤 가능성을 보았는지 학업을 다시 할 것을 권유했다. 그때 앞날에 대한 불확실성과 자신감 결여로 마다했지만 남편의 섬세, 치밀, 계획적이면서도 카리스마적인 추진력 때문에 힘든 학업을 시작하였다.

대학을 졸업하고 3년 반의 직장 생활에 손을 떼고 결혼을 하자마자 남편의 학업에 대한 시도를 시아버님을 제외한 시집식구, 친정식구, 그 외 친지들까지 모두 말렸다. 시집 생활에 어느 정도 적응할 무렵, 고2 참고서와 TV 교재를 사다주며 틈틈이 보라 했지만 장롱 속에 깊이 두고 거들떠도 보지 않아 무던히 속을 태웠다. 몇 개월이 지나도 공부하는 기미가 안보여 살림을 내달라고 부모님께 조르자 아들의 고집을 아시는지 쾌히 승낙하셨다.

남편의 고집은 내가 늦은 나이에 한의학을 택한 계기가 되었으며 지금은 생활의 일부가 되었고 지금의 생활을 감사하게 받아들이고 있다. 남편의 남다른 희생과 배려 어린 고집이 아니었던들 오늘의 나는 없었을 것이다. 그가 잠시 비운 자리에 그의 고집이 감사와 고마움으로, 그간의 갈등과 어려운 순간들이 아련한 추억으로 다가온다.

여유로움을
꿈꾸며

김준호 경북고 56회, 영남대 교수

제일 먼저 꽃망울을 터뜨렸을 목련

늘 아장아장 걷는 어린아이를 연상케 하는 개나리

한 잎 한 잎 사뿐히 내려앉는 꽃잎으로 사랑하는 연인들의

뒷모습을 아름답게 장식해 주는 벚꽃

이른 아침이면 수줍게 고개를 내밀다가

해질녘에 살포시 숨어버리는 민들레

이름 모를 풀꽃들

언제 꽃이 피고 지는지, 언제 계절이 바뀌는지 모르고 바삐 돌아가는 일상 속의 나에게 이 모든 것들을 문득 일깨워 주는 그리운 향기였다. 유난히 검은 밤하늘 총총히 수놓고 있는 별들도 나와 같이 아득히 먼 기운에 취하고 있는 듯하다.

그래 이젠 정말 봄인가 보다. 며칠 전 촉촉이 내리던 그 비가 봄비였구나. 봄의 기운을 느낀 나에게 확인이라도 시켜주려는

듯 라디오에서는 오늘이 삼짇날이며, 제주도와 남해안에서 예년보다 보름이나 일직 제비가 발견되었다는 소식을 전해왔다.

녀석들 올해도 어김없이 우리 곁에 봄소식을 전하러 왔구나.

제비! 그렇다.

내 어릴 적 고향 마을의 산중 저수지는 깊은 물빛만으로도 더없이 아름다운 풍경화였는데, 물 찬 제비의 경쾌한 비상은 잔잔한 저수지의 평화로운 정경과 어우러져 멋진 동화상을 보여주곤 했었다. 가지런하게 저리되어 반짝반짝 윤이 나는 제비의 깃은 단아한 맵시를 뽐낼 뿐 아니라 그들의 매끄러운 활공은 보기에도 시원스러운데, 그 이름만 들어도 옛 친구를 만난 듯 반갑기 그지없다.

그렇게 따스한 봄이면 찾아와, 밭에서 일하고 돌아오는 남편을 위해 시원한 냉수를 준비하는 아내의 사랑스러움과 아버지의 등에 물을 끼었으며 깔깔대는 딸의 귀여움을 지켜보면서 여름을 보내고, 늦은 저녁을 함께하며 도란도란 나누는 가족들의 이야기와 웃음소리를 방문너머로 훔쳐 들으며 가을을 맞는다. 그리고 11월이 되면 늘어난 식구들을 앞세우고 겨울을 보내기 위해 강남으로의 머나먼 여행길을 떠난다. 이듬해 봄을 다시 기약하면서.

하늘 높이 인공위성을 띄워 올려서 기상의 변화를 시시각각으로 알 수 있게 되고, 그것을 컴퓨터로 계산해서 신문, 라디오, TV를 통해 시간마다 일기예보를 전해주는 오늘날에는 제비가 알려주는 봄소식이나 날씨의 변화에 어떠한 의미도 부여하지 않고, 단지 원시적이라고만 여길는지도 모른다. 하지만 나는 자연의 작은 변화와 미물의 움직임에도 관심을 가지고 우리의 생활과 연관 지은 조상들의 넉넉한 여유와 푸근한 마음을 되찾고 싶다.

온 종일 컴퓨터 앞에 앉아 클릭, 더블 클릭을 반복하며 화면 속으로만 빠져들다 보니 주변의 동료들이 낯설게만 느껴지지 않는가? 이젠 거의 필수품이 되어 버린 호출기며 휴대전화를 하루쯤 끄고 멀리 있는 친구라도 연락 없이 불현듯 찾아보고 싶다.

삑삑삑.

보내는 즉시 받을 수 있는 팩스와 전자 우편보다는 며칠 밤 고민해서 적어 보내고, 설레는 마음으로 대문 앞을 서성거리게 하는 편지로 상대방을 기쁘게 해주던 그때가 그립다.

이 밤, 다시 찾아온 제비들을 생각하며 내 마음 한 편에 초가집 처마처럼 포근한 작은 공간을 만들어 본다. 아! 그 꿈에서 살고 싶어라.

▪ 명세지재들과 함께한 여정 ▪

•3부•　추억

'하면 된다' 는
도전정신을 주신 선생님

박종백 경북고 55회, 전 삼성전자 상무, 현 첨단의료기기개발센터장

강형 선생님!

얼마 만에 불러 보는 함자인지요. 고교 졸업 후 선생님 댁으로 동기들과 같이 찾아뵙고, 94년경 제가 유학 갔다 돌아온 뒤 잠시 인사드린 기억이 있습니다만 또 다시 20년이 더 흘렀습니다. 이번에는 선생님께서 회고록 원고 요청을 하시며 황송하게도 먼저 연락을 주셨습니다. 찾아뵙고 인사드리지 못한 못난 제자, 용서하십시오. 덕분에 부모님 앞에서 재롱 피우는 마음으로 40여 년 전 그 옛날 어린 시절로 되돌아 가보며 행복한 추억에 잠겨 보고자 합니다.

1. 1974년

저희 때는 선생님들을 대하기가 항상 어려웠지만, 제 기억 속의 선생님은 성함처럼 형님 같은 이미지이셨지요. 저희 3학년 12반 담임이셨습니다. 잘 생긴 얼굴에 머리에는 항상 기름을 바

르셨던 것 같고 목소리 또한 매력적이셨지요. 교단에서 말씀하실 때는 그야말로 요즘 말로 아우라aura가 번쩍이셨습니다. 가끔 영어 수업 시간에 가끔 학생들 벌 줄 때는 못내 조심스레 우리들의 눈치를 살피시는 듯하셨지만, 우리 제자들을 존중한다는 뜻이 담겨 있다는 것을 그때 저희들도 느낌으로 알았습니다. 위엄보다는 늘 친근하게 대하시던 모습에서 저희들에게 묘한 자신감도 주셨지요.

2. 1994년

선생님! 그 이후 저는 지금까지 숨 가쁘게 살아 온 것 같습니다. 대학을 성공적으로(?) 다니고(저희 때는 아르바이트로 가정교사가 꽤 유행했었고 장학금 혜택도 받으며 선생님이 말씀하셨던 대로 잘 헤쳐 나갔습니다), 결혼을 하고, 애들 키우고, 직장에서도 잘해 나갔고 그러다 보니 몇 십 년이 정신없이 휙 지나갔습니다. 아마 선생님께서도 젊은 시절 그렇게 사셨을 것 같습니다. 어쩌면 근대를 살아온 저희 세대나 선배 세대들 대부분이 그렇게 살아온 것 같습니다. 인생살이가 그럴 것 같다는 생각도 감히 해 봅니다.

제가 유학 후 94년도에 귀국하여 어느 자리에선가 선생님을 뵈었지요. 여전하셨던 모습으로 기억됩니다. 사실은 그보다 몇 년 전 87년도에 미국 위스콘신에 갔을 때 현지에 있던 동기 이종원 군, 김주형 군들로부터 선생님이 막 다녀가셨다는 소식을 들었지요. 미국에서도 선생님의 인기는 여전히 높았습니다. 먼 이국 땅에서 선생님의 소식을 들었을 때는 뵙지 못한 섭섭함과 함께 다시 옛 생각이 났지만, 어느새 저는 저의 현실 생활로 빠져들어 갔지요.

3. 2014년

선생님, 거의 40년 만에 직장 일로 다시 대구에 내려온 저는 이제 가끔 제가 살아온 뒤를 되돌아보게 됩니다. 만약 옛날에 그런 일이 일어나지 않았으면 어떻게 되었을까 하는 생각도 합니다. 그때 선생님께서 저를 '하면 된다'는 말씀과 함께 서울로 보내지 않았으면 아마도 저의 그릇에 이만큼 살고 있지도 못할 것이며 어려운 인생 고비마다 잘 버티지 못했을 것입니다. 그런 도전정신이 없었다면 아프리카 남쪽 끝으로 사업차 방문할 일도 없었을지도 모르고, 인도 오지까지 가지도 않았을 것이고, 독일 사람들과 같이 일할 경우도 없었겠지요. 선생님과의 소중한 인연에 감사하며 그런 말씀과 함께 할 기회를 주셔서 또 감사합니다.

선생님의 회고록에 저의 서툰 글이 누가 되지 않을지 걱정됩니다. 안녕히 계십시오. 앞으로는 자주 연락드리고 찾아뵙겠습니다.

77세 선생님과
17세의 청년

남순열 경북고 57회, 아산병원 이비인후과

2014년 3월, 꽃샘추위에도 불구하고 계절은 어느덧 연구실 밖의 풍경을 바꿔놓았다. 창밖의 풍경에 취해 잠시 숨을 고른다. 눈에 잡힐 듯 시원하게 뻗은 한강 줄기를 따라 콘크리트 빌딩 숲이 병풍처럼 펼쳐져있다. 눈에 익은 풍경이 오늘 따라 또 다른 느낌으로 다가온다. 계절의 변화 때문일까 아니면 지천명을 넘은 중년 남자의 감성이 더해진 것일까. 요즘 들어 전에 없이 감성에 젖는 것을 보면 이제 나도 삶의 깊이를 느낄 수 있는 그런 나이가 되었나 보다. 물길 따라 유유히 흐르는 강물처럼 상념이 꼬리에 꼬리를 문다. 변하는 것은 계절만이 아닌 것 같다.

봄바람이 강형 은사님의 희수연喜壽宴 소식을 전해왔다. 회고록回顧錄을 출간하신다는 소식과 함께….

만감萬感이 교차했다. 열정적이고 감성이 풍부한 만년 청년 선생님으로 기억하고 싶은데 어느 세 희수연이라니…. 뵐 때마다 얼굴 가득 환한 웃음을 머금고 반갑게 맞아 주시던 선생님의 인자하신 모습이 떠오른다. 되돌릴 수만 있다면 솜털 보송한 청소년 그 시절로 돌아가 선생님과 함께 영시英詩를 읊으며 무디어진 감성지수를 한껏 끌어 올리고 싶다.

내가 선생님을 만난 건 고등학교 일학년 때였다. 변성기에 턱수염이 막 비어져 나오던 열일곱 살 사춘기 소년, 세상을 상대로 맞장을 뜨고 남을 만큼 패기충천霸氣衝天하던 그런 나이였다. 왕성한 혈기에 능력보다 의욕이 앞서던 그때 나를 다독여 주고 잠자던 감성을 깨워준 분이 바로 강형 선생님이시다.

선생님께서는 영어를 가르치셨는데 요즘 말로 학생들 사이에서 인기 짱!이셨다. 훈남 스타일에 로맨티스트였다. 온화한 성품에 감성이 풍부하셨던 선생님은 외모에서 풍기는 인품만큼이나 제자들에게도 다정다감하셨다. 학생들을 가르치다 보면 때로 큰소리도 나고 사랑의 매를 들 법도 한데 선생님께선 늘 웃음으로 일관하셨다. 그만큼 선생님의 제자사랑은 남달랐다. 그 큰 사랑에 보답하는 일은 영어성적을 끌어올리는 것이라고 생각했다.

칭찬은 고래도 춤을 추게 한다고 했던가. 내가 영시를 줄줄 외울 때마다 선생님의 칭찬이 따라왔다. 영어 학습능력을 끌어 올리는데 선생님의 칭찬이 한 몫을 했다. 영시를 외우고 팝송을 부르며 누구보다 열심히 영어 단어를 외우고 문장을 익혀 나갔다. 영국의 낭만주의 시인 윌리엄 워즈워드의 「초원의 빛」, 「무지개」나 셰익스피어의 명작 「한 여름 밤의 꿈」, 「리어왕」, 「로미오와 줄리엣」, 「햄릿」 등 영시와 명작들을 두루 섭렵했다. 영어 공부를 위해 당시 유행하던 팝송을 부르기도 했는데 톰 존스의

〈Delilah, Keep on running〉, 그리고 닐 다이아몬드의 〈Sweet Caroline〉 등도 영어공부를 하는데 많은 도움을 주었다.

출퇴근길에 88도로를 달리며 나는 곧잘 시를 떠 올리거나 귀에 익은 팝송을 흥얼거린다. 이처럼 감성에 젖어 즐겁게 하루를 열 수 있는 것은 아마도 영시를 통해 일찌감치 문학적 감성을 일깨워 준 선생님 덕분이 아닌가 생각해 본다.

지금 생각해 보니 살짝 겉멋이 들었던 것도 같다. 조금 어설프긴 했지만 그래도 내 나름대로 낭만적 감성과 소양을 그때 쌓아나갔다. 그것은 내가 세상을 살아가면서 언제 어디서나 꺼내 쓸 수 있는 문화적 자산 같은 것이었다. 롤 모델! 로맨티스트이신 선생님의 영향이 컸다. 선생님을 향한 무한 존경과 애정을 보낸다.

영시를 외우고 팝송을 즐겨 부르던 열일곱 선머슴아가 이제 국민들의 건강을 책임지는 의대교수가 되었다. 학생들을 가르치면서 평생을 교육계에 몸담아 오신 선생님의 가르침을 이어받아 비록 길은 다르지만 오늘도 외래환자들을 돌보고 수술환자를 위해 메스를 손에 쥐고 의사로서의 의무를 다하고 있다. 후배양성을 위해 가르치는 일도 게을리 하지 않는다.

의술이 곧 인술이라는 말이 있다. 환자를 치료함에 있어 진정으로 환자를 위하는 마음과 깊은 사랑으로 환자를 대해야 한다는 그런 의미이다. 실천에 옮기며 노력하며 환자를 대할 때마다 기도하듯 다짐을 한다. 스승님의 가르침이 헛되지 않게 해 달라고.

한평생 교육계에 몸담아 오신 선생님을 뵐 때면 존경스런 마음에 절로 고개가 숙여진다. 사회 요소요소에서 제 몫을 하는 성공한 제자들이 많은 걸 보면 선생님의 가르침이 헛되지 않은 것 같아 가슴 뿌듯하다. 평생을 교육에 헌신하신 선생님의 빛나는 업적을 대변하는 것 같아 기분이 좋다. 그런 선생님이 자랑스럽기만 하다. 요즈음 교육계의 세태를 꼬집으며 참 스승의 부재를 들먹이는 사람들이 있다. 스승의 그림자도 밟지 말라고 했는데 참으로 안타까운 일이 아닐 수 없다.

정년퇴직 후 후배들을 응원하며 조용히 노년의 삶을 즐기고 계신 선생님!

어느 누가 그랬던가 "인생은 육십부터"라고. 선생님은 이제 열일곱 살 청소년이나 마찬가지다. 제2의 인생을 맞이하신 것이다. 내가 선생님을 처음 뵈었던 1975년, 바로 그때의 내 나이다. 열일곱 혈기왕성한 청년으로 돌아가 제자들과 함께 남은 여생을 행복하게 사셨으면 좋겠다.

선생님의 희수연을 맞이해 그 시절로 돌아가 함께 공부했던 친구들과 둘러앉아 축배를 들며 멋지게 영시 「초원의 빛(윌리엄 워즈워드 작)」을 읊고 싶다.

강형스러운 미소와 함께했던
경북고 3-12반

권태호 경북고 55회, 대구대학교 교수

며칠 전 고등학교 졸업앨범의 개정판(?)이 나왔다.

이 개정판 앨범은 대한사진관에서 1974년 1월에 제작된 흰색 카버의 경북고등학교 '제58회 졸업기념' 앨범과는 사뭇 다르다. 첫째, 경북고등학교 3학년 12반 출신들만 앨범에 올라 있다. 둘째, 흑백사진으로 두껍게 인쇄된 과거 앨범과 달리 칼라가 곁들여진 디지털 앨범으로 만들어져 각자의 e-메일을 통해 배부되었다. 셋째, '1973년 그리고 세월은 흘러'라는 앨범의 제목처럼 1973년에 찍은 빡빡머리 사진 옆에다 40년이 지난 요즘 사진을 배치했다. 얼핏 보기에 마치 지하철에 붙은 성형외과 광고의 시술 전후 사진 같아 보이기는 하나, '시술 전'의 사진이 오히려 풋풋하여 성형외과 광고는 아닌 것을 쉽게 알 수 있다. 그런데 고등학교 시절의 얼굴과는 전혀 딴판(?)이거나 요즘 사진으로는 누군지 짐작도 되지 않는 친구들도 제법 있었기에, 앨범으로 말미암아 이제는 일상에서 마주하더라도 누군지 알아보지 못하는 일은 없겠다 싶고, 게다가 사진 옆으로 근무처와 집주소를 곁들인 연락처를 서비스해두어 효용성을 높여 준 것도 이 개정판 졸업 앨범의 특징이라 할 수 있겠다.

1973년의 경북고등학교 3학년 12반은 유별난 독특함이 있었다. 우리 12반은 이과반으로, 제2외국어로 불어를 선택한 학생들의 유일한 학급이었다. 그러다 보니 우선 학생 수가 유독 많았다. 1974년 1월에 졸업한 동기들은 12개 학급에서 모두 715명으로, 문과가 6학급에 344명, 이과가 6학급에 371명으로 학급당 평균 59~60명씩이었다. 그러나 우리 12반은 이보다 훨씬 많은 71명이 부대끼며 졸업했다. 따라서 교실도 특별히 넓어 더 왁자지껄 했던 게 아닌가 싶다.

또한 2학년 때 같은 반을 했던 친구들이 그대로 3학년 같은 반으로 올라온 유일한 학급이었다. 그러니 서로가 너무도 익숙한 사이여서, 한참 대학입시 공부에 여념이 없을 3학년 시절임에도 수업 후 자습시간에 툭하면 운동장에 나가 축구시합을 즐기거나 때로는 영화를 보겠다고 무리지어 시내 극장으로 땡땡이를 치는 등 죽이 잘 맞는 막강 연대감을 자주 발휘하곤 했던 것 같다.

또 있다. 그 당시 경고에서 가장 젊으신 선생님이 3학년 12반 담임이셨다. 담임을 맡았던 강형 선생님께서는 30대 중반을 막 넘어선 싱싱한(?) 젊은 교사셨는데, 여러모로 별난 반의 담임을 맡게 되어 기가 찬 상황이 한두 가지가 아니었을 터인데도 크게 화내신 모습을 우리에게 보여주신 적이 없었던 것 같다. 언젠가 우리 반의 야간 자습 분위기 때문에 L 선생님께 혼나고 더 큰 문제로 비화될 뻔한 적이 있었는데, 강형 선생님께서는 오히려 우리가 입시 준비에 전념하도록 감싸주며 문제 삼지 않으셨던 기억도 있다. 강형 선생님의 이러한 든든한 지지를 등에 업고 우리는 '12반답게' 늘 씩씩한 분위기를 유지했었으며, 졸업을 하면서 저마다의 고집대로 대학으로 또 사회를 거치면서 40년의 세월을 순식간에 정리해내고 말았다.

나는 지금도 강형 선생님을 생각하면 상당한 내공을 갖춘 분들에게서 흔히 볼 수 있음직한 독특한 미소가 제일 먼저 떠오른다. 많은 동기들이 알고 있을 정도로 유명한 K 물리 선생님과의 소위 '단진동' 전투(?)까지 치러낸 경력을 지닌 나임에도 불구하고, 선생님의 조용하면서도 그윽한 미소는 내게는 항상 엄청난 카리스마 그 자체였다. 어떤 친구는 선생님의 약간 절제된 듯한 조용한 미소를 부드럽고 인자함이라 하고, 또 다른 친구는 이미 모든 것을 알고 계신 듯한 염화미소에 다름 아니라고도 하지만, 40년 세월이 흐른 지금도 내게는 아직도 선생님의 미소가 전하는 메시지가 그저 단순하지만은 않게 느껴진다. 그래서 나는 이 그윽한 선생님만의 고유한 미소를 '강형스럽다'고 하고 싶다.

그 별난 우리 3-12반이 요즘 다시 난리다. 카톡방을 열어놓고 반장으로 뽑힌 이태완 학생이 강형 선생님 못지않은 카리스마로 2014년의 12반을 이끌고 있다. 카톡방은 마음대로 나가지도 못한다. 나가는 순간 곧바로 잡혀 들어온다. 반창회를 비롯한 크고 작은 행사들도 빈번하다. 12반에 다시 르네상스가 오는 듯하다.

반장님! 12반 반창회 대구서 한번 합시다. 이제 팔순을 바라보시는 선생님 모셔서 강형스러운 미소도 배울 겸 단체로 A/S 한번 받아보시는 게 어때요?

조연을 빛나게 하는
주인공

전기영 대구한의대 6기, 성모한의원장

　하얗게 도배한 벽지에 몇 년 뒤 특정 부위만 색깔이 달라 보이는 곳을 본적이 있는가? 풀을 벽지 안쪽으로만 발라야 하는데 슬쩍 바깥쪽으로 도배공의 풀 묻은 붓이 지나가면 몇 년 뒤에야 서서히 그곳에 흔적이 나타난다. 시간이 지나면서 더 진해진다. 세심한 집 주인이 '이것이 무엇인데 색깔이 달라 보이지' 하면서 물걸레로 닦아보면 도배할 때 풀이 묻은 것인지 확인할 수 있다. 학교 다닐 때는 몰랐지만 강형 교수님께서는 학생들과 눈높이를 맞추시고 학생들과 같은 젊은 마음으로 살아가신다는 것을 알았다. 수십 년이 지나서야 강형 교수님의 추억과 훌륭하심은 풀 묻은 도배지 흔적처럼 서서히 진해지면서 나타난다.

　아니다 다를까 강형 교수님의 회고록에까지 지나간 제자로서 한 페이지 끼워주시니 그 감동은 자못 크다. 주연배우가 장식해야 할 마지막 클라이맥스를 조연배우들을 다 불러 빛나게 해주시는 고마우신 스승님이시다. 보통 배우고 지나가버리면 뵙고 싶어도 못 뵈는데 건강한 모습으로 활동하시니 기쁘다.

내겐 딸아이가 2명이 있는데 두 아이가 다닌 소선여중 입구에는 인애한의원이 있다. 나와 같은 직종이라서 유심히 보았는데 나중에 강형 교수님 따님이 하는 한의원이라 들었다. 그런데 내 막내딸이 한 날 와서는 자기 친구 엄마가 인애한의원을 한다고 했다. 이리저리 얽히고설킨 인연의 세상에 살고 있는 느낌이다.

제주도로 예과수료 여행을 갔을 때이다. 저녁에 모두들 호텔 나이트클럽에 갔었다. 남녀 학생들과 즐겁게 당시 유행하던 디스코를 추며 놀았다. 지도교수님으로 같이 오신 강형 교수님을 순둥이 한의대학생들은 대접을 잘못했다. 과대표가 덜컹 웨이트레스를 불러 교수님께서 멋쩍어하셨다. 교수님 그때 우리 학생들이 교수님을 힘드시게 한 것은 아닌지요?

강형 교수님을 다시 뵌 것은 2012년 10월 대구한의대과 한의학과 졸업 20주년 행사에서였다. 졸업 20주년 추진위원장을 본의 아니게 맡아 내빈이신 강형 교수님 옆에 앉자 강형 교수님께서는 반갑게 알아 보셨다. 보통 정년퇴임하셔서 집에만 계실 연세이신데도 좋은 의미의 연구도 하시면서 정열적으로 살아가시는 것 같다.

강형 교수님께 예과 때 교양영어를 배웠다. 경북고에 계시다가 오셨다는 것을 강형 교수님 스스로 말씀하셔서 알았다. 교양영어는 문법 이런 것을 배우는 것이 아니고 단편소설을 독해하는 수업이었다. 지금 생각하니 수월하면서도 재미있었던 것 같았다.

대학원에 진학하기 위해 학교에 원서를 내러 갔다가 다시 상동 한의대한방병원에 들렀다가 지나가시는 교수님을 얼핏 뵈었다. 교수님께서 댁에 한번 놀러 오라고 말씀하셨다. 어느 여름날 수박 한 덩이 사들고 범물동 영남아파트로 놀러 간 적 있다. 깨끗한 집이었다.

교수님 제가 그때 철없이 수박 한 덩이만 덜렁 사가서 죄송합니다.

강형 교수님 오래오래 건강을 잘 유지하시기를 기원드립니다.

추억
한 토막

유승정 경북고 54회, 변호사(법무법인 바른)

1

고등학교 1학년 아니면 2학년 추석 무렵으로 기억한다. 어쨌든 3학년 때는 아니다. 왜냐하면 강형 선생님께서 담임하실 때니까. 내일이 추석이라 다소 들뜬 기분으로 맞은 종례시간이었다. 선생님께서는 내일은 추석이니 차례를 지내고 등교하라고 말씀하셨다 −그때는 지금처럼 추석날이 공휴일이 아니었다. 지금 다시 생각해봐도 분명히 그렇게 말씀하셨다.

구름 한 점 없는 화창한 추석 아침이었다(차례는 영주에 있는 큰집에서 모시니 대구에 있는 나로서는 사실 추석 아침이라 하여 별 할 일이 없었다. 이른 아침을 먹고도 다른 친구들이 차례를 지내고 등교할 때쯤에 맞추기 위하여 일부러 빈둥거리다가). 9시가 넘어서 가방을 들고 느릿느릿 학교로 향해 걸어갔다. 교문을 들어서는데, 온 학교가 쥐죽은 듯이 조용한 것이 어찌 이상한 기분이 들었다. 하지만 저기 또 한 친구가 가방을 들고 천천히 걸어오는 것이 보이면서 나는 쓸데없는 걱정을 하였다고 후회까지 하였다.

그러나 그 친구(이름은 기억나지 않는다)와 함께 교실 복도에 들어서
는 순간 우리들은, 아니 적어도 나는 놀라지 않을 수 없었다. 수
업이 이미 시작되었던 것이다. 설마 하면서 창 너머 교실 안을
바라보았으나 엄연한 현실만이 재차 확인될 뿐이었다. 우리 반
교실이 있는 복도 끝까지 가면서 오늘 첫 시간이 담임 선생님의
영어시간임도 떠올랐다. 무슨 핑계를 대야할지 정하지도 못한
채 교실문을 열었는데, 선생님께서는 그저 빙그레 웃으시기만
하는 것이었다. 마치 내가 늦을 줄 미리 알고나 계셨던 것처럼.

2

은해사銀海寺 본사에서 산길을 50분 정도 올라가 숨이 조금 찰
정도가 되면 백흥암百興庵이 나온다. 집에서 공부 안하는 놈이 산
사山寺를 찾는다고 열심히 하랴마는, 대학 졸업반이 고시공부 한
다고 하니 8월 염천炎天에 아버님, 어머님은 책보따리, 이불보
따리 들어주신다면서 따라오셨다. 공부방이 미처 비지 아니하
여 대웅전을 향하여 오른편에 있는 심검당尋劍堂 큰 방(정말로 컸다)
한쪽 구석에 짐보따리를 푼 다음 아버님, 어머님은 공부 열심히
하라고 신신당부하시고는 내려가셨다.

전기도 들어오지 않는 산사에 밤은 유달리 빨리 찾아오고, 이
름모를 산새 소리만 외로울 뿐 사위四圍는 더욱 고즈넉해진다.
그날 저녁 미리 와있던 학생들과 수인사修人事를 나누고 밤이 이
슥하여 혼자 그 큰방에 들어가 촛불을 켜고 책을 한두 장 넘기
는데, 저쪽 캄캄한 구석에서 부스럭하는 소리가 들리는 것 아닌
가! 잘못 들었겠지 하는데 다시 같은 소리가 들리는대야 머리끝

이 쭈뼛하지 않을 수 없었다. 간신히 용기를 내어 기어들어가는 소리로 "누구요." 하니 "오늘 하룻밤 여기서 자는 사람이요." 라는 얼굴 없는 대답만 캄캄한 허공을 건너 왔다.

첫날은 그렇게 시작되었지만, 며칠이 지나면서 산사에서의 생활도 차츰 익숙해져 갔다. 그러나 그와 함께 공부하는 시간은 점차 줄어들고, 그 대신 한 방에 모여 허튼소리를 하거나, 마을에 내려가 술을 마시거나, 개울 가에 앉아 공상을 하거나, 재너머 있는 암자에 놀러 가기가 일쑤였다.

그날도 아마 마을에 내려가 실컷 놀다가 오후 늦게 올라왔던 것 같다. 그런데 어머님이 와 계셨다. 절 반찬으로는 식사를 제대로 못할 것이라며 장조림, 볶은 고추장 등 한 아름 짊어지고 오셨다. 너무 열심히 하지 말고 쉬어 가며 공부하라 하시며 용돈까지 쥐어 주셨다. 그리고는 아들 얼굴 봤으니 되었다시며 공부하는 데에 방해가 되니 그만 내려가겠다고 일어나셨다. 아무 할 말이 없다. 그저 응응할 뿐이다. 바래다 드리겠다니 다시 올라가려면 힘들다며 억지로 떨쳐 내신다. 그날따라 뒷모습이 더욱 작아 보이더니 흩날리는 낙엽 속으로 이내 흐려진다.

20년 넘게 지났다. 손수 지으신 무공해 채소를 당신의 손자에게 먹인다며 4시간 넘게 걸리는 길을 고속버스 타고 올라오셨다. 차멀미 난다고 그러시면서도 저녁 한 그릇 드시더니 내일 아침 일찍 불공 드려야 하신다며 부득부득 밤차를 타고 내려가시겠다고 한다. 구부러진 등과 늘어난 주름, 그리고 더욱 거칠어진 손 말고는 변한 것이 없다. 브레이크등 붉은 빛 사이로 빗방울 듣는 것이 보인다.

귀향

백윤기 경북고 54회, 아주대 법대학장

내가 고향을 떠난 것은 고등학교를 졸업하던 1973년 봄날이었다. 새로운 세계에 대한 동경과 장래에 대한 부푼 희망을 안고 서울행 기차를 탔던 그 날의 설레던 모습이 아직도 눈에 선하다. 돌이켜보면 그것이 기나긴 타향살이의 시작이었다. 그렇게 대구를 떠난 후 잠깐의 부산 근무와 해외 유학기간을 제외하고는 내내 서울에서 살았다. 서울에서 오랜 기간을 살았지만 일상생활에 쫓겨 별다른 애착을 느껴보지 못했다. 그러던 중에 대구를 떠난지 20년 만인 1993년 봄에 대구지방법원으로 발령이 나게 되었다. 나는 내심 반가웠다. 주위의 동료들은 지방 발령을 받으면 자녀들의 교육문제로 혼자만 내려가는 게 보통이었다. 그러나 나는 아이들에게 조부모님을 가까이에서 뵐 수 있게 하고, 서울이 아닌 곳에서의 색다른 경험을 시켜주고 싶어서 흔쾌히 온 가족과 함께 내려가게 되었다.

대구에서의 생활은 나에게 마음의 여유와 함께 생활의 편리함도 주었다. 동기동창과 선후배들이 관청, 학교, 병원, 언론기관, 은행, 보험회사 등 모든 분야에서 일하고 있어서 어떠한 어려운 일이 있더라도 의논할 수 있었고 따뜻한 도움을 받을 수 있었다.

모처럼 맛보던 꿈같은 2년의 세월이 금방 지나가 버렸고 서울로 돌아가야 할 시기가 다가왔다. 그런데 나는 내려올 때는 전혀 예상치 못했던 고민에 빠져야 했다. 인간미가 물씬 풍기는 대구에서 계속 살 것인지, 서울로 되돌아 갈 것인지…. 참으로 결정하기 힘들었는데 몇가지 사정 때문에 다시 대구를 떠나오게 되었다. 떠나오면서 언제 또 이런 넉넉한 시간을 가질 수 있을지 막연한 감상에 젖게 되었다. 산다는 것이 꼭 출세가 전부가 아니라는 것을 이미 알아버린 나이가 되었다는 증거인지도 몰랐다. 대구에서 계속 살아 온 어떤 친구는 그곳에서의 생활이 지루하다고 말하기도 하지만 정말 사람 살만한 곳이 내 고향 대구라고 생각한다. 지금 마음대로 그곳으로 갈 수 없는 입장이어서 더욱 간절한 바람인지도 모르지만…. 요즘에 와서는 사람이 모든 것을 다 누리고 살 수 없다는 평범한 진리를 새삼 느끼고 있다. 고향을 지키고 사는 사람들을 보면서 서울이라는 '타향'에서 바쁘게 쫓기며 사는 내가 잊고 있던 많은 것들(마음의 여유랄지, 보다 인간적인 삶에 대한 동경이랄지)을 다시금 생각하게 되었다.

지금도 대구에 내려가면 3년 전 가족들과 함께 살면서 다녔던 곳을 둘러보며 즐거웠던 추억에 젖곤 한다. 이렇게 마음에 훈훈함을 안겨주는 고향 대구가 있기에, 내가 살아가는 무한한 힘을 얻는 게 아닌가 싶어 마음이 든든해진다. 오늘도, 즐거웠던 지난 귀향의 나날을 생각하면서 입가에 미소를 지어 본다.

추억

석호철 경북고 55회, 변호사(법무법인 바른)

인간은 누구나 많은 추억을 간직하고 살아간다. 그리고 그러한 추억 중에는 아름답고 즐거운 추억도 있는 반면 괴롭거나 슬픈 추억도 많이 있다. 후자의 추억을 많이 가진 사람은 전자의 추억을 많이 가진 사람보다 지나온 과거의 삶이 더 힘들고 고달팠을 것으로 짐작된다. 인간의 삶은 어쩌면 아름답고 즐거운 추억을 많이 만들어 가고자 하는 거대한 과정의 일환이라고 이름 붙여도 좋을지 모른다. 그리고 이것은 인간에 국한局限되는 문제가 아니고 어쩌면 한 국가나 민족 전체에 해당되는 문제이기도할 것이다. 미국 국민에게는 아메리카 대륙을 발견하고 서부를 개척한 아름다운 추억이 있고 유대인에게는 나라를 잃고 방황하던 쓰라린 추억이 있을 것이다.

나의 경우에도 여러 가지 소중한 추억들을 간직하고 있다. 어렸을 적 시골의 학교에서 운동회를 하거나 소풍을 갔을 때의 즐거웠던 추억, 대학입시를 준비하면서 꿈 많은 시절을 보내던 중고등학교 학창시절의 추억, 미팅과 서클활동 등으로 보내던 낭만의 대학 1~2학년 시절 및 사법시험 준비로 고달팠던 3~4학년 시절의 추억, 장교훈련 및 군 복무기간 중의 추억, 신혼의 추억, 복잡하고 고뇌에 찬 재판과정裁判過程에서 느낀 추억 등 누구에게나 있을 법한 무수한 추억들을 떠올릴 수 있다.

그런데 그 중 나에게 가장 의미있고 즐거웠던 추억을 하나 꼽으라면 주저없이 고등학교 시절의 청운정靑雲庭의 추억을 들고 싶다. 나의 모교인 경북고등학교에는 대운동장 한편으로 제법 큰 규모의 정원을 만들어 나무와 꽃을 심고 벤치와 산책로 등을 구비해 두고 있는데 이 정원의 이름이 바로 청운정이다. 푸른 꿈을 키우라는 의미에서 이렇게 이름 붙여졌다고 한다.

이 곳에서 우리는 때로 공부하다 지친 몸을 쉬기도 하고, 친구들과 청춘을 예찬하는 대화를 나누기도 하였으며, 자연의 향기를 느끼는 시간을 갖기도 하였고, 적당한 산책을 통해 몸과 마음을 단련함과 동시에 맑게 하는 시간을 갖기도 하였다.

이 추억은 아직도 아련하게 남아 있고 그 정원의 나무향기가 지금도 느껴지는 것 같기도 하다. 더욱이 위 추억은 그 후의 나의 생활에 있어서 계속 비중을 가지고 영향을 미치기도 하곤 한다. 내 마음과 몸이 혼탁해지거나 나약해지려고 하면 항상 나는 위 추억을 떠올린다. 그러면 당시의 순수하고 아름답고 건강했던 모습을 떠올리며 그때 당시의 마음가짐과 몸가짐으로 되돌아가야겠다는 생각을 하게 되는 것이다.

이제 마지막으로 생각하게 되는 것은 앞으로는 또 어떠한 추억을 쌓도록 노력하는 것이 보람있고 의미있는 것일까이다. 무엇보다 먼저 나눔의 추억이 소중하다고 여겨진다. 굳이 유명한 철학자나 윤리학자의 말을 빌리지 않더라도 인간은 남에게 많은 것을 베풀었을 때 가장 많은 정신적 희열을 느낀다는 점에 동의하는 자가 많다. 인간은 누구나 다들 자신의 욕구를 채우는데 급급하여 위와 같은 이론은 잘 알면서도 그 실천은 지극히 어렵다. 물론 나 자신도 예외는 아니다. 그러나 무심코 흘러가는 일상성 속에서 조금씩의 여유와 마음을 내어 주위를 둘러보고 내가 가진 것의 조금이라도 나보다도 어려운 사람들에게 나누어 주는 행동을 하나씩이라도 함으로써 희열을 느끼는 추억을 만들어 가야겠다.

다음으로는 낭만적인 추억 내지는 맑은 정신의 추억을 키워나가는 것이 좋을 것 같다. 사회생활 기간이 점차 길어지고 나이가 조금씩 들어가니깐 자꾸만 아무런 시심이나 낭만적인 생각도 없이 하루하루를 덧없이 지내거나 세속적인 생각만 하다가 보내는 날이 대부분이다. 그러다보니 따분하고 재미없으며 물욕으로만 가득차게 되고 그것이 채워지지 않으면 허전해한다. 그러나 좋은 시를 읽고 아름다운 자연을 구경하며 정다운 가족, 친구들과 함께 가까운 산을 등산하는 등으로 지내게 되면 세속적인 욕망에 덜 집착하게 되고 항상 맑은 정신으로 살아갈 수 있지 않을까? 그것은 우리의 내면을 살찌우는 동시에 우리 사회를 더욱 온화하고 평화롭게 만드는 하나의 중요한 계기가 될 것이 틀림없다고 본다. 그리하여 사회의 많은 구성원들이 이러한 소중한 추억들을 많이 쌓아가게 되면 사회 전체적으로도 훨씬 갈등이나 불안의 요소가 줄어들지 않을까 하고 기대해 본다.

·4부·

현장에서의
애환

선생님 전 상서
- 외교관과 환경문제

최재철 경북고 57회, 주OECD대표부 차석대사

고등학교를 졸업한 지 벌써 38년이 지났다. 정보통신기술의 발달은 많은 친구들과 소통하는 방법에 많은 변화를 가져왔다. 첨단 기술의 활용에 앞선 친구들은 동기회 홈페이지를 운영하여 그렇지 못한 친구들에게 소통의 장을 마련해 주었다. 직장생활 때문에 해외를 주로 전전하던 나에게 인터넷을 이용한 친구들과의 소통은 새로운 즐거움이었고 덕분에 『세상에 말을 걸다』라는 동기생들의 책 출간에도 참여할 수 있었다. 그리고 지난 2월의 어느 날 너무나 반갑고도 믿기지 않은 선생님의 메일을 받았다. 늘 찾아뵙고 싶었던 고3 담임 선생님, 강형 선생님의 메일이었다. 국내에서 근무할 때 친구들을 통해 선생님의 소식을 가끔 듣기는 하였으나 고교 졸업 이후 찾아뵙지 못해 늘 죄스런 맘을 갖고 있던 차에 선생님께서 회고록을 내신다고 소식을 주셨다. 선생님, 그동안 소식도 드리지 못하고 찾아뵙지도 못한 못난 제자를 생각해 주셔서 정말 감사합니다. 이 제자, 선생님

의 가르침에 힘입어 외교관이 되어 우리의 후손들이 대대로 살아갈 지구의 환경을 위해, 그리고 대한민국을 위해 열심히 일하고 있음을 글로써 보고 드립니다. 그리고 다음 번 귀국하는 기회에 꼭 찾아뵙겠습니다. 선생님의 만수무강을 빕니다.

1. 외교관이 왜 환경문제를 다루세요?

외교관이 된 지 34년, 환경문제를 다루기 시작한 지 올해로 24년째에 접어들었습니다. 그동안 환경문제를 다루다보니 여러 가지 재미있는 일화도 많았고, 또 외교관이 무슨 환경문제를 취급하느냐면서 혹시 외교부의 환경미화업무를 담당하느냐고 반문하는 경우도 있었습니다. 1999년 환경과학과장 근무 시 종합청사에 사무실이 부족하여 종로구청 뒤 민간 빌딩 일부를 임대하여 사무실로 사용하고 있었는데 구청 환경과로 착각한 일부 식당주인들은 과잉 친절을 베풀기도 하였지요. 또 결혼을 앞둔 신참 외교관에게 담당 업무를 잘못 이해한 예비 장인이 다른 과로 옮길 것을 주문하기도 했다는 에피소드도 있었지요.

지금은 환경문제가 외교의 중요한 영역이 되었습니다. 유엔 안보리는 기후변화 문제를 국제 안보차원에서 다루었고 반기문 유엔사무총장은 2007년에 이어 금년에도 유엔 기후변화 정상회의를 주최할 예정이지요. 국내에서도 기후변화문제에 대응하기 위해 국무총리를 위원장으로 하는 기후변화 정부대책위원회가 있고, 외교부에는 기후변화와 환경협상을 전문적으로 다루는 기후변화대사가 활동하고 있습니다. 이처럼 환경문제가 외교 무대의 중요한 어젠다agenda가 되었지만 아직도 "왜 외교관이 환경문제를 다루세요?" 하는 질문에 이어 "왜 환경외교 전문가가 되려고 하셨어요?" 하는 호기심 어린 질문을 추가로 받는 경우가 자주 있습니다.

2. 환경 외교 전문가의 길을 가다

프랑스 파리에서 첫 해외 근무를 마친 저 유엔환경계획UNEP 본부 소재지인 케냐 나이로비에 있는 대사관으로 91년 3월 부임했습니다. 당시 나이로비의 UNEP 본부에서는 기후변화협약과 생물다양성 협약 작성을 위한 정부 간 협상회의가 한창 진행되고 있었지요. 그리고 오존층 파괴물질 소비를 규제하는 몬트리올 의정서 당사국 회의는 의무 위반국에 대해 교역을 제재할 수 있도록 냉장고, 자동차 에어컨 등과 같은 구체적 제품목록을 작성하는 협상을 진행하고 있었습니다.

환경외교는 단순히 지구 환경을 보호하기 위한 국제적 협력 방안을 논의하는 것이 아니라 환경 보호를 위한 국제적 비용과 부담을 국제 사회가 어떻게 분담하는 가를 논의하는 협상이라는 점을 깨닫는데 그리 오랜 시간이 걸리지 않았습니다. 그리고 우리가 공유하는 대기, 해양, 생태계가 어느 국가의 소유물이 아닌 모든 인류의 공유 재산global commons이며 오염자 부담원칙과 함께 환경보호를 위한 예방조치precautionary measures가 정당화될 수 있다는 국제 환경법의 원칙과 개념들이 지적 욕구로 가득 찬 저의 맘을 사로잡았고 환경외교 전문가의 길을 걷게 하는 계기가 되었습니다.

케냐에서 2년간의 근무를 마치고 1993년 2월 귀국한 저는 외교부 과학환경과에서 일을 시작했습니다. 당시 과학환경과는 신설과로 처음부터 시작해야 하는 일이 많았지요. 유럽에 비해 동북아지역에는 환경문제협의를 위한 협력분위기가 조성되어 있지 못했고 그래서 우선적으로 추진한 일이 일본, 중국과의 양자차원의 환경협력협정, 그리고 러시아와의 환경협력협정과 철새보호 협정 체결이었습니다. 그리고 동해 및 황해 등 지역 해양 보호를 위한 북서태평양 보전실천계획, 대기 및 육상생태계 보호를 위한 동북아환경협력 계획 등이 한국의 주도하에 일본, 중국, 러시아, 몽골 그리고 아주 가끔 회의에 등장하는 북한의 참여하에 채택되었지요. 이러한 일을 추진하는 과정에 제가 늘 염두에 둔 생각은 동북아 환경공동체 구상이었습니다. 유럽연합이 철강 공동체에서 출발하였듯이 정치체제와 경제 개발 단계가 상이한 상태에서 느슨하게 출발한 동북아 국가들의 환경협력이 훗날 환경공동체의 모태가 되리라고 믿으면서 역내 국가들 간에 신뢰를 조성하는 일부터 추진하였습니다. 그 결과 지금 동북아 국가들 간에 환경분야 정보 교환, 공동연구 및 교류 사업들을 활발하게 추진되고 있습니다. 황사 및 대기 오염문제 해결을 위해 실시간 정보교환 네트워크를 구축하고 대기 오염물질 저감을 위한 노후 화력발전소 개선사업, 해양오염 방지를 위한 공동 방제 및 조사사업 등을 역내 국가들이 공동으로 추진하였습니다. 이와 같이 실천을 통한 학습 과정learning by doing을 통해 환경문제로 인한 국가 간의 분쟁을 미연에 방지하고 대기, 해양, 수자원 등 공유 자산들의 지속가능한 이용을 위한 공동 인식을 확산해 나갈 때 동북아 환경공동체는 한걸음씩 다가오고 있다고 생각합니다.

  그러기에 저도 이제 고참 외교관으로서 지구 환경문제를 논의하는 데 우리나라가 국제적 중간자 역할을 잘 수행해 나갈 수 있도록 젊은 외교관들을 열심히 양성할 예정입니다. 선생님께서 저희들을 대한민국의 역군으로 자라날 수 있도록 정성을 쏟아주셨듯이 저도 그렇게 후배들의 양성에 정성을 다하겠습니다.

개성공단에서의 애환과 남북관계를 생각하며

홍양호 경북고 54회, 전 통일부차관, 현 개성공단 이사장

2014. 3. 30 일요일 오후, 따뜻한 봄기운이 감싸는 북한 땅 개성공단에서 이 글을 쓴다. 서울에도 사무실이 있지만 주로 현장인 개성공단에서 근무를 하는 관계로 서울에 있는 날들이 그리 많지 않다. 또한 한 달에 두 번 정도는 휴일에도 개성공단에 와 있다. 해야 할 일들 대부분이 현장인 개성공단에서 이루어지기 때문이고, 800여 명의 우리 기업인들이 이곳에서 거주하면서 생산 활동과 생활을 하고 있기 때문이다.

어느 날 서울 사무실에 들렀더니 고교 은사님인 강형 선생님으로부터 회고록을 집필 중인데 제사들의 글을 함께 싣는다고 원고 요청의 서신이 와 있었다. 기억에 남는 제자로 선택해주셔서 영광스럽고도 감사하기도 하지만 강형 선생님에 대해서는 내가 옛날 고등학교 시절을 회상하면서 자세히 쓸 내용이 없어 선생님 회고록에 글을 싣는다는 것이 다소 조심스럽기도 했다. 강형 선생님은 나의 담임 선생님도 아니었고, 나는 학교 다닐

때, 특히 2학년 때 반에서 거의 꼴찌하는 농땡이었기 때문에 선생님과 가까이 할 일들이 없었다. 내 기억에 강형 선생님은 공부 잘하는 학생이나 진지한 학생들만 가까이 있었던 같다. 지금은 고인이 된 권영석 부장검사(서울 법대 졸. 고교 시절 나와 도덕재무장운동인 MRA 서클활동을 같이한 바 있음)가 학교 다닐 때 강형 선생님을 실력 있고 멋진 선생님이라고 자주 얘기했던 기억이 난다. 나에게 남아 있는 선생님에 대한 이미지는 깔끔하시고 매사에 빈틈없으시며 항상 실력 있는 선생님이 되시고자 부단한 노력을 하시는 것 같았으며, 본인께서 담임을 맡고 있는 반이 최고의 성적이 나오도록 학생지도를 철저히 하시는 모습이었다. 대학을 졸업하고 서울에서 직장생활을 할 때, 강형 선생님이 대학 교수로 계신다는 소식을 동기들로부터 듣고 역시 강형 선생님이구나! 하고 생각했던 적이 기억난다.

어떤 내용으로 원고를 쓸까 망설이다 보니 원고 마감 기한이 다가오고 선생님의 회고록 목차에 「현장에서의 애환」 파트가 있고, 또한 요즈음 우리 사회에서 "통일은 대박이다"라고 이슈화되고 있는 상황이라 개성공단의 현장에서의 애환을 소개하고, 남북관계에 대해 생각해보기로 했다.

나는 32년 동안의 공무원 생활 중 27년간을 통일부에서 근무했다. 77년도에 행정고시를 합격하고 사무관으로서 부산해운항만청에서 처음 공무원 생활을 시작하였다. 대한민국이 수출지향국가로서 해운항만의 중요성을 알게 되었지만, 대구 토박이로서 내륙에서만 성장해온 나로서는 정서적으로 평생 해운항만

분야에서 뿌리를 내리기에는 마음이 가지 않았다. 그래서 대한민국의 먼 미래를 위해 청춘을 한번 바쳐보자는 생각으로 83년도에 민족의 장래를 담당하는 통일부로 사원해서 이동하였다. 그 이후 통일부에서 공직 생활을 전부 보내면서 남북관계 진전에 기여하는 보람 있는 일들을 많이 하였다고 자부하면서 통일부에서 평생 공무원생활을 한 것을 가슴 뿌듯하게 생각하였다.

다양한 정책과제의 실마리를 풀 수 있는 개성공단이 2003년도에 착공되어 이제 10여 년이 지났다. 개성공단은 남북이 호혜적 이득을 보는 바람직한 경협사례, 남북 간 경제협력을 통한 남북경제공동체의 구현, 한반도 긴장완화의 완충지대 마련, 남북 주민 간 상호 이해와 동질성 확보, 북한의 변화를 견인해낼 수 있는 공간, 남북 간 법제 협력, 통일비용의 감소 등 다양한 정책적 함의를 갖고 있다. 한반도 평화와 남북 상생의 모델로써 이와 같은 많은 정책적 함의를 갖고 있는 개성공단도 그동안 남북관계의 부침과 위기가 그대로 투영되어 활기차고 희망에 찬 시기가 있었는가 하면, 몇 차례의 출입제한과 중단사태 등 위기로 인해 불안과 비관적인 시기도 있었다. 쉽게 변하지 않는 북한체제로 인해 개성공단 내 운영체제도 초기의 북한식의 경직된 체제가 아직까지 그대로 운영되고 있다. 미리 정해진 시간에만 남북 간 출입을 해야 하는 불편함이 지속되고 있다.

2011년 10월 10일부터 개성공단 업무를 맡기 시작해 이제 2년 6개월이 다 되어 간다. 개성공단 근무기간 중에 나에게는 평생 잊지 못할 개성공단의 위기를 맞게 되었다. 작년 4월 3일 북측의 일방적인 남측 인원의 남쪽으로의 철수 요구와 4월 8일 북측 근로자의 개성공단에서의 일방적인 철수와 개성공단 중단 조치였다. 상상할 수도 없는 개성공단의 초유의 위기가 발생했다. 우리 정부와 국민, 그리고 국제사회에서는 무엇보다도 먼저 개성공단에 체류하고 있는 우리 주재원들의 신변안전을 매우 걱정하였다. 그리고 개성공단의 장래에 대해 비상한 관심을 가졌다. 개성공단사업이 과거의 KEDO사업(북핵 개발 포기를 조건으로 이행된 함경남도 신포 경수로발전소 건설사업)처럼 종말을 맞지 않을까? 등의 다양한 전망을 내 놓았다.

4월 3일부터 철수해 마지막 남은 우리 인원 7명이 완전 철수한 5월 3일까지 우리 언론은 물론이고 전 세계의 언론들이 매일 매일의 상황 전개를 토픽 뉴스로 보내면서 매일 매일 남쪽으로 나오는 우리 인원과 짐짝 같은 차량 행렬을 뉴스 방송채널에서는 실시간으로 생중계하였다. 당시 개성공단 현장에서의 최고책임자인 나로서는 비상위기를 잘 관리하면서 우리 국민들의 신변안전을 책임져야 하는 엄청난 일을 감당하여야 했다. 처음에는 많은 우리 주재원들이 초조함을 보이기 시작했고, 남쪽에 있는 많은 가족들이 불안함을 계속 보였다. 우리 정부도 초비상이 걸려있는 상황이었다.

하루하루가 긴장된 날의 연속이었지만 이럴수록 현장의 최고책임자로서 나는 흔들리지 않고 차분하고 냉정하게 상황에 대처해야 한다고 생각했다. 현장의 최고사령탑으로서 비상한 각오를 가지고 책임지는 자세로 임해야 한다고 생각했다. 그리고 구심점으로서 강력한 리더십을 발휘해야 한다고 생각했다. 당시 나는 세 가지 문제가 현장에서 발생치 않을까 심히 걱정했다. 우리 주재원들 중에 심리적으로 불안해 혹시나 자해행위를 하는 사람이 있지 않을까? 혹시 분노가 치솟아 북측 사람들과 물리적 충돌이 발생치 않을까 걱정했다. 또한 짐짝처럼 많은 물건을 싣고 남쪽으로 내려오는 우리 차량이 혹시 북측 군사도로 상에서 멈추어서거나, 짐짝이 도로 상에 떨어지지 않을까? 걱정했다. 왜냐하면 군사도로 상에서 혹시나 불의의 불상사가 생기지 않을까 생각해서다. 그런데 나의 노심초사와 달리 단 한건의 사고도 생기지 않았다. 정말로 천만다행이라고 생각했다.

개성공단이 중단된 지 160여 일이 지나 작년 9월 16일 개성공단은 재가동되었다. 160여 일의 중단기간 동안에 위기와 고통, 미래에 대한 불안이 있었지만, 재가동되고 6개월 반이 지난 지금의 개성공단의 현장에서는 남북의 모든 근로자들은 평상으로 돌아와 모두 생산 활동에 전념하고 있다. 이제는 다시는 작년과 같은 개성공단의 중단은 발생치 않을 것이라고 나름대로 예측하면서, 당장에 밀려오는 수많은 제품의 생산납기를 맞추기 위해 야간·휴일 근무하는 기업이 늘어나고 있다. 또한 미래를 위해 공장을 신규로 건설하거나, 또는 증축하는 기업이 하나 둘씩 생기고 있다. 개성공단에 앞으로 신규 투자하기 위해 국내외 다수의 기업들이 우리 서울사무실로 직접 찾아와 상담하고 있다. 바로 작년에 개성공단의 문을 닫니 마니 했는데, 이제는 개성공단에 대해 낙관적 기대를 갖고 많은 관심을 갖고 접근하고 있다. 신년 초부터 히트 친 "통일은 대박이다"라는 말에 희망에 부풀어 있는 사회분위기를 반영하는 것 같다.

만 원짜리
지폐 한 장

곽동협 경북고 57회, 곽병원장

    지난 봄 서울 국제마라톤대회에 참가하여 완주한 뒤 잠실운동장 근처 사우나탕에 들렀다. 목욕 후 KTX를 타고 오면서 시원하게 맥주 한 잔하며 기분 좋게 집에 도착하였다. 여느 때와 마찬가지로 짐 정리를 하다 보니 빨래를 넣었던 비닐백이 보이지 않았다. 사우나탕에 두고 온 것이 틀림없었다. 수소문하여 서울의 사우나탕에 연락해 보니 "그런 주인 없는 비닐봉지는 찾을 수 없다."는 대답이 돌아왔다. 그 봉지는 대회 주최 측에서 지급한 물품보관용 비닐백으로 아마 대회 참가자 중 누군가 자신의 백으로 착각해서 가져간 것으로 추정되었다.

    나는 런닝 셔츠에 곽병원 로고가 새겨져 있기 때문에 돌아올 것이라고 했으나 아내(김선진, 경북여고 48회, 강형 교수 제자) 의견은 반대였다. 러닝팬티 주머니에 비상금 만 원이 있기 때문에 그것이 화근이 되어 돈만 빼고 운동복은 버렸을 것이라고 말했다. 아니 확신하는 투였다. 이 바쁜 세상에 땀에 절은 남의 운동복을 찾아주는 수고를 할 사람이 어디 있겠느냐는 것이었다. 당연한 말이다. 하지만 이건 경우가 다르다고 나는 생각했다. 분명 대회 참가자가 그 비닐백을 가져갔을 것이고 굳이 힘든 일을 사서 즐기는 마라토너인 그 참가자는 타인의 백을 돌려주는 수고로움을 능히 감당할 것이라 생각했다. 마음속으로 여자의 직감과 남자의 통찰력 대결이라 생각하며 아내와 가벼운 마음으로 내기를 했다. 이 내기에는 내가 이길 것 같은 예감이 들었다.

내 예상은 적중했다. 월요일 아침 출근하자마자 병원으로 전화가 온 것이다. 서울 서대문구에 산다는 그분 말씀이 목욕을 하고 집에 가 보니 가방에 똑같은 빨래 봉지 두 개가 들어있는 것을 발견했고 그래서 급히 인터넷으로 곽병원을 검색하여 배번에 적힌 이름을 보고 필자의 인적사항까지 파악했다고 했다. 그분과 서로 자신의 잘못이라며 옥신각신 사과하면서 즐거운 대화가 이어졌다. 사실 사우나에 들어가고 나간 시각을 고려해 볼 때 내가 먼저 백을 두고 나왔고 나중에 그분이 실수로 가져 갔으므로 굳이 따지자면 내 잘못이 더 컸다.

그분은 연세가 65세로 이제 나이가 많아 빨리 달리지는 못하지만 과거에는 풀코스를 3시간 이내로 달린 적도 있고 마라톤 클럽의 회장을 역임하기도 했다고 하셨다. 70세까지 달릴 계획이라는 그분의 말투에는 생명력이 넘쳤다. 자신의 실수라며 빨래봉투를 굳이 택배로 보내겠다고 하여 할 수 없이 비상금 만 원으로 택배비를 지불하라고 하니 알아서 하시겠다며 거절했다. 이틀 뒤 택배가 도착한 것을 보니 빨래는 깨끗이 세탁되었고 만 원짜리는 원래 있던 주머니에 그대로 들어 있었다.

마라톤은 정직한 스포츠다. 준비한 대로 기록이 나오며 반칙을 할 방법이 별로 없다. 노력 없이 쉽게 기록을 향상시킬 수 있는 방법도 없다. 운동한 만큼 정확하게 결과가 나오는 운동이라 심성이 맑고 정직해지고, 게으르거나 나태하면 절대로 지속할 수 없는 운동이기 때문에 인내심이 길러지고 부지런해진다. 요즘 달리기를 좋아하는 직원들과 매주 수요일 대구 신천 변을 달리고 있는데 직원들에게 마라톤을 권유하는 이유도 육체적 건강을 지키자는 목적도 있지만 이렇게 정신적으로도 건강해지는 매력을 깊이 느꼈기 때문이다. 깨끗이 세탁되어 돌아온 운동복을 보며 이분 같은 정직한 마라토너들로 인해 세상이 좀 더 깨끗하게 정화되는 게 아닐까 생각해 보았다.

생명과 인생과
돈

송필경 경북고 55회, 생각하는 치과 원장

범어네거리 부근에 있는 어느 투자증권회사의 회식 날, 1994년 일이다. 1차는 회사 부근 식당에서 치렀다. 2차는 지산동 술집으로 잡고 차로 이동하기로 했다. 지점장은 술기운이 이미 거나했다. 지점장이 손수 운전을 하려하자 직원들이 말렸다. 당시에는 대리 운전 제도가 없었고, 음주 단속이 느슨해 음주 운전이 흔했다. 지점장이 계속 고집을 부리자, 한 젊은 직원이 차 열쇠를 낚아채 운전대를 잡고, 다른 직원들이 지점장을 밀다시피 뒷자리에 태웠다. 그때는 자가용이 흔치 않아 나머지 직원들은 택시를 타고 뒤따라 갔다.

지점장을 태운 차가 우회전하여 500m 정도 가다가 범어 우방아파트 앞 건널목에서 여대생을 치었다. 운전한 직원은 겁에 질려 지점장에게 애걸했다.

"지점장님! 사실 저는 무면허입니다. 좀 살려주십시오."

"그래? 그럼 내가 수습하지."

만취한 지점장은 대수롭지 않게 대답했다. 지점장은 조수석 뒷자리에서 내려 차 앞쪽으로 가 중앙선 쪽에 절명한 여대생에게 다가갔다. 직원은 운전석에서 내려 차 뒤쪽으로 돌아가서 지점장 뒤를 따라갔다. 지점장이 앞서고 직원이 뒤따라가는 순간의 모습을 본 목격자가 있었다. 이 장면만 보면 지점장이 운전하고 직원이 조수석에 탄 모양새가 된다. 택시를 탄 직원들은 사고 5분 뒤에 현장에 도착했다.

시신은 경대 병원으로 옮겨졌고 응급실로 형사와 여대생 아버지가 달려왔다. 형사가 조서를 꾸미기 위해 누가 운전했냐고 묻자 지점장이 자신이라고 했다. 그 순간 숨진 여대생 아버지의 주먹이 고함과 함께 날아왔다.

"이렇게 술 쳐 먹은 놈이 운전을 해!"

새벽에 술 깬 지점장은 아차 싶었다. 꽤 힘 있는 동기에게 새벽 전화를 걸어 자초지종을 이야기했더니 우선 빨리 경찰 조서의 내용을 바꾸어야 한다는 답을 들었다.

일찍 수성 경찰서에 가서 담당 형사를 찾아 실제로는 직원이 운전했다고 알렸다. 비록 술김이지만 한번 꾸민 조서 내용을 바꾸기가 쉽지 않았다. 여대생 아버지는 그런 지점장을 책임 회피하는 파렴치한 사람으로 보고 더욱 분노를 일으켰다. 또한 사건 후 목격자의 증언도 있었지만 무엇보다 운전한 직원이 그때부터 운전한 사실을 부인하고는 종적을 감췄다.

이제 회사의 전 직원들이 나섰다. 분명 젊은 직원이 운전했고, 불과 5분도 채 안 돼 뒤따라 갔는데 어떻게 그동안 운전대를 바꿀 수 있냐는 증언을 했다. 그리고 전 직원들의 한 달치 봉급을 모아 운전한 젊은 직원에게 줄 위로금을 5천만 원을 마련했다. 그럼에도 운전한 직원은 사실을 계속 부인하며 버텼다. 젊은 직원은 자신의 전 재산이 2천만 원에 불과하고, 과실 치사로 6개월 이상 실형을 살면 젊은 나이에 자기 인생이 끝날게 분명한 두려움에서 계속 부인했다. 그렇게 한 달을 끌었다.

20여 명이 넘는 직원들의 일관된 증언에 피해자 아버지도 수긍하자, 운전한 직원은 사실을 시인할 수밖에 없었다. 결국 형사 책임은 젊은 직원이, 도의적 책임은 지점장이 지기로 했다. 지점장이 피해자 가족에게 보상해야 할 금액은 1억으로 합의했다. 그 돈은 부부가 10년 동안 맞벌이해서 모은 전액이었다.

그랜드 호텔에서 지점장 부부, 운전한 직원, 피해자 아버지가 마지막 합의를 위해 만났다. 직원은 커피숍 바닥에 꿇어 앉아 지점장과 피해자 아버지에게 한 달간 애를 먹인 점에 눈물을 쏟으면서 잘못을 빌었다. 진실 공방은 그렇게 끝났다.

지점장은 내 고교 1년 선배였고 그 증권회사는 내 치과 건물 옆 건물에 있었다. 나는 이 이야기의 마지막 부분을 몇 달 뒤에 들었다. 그 날 형수가 커피숍을 나서면서 선배에게 했다는 위로의 말은 20여 년이 흐른 지금도 감동으로 남아있다.

"한 사람은 소중한 딸을 잃었고, 한 사람은 인생을 잃어버렸잖아요. 그러나 여보, 우리는 돈만 잃었을 뿐이에요."

피는
못 속여

이전오 경북고 57회, 전 변호사, 성균관대 교수

몇 해 전 선배인 지방의 김 변호사로부터 자기가 그곳에서 하던 가사사건이 서울가정법원으로 이송되어 서울까지 재판하러 오기가 곤란하게 되었으니 재판을 대신 맡아 달라는 부탁을 받았다. 말이 부탁이지 선배의 지엄한 부분인지라 수임료 50만 원이라는 거금을 받고 무조건 그대로 따랐다.

며칠 후 김 변호사가 부쳐온 재판기록을 읽어보니 사건의 내용은 다음과 같았다.

K여인은 남편과 결혼하였으나 아이가 없었다. 원인은 남편의 남성불임증(클라이펠터 증후군)이었다. 부부가 의논 끝에 인공수정에 용하다고 소문난 그 지역의 S의원에 찾아가서 인공수정 방법을 알아보기로 하였다.

S의원 원장 Y는 K여인과 2~3회 상담한 뒤 인공수정이 가능하다고 하였고 이에 K여인과 남편이 Y에게 인공수정을 의뢰하였다. 한달 후 Y는 2층 입원실로 K여인을 데리고 가서 K여인의

얼굴을 흰천으로 씌운 뒤 인공수정시술을 하는 대신에 자신의 정자로 직접 자연수정술(?)을 실시하였다. 단 1회의 자연요법으로 K여인은 바로 임신하였다. 명불허전이라…. 과연 대단한 의사였다.

K여인은 처음에는 사태를 어떻게 처리할 것인가를 놓고 깊은 시름에 잠겼으나, 씨를 뿌린 자가 의사이니만큼 불량종자는 아닐 것이고 아울러 어쨌거나 자기 자식인 만큼 Y가 자식 뒷바라지를 잘 해 줄 것이라고 판단하고 열 달 후 장남을 출산하였다. 아이는 건강하고 똑똑하였다. 그런데 아이의 출산 후에 Y는 K여인에게 계속 만나자고 유혹하였고 K여인은 남편 몰래 Y와 수시로 만났다.

2년 후 K여인은 다시 Y에게 인공수정을 의뢰하였고 인공수정의 의미가 무엇인지 잘 아는 Y는 이번에도 확실하게 자연수정을 실시하였으며 K여인은 10개월 후 차남을 출산하였다. 던지는 족족 완벽한 스트라이크! Y는 정말 용한 의사였다.

차남의 출산 이후 K여인의 외박이 더욱 잦아지면서 K여인과 남편 사이에는 불화가 그치지 않았다. 한편 의사 Y는 K여인과 밀회를 거듭하면서도 자기가 뿌린 씨앗에 대해서는 일체 애정이 없었고, 30만 원을 준 것 외에는 전혀 경제적 도움을 주지 않았다. 실망과 분노에 쌓인 K여인은 Y에게 수차례 경제적 도움을 청하였으나 Y는 냉정하게 거절한 후 K여인과의 관계를 끝내려고 하였다. 이에 K여인이 Y에게 진정서, 내용증명 등 반호소·반협박 편지를 수차 보냈으나 냉랭한 답변이 담긴 편지만이 돌아왔다.

그 무렵 겨울내복을 찾으려고 장롱 속을 뒤지던 남편이 위 편지들을 우연히 발견하고 K여인을 집요하게 추궁한 결과 인공수정의 비밀 및 K여인과 Y의 관계가 탄로났다. 격분한 남편은 그 즉시로 이혼소장을 법원에 접수시키고 K여인과 Y를 간통죄로 고소하였다. 수사기관에서 K여인은 간통 사실을 자백하였고, 여관 종업원이 K여인과 Y가 여관에 수차 드나든 사실을 진술하였음에도 불구하고 Y는 자기는 인공수정만 시술하였을 뿐 그 외에 K여인과 성관계를 가진 사실은 일체 없다고 발뺌하였다.

두 사람의 주장이 엇갈리자 수사관은 K여인에게 Y의 신체적 특징에 대하여 물었고 K여인은 Y의 오른쪽 허벅지에 수술 흔적이 있다는 점과 Y의 성기의 특징에 대하여 자세히 진술하였다. 궁금증을 잠시도 주체치 못한 수사관은 Y의 바지를 내리게 하고 K여인의 진술과 Y의 신체적 특징이 일치하는 것을 눈으로 직접 확인한 후 조서에 생생하게 기재하였다. 당당한 Y는 자기가 평소에 반바지를 즐겨 입는데 반바지 틈 사이로 K여인이 자기의 신체를 훔쳐 본 것으로 생각된다는 등의 코미디 대사를 읊었으나 K여인과 Y는 결국 간통죄로 구속되었다.

1백억 원대의 재력가로 알려져 있고 구속 당시 64세이던 Y는 감방에 들어가던 날부터 출옥을 갈망하면서 K여인의 남편에게 합의를 간청하였고, 결국 1억 원을 주고 합의한 후 남편의 고소 취하로 한 달 뒤에 석방되었다. 1억 원을 손에 쥔 남편은 K여인과 두 자식을 버리고 바람과 함께 표표히 사라졌다.

판사와
글쓰기

한위수 경북고 57회, 변호사(법무법인 태평양)

  판사만큼 글을 많이 쓰는 직업도 그리 많지 않을 것이다. "판사는 판결로 말한다"는 말처럼 판사의 업무시간 대부분은 판결문을 쓰는 데 보낸다 해도 과언이 아니다. 간단한 사건(주로 소액사건)을 맡는 판사는 일주일에 1백 건 이상의 판결문을 써야 하고, 사안이 복잡하고 액수도 많은 사건을 맡은 판사들도 이유를 제대로 붙이고 정성을 들여야 하는 판결문을 일주일에 10여 건씩 써야 한다.

  이에 비추어 판사가 수필이나 다른 글도 쉽게 쓰겠다고 생각하는 사람이 있을지 모르지만 결코 그렇지 않다. 무엇보다 우리나라의 판결문만큼 무미건조하고 재미없는 글도 찾기 어렵다(외국의 판결문은 어떤지 모르겠다. 판결문은 결론에 이르게 된 경위를 당사자에게 납득시키면서 또한 상급심에서 그 판단의 잘잘못을 가리는 자료가 되는 것이므로 논리적, 객관적으로 글을 쓰지 않을 수 없고, 감정적인 또는 감상적인 용어의 사용은 자연히 금기시된다. 그러니 판결문이 재미있을 턱이 있겠는가? 정이 듬뿍 들어있는 판결문, 훈훈

부 현장에서의 애환 **397**

한 인정이 살아 숨쉬는 판결문이란 말 그 자체로서는 더없이 이상적인 듯하지만 현실적으로는 공허한 말놀음에 지나지 않는다). 네모난 원을 그리라는 말과 비슷하다. 유·무죄를 가리고 행위에 합당한 벌을 정해야 하는 형사재판이나, 치열한 재산상의 다툼으로 쌍방이 신경을 곤두세우고 있고 결론이 내려지면 판결문만으로 집행관(옛날 명칭이 집달리이다)이 바로 강제집행을 할 수 있도록 해야 하는 민사재판이나, 다같이 명확하고 구체적인 용어를 사용하여 시시비비를 가려야 할 것이고, 자칫 오해를 불러일으키는 추상적인 용어, 한쪽에 동정적인 것처럼 느껴지는 용어는 사용하지 말아야 함은 당연하다.

예컨대 '가난하지만 심성이 고운 피고는 어머니의 병환이 깊어지자 수술비를 구하기 위하여 단 하나 남은 재산인 집을 잡히고 원고에게서 돈을 빌려 수술을 하였으나 어머니는 돌아가시고 빌린 돈을 갚을 길이 없게 되었다'는 식의 문장을 판결문에 쓴다면 결론이 어떠하든 원고는 그 판결이 피고에 대하여 편파적으로 유리하게 내려졌다고 생각하여 그에 승복하지 아니할 것이다. 따라서 판사는 '피고는 그가 소유하는 ○○시 ○○동 ○○번지 1층 주택 ○○평에 대하여 근저당권을 설정하고 원고에게서 돈 ○○○원을 차용하였으나 이를 갚지 못하고 있다'는 식의 표현을 사용할 수밖에 없는 것이다.

이처럼 판결문이 수필과는 성격이 전혀 다르다 보니 판결문을 많이 쓴다고 하여 수필 등의 잡문을 쉽게 쓸 수 있는 것이 아닐 뿐 더러, 딱딱한 판결문을 많이 쓰다 보니 오히려 사고나 필치도 그쪽으로 굳어 버리고 있는 것이 아닌가 하는 생각도 든다.

고시동기 판사 중에는 서정주 시인의 추천을 받아 시집을 펴낸 친구가 있다. 그 친구가 법원회보 편집을 맡고 있던 중 맞춤법에 관한 칼럼을 매번 연재했는데 하도 글을 재미있게 써서 판사들 사이에서는 최고 인기칼럼이었고, 그 친구가 다른 일을 맡아 칼럼을 그만 두었을 때는 모두가 아쉬워했다(위 칼럼을 모은 책이 '아빠는 판사라면서'라는 제목으로 출판되었다. 맞춤법과 관련 있는 직업을 가진 사람은 꼭 읽어보시라. 결코 후회하지 않을 것이다).

판결문뿐 아니라 다른 글도 잘쓰는 판사는 훨씬 멋있어 보인다. 나도 글을 잘쓸 수 있으면 좋겠다. 다른 사람이 읽어보고 재미있다거나 글재주가 있다고 말해줄 정도는 아니더라도 지면이 아깝다는 생각은 안 들고, 내 입장에서도 누가 무슨 글을 써달라고 부탁을 해도 흔쾌히 승낙할 수 있는 재능이 정말 아쉽다. 노력은 않고 좋은 결과만 바라는 것은 놀부 심보이겠지만, 자신의 게으름을 탓하는 대신 재능을 주지 않았다고 조상탓을 하는 것도 정신 건강상으로는 좋지 않을까 하고 자위해본다(고등학교 은사이신 강형 선생님의 희수연을 진심으로 축하드립니다).

변호사의
애환哀歡

신 평 경북고 55회, 전 변호사, 경북대로스쿨 교수

'칼 안든 강도', 이것은 변호사와 의사를 두고 오래 전부터 불러온 말이다. 그리고 나는 지난 몇 년간 변호사를 직업으로 해온 사람이다. 변호사에 대한 세간의 신랄하기 그지 없는 평가가 완전히 근거없는 것은 아니라는 것을 잘 안다. 그리고 이 부정적인 평가를 항상 마음 한 구석에 조심스럽게 놔둔 채 지내오며, 나름대로 정직하고 성실하게 변호사 업무를 해야겠다고 작정해 왔다. 그리고 이 조그마한 지역 사회에서 '좋은 이웃'으로 지내고 싶다는 바람을 간직해 왔다.

그런데 때로는 일반의 변호사에 대한 시각이 상당히 왜곡 되었다는 생각, 혹은 좀 억울하다는 생각을 하지 않는 게 아니라는 사실을 알아주었으면 한다. 지금의 시점에서 말한다면, 변호사는 더 이상 일반인의 상상을 뛰어 넘는 고소득을 올리는 직업이 아니다. 어떤 변호사가 정상적으로 약정한 수임료만을 받고, 점점 투명해지는 수입에 대한 다액의 세금을 꼬박꼬박 내며,

'가진 자'로서의 기본적인 사회적 책무를 잊지 않고 쓰일 때가 참으로 많은 지출을 감당하노라면 최종적으로 변호사에게 떨어지는 수입은 많이 않다는 의미이다. 그리고 상남자를 대하면 거의 예외 없이 "이 사건이 어떻게 되겠느냐?"고 추궁 당하는데 그럴 때마다 곤혹스럽기 짝이 없다. 이 추궁에 대해서 변호사는 대답할 수 있는 위치에 있지 않기 때문이다. 아니 어쩌면 판사도 예측할 수 없는 일이 많다. 판사 시절의 경험으론 어느 사건의 판결문을 미리 다 써 놓았다가도 선고 전날 밤 그 사건에 대한 꿈을 꾸고 일어난다든지 하여, 아무래도 작성해 둔 판결문이 잘못된 것 같아 이를 고쳐 선고한 일이 많다.

이처럼 담당 판사 자신도 어느 사건에 대해 미리 알 수 없는 터에 어찌 변호사가 결과를 정확히 예측할 수 있겠는가. 솔직히 이를 털어 놓고 "내가 할 수 있는 말은 최선을 다하여 변호사로서의 전문 지식을 활용하여 노력하겠다는 것 밖에 없다"는 식으로 말하면 실망의 기색이 역력해진다.

하지만 내가 변호사로서 열심히 노력한 것이 사회적 약자의 생존을 짓밟는 결과가 되기도 하는 것을 완전히 모른 체 할 수는 없다. 근로자가 제기한 소송에서 회사측을 대리할 때 그런 경우가 많다. 사건을 수임한 이상 의뢰인을 위하여 최선을 다하나, 상대방의 사정을 보니 동정할 만한 점이 적지 않다. 그래도 그쪽을 동정하며 이쪽의 소송 수행을 소홀히 한다면 직업인으로서의 변호사 의무를 포기하는 셈이다.

사건이 끝나고 난 뒤 상대방 변호사를 통하여 그쪽 담당자에게 "잘 좀 말해 달라."고 부탁하거나, 어떤 땐 내가 직접 그쪽에 전화하여 사과하기도 한다. 직업인으로서의 양심과 한 개인으로서의 양심이 서로 충돌하는 경우인데, 내심 괴로울 수밖에 없어서 그렇게 한 것이다.

한편 의뢰인을 위하여 열심히 일하여 소기의 성과가 났음에도 불구하고, 또 의뢰인이 충분한 자격을 가졌음에도 불구하고, 그 약정된 보수를 지급하지 않는 경우가 왕왕 있다. 돈이 문제가 아니라 노력에 대한 대가를 받지 못한다는 생각이 드니 변호사로서의 자부심, 자존심에 큰 상처를 입게 된다.

·5부· 행복에
이르는 길

군자삼락 君子三樂

김용문 대구한의대 2기, 보인한의원장

신록新綠의 아름다움이 있다면 단풍의 아름다움도 있다. 뜨는 해만 아름다운 것이 아니라 지는 해도 아름답다. 아름다움은 보는 사람들의 마음에 달려 있다. 이는 보고 맞이하는 사람들의 심금心琴의 작용이다.

"아들아! 나이 들어가는 것도 청춘靑春만큼이나 재미있단다. 그러니 겁먹지 말거라. 사실 청춘은 그 자체 빼고는 다 별 것 아니란다." – 어느 아버지가 아들에게 남긴 글 중에서

지나간 세월은 추억으로 아름답고 다가온 시간은 희망을 기대하기 마련이다. 세상을 살다보면 여러 사람과 만나고 헤어지지만 돌이켜 생각해 보면 강 선생님과의 인연도 삼십 년이 넘었으니 잡을 수 없는 시간은 너무나 빠르다.

아들 결혼식 주례主禮로 가장 먼저 생각난 분이 강형 선생님이었고, 선생님은 흔쾌히 주례를 허락하여 좋은 말씀을 주셨다. 사람이 살다 보면 문득 문득 고맙고 생각나는 분이 있으니 떨어져 있어도 따뜻한 온기溫氣를 느끼는 그런 분이 선생님이시다.

맹자孟子의 군자삼락君子三樂이 있으니, 첫째, 즐거움은 부모구존 형제무고父母俱存 兄弟無故, 양친이 다 살아 계시고 형제가 무고한 것이요, 둘째, 즐거움은 앙불괴어천 부부작어인仰不愧於天 俯不怍於人, 우러러 하늘에 부끄러움이 없고, 사람 앞에 떳떳한 마음으로 광명정대光明正大하게 살아가는 것이요, 셋째, 즐거움은 득천하영재 이교육지得天下英才 而教育之, 천하의 영재를 얻어서 교육하는 것이다.

교육 또한 "득천하영재 이교육지得天下英才 而教育之"에서 유래하였으니 바람직한 인격을 형성하여 보다 행복하고 가치 있는 삶과 사회발전을 꾀하는 것이 교육이듯이 평생을 후진 교육에 힘쓰신 강 선생님의 인생은 참으로 보람찬 삶을 영위하셨고 선생님의 고마운 가르침을 받은 필자 또한 인생의 큰 영광이었다고 생각된다.

노익장老益壯의 유래는 다음과 같으니 전한前漢 말과 전한 초에 마원馬援이라는 명장名將이 있었다. 어렸을 때부터 그릇이 크고 무예武藝도 정통하여 주위의 촉망을 받으며 자랐다. 뒤에 마원 장군은 독우란이라는 시골 관리가 되었다. 태수의 명을 받고 죄수 호송의 임무를 수행하던 어느 날, 죄수들이 괴로워하며 애통하게 울부짖는 것을 보고 동정심이 발동, 모두 풀어 주고 자기도 북방으로 도망가 버렸다.

후에 광무제光武帝에게 발탁拔擢되어 대장수大將帥가 된 그는 몇 차례 혁혁한 공을 세웠다. 마원 장군은 늙어서도 내란토벌內亂討伐을 자원했다. 광무제가 마원에게 "그대는 너무 늙었소." 하고 만류하자 그는 펄쩍 뛰며 말했다. "신臣의 나이 예순 둘이지만 아직도 갑옷을 입고 말을 탈 수 있으니, 늙었다고 할 수 없습니다." 말을 마친 마원이 갑옷을 입고 말에 안장을 채우는 것을 보고 광무제는 감탄했다. "이 노인 이야말로 노당익장老當益壯이로군." 마원이 평소 좋아한 노당익장이란 말을 광무제도 입 밖에 낼 수밖에 없었다.

나이를 잊으시고 노익장을 과시하시는 강 선생님!

희수喜壽의 연세에 노절老節의 취송翠松으로 우뚝 서 계신 선생님, 부디 백수白壽고개 넘으실 때까지 건승健勝하시옵소서.

자상하신
사모님

이정국 문경서중 1967년 졸, 전 신성건설 이사

학창 생활을 마감한지 오랜 세월이 흘렀다. 이제는 학교 때의 은사님들이 아스라한 기억 속에 있다. 몇 해 전만 하여도 누구누구 선생님하면 "아! 그 선생님…." 하고 뚜렷이 기억할 수 있었는데 이제는 선생님의 기억도 어슴푸레하니 긴 세월의 흐름 때문인가 보다.

그러나 그중에서도 지금까지 언제나 마음속에 자리하신 두 분 선생님이 계신다. 한 분은 초등학교 6학년 담임 선생님이시고, 또 한 분은 중학교 때의 영어 선생님이신 강형 은사님이시다.

두 분께는 한동안의 공백 기간도 있었지만 그래도 최근 들어 내 딴에는 자주 인사를 드리며 학창시절의 은혜에 조금이나마 보답한다고 자위한다. 가끔 인사를 드린다고 하여 어찌 은혜에 보답한다고 할 수 있으랴마는….

내가 강형 선생님을 만난 곳은 북부 경북의 두메산골 문경의 중학교에서였다. 문경새재로 역사 교과서에 나와 있기는 하나

벽촌 중의 벽촌으로서 하늘 아래 일번지이다. 중학교라고 해봐야 한 학년에 2개 반 일백 이십여 명, 전교생을 다 합쳐도 삼백 육십 명 정도이다. 이제 생각하니 그 당시로서는 아주 작은 학교는 아닌가 보다.

2학년 새학기가 시작되는 3월, 아직은 쌀쌀한 날씨로 아침햇살이 퍼짐과 더불어 밤새 얼어붙은 운동장은 녹아 질퍽거리기 시작하는 아침 조회시간이었다. 교장 선생님의 소개와 더불어 새로 오신 두 분 선생님의 부임 인사가 있었다. 두 분 다 같은 사범대학 같은 과를 1, 2등으로 졸업하신 분으로 우리 학교에 모시려고 특별히 교육청에 빽(?)을 썼다는 교장선생님의 말씀이 계셨다. 선생님은 호리호리한 몸매, 하얀 얼굴에 안경을 쓰고 계셨다. 우리 시골뜨기들이 보았을 때도 강형 선생님은 영락없이 수재형이었다. 그 당시 안경 쓴 학생은 으레 공부를 잘하는 학생으로 여겨졌으니까. 본인도 선천성 근시로 일찍부터 안경을 썼으니 이 범주에 속한다고 할 수 있을까?

이렇게 하여 나와 강형 선생님의 인연의 줄은 시작되었다. 다행히 선생님은 우리 영어를 담당하셨는데 교수법이 이전 영어 선생님과는 색다르게 느껴졌다. 1학년 동안 겨우 ABCD를 떼었고, 마냥 "This is a boy. That is a pen."만 읊조리던 촌뜨기였으니 말이다. 우리의 수준을 가늠해 보시고 우리에게 맞는 강의법을 찾을 양으로 부임 며칠 후 우리에게 영어시험을 치르게 하셨다. 시험은 굉장히 어려웠다. 지금까지의 중간고사 기말고사와는 다른 형태의 문제형이었다. 한 가지 기억에 남는 문제로는 'have' 동사와 비슷한 뜻의 동사를 다음에서 골라라. '① ? ② ?

③ take ④ ?'였다. 지금 같으면 곧장 ③을 골랐겠지만 중학교 2학년인 그 당시로서는 굉장히 어려운 문제였다. '에라 모르겠다' 하고 ③을 골랐으니 맞기는 맞았다. 나로서는 무척 어려웠고 시험을 망쳤다고 체념했으나 아마 나의 성적이 선생님으로서도 뜻밖이었던가 보다. 이후 나에 대한 선생님의 관심은 알게 모르게 각별하다고 느껴졌다. 나는 열심히 공부하였고 선생님은 열성을 다하여 학생들을 가르치는 한편 촌 생활을 즐기는 것 같이 보였다.

선생님 댁이 학교 바로 앞이었고 빈방 하나가 있었으니 안성맞춤이었다. 선생님 집에서 먹고 자기로 하였다. 얼마 후 같은 반의 전명원 군도 합류하였다.

이때 우리들은 참으로 열심히 공부하였다. 내 생애 이렇게 열심히 공부한 것은 대학 입시 때도 없었고 그 이후에도 없었다. 추운 겨울에도 방바닥에 앉으면 졸음이 올까봐 꼭 의자에 앉아서 공부하였다. 학교수업을 끝내고 저녁 식사를 마친 후 책상에 앉으면 교회의 새벽종이 울린 뒤에야 잠자리에 들었다. 시계 하나 없었으니 새벽 4시는 되었으리라. 특히 명원 군과 내가 더욱더 열심히 공부했다.

추운 겨울 한밤 중, 사모님이 연탄불을 갈러 나오시면 참으로 민망스러웠다. 우리 아니었다면 따로 방에 연탄불을 피울 필요가 없었다. 더군다나 사모님도 초등학교 교사로 다음날 출근을 해야 할 사정이었으며 또 갓난 애기(윤경)를 돌보아야 할 형편이기도 했다. 미안한 마음에 방문을 열고 밖으로 나가면 괜찮다고 손을 저으시며 기어이 우리를 방으로 밀어 넣으셨다.

선생님 집에서 공부하는 동안 가끔 재미나는 사건도 있었다. 밤이 깊어지면 담 밖에서 키득거리며 방밖으로 나오도록 유혹⑺하는 짓궂은 여학생들! 또 때론 대담하게도 대문을 두드려서 사모님께서 우리들에게 "얘들아, 나와 봐라! 누군가 찾아왔다." 하시며 연락도 해주셨다. 그때 그 여학생들, 지금은 어디서 어떻게 사는지?

이윽고 겨울방학이 다가왔다. 선생님들은 우리들 진학할 고등학교 선택 문제에 많은 관심을 가졌다. 시골에서 서울로 진학한다는 것은 많은 어려움이 있었다. 그런데도 나와 전명원 군은 많은 선생님들의 반대에도 무릅쓰고 강형 선생님의 고집으로 서울에서 3번째로 꼽는 용산고등학교에 원서를 냈다(그때 서울에는 경기고등, 서울고등 다음으로 용산고등의 순서였다). 모든 선생님들이 그저 연습 삼아 쳐보는 시험으로만 생각했다. 그러나 옆에서 공부 방법을 가르쳐 주시고, 공부하는 모습을 지켜보신 강형 선생님만 합격을 확신하셨다. 마침내 나와 전명원 군은 예상을 깨고 합격을 했다. 한 사람이 아니라 두 사람이 함께 기적을 이룬 것이다. 나는 영어시험에 만점을 맞았고 전명원 군은 수학에 만점을 맞았다. 물론 강형 선생님의 공부 방법을 터득하고 감화되어 훗날 한 사람은 서울법대에 또 한 사람은 연세대 상대로 진학했다.

강형 선생님은 내가 고등학교에 입학한 후 2년 더 근무하시다가 대구·경북에서 제일 좋은 경북고등학교로 전근을 가셨다. 그것도 경북고등학교 전 교사 중에서 제일 연소한 나이로 대구·경북 최고 인류학교에 전근을 하셨던 것이다. 사범대학을 졸업하시고 시골학교인 우리학교에 첫 부임을 하시어 4년 만에 대구의 최고 명문고등으로 발탁되어 가셨다.

　대학에 입학하고 군대에 입대하기 전까지는 대구로 선생님을 찾아 뵈웠다. 그러나 직장을 갖고 결혼을 하고 부터는 먹고 살기 급급하다는 핑계로 찾아뵙지 못하였다. 또한 나의 오랜 외국 근무로 자연 소식이 끊겼다가 한참 후에야 선생님을 뵐 수 있었다. 그때는 대학에 교수로 봉직하고 계셨다. 내가 필리핀의 수도 마닐라에 근무하고 있을 때 그립던 선생님과 사모님을 약 일 주일 간 모실 기회를 주시어서 큰 기쁨으로 생각한다.

　선생님을 처음 뵈었던 까까중머리 시골뜨기도 벌써 60대에 들었고 중등학교 교단에 처음으로 서셨던 선생님도 어언 이순耳 順을 지나고 칠순을 지나셨다. 그동안 40여 년의 세월이 흘렀지만 나에게는 아직도 그때의 자상하시던 선생님과 사모님이시며 선생님 댁에서 죽어라 공부하던 그때를 잊지 못하고 있다. 선생님 댁에서처럼 그렇게 열심히만 한다면 세상에서 못 이룰 것이 없으리란 생각이 지금도 교훈으로 남아 있다. 선생님께서 부디 건강하시고 오래오래 사시기를 기원한다.

나의
독서편력

엄붕훈(원태) 경북고 55회, 시인, 대구가톨릭대 교수

독서에 대해 쓰려고 하니, 내가 요즘 읽고 있는 책들이 뭐였지? 하는 의문이 먼저 든다. 실로 다양한 형태의 텍스트들이 곤죽이 되도록 얼버무려져 내 기억 창고에 뭉뚱그려져 있는 상태이다. 그건 마치 실체는 없고 희미한 이미지들로만 남아 있는 얼룩들에 다름없다. 그만큼 작금의 내 삶이 '바깥'의 세속 일들에 정신을 빼앗겨 고스란히 소모되고 있다는 자괴감이 앞선다. 길지 않은 이 글을 써나가는 동안만이라도 내 '안'에 풀이 죽다 못해 거의 말라비틀어지고 있는 소중한 '그 무엇'을 되돌아보는 시간이길 바란다.

나의 책읽기는 중학교 입학 때부터 비롯되었다. 입학 선물로 부엌 건넛방에 오래 세 들어 살던 노처녀 누나(그녀의 성씨도 노 씨였다. 물론 이름은 기억나지 않고 부모님이 곧잘 '미스 노'라고 부르던 것만 기억난다) 가 당시 미국 대통령에 막 당선된 닉슨의 자서전 번역판을 사주

었다. 난생 처음 선물 받은 책이었지만, 표지에 커다랗게 영어로 표기되어 있던 닉슨의 기표만 기억날 뿐, 내용은 전혀 기억이 없다. 그 무렵, 빈약한 책꽂이에서 먼지를 뒤집어쓰고 있던 심훈의『상록수』를 우연히 집어 들고 밤을 새우며 읽게 되고서는 비로소 내 독서의 눈이 뜨인 셈이다. 그러니까『상록수』는 내 독서목록의 첫줄을 당당히 차지하는 책이라 하겠다. 그 책은 이후 대학 진학 때 농대 선택에도 지대한 영향을 끼쳤다. 소설의 맨 마지막 구절을 나는 지금도 기억한다. "과거를 돌아보고 슬퍼하지 말라. 그 시절은 결단코 돌아오지 아니할지니 오직 현재를 의지하라. 그리하여 억세게, 사내답게 미래를 맞으라."라는 구절은 내가 암송할 수 있는 몇 안 되는 문학텍스트 구절의 하나이다. 그것은 내가 처음이자 마지막으로 작은 액자에 넣어 책상머리에 걸어두었던 경구이기도 했다. (중략)

대학 입학 후, 문학동아리 고교 선배인 이호철(현, 경북대 농경제학과 교수) 형의 영향으로《창작과비평》,《문학과지성》같은 계간지들을 탐독하게 된다. 그동안 낭만적 개인주의 색채가 강한 내면세계에 갇혀 있던 내 문학적 관점은, 이들을 통해 새로운 눈을 뜨고 비로소 세상 밖으로 나아가게 된 셈이다. 청계천 헌책방에서 큰 맘 먹고 3만원에 구입한〈정음사〉판『도스토옙스키 전집』은 내 문학관을 근본적으로 바꿔 놓는다. 창신동 언덕배기의 자취방에서 등교를 마다하고 밤낮을 지새우며 탐독하던『죄와벌』,『까라마조프가의 형제들』,『죽음의집의 기록』,『악령』등은 지금까지도 내 문학의 궁극적인 지향점으로 손색없다.『적과 흑』,『파우스트』,『마의산』등의 세계문학전집은 입주 과외지도를 하던 돈암동 시절, 막막하기만 하던 청춘의 한 시절에 위안을 주기에 부족함이 없었다. 김지하 시인의 『황토』를 필사본으로 구해 읽고, 〈민음사〉에서 간행한 《오늘의 시인총서》시리즈를 전공교재 대신 지니고 다녔는데, 강은교, 정현종, 김춘수, 이성부, 황동규의 시편들이 보여준 새로운 감수성으로 시의 '세례'를 받으며, 스스로 시에 대한 고정관념을 송두리째 바꾸기에 이른다. 자연스럽게 나는 본격적으로 오로지 문학에의 열정으로 내 어둡고 가난한 청춘의 통과의례를 치르게 된다. 그러면서 까뮈나, 니체, 싸르트르 등과 불교사상에도 흥미를 느끼게 되어, 당시로는 최신 '버전'이었던 삼성출판사 간 『세계사상전집』을 덜컥 할부로 구입한다. 당시엔 줄을 그어가며 열심히 읽었지만, 지금까지 기억나는 것은 「오르테가 이 가세트」, 「우나무노」, 「프로이트」, 「바슐라르」 정도이다. 하지만, 그것들 역시 문학에 대한 내 열정의 심화와 확장에 자양분이 된 것은 분명하다.

대학원 시절에 계간 《세계의문학》에 시를 발표하며 등단하게 되었지만, 이후 2년 남짓한 회사 근무기간을 거쳐 대구의 효성여자대학교로 전임 발령 받아 귀향하기까지의 기간의 내 독서 목록은 백지처럼 비워져 있다. 회사 근무 시절 일을 핑계로 빈둥거리며 생각하기를, '학교로 가게 되면 여한 없이 읽고 쓰는 생활에 몰입하리라' 하고 꿈꿨지만 웬걸, 성작 학교에 오니 더욱 잡무에 연일 이어지는 술자리들에 쫓겨, 전보다 더 '딜레탕트'가 되어 읽고 쓰기에의 몰입은 남의 나라 얘기가 돼버렸다. 몇 년 지나지 않아 몸이 아프게 되면서, 죽음 같은 좌절과 고통을 거쳐, 이윽고 다시 시인으로 거듭나게 된다. 이 거듭남을 상징하는 뜻에서 나는 '엄원태'라는 필명을 쓰며 계간 《문학과사회》를 통해 재등단하게 된다. 나의 재등단은 고 기형도 시인의 유고시집 『입속의 검은 잎』과 그의 갑작스런 죽음에 경악하던 고 김현 선생님의 죽음에 대한 애도였고, 그들의 치열했던 문학적 삶에 대한 '오마주'이기도 했다.

  그밖에 읽은 책들 중 일독을 권할 만한 것으로 기억에 남는 것들은, 옥타비오 파스의 『활과리라』, 다이앤 애크먼의 『감각의박물학』, 밀란 쿤데라와 로맹 가리의 소설들과 민음사판 보르헤스 전집, 레이먼드 카버의 단편소설들 등이다.

여성을 존중하는
사회로 가는 길

박해심 경북여고 48회, 아주대 의대 교수

최근 들어 여성들의 사회 진출이 활발해지고 전문직에 대한 선호도가 높아지면서 의과대학에도 여학생 수가 급격히 늘어나고 있어 명문 의과대학 학생수의 5분의 1 이상이 여학생이다. 일반적으로 여학생들은 매우 성실하고, 의학은 성실과 직결되므로 졸업 성적도 우수한 경우가 많다. 그러나 수많은 여학생들이 의대 졸업 후 첫 번째 봉착하는 것이 인턴과 레지던트 선발 시 남녀 차별이다. 내가 태어나고 10대를 보냈던 대구는 대한민국에서 남녀차별이 심한 지역 중의 하나로, 나 또한 무의식적으로 보수적인 여성관을 강요받으며 자랐고, 여자들은 남자에게 양보해야 한다는 열등의식 속에 길들여져 온 것은 사실이다. 그러나 최근 들어 전문의 과정을 거치고 선진국에서도 생활해 보고 현재 대학병원 교수로서 일하는 지금의 입장은, 선진국에 비해 우리의 남녀차별 현상은 대단히 부당한 것으로, 이러한 폐쇄성과 배타성이 의학뿐 아니라 전반적 사회 발전의 장애가 되는 것으로 생각된다.

여의사들은 전문의 과정을 거친 후에 전문직으로 사회에 발을 디딜 때 더 큰 차별이 있으며, 동시에 20대 후반 결혼에 따른 출산과 양육, 새로운 식구들과의 적응 등 무거운 짐이 한꺼번에 생긴다. 많은 어려움을 견디며 성실하게 살아가는 여자 의사들을 보면 동지애를 느끼기도 하고, 어려움에 좌절하는 후배들을 보면 애처롭기도 하다. 그러나 이러한 억울한 감정을 호소할 때 나를 잘 이해해 주는 부모님과 남편마저도 우리나라 정서상 여성으로서의 이러한 어려움은 당연한 것이며, 나는 굉장히 운이 좋아 남편과 식구들의 협조 하에 병원에서 일할 수 있게 된 것을 감사하게 생각하라고 매일 연설을 듣고 산다.

남녀차별에 대한 편견의 산물이기도 하지만 여성들은 우선 남자보다 뛰어나야 한다는 강박관념 속에 살아온 나로서는 병원에서의 생활에서 한시도 긴장을 늦출 수 없다. 30대 후반의 전문 여성에 대한 인터뷰 기사에서 가장 관심있는 분야가 결혼 여부이다. 전반적인 정서는 여자가 결혼을 하지 않고 혼자 생활을 할 때, 솔직히 많은 사람들이 편견을 가지고 대하며, 우선 치열한 경쟁사회에서 본인도 외롭고 개인적으로 어려움이 많으리라 여겨진다. 반면 결혼을 했을 때 동반되는 양육, 출산, 가정일의 부담으로 인해 행여나 경쟁사회에서 뒤질까 두려워하며 결혼을 하지 않는 친구나 후배도 있다.

나 개인적인 생각으로는 이해심 많은 남편과 결혼을 하는데 되도록 직종이 비슷한 전문직 남성과 결혼하여 서로 도우면서 생활하며 아이와의 사랑이 교류, 가족의 중요성을 깨닫는 것은 일생에 있어 보람된 일 중의 하나라는 생각도 든다. 이러한 점에서 강형 선생님은 잊지 못할 은사 중의 한 분으로, 인생에서 가장 중요한 배우자를 만나게 해 주신 선생님이시다. 아울러 의대를 다니면서 공부만 하지 말고 남편감 물색의 중요성을 깨닫게 해 준 부모님께도 감사드린다.

영국생활

진규석 경북고 54회, 경일대 교수

런던의 City University에 교환교수로 1년간 갔다온 때가 97년 9월 11일이었다. 그 전에도 나의 외국생활은 상당 기간 있었는데, 즉 프랑스에서 유학생활을 하였던 7년 반 동안이었다. 그때는 기간은 길었으나 학문적 충실에 매달려서 보는 시야가 좁았고 심적 여유도 충분치 못하였다 할 수 있다. 이에 비해 이번 외국생활은 교환교수로서의 여유를 가져서인지 기간은 짧았지만 나에게 무척 의미있고 느낀 점이 많은 생활이었다.

먼저 출국하기 전부터 흥미를 가진 부분은 왜 영국에서 근대 경제학이 발상되었는가인데 그곳에 가서 실용성과 합리성을 잘 겸비한 영국 국민성 확인해 보니 이해가 가능하였다. 산업혁명의 발상지란 점도 나의 주요한 관심사가 되었다. 그리고 현지 교수들의 활발한 연구활동 및 잘 정비된 각종 연구 자료들은 나의 연구활동에 큰 자극이 되었다.

이와 함께 영어의 종주국이란 점이 나에게 큰 매력을 주었다. 누구나 마찬가지로 나도 영어를 좀 잘 하려고 노력했지만 잘 안

되던 터였다. 사실 영어를 시작한 것은 얼마나 되었는지 기억이 안 날 정도이다.

영어에 대해서라면 강형 은사님의 기억을 떠올리지 않을 수 없다. 그 당시만 해도 거의 미개척지나 다름없던 영어를 은사님께서는 열심히 가르치심이 기억에 새롭다. 은사님께서 초창기라서 무척 어려움이 많으셨으리라 생각된다. 그러나 별로 혼을 안 내시고 자상하게 가르치심이 외국어로서의 영어에 대해 생소하고 두렵기조차한 나로서는 큰 위안이었다.

그럼에도 지금까지 30년도 더 세월이 흘렀건만 영어는 아직도 넘지 못할 큰 산 같고 두려움이 남아있다. 그러던 차에 런던에 갈 기회가 있었으니 나로서는 영어를 본격적으로 해 보고 싶은 욕구가 생겼던 것은 당연한 일이었는지도 모른다. 그곳에 도착한 즉시 나는 현지 방송도 많이 보고 듣고 교수 또는 현지 영국인들과도 많은 대화를 가지도록 노력하였다. 또 집에서 개인적으로 영국인을 초청하여 영어를 배우기에 주력하였다.

그러나 그 결과는 신통치 않았다. 왜냐하면 우리집 아이들만 하여도 도착하여 몇 달이 되지 않아 친구도 사귀고 영어를 비교적 잘 구사하였으나 나는 여전히 영어가 입 안에서 뱅뱅 돌고 잘 나오지 않았고 특히 hearing이 잘 되지 않았다. 정말 영어는 손에 잡힐 듯 하면서 빠져나가는 아쉬운 존재였다. 그러면서 역시 어학은 조기교육 그것도 현지 교육이 최선이요, 왕도임을 절실히 깨달았다.

이러한 점에서 경북고 시절 썩 영어를 잘 한 몇몇 친구들을 생각해 볼 때 무척이나 경탄스럽다. 말하자면 영어 배우는 환경이

안 좋은 경우도 적응하기에 따라서는 좋은 것으로 바꿀 수 있다는 셈이 된다. 따라서 은사님은 영어를 썩 잘한 친구들의 인상이 강하게 남아 있으시리라 생각도 해 보게 된다.

그리고 런던에서 또 하나 빠뜨릴 수 없는 추억은 경북고 동문회가 결성되어 있어서 무척 재미있는 생활을 보냈다는 점이다.

이처럼 활기찬 동문 모임이니 어찌 런던 사회에 소문이 없을까. 모 고교 출신의 모임은 굉장하더라는 질투 섞인 말이 돌기 시작하였고 다른 고교 출신 동문회도 우리 모임처럼 해보려 했으나 잘 되지 않는 듯 하였다.

이러한 가운데 내가 느낀 점은 그만큼 우리 경북고인들의 자부심이 남다른 점이 있었기에 이처럼 단합되고 규모가 큰 모임이 가능했으리란 점이다. 자연히 각 부인네들의 마음에도 경북고 가족이란 점을 강하게 심어 주었다. 거기에다 경상도 사람 특유의 끈끈하고 뚝심있는 기질도 작용하지 않았나 생각된다.

나는 재영 경북고 모임에 대한 석별의 아쉬움을 가지며 우리나라에 귀국하였다. 그러나 지금 마음 속에는 경북고인으로서의 긍지와 모교 발전을 통한 국가 발전에 기여해 보자는 생각이 깊게 자리 잡음은 우연한 일이 아닌 듯하다.

스스로
'하인'이기를 자청하며

송동익 경북고 55회, 경북대 교수

요즈음 대학 졸업여행하면 대부분 제주도를 떠올린다. 언제부터인가 무심코 관성적으로 '당연히 그래야 하는가 보다' 하고 제주도를 다녀온다. 그것도 4학년이 되어서 가는 것이 아니라 거추장스러운 무엇인가를 홀가분히 벗어 버린다는 기분으로 3학년 초에 후딱 치러버리고 만다. 아직 2년여의 기간이 남아있는데도 자랑스런(?) 한국인의 후예답게 조급증을 유감없이 발휘하면서 말이다.

미리 가불해서 졸업여행 행사를 치르는 것은 어쩌면 교수님들께 '나 이미 졸업여행 다녀왔으니 알아서 학점이나 실수 없이 주시오'라는 무언의 압력일 수도 있으나, 그런 것쯤으로 고민할 교수님은 적어도 한 분도 안 계시는 것 같아 적이 안심이 된다.

늦더위가 마지막 몸부림을 치던 9월 중순 어느 날 지리산 노고단을 향한 버스에 몸을 실었다. 학생들이 부담해야 할 여행비용도 비용이지만, 단순히 판에 박힌 듯한 제주도행 졸업여행이 마음에 차지 않아 등산을 넌즈시 권했지만, 막상 정해지고 보니 산행에 참가한 여학생들도 걱정이 되고, 또한 산행 경험이 전무한 필자로서는 과연 4박 5일 동안 약 1백 리에 가까운 능선을 오르고 내리는 동안 학생들에게 피해(?)를 끼치지 않고 무사히 일정을 소화할 수 있어야 할텐데 하는 걱정이 앞섰다.

우리의 인생 역정이 마치 종주 산행과 유사한 것이 아닐까? 땀 흘려 어려운 고갯마루를 힘들게 넘고 나면 잠시 평평한 평지가 이어지는 듯 하다가 이내 또 다시 언덕을 만나게 되어 땀과 인내를 함께 요구한다. 이러한 고통과 인내를 겪은 자만이 천왕봉 정상에 발을 딛고 설 수 있는 최고의 희열을 맛 볼 수 있듯이 우리네 인생살이 또한 성공의 짜릿함을 만끽하기 위해서는 젊은 날의 뼈를 깎는 고통과 인내를 요구한다.

장기간의 산행을 위해서는 각자의 짐이 만만치 않다. 취사 도구, 쌀을 비롯한 부식, 텐트, 침구, 여분의 옷가지 등등 모두들 배낭 가득 무거워 보이는 짐들이 하나씩이다. 우리네 인생살이도 각자의 키와 몸에 맞는 짐을 지고 가는 것이 아닐까? 그 짐은 그 누구도 질 수 없으며, 자기 몸에 맞는 짐의 무게를 잘 설정해야 목표를 향해 무사고 행진을 할 수 있으리라. 만약 짐이 체력의 한계를 벗어난다면 그 사람은 각종 정신적 억압감 또는 신체 이상으로 도중 하산하거나 119구조대의 신세를 지게 된다. 그것도 여의치 않으면 다른 사람의 도움을 필요로 하게 되어 사회의 또 다른 짐이 되지 않을까 한다. 각자 자기 몸에 맞는 짐의 무게를 욕심 없이, 그리고 모자라지 않게 준비하는 것이 대학 생활 중에 이루어져야 하리라 본다.

지리산 종주산행에 지도교수 자격으로 참여하게 된 필자는 전무한 산행 경험에도 불구하고 그 누구도 대신할 수 없는 내 인생의 짐을 내가 지고 간다는 심정으로 구슬땀 떨어지는 소리를 벗삼아 인내를 시험한 결과 마침내 정상을 훔칠 수 있었고, 그때 느낀 그 짜릿함은 내가 흘린 땀의 대가를 훨씬 넘어서는 것이었다. 지리산 종주 전의 산에 대한 나의 견해는 산자락에서 '아! 여기가 지리산이고 저기 보이는 것이 주봉인 천왕봉이다'라고 인식하면 되는 그야말로 '힘든 일은 하인에게'라는 태도를 견지해 왔으나, 지리산 종주산행을 통해 '양반'이 절대로 느낄 수 없는, '하인'만이 즐길 수 있는 희열을 비로소 깨닫게 되었다는 점이다.

　　그때 이후부터 필자는 공대 교수 산악회에 가입하여 지금까지 열심히 산을 찾고 있으며, 또한 시간이 나면 혼자서 아직 오르지 못한 인근의 산을 오르면서 스스로 '하인'이기를 자청해 왔다. 필자의 발가락에 생긴 물집이 아물고 보송보송한 옛날 상태로 되돌아 온 것이 오래 전이지만 텐트 속에서 아마도 '와탕카'를 외치는 한국인의 전형(?)이 눈에 선하며, "실수로 태어나 사무 착오로 대학에 입학 했다"는 시니컬한 모군의 생일파티 또한 잊혀지지 않을 것 같다.

· 제자들의 도움으로 빛을 보게 된 회고록

보통사람도 회고록을 쓸 수 있다는 용기 하나 만 갖고 집필을 시작해 놓고 쉬엄쉬엄하다가 1년을 훌쩍 넘기고 또 1년을 지나서야 겨우 그 모습을 나타냈다.

회고록 집필을 처음 시작했을 때 나에게 치명적인 결점 하나가 나타났는데 그것은 바로 나의 기억력의 극심한 감퇴였다. 회고록은 과거사의 뚜렷한 기억이 생명인데 막상 과거를 돌아보니 많은 기억들이 이미 송두리째 살아져 버렸던 것이다. 설상가상雪上加霜으로 못된 기억들만 뚜렷하게 남아있고 좋은 기억은 거의가 이미 살아지고 만 것 않은가.

이처럼 득일망십得一忘十한 빈약한 기억력으로 시작한 나의 회고록이 어쩌면 그 구실을 하지 못하고 끝날 뻔 했었는데 무척 다행하게도 이런 나의 희미해진 기억을 분명하게 깨우쳐 확인시켜준 제자들의 증언들이 있었으니 그 덕택으로 나의 회고록 『명세지재命世之才들과 함께한 여정』이 빛을 보게 된 것이다. 사오십 여 년 전의 선망후실先忘後失한 기억들은 중고등학교 제자들이 깨우쳐 살려 냈으며, 이삼십 여년 전후의 기억들은 대학교 제자들이 증언해 주었다. 나의 희미한 기억과 제자들의 생생한 증언이 합쳐 나의 회고록이 된 것이다. 나에게 이러한 제자들을 갖고 있었다는 것은 큰 행운이었다.

위대한 스승을 만나기 위한 삶의 열정

— 권선복(도서출판 행복에너지 대표이사)

　인류 문명이 발전을 거듭할 수 있었던 까닭은 위대한 스승과 그 아래서 탄생한 위대한 제자들의 노력과 배움이 있었기 때문입니다. 지금 여기에 이 시대의 위대한 스승님이 한 분 계십니다. 평생을 교육자의 신분으로 살아오며 현재 대한민국의 주역이 된 이들을 제자로 길러내신 강형 교수님이십니다.

　도서출판 행복에너지에서 출간된 책『민둥산을 푸른 숲으로 가꾼 이야기』(동기동창인 김주일 저자) 책을 접하신 교수님께 출간 의뢰를 받아 처음 원고를 접하고는 놀라지 않을 수 없었습니다. 풀뿌리를 끼니 삼아야 했던, 최빈국 대한민국을 선진국의 길로 이끈 지난 시절의 자랑스러운 아버지, 존경받아 마땅한 스승의 모습이 생생이 담겨 있었습니다.

출판 작업을 위해 대구에서 서울까지 한달음에 달려오신 교수님을 뵈었을 때는 더욱 놀라고 말았습니다. 수차례 뵈었지만 흐트러짐 없는 자세와 형형한 눈빛에서 청년들에게서 볼 수 있는 생기를 느꼈기 때문입니다. 늘 젊은이들과 함께하며 열정의 끈을 놓지 않는다는 교수님의 말씀에 절로 고개가 끄덕여졌습니다.

제자들이 스승에게 보내는, 애정과 경외가 담긴 글을 읽으며 감동 감탄의 연속이었으며 저 역시 강형 교수님의 제자가 되고 싶었습니다. 이 귀한 인연으로 열정을 불러일으키는 스승으로 받들어 모시고자 합니다. 교권이 바닥에 떨어지고 젊은이들이 시험과 취업의 문 앞에서 신음하는 이때, 책『명세지재와 함께한 여정』은 오래 가시지 않는 감동으로 다시 한 번 삶의 여정을 뒤돌아볼 수 있는 위풍당당한 책으로 행복에너지를 전파하는 제자들과 독자들에게 기쁨충만 하리라 믿어 의심치 않습니다.

'행복에너지'의 해피 대한민국 프로젝트!
〈모교 책 보내기 운동〉

대한민국의 뿌리, 대한민국의 미래 **청소년·청년**들에게 **책**을 보내주세요.

    많은 학교의 도서관이 가난해지고 있습니다. 그만큼 많은 학생들의 마음 또한 가난해지고 있습니다. 학교 도서관에는 색이 바래고 찢어진 책들이 나뒹굽니다. 더럽고 먼지만 앉은 책을 과연 누가 읽고 싶어 할까요?

    게임과 스마트폰에 중독된 초·중고생들. 입시의 문턱 앞에서 문제집에만 매달리는 고등학생들. 험난한 취업 준비에 책 읽을 시간조차 없는 대학생들. 아무런 꿈도 없이 정해진 길을 따라서만 가는 젊은이들이 과연 대한민국을 이끌 수 있을까요?

    한 권의 책은 한 사람의 인생을 바꾸는 힘을 가지고 있습니다. 한 사람의 인생이 바뀌면 한 나라의 국운이 바뀝니다. **저희 행복에너지에서는 베스트셀러와 각종 기관에서 우수도서로 선정된 도서를 중심으로 〈모교 책 보내기 운동〉을 펼치고 있습니다.** 대한민국의 미래, 젊은이들에게 좋은 책을 보내주십시오. 독자 여러분의 자랑스러운 모교에 보내진 한 권의 책은 더 크게 성장할 대한민국의 발판이 될 것입니다.

    도서출판 행복에너지를 성원해주시는 독자 여러분의 많은 관심과 참여 부탁드리겠습니다.

도서
출판 **행복에너지** 임직원 일동
문의전화 0505-613-6133

『긍정이 멘토다』 2탄 공저자를 모집합니다!

개요

1. 공동 저자: 총 36명
2. 책 전체 분량: 380쪽 내외(1인당 10쪽 내외)
3. 원고 분량: A4용지 5장(글자크기 10포인트, 줄 간격 160%)
4. 경력(프로필): 10줄 이내
5. 사진: 자료사진 3매, 사진 설명 20자 미만
6. 신청 마감일: 2014년 9월 30일
7. 원고 접수 마감일: 2014년 10월 31일
8. 출간 예정일: 2014년 12월 31일

긍정, 행복, 성공에 관한 이야기를 독자들에게 전하고 나눌 수 있는 내용의 원고를 자유로운 형식으로 작성하여 제출해 주시면 행복에너지 소속 전문작가가 독자들이 읽기 편하도록 전반적인 윤문과 교정교열을 할 예정입니다.(원고는 ksbdata@daum.net 으로 송부해 주시기 바랍니다.)

책 발행비용은 100만 원이며 저자에게 발행 즉시 100부를 증정합니다.
발행비용은 신청 시 50만 원, 편집완료 시 50만원을 '국민은행 884-21-0024-204 도서출판 행복에너지 권선복'으로 입금해 주시면 되겠습니다.

자세한 문의는 언제든지 하단의 전화, 이메일을 통해 연락을 주시면 성실히 답변을 드리오며 원고 내용이나 책에 관해 궁금하신 분들은 도서『긍정이 멘토다』를 직접 참조해 주시기 바랍니다.

도서출판 행복에너지: www.happybook.or.kr
대표이사 권선복
HP: 010-8287-6277 Tel: 0505-613-6133 E-mail: ksbdata@daum.net

조영탁의 행복한 경영이야기 세트 (전 10권)

200만 애독자 행복한 경영이야기 운영자, 휴넷 **조영탁 대표**의 **제언**
"행복한 성공을 위한 '7가지 가치'를 통해
자신은 물론 타인의 삶까지 행복으로 이끄는 '행복 CEO'가 되라!"

행복한 성공을 위한 7가지 가치, 그 모든 이
야기를 담은 『조영탁의 행복한 경영이야기』
전집은 자신은 물론 타인의 삶까지 행복으로
이끄는 '행복 CEO'가 되는 길을 제시한다.
책은 세계적으로 큰 성공으로 거둔 저명인사
들의 강연, 연설, 전기傳記 등에서 발췌한 명
언들을 비롯하여 인문, 철학, 문학, 종교, 예
술, 경영, 자기계발 등 다양한 분야에서 칭
송을 받아온 역사적 인물들의 저서에서 핵심
구절만을 선별하여 담았다. 저자는 이를 날

조영탁 지음 / 값 150,000원(각 권 15,000원)

카로운 통찰력이 빛나는 '촌철활인寸鐵活人(한 치의 혀로 사람을 살린다)'으로 재해석하
여 현대인이 지향해야 할 삶의 태도와 마음에 꼭 새겨야 할 가치를 제시한다.

소리 - 한이 혼을 부르다 (전 8권)

혹독한 시련이 가져온 恨을 혼불로 승화시킨 한 모녀의 이야기
총 8권에 이르는 대하소설, 『토지』와 『태백산맥』의 맥을 잇는
21세기 대한민국 문학계에 우뚝 솟은 '경지境地'!

이 작품의 가치는 한 모녀의 일생을 통해 한국 근
대사에 담긴 비극의 의미, 당시의 문화와 사상을
한눈에 들여다본다는 데 있다. 또한 철저한 고증
과 자료수집으로 사실성과 신뢰성을 가장 주목해
야 할 것은 불과 수십여 년 전이라는 것이 믿기지
않을 만큼 여성에게 혹독한 삶을 강요했던 시대
상황 하에서, 우리 여인네가 한恨의 정서를 어떠
한 방식으로 승화시켰는지 지켜보는 데 있다. 독
자들이 이 소설을 읽으며 우리의 어머니요 누이
이자 연인이었던, 가혹한 비극의 역사를 견디게

정상래 지음
값 108,000원(각 권 13,500원)

한 근저根底가 되어준 그들의 삶에 경의와 찬탄을 보낼 수밖에 없는 까닭이기도 하다.

검사의 락

곽규택 지음 / 304쪽 / 15,000원

책 『검사의 락』은 15년의 검사 생활을 마치며 제2의 인생을 준비하는 곽규택 변호사의 '검사들의 삶, 검찰청 이야기'다. 대중에게 선보이기 위해 검사로서의 지난날을 솔직하고 담백한 필치로 정리해 오롯이 담아내고 있다. BBK 김경준 송환 작전부터 검찰총장 혼외자 의혹 사건까지 대한민국을 떠들썩하게 한 사건들의 뒷이야기를 솔직한 화법으로 풀어내고 있다.

긍정이 멘토다

김근화 외 35인 지음 ǀ 364쪽 ǀ 값 15,000원

여기 긍정을 통해 몸소 행복한 삶을 증명한 36인의 명사들이 있다. 각계각층의 내로라하는 대표 인물들은 이 책을 통해 '도전, 성공, 웃음, 행복, 희망'을 주제로 자신만의 '긍정론'을 펼치고 있다. 또한 책에 담긴 저자 개개인의 비전과 혜안은 동시대를 살아가는 이라면 누구나 느끼는 고민에 대한 다양한 해답을 제시한다.

한설

장한성 지음 ǀ 372쪽 ǀ 값 15,000원

시대를 대표하는 문인 '김승옥 소설가'가 추천하는, 장한성 공인회계사의 첫 소설! 한 번도 전문적으로 글을 배운 적 없는 저자가 백 일 만에 써낸 작품이라고는 믿기지 않을 만큼 거침없는 전개로 독자의 시선을 사로잡는다.
"한 시대를 살아온 청년들의 고뇌와 사랑을 담았다는 것만으로도 가치 있는 소설이다."
– 김승옥(소설가)

이것을 알면 부자된다

이정암 지음 ǀ 416쪽 ǀ 값 25,000원

풍수대가 '운정도인 이정암'이 전하는, 학문에 근거한 '부자 되는 비결'을 담은 『이것을 알면 부자 된다』는 일상생활 중 아파트, 주택, 일터, 사무실 등에서 출입문과 침실, 주방, 책상의 각 방위가 상생하는지 여부와 본인의 명궁을 비교하여 생기복덕궁을 통한 왕기로써 부자가 되는 비법을 전한다. 경영자는 물론 일반인도 부자의 꿈을 실현할 수 있는 방안을 제시한다.

사랑하는 나의 어머니

정진우 지음 ǀ 344쪽 ǀ 값 15,000원

101세의 일기로 떠나보낸 어머니와의 평생, 그 눈물겨우면서도 감동적인 여정! 가정의 달 5월을 맞아, 그 이름 부르기만 해도 마음이 편해지고 힘든 이 세상에서 편히 쉬기 하는 삶을 유일한 안식처 '어머니'를 노래하다! 서울대 의과대학을 졸업하고 현재 뉴욕에서 비뇨기과를 운영하고 있는 저자의 첫 에세이로, 독자의 마음에 잔잔하게 퍼지는 온기를 전할 것이다.

인생 네 멋대로 그려라
이원종 지음 | 336쪽 | 값 15,000원

내 인생은 남이 그려 주지 못한다. 내가 그려야 한다. 내가 하고 싶고 나만이 할 수 있는, 독특한 내 멋대로의 인생을 그려 가야 한다. 이왕이면 대작, 천하를 호령하는 걸작을 그려 가야 하지 않겠는가? 자신이 느끼고 체험했던 사실들이 인생의 초행길을 가는 젊은이들에게 자그마한 등불이 되길 바라는 저자의 마음을 느껴보자.

마음이 아름다우니 세상이 아름다워라
이 채 지음 | 224쪽 | 값 13,500원

저자는 이 시집에서 우리가 늘 살아가고 있는 이 세상을 노래하였다. 우리는 늘 세상을 긍정적으로 바라보고 타인을 존귀하게 대해야 한다고 배우지만 힘겨운 세상살이 속에서 말만큼 쉽게 되는 일은 아니다. 이채 시인은 바로 의미를 깨달을 수 있는 쉬운 문장들을 독자에 마음에 점자처럼 펼침으로써 읽은 이 스스로가 마음을 매만지게 한다.

사과나무 일기
박경국, 국가기록원 지음 | 420쪽 | 값 18,000원

"소중한 나의 삶을 오롯이 한 권의 '자서전'에 담다!"

『사과나무 일기』는 국가기록원 박경국 원장이 공무원 직무발명에 의해 특허등록한 '인생기록 가이드북'이다. 독자 자신이 인생 전반을 간편한 방식으로 정리해 볼 수 있는 '일기장'으로서 자서전을 준비하는 노년은 물론, 인생 설계를 고민하는 청장년층에게도 뜻깊은 선물이 될 것이다.

해뜨는 서산
이완섭 지음 | 368쪽 | 값 15,000원

지자체의 발전에 있어 가장 중요한 것은 자치단체장과 구성원들이 미래 비전을 공유하고 서로 화합하면서 지역의 열세를 극복하겠다는 실천적 의지와 긍정적 자세를 갖추는 것이다. '내일은 내일의 태양이 뜬다!' 이런 긍정의 마음으로 서산에 뜨는 태양을 가장 먼저 서산시민들께 보여주고 싶다. 그 따뜻한 온기와 밝은 광명까지도……. 서산은 해처럼 떠서 새처럼 비상해나갈 것이다.

공자가 살아야 인류가 산다
공한수 지음 / 368쪽 / 19,000원

책 『공자가 살아야 인류가 산다』는 동서고금을 막론한 인류 최고의 스승 '공자孔子'의 사상을 통해 인간으로서의 의무이자 존재의 증명이라 할 수 있는 '평생학습'의 중요성을 강조하는 '인문서'이다. 정치, 경제, 문화와 관련된 다양한 사례들을 적재적소에 제시하여 신뢰성을 높인 '철학서'이자 '자기계발서'이다.